RULE

SAISON 1

NEW ROMANCE

JAY CROWNOVER

Marked Men

Traduit de l'américain par Charlotte Connan de Vries

Hugo Roman

Titre de l'édition originale : *Rule*

Image de couverture : © Fotolia

Collection dirigée par Hugues de Saint Vincent
Ouvrage dirigé par Audrey Messiaen

Département de Hugo et Compagnie
34/36, rue La Pérouse
75116 Paris

Dépôt légal : mars 2016
N° d'imprimeur : 179401
ISBN : 9782755617498
Imprimé en France par Corlet

Ce livre est dédié à tous ceux qui m'ont écoutée me plaindre qu'il me fallait un nouveau projet de vie. Et aussi à ceux qui m'ont encouragée à faire ce que je fais de mieux. J'essaie d'écrire sur ce que je connais, mais de façon un peu plus romantique et idéalisée, alors je dédie également ce livre à tous les vrais garçons tatoués qui ont fait partie de ma vie ces dernières années et ont inspiré mes héros.

Chapitre 1
RULE

Au début, j'ai cru que les coups que j'entendais venaient de mon cerveau, qui essayait de s'enfuir de mon crâne après la dizaine de shots de Crown Royal que je m'étais enfilée la veille, mais j'ai fini par comprendre que le bruit était causé par quelqu'un qui tournait dans mon appartement. *Elle* était là, et je me suis souvenu avec horreur qu'on était dimanche. Peu importait combien de fois je le lui avais dit, ou combien j'étais malpoli avec elle, ou l'état de débauche infecte dans lequel elle me trouvait, elle venait me chercher tous les dimanches matin pour me traîner jusqu'à la maison à l'heure du brunch.

Un faible gémissement, de l'autre côté du lit, m'a rappelé que je n'étais pas rentré du bar tout seul hier soir. Je ne me souvenais ni du nom de la fille, ni de ce à quoi elle ressemblait, ni même si cela avait valu le coup pour elle de venir tituber dans mon appartement. J'ai passé une main sur mon visage et jeté les jambes hors du lit à l'instant même où la porte s'ouvrait brusquement. Je n'aurais jamais dû donner une clef à cette sale gosse. Je ne me suis pas embêté à me rhabiller ; ce n'était pas la première fois qu'elle entrait pour me trouver à poil avec la gueule de bois, et je ne voyais pas en quoi aujourd'hui serait différent. La fille dans mon lit s'est retournée et a plissé les yeux en voyant le nouveau membre de notre petite fête gênante.

– Je croyais que tu étais célibataire ?

Elle avait dit cette phrase comme une accusation et les cheveux sur ma nuque se sont hérissés. Une fille prête à aller chez un inconnu pour une nuit de sexe sans attaches n'avait pas le droit de me juger, surtout si elle était encore nue et emmitouflée dans mon lit.

– Donne-moi vingt minutes, dis-je en passant la main dans mes cheveux décoiffés, et la blonde sur le pas de la porte a haussé un sourcil.

– Je t'en donne dix.

J'aurais volontiers répondu à son ton et à son attitude par un autre sourcil levé, mais j'avais mal au crâne et le geste n'aurait servi à rien, elle était plus qu'immunisée contre mes conneries.

– Je vais faire du café. J'ai proposé à Nash de venir mais il m'a dit qu'il devait aller au salon pour un rendez-vous. Je t'attends dans la voiture.

Elle a tourné les talons et, en une seconde, il n'y avait plus personne dans l'encadrement de la porte. J'essayais péniblement de me lever, je cherchais à tâtons un pantalon que j'aurais pu jeter dans le coin hier soir.

– Qu'est-ce qu'il se passe ?

J'avais oublié la fille dans mon lit. J'ai lâché un juron dans ma barbe et ai passé un tee-shirt qui avait l'air raisonnablement propre.

– Il faut que j'y aille.

– Quoi ?

J'ai froncé les sourcils tandis qu'elle s'asseyait dans le lit et tirait le drap sur sa poitrine. Elle était jolie et avait un beau corps, d'après ce que je pouvais voir. Je me suis demandé ce que j'avais bien pu lui sortir pour qu'elle rentre avec moi. Elle faisait partie de celles aux côtés de qui je ne regrettais pas de me réveiller.

– Je dois aller quelque part, alors il faut que tu te lèves et que tu partes. Si mon coloc avait été là, tu aurais pu rester encore cinq minutes, mais là il bosse, donc il faut que tu rhabilles ce joli cul et que tu sortes d'ici.

– Tu te fous de moi !? m'a-t-elle sorti en me postillonnant un peu dessus.

Je l'ai regardée par-dessus mon épaule pendant que je cherchais mes bottines sous une pile de linge sale, puis je les ai enfilées.

– Non.

– Tu es quel genre de connard, pour faire ça ? Même pas un petit « merci pour hier soir, c'était super, on s'appelle, on se fait une bouffe » ? Juste « tire-toi » ?

Elle a enlevé le drap et j'ai remarqué qu'elle avait un beau tatouage qui courait sur ses côtes. C'était probablement ce qui m'avait attiré, dans mon hébétement imbibé.

– Tu es vraiment un cas, tu le sais ?

J'étais bien plus qu'un cas, mais cette fille, une parmi tant d'autres, n'avait pas besoin de le savoir.

J'ai maudit Nash intérieurement. Mon coloc était génial, on était meilleurs potes depuis l'école primaire et, généralement, je pouvais compter sur lui pour me couvrir quand je partais le dimanche matin, mais j'avais oublié qu'il finissait une grosse pièce aujourd'hui. Cela voulait dire que j'étais tout seul pour faire sortir cette meuf et me bouger avant que la sale môme ne parte sans moi, ce qui représentait une prise de tête dont je me serais bien passé, vu mon état.

– Eh, comment tu t'appelles, au fait ?

Si elle n'était pas énervée avant, là elle est devenue tout bonnement furieuse. Elle a remis sa jupe noire très courte et un débardeur quasi inexistant. Elle a attaché sa masse de cheveux teints en blond et m'a lancé un regard noir cerné de mascara dégoulinant.

– Lucy, tu ne te souviens pas ?

J'ai passé du produit dans mes cheveux pour qu'ils tiennent dans tous les sens et vaporisé un peu de parfum pour masquer l'odeur de sexe et d'alcool qui me collait sûrement à la peau. J'ai haussé une épaule et attendu tandis qu'elle sautait à cloche-pied devant moi pour enfiler une paire de talons qui criaient « je suis une cochonne ».

– Moi, c'est Rule.

Je lui aurais bien serré la main mais cela m'a paru bête, alors je lui ai simplement montré la porte d'entrée et je suis allé me brosser les dents dans la salle de bains, pour me débarrasser du goût rance de whisky dans la bouche.

– Il y a du café dans la cuisine, tu peux noter ton numéro et je t'appellerai une autre fois. Le dimanche, ce n'est pas mon jour.

Elle ne saurait jamais à quel point cette phrase était vraie. Elle me fixait en tapant du pied dans ses super chaussures.

– Tu n'as vraiment aucune idée de qui je suis, hein ?

Cette fois, même contre la volonté de mon cerveau en souffrance, mon sourcil s'est haussé tout seul et je l'ai regardée la bouche pleine de dentifrice. Je l'ai fixée jusqu'à ce qu'elle s'énerve et me montre son flanc.

– Tu dois au moins te rappeler de ça !

Voilà pourquoi j'aimais autant son tatouage, c'était un des miens. J'ai recraché le dentifrice dans le lavabo et ai jeté un coup d'œil à ma tête dans le miroir. Je ne ressemblais à rien. Mes yeux étaient embués et cerclés de rouge, ma peau avait un ton grisâtre et j'avais un suçon de la taille de Rhode Island dans le cou. Ma mère allait adorer cela, tout comme elle allait se mettre dans tous ses états en voyant l'état actuel de mes cheveux. Normalement, ils sont noirs et épais, mais j'avais rasé les côtés et teint l'avant en violet vif, et ils tenaient si bien debout qu'on avait l'impression qu'ils avaient été coupés à la débroussailleuse. Mes parents avaient déjà un souci avec l'encre qui s'enroulait autour de mes bras et dans mon cou, alors les cheveux, c'était la cerise sur le gâteau. Je ne pouvais pas faire grand-chose pour rattraper la catastrophe qu'était mon reflet dans le miroir, aussi je suis sorti de la salle de bains et ai attrapé la fille par le coude pour la tirer jusqu'à la porte sans cérémonie. Il fallait que j'apprenne à aller chez elles plutôt que de les ramener chez moi ; c'était tellement plus simple.

– Écoute, je dois aller quelque part et ça ne me fait pas particulièrement plaisir de devoir partir, mais péter un câble et faire un scandale, ça ne servira à rien sauf à me mettre sur les nerfs. J'espère que tu as passé une bonne soirée hier et tu peux me laisser ton numéro, mais on sait tous les deux que les chances que je te rappelle sont très minces. Si tu ne veux pas être traitée comme une merde, tu devrais peut-être arrêter de passer la nuit chez des mecs bourrés que tu ne connais pas. Crois-moi, on ne cherche qu'une seule chose, et le lendemain matin, ce qu'on veut, c'est que tu partes sans faire de bruit. J'ai mal au crâne, j'ai l'impression que je vais gerber, et je vais passer une heure dans une voiture à côté de quelqu'un qui me déteste sournoisement et complote joyeusement pour me tuer, donc, sérieux, on peut zapper la comédie et se bouger ?

J'avais eu le temps d'amener la fille jusqu'à l'entrée de l'immeuble, et j'ai vu l'autre m'attendre dans la BMW à côté de mon pick-up. Elle s'impatientait et elle allait partir sans moi si je perdais encore du temps. J'ai adressé un demi-sourire à Lucy et haussé une épaule ; après tout, ce n'était pas sa faute si j'étais un connard, et je savais qu'elle méritait mieux qu'un adieu aussi expéditif.

– Écoute, il ne faut pas t'en vouloir, je peux être un gros charmeur quand je m'y mets. Tu es loin d'être la première et tu ne seras pas la dernière à voir cette petite scène. Je suis content que ton tatouage soit aussi classe, et je préférerais que tu te souviennes de moi pour ça plutôt que pour hier soir.

J'ai descendu les marches en trottinant et sans regarder derrière moi, et j'ai ouvert la portière de la BMW noire clinquante. Je détestais cette voiture et je détestais qu'elle soit aussi bien assortie à sa conductrice. Classe, soignée et chère, trois mots qui pouvaient parfaitement décrire ma compagne de route. Alors que nous sortions du parking, Lucy a crié quelque chose et m'a fait un doigt d'honneur. Mon chauffeur a levé les yeux au ciel et marmonné « Charmant » entre ses dents. C'était une habituée des petits scandales que les filles faisaient quand je me défilais le lendemain matin. Une fois, j'avais même dû remplacer son pare-brise car l'une d'entre elles m'avait jeté un caillou alors que je partais, et m'avait loupé.

J'ai reculé le siège pour faire de la place à mes longues jambes et me suis installé, la tête contre la vitre. C'était toujours un long trajet, et douloureusement silencieux. Parfois, comme aujourd'hui, cela m'arrangeait, parfois cela m'était insupportable. Nous étions chacun une composante de la vie de l'autre depuis le collège ; elle connaissait toutes mes qualités et tous mes défauts. Mes parents l'aimaient comme leur propre fille et ne se gênaient pas pour montrer qu'ils préféraient souvent sa compagnie à la mienne. On pourrait penser qu'avec tout ce passif, bon et mauvais, nous serions capables de bavarder quelques heures sans trop de difficulté.

– Tu vas mettre la saloperie qu'il y a dans tes cheveux sur ma vitre.

Sa voix n'allait pas avec le reste, elle était faite de cigarettes et de whisky, alors qu'elle était tout en champagne et soie. J'avais toujours aimé sa voix. Quand on s'entendait bien, je pouvais l'écouter pendant des heures.

– Je la porterai au Lavomatic.

Cela l'a fait ricaner. J'ai fermé les yeux et croisé les bras. Je me préparais à un trajet muet, mais apparemment elle avait des choses à dire aujourd'hui, car dès que nous sommes entrés sur l'autoroute elle a baissé la radio pour me dire :

– Rule…

J'ai légèrement tourné la tête et ouvert un œil.

– Shaw.

Son nom était tout aussi classieux que le reste de sa personne. Elle était pâle, avait des cheveux blonds clairs comme de la neige et de grands yeux verts comme des pommes Granny Smith. Elle était petite, facilement trente centimètres de moins que mon mètre quatre-vingt-dix, mais avait des formes inimaginables. C'était le genre de fille que les mecs regardaient parce qu'ils ne pouvaient pas s'en empêcher, mais dès qu'elle posait ses yeux verts glacés sur eux, ils savaient qu'ils n'avaient aucune chance. Elle avait une aura d'inaccessibilité, tout comme certaines filles avaient une aura de « viens me chercher ».

Elle a soupiré et j'ai regardé une mèche de ses cheveux voler sur son front. Elle me regardait du coin de l'œil et je me suis tendu quand j'ai vu combien ses mains étaient crispées sur le volant.

– Qu'est-ce qu'il y a, Shaw ?

Elle a mordu sa lèvre inférieure, signe indéniable qu'elle était stressée.

– J'imagine que tu n'as pas répondu à ta mère au téléphone, cette semaine ?

Je n'étais pas vraiment proche de ma famille. En fait, notre relation tenait plutôt de la tolérance mutuelle, c'est pourquoi ma mère envoyait Shaw me chercher chaque week-end. Nous venions tous les deux d'une petite ville appelée Brookside, dans une région cossue du Colorado. J'avais déménagé à Denver dès que j'avais eu mon bac. Shaw était plus jeune mais elle ne souhaitait rien de plus au monde qu'entrer à DU (Université de Denver). Cette fille ressemblait à une princesse de conte de fées, mais en plus elle était partie pour devenir docteur, rien que ça ! Ma mère savait qu'il n'y avait pas moyen que je fasse deux heures de route aller-retour pour les voir le week-end, mais si Shaw conduisait et venait me chercher, non seulement je m'en serais voulu de lui faire perdre du temps, mais en plus je n'avais aucune excuse pour ne pas venir. Shaw payait l'essence, attendait que je sorte péniblement de mon lit et traînait mes fesses jusqu'à la maison tous les dimanches, et depuis deux ans, elle ne s'était pas plainte une seule fois.

– Non, j'ai été occupé toute la semaine.

C'était vrai, j'étais occupé, mais de toute façon je n'aimais pas parler à ma mère, aussi avais-je ignoré ses trois coups de fil.

Shaw a soupiré et ses mains se sont encore serrées davantage sur le volant.

– Elle t'appelait pour te dire que Rome est blessé. L'armée l'a renvoyé à la maison pour six semaines de perm. Ton père est descendu à la base de Colorado Springs hier pour le ramener.

Je me suis redressé si vite sur mon siège que je me suis cogné la tête contre le toit de la voiture. J'ai lancé un juron et ai massé l'endroit de ma tête qui me donnait encore plus mal au crâne.

– Quoi ? Comment ça, il est blessé ?

Rome est mon frère aîné. Il a trois ans de plus que moi et a passé une bonne partie des six dernières années à l'étranger. Nous étions toujours proches et, même s'il n'aimait pas la distance que j'avais prise avec mes parents ces dernières années, j'étais sûr que s'il était blessé, il m'aurait donné des nouvelles.

– Je ne sais pas trop, Margot m'a dit qu'il était arrivé quelque chose à son convoi pendant une patrouille. Il a eu un accident assez grave, je crois. Elle m'a dit qu'il avait un bras cassé et quelques côtes fêlées. Elle était chamboulée, j'ai eu du mal à tout comprendre quand elle m'a appelée.

– Rome m'aurait appelé.

– Rome était sous médocs, et il a passé les deux derniers jours à faire des comptes rendus. Il a demandé à ta mère d'appeler, parce que vous autres, les fils Archer, vous êtes plus qu'obstinés. Margot lui a dit que tu ne répondrais pas, mais il lui répétait d'essayer.

Mon frère était blessé, mais il était à la maison, et je n'étais pas au courant. J'ai refermé les yeux et ai laissé ma tête tomber contre le dossier.

– Eh bien, on va dire que c'est une bonne nouvelle. Tu vas passer voir ta mère ?

Je n'ai pas eu besoin de la regarder pour savoir qu'elle était encore plus tendue qu'avant. Je pouvais presque sentir la tension émaner d'elle par vagues glacées.

– Non.

Elle n'a rien dit de plus, et cela ne m'a pas surpris. Les Archer ne sont peut-être pas la plus solidaire ni la plus chaleureuse des familles, mais nous n'avons rien à envier aux Landon. La famille de Shaw respirait de l'argent et chiait de l'or. C'était aussi des tricheurs et des menteurs. Ses parents avaient divorcé, s'étaient remariés, et d'après ce que j'avais vu avec le temps, ils ne s'intéressaient pas ou peu à leur fille biologique, conçue à la suite d'une union décidée devant une déclaration d'impôts plutôt que dans une chambre. Je savais que Shaw adorait ma maison et qu'elle aimait mes parents car ils représentaient le seul semblant de normalité qu'elle connaissait. Je ne lui en voulais pas, d'ailleurs j'appréciais qu'elle fasse tomber la pression qui pesait sur moi. Si Shaw réussissait à l'école, sortait avec un riche étudiant, vivait la vie que mes parents avaient toujours voulue pour leurs fils, ils me laissaient tranquilles. Comme Rome était souvent éloigné d'un continent ou deux, ils ne pouvaient s'en prendre qu'à moi, alors je n'avais pas honte d'utiliser Shaw comme bouclier.

– Ça fait trois mois que je n'ai pas parlé avec Rome. Ça va être génial de le voir. Je me demande si je peux le convaincre de venir passer un peu de temps à Denver avec Nash et moi. Il a sûrement bien besoin de s'amuser.

Elle a soupiré une nouvelle fois et a monté le son de la radio.

– Tu as vingt-deux ans, Rule, quand est-ce que tu arrêteras de jouer à l'ado ? Est-ce que tu lui as au moins demandé son nom, à elle ? Et au cas où tu voudrais le savoir, ton odeur corporelle est un mélange entre une distillerie et un club de strip-tease.

J'ai ricané et laissé mes yeux se refermer.

– Tu as dix-neuf ans, Shaw. Quand est-ce que tu arrêteras de vivre ta vie selon les exigences des autres ?

Ma grand-mère a quatre-vingt-deux ans, elle a une vie sociale plus active que toi et je crois qu'elle est moins coincée.

Je ne lui ai pas parlé de son odeur car elle était douce et agréable et que je n'avais pas la moindre envie d'être gentil. Je sentais son regard noir posé sur moi et j'ai caché un sourire en coin.

– J'aime bien Ethel.

Son ton était maussade.

– Tout le monde aime Ethel. C'est une battante et elle ne se laisse pas marcher sur les pieds. Elle aurait deux ou trois leçons à t'apprendre.

– Oh, je devrais peut-être me teindre les cheveux en rose, tatouer chaque partie visible de mon corps, fourrer plein de métal dans mon visage et coucher avec tout ce qui bouge ? C'est ça, ta philosophie pour une vie riche et épanouissante ?

Cela m'a fait rouvrir les yeux et la fanfare dans ma tête a commencé sa seconde parade.

– Au moins, je fais ce que je veux. Je sais qui je suis et ce que je suis, Shaw, et je ne vais pas m'excuser pour ça. J'entends beaucoup de Margot Archer sortir de ta jolie petite bouche.

Ses lèvres se sont tirées en même temps qu'elle fronçait les sourcils.

– Bref, on peut continuer à s'ignorer. Je me suis juste dit qu'il fallait que tu saches pour Rome. Les Archer n'ont jamais été très versés dans les surprises.

Elle avait raison. D'après mon expérience, les surprises n'étaient jamais une bonne chose. Elles se terminaient généralement par une personne énervée, et moi dans une bagarre. J'aimais mon frère, mais j'admets que j'étais assez contrarié que, d'une, il n'ait pas jugé utile de me dire qu'il était blessé, et deux, qu'il essaye encore de m'obliger à jouer au gentil avec mes parents.

Je me suis affalé autant que le permettait sa petite voiture de sport et ai commencé à somnoler. Je ne dormais que depuis une vingtaine de minutes quand j'ai été réveillé par son téléphone qui chantait *The Civil Wars*. J'ai cligné des yeux et passé une main sur ma barbe de trois jours. Si mes cheveux ne suffisaient pas à énerver ma mère, le fait que je sois trop occupé pour me raser avant son brunch dominical pourrait bien la rendre hystérique.

– Non, je t'ai dit que j'allais à Brookside et que je rentrais tard.

Je l'ai regardée et elle a dû le sentir, car elle m'a lancé un regard rapide et j'ai vu le rose monter sur ses pommettes relevées.

– Non, Gabe, je t'ai dit que je n'aurai pas le temps, et j'ai un TP à rendre.

Je ne pouvais pas déchiffrer ses mots mais celui qui était à l'autre bout du fil avait l'air en colère de se faire rembarrer. J'ai vu ses doigts se resserrer sur le téléphone.

– Ça ne te regarde pas. Il faut que je te laisse, maintenant, on parlera plus tard.

Elle a passé un doigt sur l'écran et jeté son portable classe dans le porte-gobelet à côté de mon genou.

– Il y a de l'eau dans le gaz ?

Si je ne m'intéressais pas vraiment à Shaw et à son copain riche comme Crésus, futur maître du monde connu, il aurait cependant été malpoli de ne rien dire car elle était visiblement énervée. Je n'avais jamais rencontré Gabe mais, d'après ce que me disait ma mère, quand je l'écoutais, il était taillé sur mesure pour s'accorder au personnage de Shaw future médecin. Sa famille était pleine aux as, tout comme celle de Shaw : son père était juge, ou avocat, ou une bêtise politique de ce genre dont je me fous. J'étais certain, sans l'ombre d'un doute, que le mec portait des pantalons avec un pli sur le devant et des polos roses avec des mocassins blancs. Pendant un long moment, j'ai cru qu'elle ne répondrait pas, mais elle s'est éclairci la voix et s'est mise à tapoter sur le volant avec ses ongles manucurés.

– Pas vraiment, on s'est séparés, mais je crois que Gabe ne comprend pas.

– Ah bon ?

– Oui, il y a deux semaines, en fait. J'y pensais depuis un moment. Avec l'école et le boulot, je suis trop occupée pour avoir un copain.

– Si ça avait été le bon, tu n'aurais pas réagi comme ça. Tu aurais trouvé du temps parce que tu aurais voulu être avec lui.

Elle m'a regardé avec les sourcils levés jusqu'en haut de son front.

– Êtes-vous, monsieur le queutard du siècle, en train de me donner des conseils en amour ?

J'ai levé les yeux au ciel, ce qui a provoqué un hurlement de protestations sous mon crâne.

– Certes, il n'y a pas une fille avec qui j'ai eu envie de rester exclusivement, mais ça ne veut pas dire que je ne sais pas faire la différence entre quantité et qualité.

– J'y aurais presque cru. Gabe voulait plus que ce que je voulais lui donner, c'est tout. Ça va être galère, parce que Papa et Maman l'adoraient.

– J'imagine. D'après ce que je sais, il était fait pour plaire à tes parents. Qu'est-ce que ça veut dire, il voulait plus que ce que tu voulais lui donner ? Est-ce qu'il a essayé de te passer la bague au doigt au bout de six mois ?

Elle m'a jeté un drôle de regard et ses lèvres ont formé un petit rictus.

– Non, loin de là, mais il voulait que les choses soient un peu plus sérieuses…

J'ai ri un peu et me suis massé le front. Mon mal de tête se transformait en pulsation lancinante mais commençait à être gérable. Il fallait que je lui demande de passer par un Starbucks si je voulais survivre à cet après-midi.

– Est-ce une façon prude de me dire qu'il en voulait à ta culotte et que tu ne voulais pas de ça ?

Elle m'a regardé en plissant les yeux tandis qu'elle prenait la sortie pour aller vers Brookside.

– Il faut que tu t'arrêtes dans un Starbucks avant d'aller chez mes parents, et ne crois pas que je n'ai pas remarqué que tu évites ma question !

– Si on s'arrête, on va être en retard. Et tous les garçons ne pensent pas avec ce qu'il y a dans leur pantalon.

– Le ciel ne va pas nous tomber sur la tête si on arrive cinq minutes en retard par rapport au planning de Margot. Non mais tu te fous de moi, tu as fait marcher ce loser pendant six mois sans l'amener dans ton lit, c'est une blague !?

Je lui ai littéralement ri au nez. Je riais tellement fort que j'ai dû me tenir la tête entre les deux mains quand mon cerveau noyé dans le whisky s'est remis à hurler. J'ai repris mon souffle et l'ai regardée avec des yeux humides.

– Si c'est vraiment ce que tu penses, tu es loin d'être aussi intelligente que je le pensais. Absolument tous les hommes de moins de quatre-vingt-dix ans essaient de te déshabiller, Shaw, surtout lui, s'il pense qu'il est ton mec. J'en suis un, je sais ces choses-là.

Elle a une nouvelle fois mordu sa lèvre, comme pour admettre que j'avais avancé un bon argument, et elle s'est garée devant le café. J'ai presque sauté de la voiture, pressé de me dégourdir les jambes et de m'éloigner de son air hautain caractéristique. Quand je suis rentré, j'ai jeté un coup d'œil à la file de gens qui attendaient pour voir si je reconnaissais quelqu'un. Brookside est une petite ville, et quand j'y passe le week-end, je tombe immanquablement sur quelqu'un avec qui j'allais à l'école. Je n'avais même pas demandé à Shaw si elle voulait quelque chose, parce qu'elle avait déjà tellement rechigné à s'arrêter. C'était presque mon tour de commander quand mon téléphone s'est mis à lancer une chanson de *Social Distortion* dans ma poche. Je l'en ai sorti après avoir commandé un grand café noir et m'être assis près du comptoir, à côté d'une petite brune mignonne qui déployait tous ses efforts pour que je ne voie pas qu'elle me matait.

– Ça va ?

J'entendais la musique du salon derrière la voix de Nash quand il m'a demandé :

– Comment ça s'est passé, ce matin ?

Nash connaissait mes défauts et mes mauvaises habitudes mieux que quiconque, et si l'on avait pu maintenir notre amitié aussi longtemps, c'était parce qu'il ne me jugeait jamais.

– Mal. J'ai la gueule de bois, je suis de mauvaise humeur et je m'apprête à subir de force un repas familial de plus. Et Shaw est en forme, aujourd'hui.

– Et la fille d'hier soir, elle était comment ?

– Aucune idée. Je ne me rappelle même pas être sorti du bar avec elle. Apparemment, je lui ai fait une super grande pièce sur les côtes, donc elle était un peu énervée que je ne me souvienne pas d'elle, oups.

Il rigolait à l'autre bout du fil.

– Elle t'a répété ça au moins six fois dans la soirée ; elle a même voulu enlever son haut pour te rafraîchir la mémoire. Et c'est moi qui ai ramené ton cul à l'appart hier, poivrot. J'ai essayé de te faire partir vers minuit mais y avait pas moyen, comme d'hab.

J'ai pouffé de rire et ai tendu la main vers mon café quand le serveur a dit mon nom. J'ai remarqué que les yeux de la petite brune suivaient ma main qui s'enroulait autour du gobelet en carton. C'était celle avec la large tête d'un cobra royal. Le reste du serpent s'enroulait le long de mon avant-bras et autour de mon coude, et l'extrémité de sa langue dardée formait un « L » sur mon annulaire, intégré au tatouage qui épelait mon nom sur mes quatre doigts. Sa bouche a fait un petit O de surprise, alors je lui ai lancé un clin d'œil et je suis retourné vers la BMW.

– Désolé, mec. Comment s'est passé ton rendez-vous ?

Oncle Phil, l'oncle de Nash, avait ouvert le salon à Capitol Hill il y avait de cela des années, quand celui-ci était surtout fréquenté par des membres de gangs et par des motards. Maintenant, avec la vague de jeunes citadins et de hipsters qui peuplaient le quartier, *The Marked* était l'un des salons de tatouage les plus réputés de la ville. Nash et moi nous sommes rencontrés en cours d'art plastique en CM2, et depuis, nous sommes inséparables. En fait, depuis nos douze ans, nous avions prévu de venir en ville et de travailler pour Phil. Nous avions tous les deux le talent et la personnalité nécessaires pour faire tourner le salon à plein régime, alors Phil n'a pas hésité à faire de nous des apprentis et à nous faire travailler avant que l'on ait vingt ans. C'était mortel d'avoir un pote dans le même domaine ; j'avais un paquet d'encre sur la peau qui allait de génial à pas terrible et relatait l'évolution de Nash et l'amélioration de son art, et c'était la même chose pour lui.

– J'ai fini le dos sur lequel je bossais depuis juillet. Ça rend mieux que ce que je pensais, et le mec songe à faire le torse. Je le ferai volontiers, il est généreux en pourboire.

– Cool.

Je jonglais entre le téléphone et le café tout en essayant d'ouvrir la portière de la voiture quand une voix féminine m'a arrêté.

– Eh ! J'ai regardé derrière moi et la brune était une place de parking plus loin, un sourire aux lèvres. J'aime vraiment beaucoup tes tatouages.

Je lui ai rendu son sourire puis j'ai sursauté et ai manqué de renverser mon café bouillant sur mon entrejambe quand Shaw a ouvert la portière de l'intérieur.

– Merci.

Si j'avais été plus près de chez moi et que Shaw n'était pas déjà en train de faire marche arrière, j'aurais sûrement pris une minute pour demander son numéro à cette fille. Shaw m'a jeté un regard dédaigneux que j'ai promptement ignoré pour revenir à ma conversation avec Nash.

– Rome est rentré, il a eu un accident et Shaw m'a dit qu'il avait quelques semaines de perm. J'imagine que c'est pour ça que ma mère a harcelé mon téléphone toute la semaine.

– Excellent. Demande-lui s'il veut squatter avec nous quelques jours, il me manque, ce con de gros ours.

J'ai pris une gorgée de café et mon crâne a enfin commencé à se calmer.

– C'est prévu. Je te rappelle en rentrant pour te tenir au courant.

J'ai glissé mon pouce sur l'écran pour raccrocher et me suis réinstallé dans le siège. Shaw me fixait d'un air irrité, et je jure que j'ai vu ses yeux émettre de la lumière. Sérieusement, je n'avais jamais rien vu d'aussi vert, cela n'existe pas dans la nature. Quand elle est en colère, ils sont tout simplement surnaturels.

– Ta mère a appelé pendant que tu étais occupé à draguer. Elle est énervée qu'on soit en retard.

J'ai aspiré encore un peu du noir nectar et j'ai commencé à tapoter en rythme sur mon genou. J'ai toujours été un mec un peu nerveux, et plus on s'approchait de la maison de mes parents, pire c'était. En général, le brunch était guindé et forcé. Je ne comprenais pas pourquoi ils insistaient pour qu'on le fasse toutes les semaines et je ne comprenais pas pourquoi Shaw acceptait de marcher dans leur combine, mais j'y allais tous les week-ends, même si je savais que rien ne changerait jamais.

– Elle est énervée que toi, tu sois en retard. On sait tous les deux qu'elle se fiche bien que je sois là ou pas.

Le rythme de mes doigts s'est accéléré quand elle a franchi le portail du quartier sécurisé et que nous sommes passés devant des rangées de mini-manoirs qui se détachaient à l'emporte-pièce contre les montagnes.

– Ce n'est pas vrai, Rule, et tu le sais. Si je m'inflige ces trajets en voiture tous les week-ends, si je subis les délices de tes lendemains de soirée, ce n'est pas parce que tes parents veulent me voir manger des œufs et des pancakes tous les dimanches. Je le fais parce qu'ils veulent te voir, ils veulent essayer d'avoir une relation avec toi, peu importe combien de fois tu les as blessés et repoussés. Je le dois à tes parents, et surtout, je dois à Remy d'essayer de te convaincre de bien faire les choses, même si Dieu sait que c'est presque un job à temps plein.

J'ai pris une inspiration quand la douleur aveuglante, qui survenait toujours lorsqu'on me parlait de Remy, a percuté mon torse. Sans m'en rendre compte, mes doigts se sont dépliés et repliés autour du gobelet de café et j'ai tourné la tête vers Shaw pour lui adresser un regard noir.

– Remy ne serait pas tout le temps sur mon dos, à essayer de faire en sorte que je sois pour eux quelqu'un que je ne suis pas. Je n'ai jamais été assez bien pour eux, et je ne le serai jamais. Il comprenait ça mieux que tout le monde et faisait des heures sup' pour être tout ce que je ne pourrai jamais être pour eux.

Elle a soupiré et a garé la voiture dans l'allée, derrière le SUV de mon père.

– La seule différence entre Remy et toi, c'est qu'il laissait les gens l'aimer, et toi... Elle s'est interrompue, a ouvert sa portière et s'est tournée vers moi avec un regard dur. Tu as toujours voulu contraindre les gens qui se soucient de toi à le prouver sans laisser l'ombre d'un doute. Tu n'as jamais été facile à aimer, Rule, et tu fais tout pour que personne ne l'oublie.

Elle a fermé la portière assez fort pour faire claquer mes molaires entre elles et relancer mon mal de tête.

Cela faisait trois ans. Trois années solitaires, vides, remplies de chagrin depuis que les frères Archer étaient passés d'un trio à un duo. J'étais proche de Rome, il était génial et il avait toujours été mon modèle en termes de gros dur, mais Remy était ma moitié, au propre comme au figuré. Nous étions de vrais jumeaux, il était la lumière contre mon obscurité, la facilité contre ma difficulté, la joie contre ma colère, la perfection contre mon côté bien, bien vrillé, et sans lui je ne suis que la moitié de la personne que je pourrais jamais être. Cela faisait trois ans que je l'avais appelé au milieu de la nuit pour qu'il vienne me chercher à une fête pourrie parce que j'avais trop bu pour conduire. Cela faisait trois ans qu'il avait quitté l'appartement que nous partagions pour venir me chercher, sans poser de questions, parce qu'il était comme ça.

Cela faisait trois ans qu'il avait perdu le contrôle de sa voiture sur l'autoroute 25, pluvieuse et glissante, et s'était encastré à l'arrière d'un semi-remorque qui roulait bien au-dessus de la limite autorisée. Cela faisait trois ans que l'on avait enterré mon frère et que ma mère m'avait regardé, les larmes aux yeux, en me lançant à bout portant : « Ça aurait dû être toi », alors qu'ils descendaient le cercueil de Remy. Cela faisait trois ans, et le simple fait de prononcer son nom a suffi à me mettre à genoux, surtout venant de la seule personne au monde que Remy avait aimée autant qu'il m'aimait.

Remy était tout ce que je n'étais pas : rasé de près, bien habillé, soucieux de faire des études et de construire un avenir stable. La seule personne sur cette planète assez bien et assez classe face à toute sa magnificence était Shaw Landon. Ces deux-là avaient été inséparables depuis la première fois qu'il l'avait ramenée à la maison, alors qu'elle avait quatorze ans et essayait de fuir la forteresse du camp Landon. Il répétait qu'ils étaient juste amis, qu'il aimait Shaw comme une sœur, qu'il voulait la protéger de son horrible famille, mais sa façon d'être avec elle était pleine de respect et de sollicitude. Je savais qu'il l'aimait, et comme tout ce que Remy faisait était bien, Shaw est rapidement devenue comme un membre de la famille. Bien que cela m'exaspère au plus haut point, elle était celle qui comprenait vraiment, profondément, ma douleur de l'avoir perdu.

Il m'a fallu quelques minutes pour reprendre mes esprits, puis j'ai avalé le reste de mon café et j'ai ouvert la portière. Je n'ai pas été surpris de voir une grande silhouette faire le tour du SUV tandis que je sortais de la voiture de sport. Mon frère faisait quelques centimètres de plus que moi et était construit sur le modèle du guerrier. Ses cheveux châtain foncé étaient courts, à la mode militaire, et ses yeux bleu pâle – la même teinte glacée que les miens – semblaient fatigués au-dessus de son sourire forcé. J'ai émis un sifflement, car son bras gauche était plâtré et tenu en écharpe, il avait une attelle sur un pied et l'on voyait une ligne noire de points de suture traverser son sourcil et monter jusqu'en haut de son front. La débroussailleuse qui avait attaqué mes cheveux s'en était visiblement aussi pris à mon grand frère.

– Tu as l'air en forme, soldat.

Il m'a tiré contre lui avec son bras valide, et j'ai eu mal pour lui en sentant les bandages sur son flanc, signe de côtes cassées ou abîmées.

– Je suis aussi en forme que j'en ai l'air. Toi tu as l'air d'un clown en sortant de cette voiture.

– De toute façon, j'ai l'air d'un clown quand je suis avec cette fille.

Il a explosé de rire et a passé une main dans mes cheveux en pics.

– Shaw et toi jouez toujours aux ennemis mortels ?

– On est plutôt des connaissances mal à l'aise. Elle est toujours aussi coincée et dans le jugement. Pourquoi tu ne m'as pas appelé ou envoyé un message pour me dire que tu étais blessé ? Il a fallu que ce soit elle qui me le dise, sur la route.

Il a lancé un juron alors que nous nous dirigions lentement vers la maison. Cela m'a inquiété de voir les efforts qu'il devait fournir pour marcher, et je me suis demandé s'il y avait des dégâts plus sérieux que ceux qui étaient visibles à l'œil nu.

– J'ai perdu connaissance quand le Hummer s'est retourné ; on est passés sur un EEI [1] et c'était pas beau

---

1. NdT : Engin explosif improvisé.

à voir. Je suis resté une semaine à l'hôpital avec la tête en vrac, et quand je me suis réveillé ils devaient opérer mon épaule, donc j'étais drogué. J'ai appelé Maman et je me suis dit qu'elle te tiendrait au courant mais j'ai appris que, pour changer, tu étais injoignable quand elle appelait.

J'ai haussé les épaules et ai tendu une main pour le stabiliser car il chancelait un peu sur les marches de la porte d'entrée.

– J'étais occupé.

– Tu es têtu.

– Pas tant que ça, je suis là, non ? Je ne savais même pas que tu étais rentré jusqu'à, genre, il y a un quart d'heure.

– La seule raison pour laquelle tu es là, c'est parce que la petite fille dans cette maison est décidée et déterminée à rassembler cette famille, peu importe que ce ne soit pas la sienne. Tu vas rentrer et être gentil, sinon, je te casse la gueule, bras cassé ou pas.

J'ai marmonné quelques mots et suivi mon frère tout cassé dans la maison. Le dimanche était vraiment le jour que j'aimais le moins.

Chapitre 2
SHAW

La porte de la salle de bains s'est fermée avec un petit clic et j'ai tourné le verrou. Je me suis effondrée contre le lavabo et ai passé mes mains tremblantes sur mon visage. Chaque dimanche, c'était plus difficile de chaperonner Rule pendant les réunions de famille. J'avais déjà l'impression d'avoir un ulcère, et si je le trouvais encore avec une de ces bimbos de bar dégueulasses, je n'étais pas sûre de sortir de son appartement sans commettre un homicide. Je me suis retournée pour passer un peu d'eau fraîche sur mon visage et j'ai soulevé les longs cheveux blonds qui tombaient dans ma nuque. Il fallait que je me reprenne, car je ne voulais surtout pas que Margot et Dale remarquent que quelque chose n'allait pas, et même drogué et blessé, Rome était l'une des personnes les plus observatrices que je connaissais. Il ne manquait rien lorsqu'il s'agissait de ses petits frères et de moi, par association, puisque j'étais attachée à la catégorie de petite sœur d'adoption.

C'était de plus en plus dur de passer du temps avec Rule, et pas seulement parce que le regarder me rappelait tout ce que je n'avais plus ; ça, c'est ce que ressentaient Margot et Dale. J'avais du mal car Rule était compliqué : il était effronté, insolent, irréfléchi, inconstant, souvent grognon, et de façon générale insupportable et très, très chiant. Mais quand il le voulait, il était charmant et drôle, brillant artistiquement et, la plupart du temps, la personne la plus intéressante du groupe. Je suis désespérément amoureuse de ces deux aspects de lui depuis que j'ai quatorze ans. Évidemment j'aimais Remy, je l'aimais comme un frère, comme le meilleur ami et le protecteur invétéré qu'il avait été pour moi, mais j'aimais Rule comme si c'était ma mission sur Terre. Je l'aimais comme si c'était inévitable, comme si malgré le nombre de fois où j'avais vu à quel point c'était une mauvaise idée, combien nous n'allions pas ensemble, quel infect connard il pouvait être, je ne pouvais rien y changer. Alors chaque fois que je me prenais dans la tête le fait qu'il ne voyait en moi qu'un chauffeur, cela me déchirait encore un peu plus le cœur.

Ma propre famille était un tel désastre que je n'aurais pas pu être la moitié de ce que je suis aujourd'hui sans ce que les Archer ont fait pour moi. Remy m'avait prise sous son aile quand j'étais une pré-ado isolée sans amis. Rome avait menacé de tabasser le premier garçon qui m'avait fait pleurer. Margot m'avait emmenée faire les magasins pour *homecoming* et pour le bal de fin d'année, alors que ma mère était trop occupée avec son nouveau mari pour s'en soucier. Dale m'avait emmenée à l'université de Denver et à Colorado University-Boulder et m'avait aidée à faire des choix logiques et rationnels pour choisir la bonne université. Et Rule, eh bien Rule était un rappel constant qu'on ne peut pas tout acheter avec de l'argent, et j'avais beau essayer d'être parfaite, faire de mon mieux pour être ce dont tout le monde avait besoin, ce n'était toujours pas assez.

J'ai laissé sortir un soupir que j'avais l'impression de retenir depuis une heure et j'ai essuyé les traces noires sous mes yeux avec un morceau de Kleenex. Si je ne descendais pas très vite dans la salle à manger, Margot allait venir me chercher et je n'avais pas d'excuse crédible à ma crise dans la salle de bains. J'ai récupéré un élastique au fond de ma poche et ai attaché mes cheveux en une queue-de-cheval basse, je me suis passé du gloss, et je me suis fait un discours de motivation en silence ; je me suis rappelé que j'avais déjà fait ça un million de dimanches et que celui-ci ne serait pas différent. Au moment où je sortais dans le couloir, mon téléphone a sonné et j'ai dû lutter pour ravaler un grognement quand j'ai vu que c'était encore Gabe qui m'appelait. J'ai envoyé son appel directement sur messagerie et je me suis demandé, pour la centième fois ce mois-ci, pourquoi j'avais gaspillé la moindre seconde avec cet idiot prétentieux. Il croyait que tout lui était dû, avait les mains baladeuses, était trop superficiel et plus intéressé par mon nom de famille et le fric de mes parents que par moi.

Je ne voulais même pas sortir avec lui, je ne voulais sortir avec personne, mais mes parents m'avaient forcé la main. Comme d'habitude, j'avais plié sous la pression et m'étais retrouvée à passer plus de temps avec lui que je n'en avais envie. J'avais réussi à le tolérer pendant beaucoup plus longtemps que ce dont je me croyais capable. Après tout, Gabe s'intéressait plus à lui-même qu'à moi. Ce n'est que quand il est devenu trop insistant que j'ai coupé les ponts. Malheureusement, ni lui ni mes parents ne semblaient comprendre le message et j'étais inondée d'appels, de textos et d'e-mails depuis deux semaines. Gabe était assez facile à ignorer ; ma mère, un peu moins.

Je glissais le téléphone dans ma poche arrière quand une voix basse m'a interrompue.

– Qu'est-ce qu'il se passe, petite fille ? Je suis parti plus de dix-huit mois et tout ce que j'ai, c'est un câlin et un petit bisou puis tu disparais ? Où sont les larmes, où est l'euphorie de me savoir sain et sauf à la maison ? Qu'est-ce qui fait travailler ce cerveau compliqué ? Parce que je vois bien que quelque chose te tracasse.

Mon petit rire a résonné dans un hoquet, et j'ai laissé mon front tomber contre le grand torse en face de moi. Même cabossé et plein de bleus, Rome était le genre de gars qui se met en travers de tout ce qui pourrait blesser les gens qu'il aime. Il a tapoté le dessus de ma tête et a posé sa lourde main dans ma nuque.

– Ta jolie bouille m'a manqué, Shaw, tu n'imagines pas comme ça fait du bien d'être à la maison.

Je tremblais un peu et j'ai passé un bras autour de sa taille pour pouvoir le serrer sans lui faire mal.

– Tu m'as manqué aussi, Rome. Je suis juste stressée. C'est la folie à la fac, je travaille trois ou quatre soirs par semaine, et mes parents ne veulent pas me lâcher avec ce mec que je viens de quitter. Tu sais que j'adore quand on est tous ensemble. J'ai cru que ta mère allait avoir une crise cardiaque quand elle m'a appelée pour me dire ce qu'il t'était arrivé. Je suis tellement heureuse que tu ailles bien, je ne crois pas que cette famille aurait supporté de perdre un autre fils.

– Non, sûrement. Je n'en reviens pas qu'elle te fasse toujours jouer au chauffeur pour mon crétin de frère.

J'ai accroché mon bras au sien et nous avons commencé à nous rapprocher de la salle à manger.

– C'est le seul moyen de le faire venir. Si je ne peux pas venir à cause de mes cours ou autre chose, il les laisse en plan. La moitié du temps, quand j'arrive chez lui, il ne sait même pas quel jour on est ; ce matin en était un bon exemple. Mais quand je passe le prendre, il se sent obligé de faire le trajet avec moi, peu importe ce qu'il est en train de faire ou qui il est en train de se faire.

Rome a laissé échapper un juron dans sa barbe.

– Ça ne le tuerait pas de faire un effort avec Maman et Papa une fois par semaine. Il ne devrait pas avoir besoin que tu le babysittes.

J'ai haussé les épaules car nous savions bien que tous les fils Archer avaient un rôle. Remy avait été le fils modèle, le bon élève, le futur étudiant d'une grande école. C'était aussi à lui qu'incombait le rôle d'empêcher Rule d'atterrir en prison et d'intervenir quand son jumeau se mettait dans une mouise dont il ne pouvait pas se sortir tout seul. Rule était l'imprévisible, celui qui profitait de la vie et ne s'excusait pas auprès de ceux qu'il pouvait blesser ou choquer sur sa route. Rome était le patron : les jumeaux l'adoraient et le suivaient quoi qu'il arrive. Depuis que Remy était parti, Rome était encore plus protecteur avec le frère qu'il lui restait, et j'avais naturellement hérité de la mission de garder Rule sur une sorte de droit chemin.

– C'est le moins que je puisse faire pour Margot et Dale. Ils ont toujours été là pour moi, sans rien demander en retour. Supporter la fureur de Rule une fois par semaine n'est pas un gros sacrifice à faire.

Quelque chose a brillé dans ses yeux, qui ressemblaient tellement à ceux de son frère que c'était parfois douloureux de les regarder. Rome ne se laissait duper par personne, et je n'aurais pas été étonnée qu'il en sache bien plus sur tout ce que je gardais enfoui en moi que ce que je pouvais imaginer.

– Je ne veux simplement pas que tu deviennes une cible quand Rule fait son Rule. Maman doit régler ses problèmes, et lui aussi. On est tous adultes, maintenant, et la vie est trop courte pour que tu passes ton temps à servir de médiateur entre les deux.

J'ai soupiré et baissé la voix en entrant dans la pièce. La table était déjà dressée et tout le monde était à sa place habituelle. Dale était en bout de table, à sa droite, Margot, et une place qui m'était réservée. À la gauche de Dale, il restait une place libre pour Rome, et Rule avait pris la chaise à l'autre bout de la table, le plus loin possible de ses parents.

– Il faut qu'ils acceptent qu'il ne sera jamais Remy, et il doit arrêter de les obliger à avaler ça. Tant qu'un des deux côtés ne laissera pas tomber et n'apprendra pas à pardonner, ça ne changera pas.

Il a déposé un très léger bisou sur ma tempe et m'a serrée contre lui.

– Je crois qu'aucun d'eux ne se rend compte à quel point ils ont de la chance de t'avoir, petite fille.

Je l'ai lâché et me suis dirigée vers ma place entre Margot et Rule. J'ai essayé de ne pas ciller quand Rule m'a jeté un regard aux yeux plissés, conscient que Rome et moi venions très certainement de parler de lui. Je me suis assise sur la chaise et ai fait un sourire à Dale alors qu'il commençait à faire passer les plats du brunch, aussi abondants qu'à l'accoutumée. J'allais demander à Rome ce qu'il comptait faire de son temps libre mais j'ai dû tourner la tête vers Margot, choquée.

– Est-ce que ce serait trop te demander de venir à ce brunch avec une chemise et un pantalon qui n'ont pas l'air de sortir d'une friperie ? Enfin, ton frère a des os cassés, il a eu un accident terrible et il arrive quand même à faire meilleure figure que toi, Rule.

J'ai dû me mordre la langue pour ne pas perdre mon sang-froid et lui crier de le laisser tranquille. Principalement parce que les repas en famille sont censés être détendus et agréables. Je savais très bien que si j'étais arrivée en jean et tee-shirt, elle ne l'aurait même pas remarqué, mais comme c'était lui, elle le voyait comme une agression contre elle.

Il a attrapé quelques tranches de bacon dans le plat que je lui tendais et n'a même pas pris la peine de lui répondre. Au lieu de ça, il s'est tourné vers Rome et lui a demandé ce qu'il avait prévu de faire tant qu'il serait là. Rule voulait qu'il vienne une semaine en ville pour passer du temps avec lui et Nash. J'ai vu les lèvres de Margot se serrer devant son indifférence et les sourcils de Dale se froncer. J'observais plusieurs degrés de ce même regard tous les dimanches où nous venions. Cela me faisait mal au cœur car, même dans un tee-shirt froissé et un jean déchiré, Rule avait de l'allure. Cela s'appliquait aussi à la masse de tatouages qui le couvrait des pieds à la tête et à la collection de métaux qui parsemait son visage.

Il était indéniable que Rule était un bel homme, sûrement trop beau pour être honnête, mais il était compliqué et la beauté qu'il possédait était enfouie et camouflée sous des choses qu'il était facile de négliger. Des trois frères, c'est lui qui avait les yeux les plus clairs, d'un bleu arctique, et ses cheveux, même teints en violet ou en vert ou en bleu, restaient encore les plus épais et les plus brillants, et même si sa peau portait toutes les couleurs de l'arc-en-ciel, Rule avait toujours été celui vers qui les filles gravitaient. Comme la brune au Starbucks, tout à l'heure. Elle s'appelait Amy Rodgers, et elle avait passé nos quatre ans de lycée à me malmener, avec ses copines pom-pom girls. En général, elle sortait avec des sportifs et des gars au sang bleu, pas des mecs qui portaient une crête et des piercings à l'arcade et aux lèvres, mais elle ne pouvait pas résister à Rule Archer dans toute sa gloire magnétique.

– Et qu'est-ce qu'il se passe avec tes cheveux, mon fils ? Ce serait bien d'y voir une couleur qui existe dans la nature, pour changer, particulièrement quand la famille est au complet et que nous avons la chance d'avoir ton frère à la maison en un seul morceau.

J'ai grondé intérieurement et pris le saladier de fruits que Margot me tendait, sans rien dire. S'ils s'y mettaient en équipe, Rule n'allait pas continuer à se taire. En général, il ignorait sa mère et lançait de petites phrases sarcastiques à Dale. Mais se faire interrompre et attaquer des deux côtés alors qu'il essayait de prendre des nouvelles de Rome, cela ne passerait pas. Même dans ses bons jours, Rule démarrait au quart de tour. Alors le coincer ainsi, sachant qu'il avait la gueule de bois et qu'il faisait des efforts pour rester courtois, il allait y avoir des dégâts. J'ai lancé un regard paniqué à Rome de l'autre côté de la table, mais il n'a pas eu le temps d'intervenir avant que la voix de Rule claque comme une gifle verbale.

– Eh bien, papounet, on trouve du violet partout dans la nature donc je ne vois pas de quoi tu parles, et en ce qui concerne mes vêtements, je crois qu'on est tous chanceux que j'aie pensé à mettre un pantalon vu l'état dans lequel Shaw m'a trouvé ce matin. Si vous avez fini de critiquer le moindre de mes mouvements, puis-je continuer ma conversation avec mon frère que je n'ai pas vu depuis plus d'un an, alors qu'il a failli se faire exploser par une bombe sur le bord d'une route ?

Margot a eu une exclamation choquée et Dale a reculé sa chaise. J'ai laissé ma tête tomber en avant et ai appuyé mon pouce entre mes deux yeux, où une migraine était en train de naître.

– Un après-midi, Rule, un après-midi, c'est tout ce qu'on te demande.

Dale s'est précipité hors de la pièce et Margot a immédiatement fondu en larmes. Elle a enfoui sa tête dans sa serviette et j'ai tendu la main pour la poser maladroitement sur son épaule. J'ai tenté un regard vers Rule mais il s'était déjà levé et marchait vers la porte d'entrée. J'ai alors regardé Rome, qui a secoué la tête et s'est levé lourdement. Margot a relevé la tête et lancé un regard suppliant à son fils aîné.

– Dis-lui, Rome, va lui dire qu'on ne traite pas ses parents comme ça. Il n'a aucun respect. Va lui dire que c'est inacceptable, déclara-t-elle en montrant la porte d'un doigt tremblant.

Rome a posé les yeux sur moi avant de regarder à nouveau sa mère.

– D'accord, Maman, je vais lui dire, mais je vais aussi te dire que tu n'avais aucune raison de lui tomber dessus comme ça. Qu'est-ce que ça fait, s'il veut porter un jean et avoir des cheveux de schtroumpf ? Ce qui compte, c'est qu'il soit là et qu'il fasse un effort. Shaw a pris une journée sur son emploi du temps très chargé pour que Papa et toi puissiez le voir. Vous lui avez laissé exactement trois secondes avant de volontairement remuer le couteau dans la plaie, tous les deux.

Margot était bouche bée mais Rome n'en avait pas fini.

– Papa et toi avez besoin qu'on tire le signal d'alarme. J'aurais tout aussi bien pu rentrer à la maison dans un cercueil au lieu d'un plâtre. Vous avez déjà perdu un fils, profitez de ceux qu'il vous reste, que vous soyez d'accord avec nos choix ou pas.

Les larmes se sont mises à couler plus fort et elle a posé sa tête sur mon épaule.

– Shaw adore nous rendre visite le dimanche, on devrait simplement lui demander d'arrêter de prendre Rule avec elle, parce que c'est évident qu'il ne veut pas être là. J'en ai assez de tout faire pour qu'il fasse partie de la famille, ça me fait trop mal.

Rome a secoué la tête et nous avons soupiré tous les deux. Il a suivi son frère hors de la pièce tandis que je continuais à consoler Margot. Cette femme avait fait preuve de beaucoup de gentillesse, elle m'avait traitée comme sa fille quand ma mère n'en avait rien à faire, alors ce que je m'apprêtais à lui dire venait uniquement du fait que je ne voulais pas voir une autre famille imploser.

– Margot, Dale et toi êtes des personnes merveilleuses et de bons parents, mais vous devez arrêter de vivre dans le passé. Je ne viendrai plus vous voir le dimanche, à moins que vous trouviez un moyen d'accepter Rule exactement comme il est et de l'aimer quand même.

Je repris mon souffle et continuai :

– Remy me manque et sa mort était tragique, mais vous ne ferez jamais de Rule un autre Remy, et je ne peux pas continuer à vous regarder essayer sans rien faire. Ça fait des années que mes parents essaient de me faire rentrer dans un moule qui ne me va pas, et j'aimerais tellement avoir assez de volonté pour le refuser, comme Rule le fait.

Je me suis levée et j'ai dû ravaler mes larmes lorsqu'elle m'a regardée, choquée et en détresse.

– Si Remy était là, rien de tout cela ne serait arrivé. Vous seriez toujours heureux ensemble, Rule n'aurait jamais eu un comportement aussi atroce, et Rome ne se serait jamais engagé dans l'armée.

J'ai dû faire quelques pas en arrière car ce qu'elle venait de dire était tellement faux que cela aurait pu me faire tomber par terre.

– Margot, Rule a toujours été compliqué à gérer, il ne s'est jamais plié à vos règles. Rome s'était engagé bien avant l'accident. Et je t'ai dit un million de fois que Remy était mon meilleur ami. Il n'y avait pas ce genre de sentiments entre nous. Je crois que tu devrais penser à aller voir un professionnel, parce que tu réécris l'histoire et, au passage, tu es en train de perdre un fils assez exceptionnel.

– Ne me dis pas que c'est vraiment ce que tu penses ? Rule est aussi insupportable avec toi qu'il l'est avec son père et moi.

Je me suis mordu la lèvre et ai massé mes tempes un peu plus fort.

– Il n'est pas insupportable, il est juste plus difficile à aimer. Vous avez eu la vie facile avec Remy, pas avec Rule. Mais il mérite que vous fassiez un effort et tant que cette famille n'est pas capable de voir ça, j'ai mieux à faire de mon temps. Si je voulais des reproches et de l'amertume, il me suffit d'aller chez moi. Je vous aime, toi et Dale, mais je vois ce que vous faites à Rule et je ne veux plus faire partie de ça. Rome a raison, il faut que vous profitiez de la famille que vous avez et pas que vous passiez votre vie à la comparer à celle que vous avez perdue. Remy était toute ma vie, Margot, mais il est parti et Rule est toujours là.

Elle a croisé les bras et a laissé sa tête tomber sur la table. Je savais que je ne pourrais pas l'atteindre, alors je suis sortie de la maison. Je n'ai pas été surprise de voir Dale, adossé au comptoir de la cuisine, me lancer un regard grave.

– Ça va être dur pour elle, si tu ne viens plus nous voir. Tu es une partie importante de la famille.

J'ai coincé mes cheveux derrière mes oreilles et lui ai adressé un sourire triste.

– Votre fils aussi.

– Margot n'est pas la seule qui doit s'en souvenir, et tu admettras que ses cheveux sont ridicules.

J'ai ri pour de vrai, cette fois, et me suis rapprochée pour lui faire un câlin.

– Elle a besoin d'aide, Dale. Ça fait un moment que Remy n'est plus là, et tout ce qu'elle veut faire est pousser Rule à prendre sa place. Ça ne peut pas arriver, on le sait tous.

Il m'a fait un bisou sur la tête et m'a éloignée de lui.

– Je ne sais pas pourquoi tu défends toujours ce garçon ; il a mauvais caractère et un gros côté rebelle. Tu es une fille intelligente en plus d'être belle, tu sais comment va se finir l'histoire de Rule.

– Je crois qu'il ne faut pas sauter de chapitre, Dale. Je lis les livres en entier. Dis à Margot de me passer un coup de fil quand elle se sera calmée, mais j'étais sérieuse pour le brunch du dimanche. Tant que ce ne sera pas une vraie réunion de famille, tant que Rule sera toujours diabolisé, je ne viendrai plus. Ça me fait trop de mal.

– Je comprends, ma petite fille, mais si tu as besoin de quoi que ce soit, tu sais qu'il suffit d'appeler.

– Je sais.

– Tu sais qu'il ne voudrait pas que tu payes à sa place.

– Peut-être, Dale, mais c'est à moi de savoir si je veux payer, et il en vaut la peine. C'est ce que je crois et je sais que Remy l'a toujours cru aussi. Essayez d'y penser la prochaine fois qu'il se pointera avec les cheveux roses.

Je me suis dirigée vers l'allée et me suis arrêtée en voyant les deux frères tête contre tête. Rule avait l'air énervé et Rome avait l'air triste, cela me brisait le cœur et m'impressionnait à la fois. Rule m'a vue en premier et s'est détaché de son frère. Ils se sont dit quelque chose à voix basse et ont frappé leurs poings. Rome a tiré Rule dans une accolade à un bras et s'est dirigé vers moi. J'ai été traitée à la même enseigne, avec un bisou sur la joue en prime.

– Je vais essayer de calmer les choses ici pendant encore une semaine et ensuite je viens en ville. Je te tiens au courant.

– Essaie de convaincre ta mère de se faire aider, Rome, s'il te plaît.

– Je t'aime, petite fille. Essaie d'empêcher ce petit con de se mettre dans la merde.

Je lui ai fait un bisou sur la joue en réponse.

– Je ne fais que ça.

– Je ne savais pas que c'était à ce point-là, Shaw. J'ai manqué tellement de choses depuis que je suis parti.

– Une famille, c'est comme tout, ça demande du travail, de la patience et des gens qui veulent que ça fonctionne. Je suis vraiment heureuse que tu sois à la maison, Rome.

Je me suis éloignée après un second câlin et ai jeté mes clefs vers Rule.

– J'ai mal au crâne. Tu peux conduire pour le retour ?

Normalement, je ne le laisse pas s'approcher du volant, il roule trop vite et se fiche des autres conducteurs, mais je n'allais pas y arriver. Je sentais le mal de tête se transformer en migraine et tout ce que je voulais était fermer les yeux, me recroqueviller dans un lit et disparaître sous la couette. Je me suis installée dans le siège passager et me suis repliée sur moi-même.

Rule n'a rien dit, a démarré la voiture et a pris la route du retour. Il n'a pas allumé la radio et ne s'est pas forcé à faire des blagues. Je savais qu'il ne s'excuserait pas pour le scandale ; il ne le faisait jamais, donc je n'en ai pas parlé. Je somnolais quand la sonnerie de Gabe s'est mise à retentir dans ma poche. J'ai lancé un juron, chose que je fais rarement, et j'ai éteint ce fichu téléphone. À ce moment, j'avais des nœuds dans le ventre et je voyais des points danser devant mes yeux.

– Il t'appelle plus souvent que quand vous étiez ensemble.

La voix de Rule était basse et je me suis demandé s'il savait à quel point j'avais mal à la tête.

– Il est chiant. Je te l'ai dit, il ne comprend pas.

– C'est un gros problème ?

J'ai ouvert un œil car ce n'était vraiment pas son style de s'inquiéter pour moi.

– Non, enfin ça ne fait que deux semaines et je pense que c'est l'idée de nous deux qui lui manque, pas vraiment moi. Je me dis qu'il va se lasser ou trouver quelqu'un d'autre et laisser tomber.

– Surtout, parles-en à quelqu'un si ça devient un problème. Aucune fille ne devrait avoir à gérer ce genre de nuisance.

– Je le ferai.

Nous sommes retombés dans le silence jusqu'à ce qu'il se racle la gorge. Je connaissais Rule depuis assez longtemps pour savoir qu'il se préparait à dire quelque chose, et que je n'avais qu'à attendre.

– Écoute, je suis désolé pour ce matin ; je suis désolé pour beaucoup de dimanches matin. Tu n'as pas à continuer à me voir dans mes pires états, d'ailleurs ce n'est pas ton boulot de me voir tout court. J'en ai fini avec les bons moments forcés en famille. Ça ne fait rien d'autre qu'enfoncer le couteau un peu plus profondément, je le vois maintenant. Tout ce drame monte depuis des années, et ce n'est pas juste que tu sois coincée en plein milieu sans le soutien de Remy. Il t'aimait à mourir et je n'ai franchement pas été à la hauteur.

J'avais trop mal pour débattre une fois de plus des détails de ma relation, ou plutôt de ma non-relation, avec Remy. Dans la famille Archer, personne ne semblait comprendre que nous étions amis, meilleurs amis et rien de plus. La légende de notre couple était devenue un monstre que je ne pouvais pas combattre, surtout que le peu de choses que j'avais mangées au brunch étaient en train de remonter. Je me suis penchée en avant et j'ai attrapé le bras de Rule. Ce n'était sûrement pas un mouvement très intelligent sachant qu'on était à cent cinquante sur l'autoroute, mais j'étais sur le point de rendre mes petits gâteaux dans une voiture qui coûtait plus que ce que certaines personnes gagnent en un an.

– Arrête-toi !

Rule a lâché une série de gros mots et a esquivé rapidement une fourgonnette pour s'arrêter sur le côté de la route. J'ai ouvert la porte et je suis quasi tombée à genoux en vomissant violemment sur l'asphalte.

Des mains tièdes ont relevé ma queue-de-cheval et m'ont tendu un vieux bandana. Quand j'ai pu à nouveau respirer, j'ai pris la bouteille d'eau qu'il me tendait et je me suis accroupie, tandis que le monde tanguait autour de moi.

– Qu'est-ce qu'il y a ?

Je me suis rincé la bouche et j'ai recraché l'eau par terre, loin du bout de ses bottes noires.

– Migraine.

– Depuis quand est-ce que tu as ça ?

– Depuis toujours. Il faut que je m'allonge à l'arrière.

Il m'a aidée à me relever en passant son bras sous le mien et j'ai réalisé que c'était la première fois, depuis des années, qu'il me touchait délibérément. Nous ne nous faisions jamais de câlin, ne nous frôlions pas, ne nous tapions pas dans les mains ou ne nous serrions pas la main ; notre relation était strictement sans contact, aussi mon organisme a failli se révulser en sentant sa main. J'ai grogné alors qu'il me poussait presque dans la voiture. Je suis petite, de ce fait, m'étendre sur la banquette arrière n'était pas compliqué. Rule a repris place derrière le volant et m'a regardée par-dessus son épaule.

– Tu vas tenir le reste de la route ?

J'ai posé un bras sur mes yeux et mon autre main sur mon ventre qui remuait.

– Ce n'est pas comme si j'avais le choix. Tiens-toi juste prêt à t'arrêter si je te crie encore dessus.

Il a repris la route et s'est tu pendant une minute, avant de me demander :

– Est-ce que tout le monde sait que tu as des migraines ?

– Non. Je n'en ai pas très souvent, seulement quand je suis stressée ou que je ne dors pas bien.

– Est-ce que Remy savait ?

Je voulais juste soupirer, mais j'ai répondu :

– Oui.

Il a marmonné quelque chose que je n'ai pas compris mais j'ai senti qu'il me regardait.

– Il ne m'en a jamais parlé. Il me disait tout, même des trucs dont je me foutais totalement ; il n'arrêtait pas de parler de toi.

Il avait tort, tellement, tellement tort, mais c'était le secret de Remy et, même s'il n'était plus là, je le garderais jusqu'à ma mort. Il y avait beaucoup de choses que Rule et Rome n'avaient jamais sues à propos de leur frère, des choses qu'il avait peur de partager, des choses avec lesquelles il se débattait chaque jour. Le fait que j'aie des migraines et que je sois irrémédiablement amoureuse de Rule n'était que la partie émergée de l'iceberg.

– Il avait sûrement oublié. Comme je te l'ai dit, ça ne m'arrive pas souvent, et quand vous avez déménagé à Denver et que j'étais encore au lycée, il a sûrement oublié parce qu'on se voyait moins souvent. Elles se sont aggravées ces dernières années.

Je n'avais pas besoin d'expliquer que c'était parce que Remy était parti et que je devais désormais gérer seule tout le stress qu'il m'aidait à équilibrer.

– Ça me semble un peu gros pour qu'il oublie…

– Contrairement à ce que les Archer se sont mis dans le crâne, la vie de Remy ne se réduisait pas à notre amitié et à ce qu'il se passait ou pas entre nous.

Il a pouffé de rire.

– Ouais, bien sûr. Remy était une autre personne après t'avoir trouvée. Il a toujours été un mec bien, toujours le meilleur d'entre nous, mais quand tu es arrivée, c'est comme s'il avait trouvé son but dans la vie. Tu l'as rendu meilleur.

Dans ma poitrine, mon cœur s'est serré si fort que j'ai cru que toutes mes entrailles allaient se retourner.

– Il m'a sauvée, alors on s'est tous les deux rendus meilleurs.

Nous sommes retombés dans un silence gêné, jusqu'à ce que la voiture s'arrête devant son immeuble. Il s'est retourné dans son siège pour baisser les yeux vers moi. Je lui ai jeté un regard par-dessous mon bras. Le bleu de ses yeux était presque englouti par un ton argenté et gris plus pâle.

– Tu peux rentrer jusqu'au campus ou tu veux que je t'y conduise ? Je peux demander à Nash de nous suivre, il est rentré du boulot.

C'était une gentille proposition, et j'étais surprise qu'il me la fasse, mais j'avais eu ma dose d'Archer pour la journée et le trajet depuis Capitol Hill ne serait pas trop galère un dimanche après-midi.

– Je vais y aller. Ce n'est pas si loin que ça.

Je me suis tortillée pour me lever de la banquette et j'ai dû m'appuyer contre l'encadrement de la portière pendant qu'il se levait du siège conducteur. Nous étions si proches l'un de l'autre que je voyais son pouls battre dans son cou, sous le colibri qu'il avait tatoué là.

– Mais merci.

Il a soufflé et a passé ses mains sur son visage. Il a fait un pas en arrière et s'est assuré que je le regardais bien dans les yeux quand il m'a dit :

– Je suis sérieux pour le dimanche. Ne viens pas la semaine prochaine en espérant que je serai sympa. J'en ai marre.

Je lui ai fait un salut en posant deux doigts contre mon sourcil et j'ai laissé mon corps tomber dans le siège qu'il venait de libérer.

– Message reçu. On se passera de mes services de chauffeur et punching ball, ce qui veut dire que je ne te verrai sûrement plus beaucoup. Essaie de prendre soin de toi, Rule. Car il faut bien que quelqu'un le fasse.

J'ai fermé la porte avant qu'il puisse dire quoi que ce soit et je n'ai même pas attendu qu'il s'éloigne de la voiture pour passer en marche arrière et sortir de la cour du bâtiment. Je n'étais pas loin de mon appartement, que je partageais avec ma meilleure amie, Ayden. Je l'avais rencontrée en première année, nous partagions une chambre universitaire. Elle faisait des études de chimie, travaillait dans le même bar que moi et avait l'extrême patience de supporter mes incessantes conneries de névrosée. Sa famille n'était pas un modèle non plus, et j'étais contente de pouvoir toujours compter sur elle. Elle était de plus extrêmement intelligente et il lui avait fallu précisément zéro seconde pour comprendre que si ma vie sociale était aussi vide et que je ne pouvais pas m'engager avec les mecs que je voyais, c'était parce que je faisais une fixation sur Rule Archer. Aussi, quand je suis rentrée chancelante, souffrante et des larmes plein les yeux, elle m'a mise au lit sans me poser de questions, a fermé les stores de ma chambre et est allée me chercher des antidouleurs et un grand verre d'eau.

Le lit s'est affaissé quand elle s'est posée près de moi tandis que j'enlevais mes talons à bouts ouverts et retirais ma ceinture des passants de mon pantalon.

– Ça s'est mal passé, aujourd'hui ?

Ayden venait du Sud et son accent roulait sur moi comme un baume apaisant.

– Il était encore avec une pouffe, il avait un suçon de la taille de l'Alaska dans le cou, mon ennemie mortelle du lycée l'a dragué au Starbucks, et il a fallu moins d'une minute à Margot et Dale pour insulter ses vêtements, ses cheveux et lui rappeler qu'il n'est pas, et ne sera jamais, son frère jumeau disparu. Heureusement, cette fois, ils n'ont pas parlé de son travail ni de ses bonnes manières, mais il a pété les plombs et est sorti en trombe. Ils ont tous décidé que ce serait mieux que l'on arrête de venir le dimanche, cela me fait donc une deuxième famille incapable de régler ses problèmes pour simplement s'aimer et profiter les uns des autres. Pour couronner le tout, Gabe a fait chauffer mon téléphone toute la journée et c'est la dernière personne à qui j'ai envie de parler. Donc, oui, ça s'est franchement mal passé aujourd'hui.

Elle a caressé mes cheveux et a ri doucement.

– Ma petite, tu te retrouves dans de telles situations…

– Ne m'en parle pas.

– Tu lui as rendu la clef de chez lui ?

J'ai gémi doucement et ai enfoui ma tête dans l'oreiller.

– Non. J'ai complètement zappé, mais ce n'est pas comme si j'étais pressée de tomber sur lui avec une fille, une fois de plus. Honnêtement, je serais ravie de ne plus jamais voir les parties percées de Rule.

Elle m'a lancé un rire moqueur et s'est allongée sur le dos, les yeux rivés sur le plafond. Les cheveux de Ayden étaient aussi noirs que les miens étaient blonds, et elle portait une coupe courte style pixie très cool. Elle avait de grands yeux couleur whisky et un cœur en or pur. À part Remy, elle était la seule véritable amie que j'avais jamais eue. Je l'aimais car je n'avais pas besoin de tout lui expliquer pour qu'elle me dissèque ; elle comprenait naturellement. Elle ne comprenait peut-être pas que je passe mon temps à détester une personne autant que je l'aimais, une personne qui ne me voyait comme rien d'autre qu'une nuisance, mais elle ne m'avait jamais jugée ni critiquée pour cela.

– Ce garçon est un cas difficile.

– Je ne sais pas, peut-être que la distance me fera du bien. Peut-être que passer du temps sans toute la famille me donnera enfin assez d'espace pour tuer les sentiments que j'ai pour lui. Je ne vais pas passer toute ma vie à fuir les gens parce qu'ils ne sont pas Rule.

– En tout cas, je ne peux pas dire que ça m'attriste de voir Gabe partir. Mais tu mérites quelqu'un qui te traite super bien et qui t'aime de toutes ses forces. Tu l'as mérité, parce que je n'ai jamais rencontré personne qui vit aussi librement et qui donne autant que toi. Sachant que ceux qui te tiennent lieu de parents pourraient être sculptés dans la glace, c'est tout bonnement un miracle. Tu es une fille bien, Shaw, et tu mérites un mec bien.

J'ai collé mes mains l'une contre l'autre et ai posé ma joue dessus. La douleur dans ma tête commençait doucement à se calmer et tout ce que je voulais était faire une sieste et éventuellement essayer de digérer tout ce qu'il s'était passé aujourd'hui.

Ayden avait raison, je méritais un mec bien. Je savais à quoi ça ressemblait, je savais comment ça se comportait, d'ailleurs, j'avais été amie avec le parfait mec bien. Remy était l'incarnation de tout ce qu'une fille saine d'esprit pourrait attendre d'un copain, et pourtant je n'avais jamais eu de sentiments pour lui, pas une seconde. Je me souviens distinctement de la première fois qu'il m'a ramenée chez lui. J'avais quatorze ans, et beaucoup de mal à m'intégrer chez les gamins riches et apprêtés de ma première année de lycée. Je savais que l'apparence et les marques étaient importantes, mais à l'époque je ne voulais porter qu'un jean et une queue-de-cheval. Remy avait dix-sept ans et il était capitaine de l'équipe de foot. Il m'avait trouvée devant le vestiaire des filles, je pleurais après une agression verbale particulièrement violente venue d'Amy et de sa bande. Il ne s'était pas moqué de moi, ne m'avait pas posé de questions et n'avait pas été gêné par la différence d'âge, il m'avait juste prise dans ses bras et traînée jusqu'à chez lui parce que j'étais triste et seule, et qu'il ne voulait plus jamais me voir comme ça. Il m'a dit qu'il voyait dans mes yeux que j'étais une personne gentille, que j'avais besoin que quelqu'un garde un œil sur moi, et à cette minute précise il a décidé que ce quelqu'un, ce serait lui. Je me souvenais de toutes les émotions chaudes et rassurantes associées à ce moment, mais aussi de la gratitude et de la joie envahissante que j'avais ressenties car quelqu'un voyait enfin que je méritais un amour inconditionnel, mais ce dont je me souvenais le mieux, c'était la façon dont je fus toute retournée quand Rule est entré dans la cuisine, a fait un signe du menton vers moi et a demandé :

– C'est qui, la fille ?

Mon cœur avait cessé de battre, mes poumons étaient sur le point de défaillir, ma peau était soudainement trop serrée tout autour de mon corps et je ne pouvais plus formuler une pensée rationnelle ni une phrase cohérente. À l'époque, j'avais relégué ça au statut de petit béguin adolescent, tous les garçons Archer étaient beaux et avaient des qualités qui faisaient d'eux de vrais personnages, et toutes les filles que je connaissais, à un moment ou à un autre, avaient craqué sur un mauvais garçon. Bien sûr, elles avaient généralement déchanté en comprenant que le mauvais garçon n'était qu'un con et qu'elles méritaient d'être mieux traitées. Le temps avait passé, les choses avaient changé, mais pas mes sentiments. Il était évident qu'ils ne seraient jamais réciproques. Rule me voyait comme le caniche de Remy, une petite fille riche et gâtée, puis en vieillissant, comme la copine de Remy. C'était nul, parce que je n'avais jamais été aucune de ces choses, et j'avais fini par saboter des relations, par rejeter tous les mecs simplement car je ne voulais pas d'un mec bien, je voulais celui qui était abîmé et incapable de voir ce que je ressentais.

Moi, j'étais une fille bien : j'étais loyale, honnête, je travaillais dur et j'investissais beaucoup de temps et d'énergie pour me prévoir un avenir sûr. J'évitais les ennuis, je faisais tout pour être la fille policée et parfaite que mes parents voulaient, et la femme déterminée et accomplie que je pouvais être grâce à l'assurance que les Archer m'avaient donnée. Ce qui n'avait pas sa place dans mon emploi du temps, c'était être la personne que je pensais être. Elle était enfermée bien profondément en moi, étouffée et toujours accrochée à l'espoir que Rule remarque qu'elle existe. C'était épuisant, et dans ces moments de vulnérabilité où j'étais terriblement honnête avec moi-même, je devais bien admettre que je ne tiendrais plus très longtemps.

Chapitre 3
RULE

La semaine avait été très chargée au salon. Je pense que c'est surtout parce qu'on était en plein dans la période des remboursements d'impôts et que les gens avaient de l'argent à dépenser. J'avais des rendez-vous les uns à la suite des autres jusqu'à samedi et je prévoyais même d'y aller mon jour de repos pour bosser sur la manchette d'un gars que j'avais commencée quelques mois plus tôt. Nash était tout aussi pris que moi. Samedi soir, nous avions tous les deux besoin de lâcher la pression et de nous mettre une murge. Le dimanche s'est passé à peu près de la même façon que la semaine précédente, excepté le fait que cette fois j'ai raccompagné la fille jusqu'à sa voiture et que je n'avais pas à craindre que Shaw débarque pendant une scène que je ne voulais pas qu'elle voie. J'ai appelé Rome pour savoir quand il comptait venir en ville, mais apparemment les choses ne s'étaient pas arrangées depuis la semaine dernière, donc il ne voulait pas laisser Maman toute seule. J'aurais aimé m'en soucier, me sentir mal pour elle, mais je ne trouvais pas le courage.

Je m'apprêtais à ouvrir une bière, m'affaler devant l'écran plat et me détendre devant le match, quand Nash est sorti de sa chambre en mettant la capuche de son sweatshirt par-dessus la casquette qu'il avait sur sa tête rasée. Il faisait quelques centimètres de moins que moi, était beaucoup plus massif, mais en toute honnêteté, il était dans l'ensemble bien plus beau gosse que moi. Ses cheveux noirs étaient toujours très courts car il avait des tatouages jumeaux de chaque côté du crâne et ses yeux étaient très, très brillants et plus violets que bleus, et ils ressortaient nettement sur son teint plutôt mat. Il n'avait pas autant de métal que moi sur la tête, seulement un anneau au milieu du nez et deux écarteurs en obsidienne dans les oreilles. Pour je ne sais quelle raison, il voulait garder son cou et ses mains sans tatouages, ce qui me faisait toujours rire considérant qu'il avait le crâne marqué à vie. Nous faisions la paire : quand nous sortions ensemble, c'était quasi certain que nous ne rentrions pas seuls le soir. Nash était un mec bien plus sympa que moi, il était juste quelques niveaux au-dessus de moi dans le look badass.

– Jet et Rowdy sont au Goal Line pour regarder le match. Si tu es partant…

Rowdy travaillait au salon avec nous et Jet était le chanteur d'un groupe de metal du coin qu'on aimait bien ; c'étaient les deux autres membres de notre bande. Aller au bar pour regarder le match me semblait bien plus drôle que de rester à broyer du noir tout seul sur mon canapé, alors j'ai remis la bière dans le frigo et ai enfilé mes bottes noires.

Nash conduisait un Dodge Charger de 1973 complètement retapé. C'était un monstre fait de noir, de chrome et de moteur. J'étais sûr que tous les habitants de notre immeuble savaient quand nous partions et revenions tellement elle faisait du bruit et grondait, mais elle était cool. Je savais qu'elle était importante pour lui parce qu'il avait presque tout retapé tout seul. L'histoire de Nash n'était pas très nette, mais comme la mienne était loin d'être brillante, je ne l'avais jamais poussé à m'en parler. Je savais que son père était mort quand il était très jeune et que sa mère s'était remariée avec un riche connard à qui Nash ne voulait pas avoir affaire. Phil, le même Phil qui nous avait laissés nous approprier son salon, avait joué un rôle essentiel pour que Nash arrive à l'âge adulte sans casier judiciaire ni tribu d'enfants illégitimes.

Le bar était situé dans le sud du centre-ville, ou LoDo [2], comme disent les gens du coin. C'était un bar très fréquenté, surtout par les habitants du quartier et les gens du milieu, et comme cela faisait des années que je n'avais pas passé un dimanche ici, j'avais oublié qu'il était plein à craquer les soirs où les Broncos [3] jouent. Les gars avaient une table au fond, juste en dessous d'un immense écran plat, et nous attendaient déjà avec un pichet de bière. Des poings se sont entrechoqués et des signes de tête échangés pour se dire bonjour, et une grande exclamation

2. NdT : Lower Downtown.
3. NdT : Équipe de football américain de Denver.

a retenti dans le bar bondé quand les Broncos ont marqué le premier *touchdown* du match.

– Quoi de neuf, les gars ? a demandé Nash en remplissant nos verres pendant qu'on s'installait.

Rowdy a haussé les sourcils en désignant un coin du bar derrière lui.

– Alors, c'est pas mieux qu'un dimanche en famille ? Personne ne veut voir sa mère habillée comme ça.

Les filles qui travaillaient dans le bar portaient toutes un uniforme sur le thème du sport. Certaines étaient des pom-pom girls super sexy, et d'autres portaient de minuscules maillots et des shorts lacés comme des pantalons de football américain. Mes préférés étaient les petites tenues d'arbitre qui masquaient à peine leur derrière.

– Non, ça c'est clair.

Ça faisait du bien de se détendre et de passer du temps avec les gars un dimanche, alors que généralement le dimanche était le pire jour de ma semaine. C'était largement mieux que de me faire démonter par mes parents pour avoir osé respirer. J'ai senti une petite pointe de culpabilité devant mon égoïsme, mais je savais que je pourrais la vaincre à grand renfort de bière.

Jet a levé les yeux de l'assiette de nachos qu'il assassinait tranquillement et a montré le bar du doigt, derrière lui.

– Attends de voir la fille qui nous sert. Mec, mais mec, je ne trouve même pas les mots.

Le groupe de Jet, Enmity, était assez connu sur la scène locale et je savais d'expérience qu'il n'avait que l'embarras du choix entre groupies et rockeuses.

S'il était impressionné par une fille, c'était forcément une 10/10 et j'avais hâte de la voir. On a discuté et vidé le pichet en moins d'une demi-heure, les gars parlaient de plus en plus fort et étaient de moins en moins fins, mais on passait un bon moment. Il allait nous falloir une nouvelle tournée incessamment sous peu. Je n'avais toujours pas vu la mystérieuse serveuse. Les cheveux de ma nuque se sont dressés et je fus soudain très alerte. Une blonde s'approchait de notre table. Ses cheveux étaient si blonds qu'ils en étaient presque blancs, et ils étaient ramassés en deux couettes de chaque côté de sa tête. Ses yeux verts surpris me regardaient derrière une frange bien droite. Sa bouche était un éclat de rouge sur ce visage que je connaissais aussi bien que le mien. Elle portait le fameux uniforme d'arbitre, avec son petit short noir à volants et ses collants résille. Elle portait aussi une paire de bottes noires qui ressemblaient carrément aux miennes, mais plus féminines, et elles montaient sur des jambes sérieusement superbes avant de s'arrêter à son genou. Tandis que je luttais pour la reconnaître et que mes idiots d'amis la déshabillaient du regard, Nash s'est levé pour l'engloutir dans un câlin d'ours.

– Salut mademoiselle, qu'est-ce que tu fais là ?

Shaw a fait un petit bruit en rendant son câlin à mon coloc, mais ses yeux ne lâchaient pas les miens.

– Euh… Je travaille ici, ça fait un moment. Normalement je ne travaille pas le dimanche, mais il y a du monde et mon planning a changé, donc j'ai pris ces horaires-là. Et vous, qu'est-ce que vous faites là ?

Je savais que la question s'adressait à moi, mais j'étais encore trop pétrifié par son apparence pour réagir. Nash a laissé son bras autour de ses épaules et a montré nos amis du doigt.

– Celui avec les côtelettes, c'est Rowdy, il travaille au salon avec Rule et moi. Le gars qui se goinfre de nachos, c'est Jet ; il chante dans Enmity et on a grandi ensemble. Les gars, je vous présente Shaw ; elle a grandi avec Rule et ses frères.

J'ai regardé mes amis avec un mélange d'ébahissement et de répulsion quand ils se sont presque marché dessus pour serrer la main qu'elle tendait. Je n'avais toujours rien dit et cela commençait à être gênant, mais elle a simplement souri, pris le pichet vide et a dit qu'elle nous en apportait un autre dans quelques minutes. Nos quatre paires d'yeux ont suivi le mouvement de ses cheveux et des volants sur son cul pendant qu'elle s'en allait. J'avais envie de mettre un coup de poing dans la face de tout le monde, y compris moi. Dès qu'elle a été assez loin, Rowdy s'est tourné vers moi et s'est penché au-dessus de la table pour me donner une claque derrière la tête. Je l'ai insulté et lui ai jeté un regard mauvais, mais je n'ai pas essayé de riposter.

– C'était pour quoi, ça ?

Il a secoué la tête et a pointé son doigt sur moi.

– C'est elle, la fille qui te conduit jusqu'à chez toi tous les week-ends et dont tu te plains ? Celle qui te fait chouiner parce qu'elle te tombe dessus alors que tu fais le con ? C'est la fille dont tu filtres les appels et que tu évites comme la peste ? Bon Dieu, Rule, je ne savais pas que tu étais gay.

Nash a ricané et Jet a carrément explosé de rire. J'ai fait un doigt d'honneur à Rowdy et ai plissé les yeux.

– Ta gueule. Tu ne sais pas du tout de quoi tu parles.

– Ah non ? J'ai des yeux et cette fille est une bombe, alors soit tu es aveugle, soit tu es stupide, parce que si j'étais au chaud dans une voiture avec elle toutes les semaines pendant deux heures, je remercierais Dieu, je ne ferais pas mon pourri gâté.

Nash a secoué la tête.

– Je n'arrive pas à croire que tu ne savais pas qu'elle travaille ici. Tu passes ton temps à ignorer ce qu'elle te dit ?

Je lui ai lancé un regard noir.

– Tu ne le savais pas non plus, et tu lui parles quand elle vient le dimanche.

– Je lui demande si elle veut un café, pas comment elle gagne sa vie. Mec, admets-le, tu crains.

J'allais me défendre mais il ne s'est pas arrêté là.

– Et elle est sexy, elle l'a toujours été. C'est juste que tu ne l'aimes pas, donc tu n'arrives pas à le voir. Elle est belle dans les fringues qu'elle a d'habitude mais putain, dans cet uniforme…

– Je l'aime bien.

J'ai refusé de commenter le fait qu'elle soit sexy ou non parce que c'était bizarre. Évidemment, j'avais des yeux, je savais que techniquement c'était une jolie fille, mais elle avait toujours paru si froide et intouchable que je ne l'avais jamais vraiment considérée comme attirante ; plutôt comme une œuvre d'art impressionnante faite pour être admirée dans un musée et pas pour qu'on en profite tous les jours.

– Arrête de mentir. Vous ne pouvez pas vous supporter, tous les deux.

J'ai vaguement haussé les épaules.

– C'est comme un membre de ma famille. Et tu sais ce que je pense de ma famille.

Jet a haussé un sourcil.

– J'aimerais que les membres de ma famille ressemblent à ça.

J'ai levé les yeux au ciel.

– Oh laisse tomber. Arrête de faire ton pervers.

Elle est revenue avec non pas un pichet mais deux, et une assiette d'ailes de poulet. Elle a souri à Nash et aux autres, mais quand ses yeux brillants sont arrivés sur moi, elle s'est assombrie.

– Les ailes sont offertes par la maison. Je ne peux pas m'empêcher de m'assurer que tu manges le dimanche.

Elle s'est retournée en faisant voler ses cheveux clairs et est allée tranquillement jusqu'à une autre table occupée par un groupe de quarantenaires qui portaient des maillots qui ne leur allaient pas. J'ai froncé les sourcils quand l'un d'eux a posé sa main sur son cul couvert de volants. De toute évidence, elle avait l'habitude et a sorti son plus beau sourire tout en se déplaçant pour éviter le tripoteur. C'était tellement différent de la voir comme ça que, quand elle est de nouveau passée près de notre table, clairement décidée à m'ignorer, j'ai tendu la main pour attraper son bras.

Des étincelles vertes se sont allumées dans ses yeux quand elle a vu mes doigts tatoués enroulés autour de son poignet. J'ai été surpris par une décharge électrique qui a couru jusqu'à mon épaule à son contact. J'ai levé les sourcils et lui ai fait un méchant rictus.

– Tes parents savent que tu travailles ici ? Et Margot ? J'ai du mal à croire que les adultes que tu essaies tant d'impressionner savent que tu te balades ici à moitié à poil.

Elle a pris un air renfrogné et a secoué le bras pour enlever ma main.

– Non, mes parents ne savent pas parce qu'ils ne me l'ont jamais demandé, et Margot sait que je travaille dans un bar sportif mais elle ne sait pas à quoi ressemble l'uniforme, et je suis loin d'être à moitié à poil. Laisse-moi tranquille, Rule. Ma coloc travaille ici aussi, et elle me lance un regard qui veut dire qu'elle s'apprête à appeler la cavalerie. Alors à moins que tu ne veuilles te faire sortir par trois gros videurs, tu gardes tes mains dans tes poches et tu fermes ta bouche. J'aime bien Nash, il a toujours été sympa avec moi, mais ça ne me dérange pas de vous faire tous virer si tu continues à me faire chier.

Nous nous sommes fixés dans un duel hostile jusqu'à ce qu'une autre table l'appelle.

– Juste un week-end.

J'ai froncé les sourcils car elle avait marmonné ces mots tellement doucement que je ne l'avais presque pas entendue.

– Quoi ?

Ses yeux étaient tellement brûlants que je n'arrivais pas à y distinguer une émotion claire.

– Je voudrais juste un week-end, une pause sans être obligée de te voir.

Elle s'est lancée vers l'autre table, et pour la première fois depuis que je la connaissais, j'ai réalisé que passer du temps avec moi était peut-être une torture pour elle autant que pour moi. Quand je me suis retourné vers mes amis, ils me regardaient tous avec de la pitié et de l'émerveillement à la fois. Mon expression s'est encore plus assombrie quand j'ai englouti ma bière cul sec.

– Quoi ?

J'entendais l'irritation dans ma propre voix.

– Mec, qu'est-ce qu'il vient de se passer ?

C'était Rowdy qui avait posé la question, mais Nash et Jet avaient l'air de vouloir me demander la même chose.

– De quoi tu parles ?

Nash a soulevé sa bière pour camoufler son sourire.

– Vous aviez tous les deux l'air de vouloir vous casser la gueule ou de déchirer vos vêtements au beau milieu du bar. Ça sort d'où, je croyais qu'elle t'énervait ?

– Oui, elle m'énerve. Elle est riche et gâtée et on n'est d'accord sur rien ; on ne s'est jamais entendus.

Rowdy m'a lancé un regard qui voulait explicitement dire qu'il ne me croyait pas.

– Je sais ce que j'ai vu et je sais que si elle te le proposait, tu ne pourrais pas résister.

Je voulais lui hurler combien il avait tort parce que, avant d'être toutes ces choses qui m'agaçaient et me tapaient sur les nerfs, elle avait été à Remy et rien, sur Terre comme au ciel, ne pourrait me faire oublier ça. J'ai gardé mon sang-froid, je me suis servi un autre verre et je suis tombé dans un silence morose. Je n'étais pas attiré par Shaw. Je la voyais simplement dans un nouvel environnement, dans d'autres vêtements que ses tenues classe qui coûtaient plus que ce que je gagne en un mois.

Nous voyions le fond du deuxième pichet et Shaw avait déposé son remplaçant sur la table, quand une très belle fille avec des cheveux noirs super courts est soudainement apparue au bout de la table. Elle était grande et ses yeux avaient la couleur du Jack Daniels. Sa bouche aurait rendue jalouse Angelina Jolie, et son corps aurait pu provoquer des accidents de la route. Elle portait le même uniforme que Shaw, mais au lieu de bottes super, elle portait des talons à clous qui la rendaient sûrement plus grande que Nash et Jet. Rien sur son beau visage ne paraissait accueillant.

Jet s'est redressé sur son tabouret et Rowdy, qui était de loin le plus bourré de nous tous – il était passé à la tequila depuis une vingtaine de minutes –, a failli carrément tomber quand elle s'est postée entre eux deux. Mais son regard était fixé sur moi et je l'ai scrutée en retour jusqu'à ce qu'elle parle enfin. Elle avait ce petit ton nasillard du sud des États-Unis et je jure que j'ai vu Jet tomber amoureux à cette seconde précise.

– Tu es Rule.

Ce n'était pas une question, alors j'ai répondu en hochant la tête.

– Je m'appelle Ayden Cross. Je vis avec Shaw.

Je n'étais pas sûr de comprendre ce que cela pouvait bien me faire alors je suis resté silencieux tandis que mon meilleur ami tournait la tête pour me regarder. J'étais un peu malpoli, mais j'avais bu et j'étais toujours énervé contre Shaw, donc je m'en foutais un peu.

– Je ne sais pas quel est ton problème, mais laisse-la vivre. Elle n'a pas besoin que tu continues à lui faire des nœuds au cerveau, alors laisse-la tranquille.

Je n'ai pu que cligner des yeux car je n'avais sincèrement aucune idée de ce que voulait dire cette fille.

– Je n'essaie pas d'emmerder Shaw.

Elle a plissé les yeux et pointé son doigt sur moi.

– Je sais exactement ce que tu fais et ce que tu ne fais pas, le tatoué. J'aime beaucoup Shaw. Elle est adorable, gentille, et c'est la meilleure coloc du monde. Va juste jouer ton mauvais garçon perturbé ailleurs, elle n'a pas besoin de ça…

J'avais l'impression qu'elle se préparait à m'en balancer encore plus, mais quelque chose a attiré son attention, et soudain, un feu doré a brillé dans ses yeux.

– Oh putain ! Je n'arrive pas à croire que ce connard a le culot de venir ici. Il faut que j'aille chercher Lou.

Elle a tourné les talons et a fendu la foule, me laissant sous le choc. Je ne savais pas du tout de quoi elle parlait, mais il était clair que quelque chose la démangeait. J'ai regardé par-dessus mon épaule et j'ai senti tout mon instinct de protection se réveiller.

Shaw se tenait près du bar. Il y avait du monde, mais ses cheveux blonds étaient faciles à repérer. Elle avait l'air stressée et effrayée, un mec en polo blanc la poussait contre le bord du bar. Il avait une main sur son épaule et était penché au-dessus de son visage. D'après son expression, ce qu'il lui disait donnait envie à Shaw de lui mettre un coup de poing ou de vomir sur ses chaussures. Je n'avais jamais vu un tel air paniqué sur son visage ; d'habitude, elle était toujours calme et imperturbable. En dépit de tout bon sens, j'étais en train de me lever. Je n'étais pas du genre à m'inquiéter pour les demoiselles en détresse, et je savais parfaitement que la demoiselle en question pouvait se débrouiller toute seule. Mais elle avait l'air d'avoir du mal et malgré ce que je pensais d'elle, j'allais intervenir.

– Je reviens dans une seconde.

Comme je suis grand et qu'une bonne partie de ma peau visible était couverte de motifs qui criaient « ne me fais pas chier », je n'avais rien besoin de faire pour que les gens s'écartent de mon chemin dans le bar rempli. Quand je suis arrivé à côté d'elle, ses yeux se sont posés sur moi et je suis sûr d'avoir vu du soulagement dans leur profondeur verte scintillante. Monsieur Polo s'est penché encore plus contre elle et je crois l'avoir entendu parler de l'image que cela donnerait quand il rentrerait à la maison tout seul pour les vacances d'hiver. Je l'ai vue se raidir et essayer de se libérer, mais le Polo s'est collé contre elle pour la coincer contre le bar.

– Je me fous de ce que ma mère t'a dit, Gabe. C'est fini, je n'ai pas l'intention d'aller à Aspen avec toi et ta famille. Arrête de m'appeler et arrête de venir me voir.

– Bébé, on est faits l'un pour l'autre et quand tu arrêteras d'être bornée, tu verras comme on pourrait être bien tous les deux.

Je déteste les mecs qui appellent les filles « bébé ». C'est ce qu'on dit quand on ne se souvient pas de son prénom ou quand on est juste trop fainéant pour lui trouver un vrai surnom.

Elle s'est tortillée un peu plus et j'ai vu que les yeux du mec plongeaient dans le décolleté de son uniforme.

– Lâche-moi, Gabe. Je ne voulais pas que ça se passe comme ça quand on était ensemble, et je ne veux certainement pas que ça se passe comme ça maintenant. Laisse-moi tranquille.

La tête du Polo est devenue écarlate devant son rejet évident. Il allait s'approcher d'elle encore plus près, il allait poser son autre main sur elle quand je me suis avancé, que j'ai pris le poignet de Shaw et que je l'ai tirée vers moi. Le Polo faisait bien dix centimètres de moins que moi, alors j'ai casé Shaw sous mon bras et lui ai lancé un regard mauvais par-dessus la tête de Shaw.

– Désolé pour le retard, Casper.

Elle a tout de suite compris, a passé son bras autour de ma taille et s'est appuyée contre moi. Je lui donnais ce surnom avant, pour l'embêter, car ses cheveux étaient presque blancs, et je savais qu'elle détestait ça. Maintenant cela paraissait personnel et intime, comme si nous avions un secret que le Polo ne connaissait pas.

– Ne t'inquiète pas. J'ai encore une heure de service. Tu peux rester jusqu'à ce que j'aie fini ?

Ses yeux me suppliaient de jouer le jeu mais j'étais trop occupé à me demander pourquoi mes côtes étaient en feu à l'endroit où elle m'avait touché.

– Pas de problème. C'est qui, ton ami ?

Le Polo me jetait un regard noir et son visage virait au rouge carmin, c'était inquiétant. Il n'a même pas laissé à Shaw le temps de répondre.

– Je suis son copain, Gabe Davenport. Et toi ?

Shaw s'est raidie contre moi et j'ai senti ses doigts serrer mon tee-shirt.

– Gabe, je te présente Rule Archer, Rule, voici Gabe, mon EX-petit copain, qui a du mal à piger la partie « ex ».

– Shaw, ne reste pas à côté de lui. Qu'est-ce qu'il se passe dans ta tête ? Tu ne penses pas sérieusement que les gens vont croire que tu passes de moi à quelqu'un comme lui, si ? Non mais regarde-le, c'est une catastrophe.

J'étais immunisé contre la tactique du « quelqu'un comme lui », je l'avais trop entendue, mais apparemment ce n'était pas le cas de Shaw. Elle s'est hérissée comme un chat mouillé et a bougé comme si elle allait pousser. Je l'ai reprise contre mon flanc et ai subtilement essayé de la calmer en passant ma main sur son bras nu.

– Je connais Rule depuis des années, Gabe. Je n'ai rien à foutre de ce à quoi il ressemble parce qu'il n'est le pantin de personne, et on ne peut pas dire la même chose de toi. Ne va pas croire que tu peux le juger, ni lui ni moi, surtout quand tu me harcèles et que tu essaies de me forcer à faire partie d'un couple en manipulant mes parents parce que tu sais qu'ils t'aiment bien. Ayden est là, et tu peux être sûr que si elle t'a vu, elle a déjà appelé Lou. Et Lou n'aime pas que ses filles soient contrariées, alors à moins de vouloir un scandale dont tu ne te remettras pas, va-t'en et ne reviens pas. Tu peux appeler ma mère ou parler avec mon père autant que tu veux, je ne veux pas être avec toi et ça ne changera pas.

Il avait l'air de se préparer à continuer le combat mais la foule a eu un mouvement brusque vers le bar, ce qui a eu pour effet de serrer Shaw plus près de moi, et j'en ai profité pour la coller contre moi. Cette fille avait des formes de ouf et je me suis demandé ce que j'avais fumé pour ne pas m'en être rendu compte avant aujourd'hui.

– Il y a un problème, mon gars ? je lui ai demandé.
Elle s'est un peu décollée de moi en fronçant les sourcils

et a posé ses mains contre mon torse pour avoir un peu d'espace.

– Ouais mon gars, il y a un problème. Mais ce n'est ni le moment ni l'endroit. Je n'ai pas de temps à perdre avec un pauvre mec comme toi. Shaw, on se verra plus tard. On n'en a pas fini.

Il m'a bousculé l'épaule en passant avec un regard énervé. J'ai serré Shaw et l'ai laissée faire un pas de côté, mais j'ai gardé les mains sur sa taille. J'ai regardé le Polo s'en aller et ai j'essayé d'attirer l'attention de Nash. Shaw a laissé sortir un soupir qui a frôlé ma gorge et fait frissonner ma peau.

– Merci.

– Pas de problème. Il faut qu'il comprenne, lui.

Nash a enfin levé les yeux et je lui ai fait un signe de tête vers la porte par laquelle le Polo venait de sortir. Il a hoché la tête, a dit quelque chose à Rowdy et Jet, et ils se sont levés tous les trois. J'ai vu la coloc de Shaw, avec ses cheveux noirs, à côté de la porte avec une armoire à glace. Elle a lancé un regard bizarre à mes amis quand ils sont sortis, mais n'a rien dit. J'ai sorti mon Amex de mon portefeuille et l'ai mise dans la main de Shaw. Ses yeux lumineux me regardaient avec curiosité.

– Tu veux bien payer notre ardoise avec ça ? Je reviens dans une seconde.

Elle a pris la carte et a fait un pas en arrière. J'ai essayé de ne pas faire attention à ce que faisait sa poitrine quand elle a croisé les bras dessus.

– Où vas-tu ?

– J'ai une course à faire.

– Ne va pas voir Gabe, Rule. Il n'est pas comme Rome et toi. Il est né pour être politicien. Les menaces et l'intimidation ne veulent rien dire pour un mec comme lui, oublie-le. L'idée que je puisse le quitter pour un gars tatoué aux cheveux violets fera assez mal à son ego pour qu'il me laisse tranquille un moment, crois-moi. De toute façon je vais en parler à Lou, le videur. Si je lui dis que Gabe me harcèle, ils le banniront pour de bon.

– Écoute, Rome me mettrait un coup de pied au cul qui me ferait voler jusqu'au Nebraska s'il savait qu'un petit con te fait problème et que je ne fais rien, et en plus je déteste les mecs qui croient pouvoir faire n'importe quoi à une fille juste parce qu'ils ont ses parents dans la poche. Je reviens dans une minute, paie l'ardoise et garde la carte au cas où tu devrais payer pour nous sortir de prison.

Je pensais être drôle, mais cela ne lui a même pas tiré un sourire. Elle me regardait comme s'il venait de me pousser une seconde tête. Il fallait que je bouge avant que le morveux soit parti.

– Ça va aller, Shaw. Sérieux, je m'en occupe.

Je l'ai éloignée pour suivre les gars hors du bar. La jolie coloc a croisé mon regard et a haussé un sourcil.

– Peut-être que tu as quelques qualités, finalement, Archer.

Je lui ai fait un doigt d'honneur parce que, eh bien, c'est ce que je fais. Je me suis dirigé vers le bout de la rue, où Nash et les gars étaient appuyés contre une Lexus blanche. Un Polo blanc à l'air très nerveux tournait en rond en menaçant d'appeler les flics, son iPhone en main, et il n'arrêtait pas de leur demander s'ils savaient qui était son père. J'ai enfoncé mes mains dans les poches de mon jean et penché la tête sur le côté. Je voyais pourquoi les parents de Shaw aimaient ce garçon. Il était assez mignon, si on aime le genre Banana Republic. On avait quelques points communs, des cheveux noirs moins le violet et les pics, et des yeux bleu clair, mais il respirait le privilège et la vanité comme seuls les riches oisifs le peuvent. Il était taillé pour être le mari qui s'amusait discrètement alors que sa jolie femme souriait devant les caméras pour les élections. Bien que ma relation avec Shaw soit, au mieux, tumultueuse, je savais au plus profond de moi qu'elle méritait mieux que ce que pouvait lui offrir cette ordure.

– Eh le Polo, attends une minute, je veux te parler.

Il était en train d'expliquer à Nash qu'il allait lui faire un procès pour ceci et cela, et que son père était juge et qu'il lui mettrait le maximum, lorsqu'il a enfin remarqué ma présence. Il a baissé ses bras gesticulants et m'a fixé méchamment.

– Je sais qui tu es, tu sais. Shaw se croit peut-être maline, mais elle a une photo de vous trois sur sa table de nuit. Ses parents m'ont parlé plusieurs fois de son attachement malsain à toi et à ta famille. Son père l'a même menacée de ne plus payer pour sa scolarité si elle continue à avoir de si mauvaises fréquentations. Cette petite rencontre va peut-être le faire passer à l'action.

Il fallait lui reconnaître une chose : bien qu'entouré de mecs aussi grands que lui et bien plus habitués à la violence que lui, le petit résidu ne se laissait pas impressionner.

– Je ne sais pas pourquoi elle est fascinée par une erreur de la nature comme toi, mais il est temps qu'elle passe à autre chose. Elle est faite pour être avec quelqu'un comme moi, pas avec un mec qui doit déminer sa gueule pour ne pas faire sonner un détecteur de métaux.

Nash a ricané et Rowdy a carrément rigolé tout haut. Je n'ai fait que secouer un peu la tête et lui dire avec un demi-sourire :

– Je pense qu'elle est faite pour être avec quelqu'un qui s'intéresse plus à sa petite culotte qu'au porte-feuille de son papa. Shaw est une fille bien et elle a la tête sur les épaules. Le fait qu'elle ne t'ait même pas laissé la toucher pendant six mois parle de lui-même, mon gars. D'après ce que je sais, tu aurais eu plus de chances avec ses parents qu'avec elle. Écoute, elle fait presque partie de la famille et je n'aime pas que les gens emmerdent ma famille. Là, c'est une petite discussion gentille parce qu'on est dans un lieu public et que je suis de bonne humeur. La prochaine fois, on sera en privé et ma générosité a des limites. Tu la laisses tranquille, point final.

Il avait l'air de vouloir me répondre quelque chose, mais l'homme-montagne qui était de toute évidence le videur du bar est arrivé jusqu'à notre coin de rue. Lou a regardé les gars sur la voiture, puis le Polo énervé, et a secoué la tête.

– Ça suffit. Vous quatre, vous rentrez. Ayden m'a dit ce qu'il s'était passé, donc je paie votre addition. Toi, a-t-il poursuivi en montrant Gabe de son doigt boudiné, tu n'es plus autorisé à entrer au Goal Line, tu peux te considérer comme banni. Si Shaw ne veut pas te voir ici, je me fous de ce que tu as dans ton portefeuille ou de l'influence qu'a ton père, ici c'est ma maison et tu n'es pas le bienvenu.

La prochaine fois que tu viens emmerder une de mes filles ou que tu poses les mains sur elles, ce n'est pas à ces gars-là que tu auras affaire et je m'arrangerai pour qu'on ne retrouve pas ton corps, compris ?

Même moi, je ne remettais pas en question le sérieux du monstre. Le Polo a avalé sa salive et a hoché légèrement la tête. Mes gars se sont décollés de la voiture et Nash l'a « accidentellement » bousculé en se dirigeant vers moi. Gabe a lancé des grossièretés et a sauté dans sa voiture. Il s'est éloigné du trottoir et nous a fait à tous un doigt d'honneur en s'engageant sur la route. Le videur m'a regardé de haut en bas et a balayé ma drôle de bande de son regard impassible.

– Tu es ami avec Shaw ?

Nous n'étions pas vraiment amis mais c'était le mot qui s'en rapprochait le plus, alors j'ai simplement haussé les épaules et répondu :

– Ouais.

Il a hoché la tête.

– Moi, c'est Lou. Je garde un œil sur les filles qui travaillent ici. Il se trouve que Shaw et Ayden font partie de mes préférées. Ce sont des filles bien et elles travaillent dur ici ; elles ne sont pas là que pour montrer leur cul et chercher les ennuis, je respecte ça. Je ne laisse personne faire chier ces deux-là, d'ailleurs je le prends personnellement quand quelqu'un essaie.

Je ne savais pas pourquoi il me racontait tout ça mais, honnêtement, il me faisait flipper, donc j'ai fermé ma gueule et je ne l'ai pas lâché des yeux.

– Shaw est une gentille gamine, mais elle veut tout faire toute seule. Si ce trou du cul continue à l'emmerder, elle va souffrir en silence.

Il me regardait désormais avec insistance, et j'ai haussé un sourcil.

– Je veux savoir s'il faut que je m'occupe de lui.

– Shaw et moi, on n'est pas très proches, elle ne me parlerait pas de ce genre de choses. Il vaudrait peut-être mieux en parler à sa coloc.

– C'est à toi que j'en parle, fiston.

Je ne savais pas vraiment quoi répondre à ça, mais alors que je m'apprêtais à lui lancer une réponse sarcastique, la porte du bar s'est ouverte et le groupe de quarantenaires en maillot est sorti, et ils sont passés entre nous. Lou m'a jeté un dernier regard droit dans les yeux, que j'ai pris comme un moyen de me dire qu'il était sérieux, puis il est rentré. Je me suis retourné vers mes potes et ai levé les mains en l'air.

– Est-ce que je loupe tout ça quand je m'en vais le dimanche ?

Ils ont explosé de rire tous les trois et Jet a décidé qu'il était temps pour nous de passer à un autre bar, donc je suis retourné chercher ma carte que j'avais confiée à Shaw. Les gars ont chacun donné dix balles pour que je laisse un pourboire à Shaw et j'ai tracé mon chemin jusqu'au bar, où elle parlait avec une autre serveuse, qui avait les cheveux blond miel et un uniforme de pom-pom girl. Shaw s'est arrêtée en plein milieu de sa phrase et m'a lancé un regard suspicieux. Je lui ai fait un grand sourire et lui ai tendu l'argent.

– Ton copain le videur a payé pour nous, mais les gars voulaient être sûrs que tu aies quelque chose.

Elle m'a tendu ma carte Amex.

– Qu'est-ce que vous avez fait à Gabe ?

– Rien.

Elle a soupiré et je n'ai même pas essayé de cacher mon regard sur sa poitrine dans son minuscule uniforme.

– Bon, merci d'avoir fait quelque chose. Je ne sais pas ce qu'il a.

La pom-pom girl me faisait l'amour avec les yeux, et bien que d'habitude j'adore que des filles sexy me fassent ça, je l'ai à peine remarquée car Shaw s'était penchée pour ramasser des verres et je ne voyais plus que les petits volants sur ses fesses. Elle était petite, donc je n'avais jamais pensé qu'elle aurait de si belles jambes, mais elles étaient parfaitement musclées et courbées. Avec un peu de temps, je pourrais mettre au point de bons fantasmes comprenant ces jambes, ces bottes et rien d'autre.

– Son problème, c'est que tu es sexy, riche comme pas deux, que tu as des parents qui ont des relations à ne plus savoir qu'en foutre et que tu n'as pas voulu te mettre à poil. Non seulement tu l'as frustré physiquement, mais tu as détruit son fantasme de jouer au golf avec ton père au country club et de s'asseoir à côté de ta mère à une convention des Républicains. Tu as démonté tout ce qu'il essayait de construire.

Elle a rejeté une de ses couettes en arrière et a soulevé un plateau plein de verres.

– Faut que je retourne bosser. Tu crois qu'un jour on aura un dimanche sans drame ni bagarre ?

J'ai passé une main dans mes cheveux décoiffés et ai balancé tristement la tête.

– Les dimanches n'ont jamais été mon jour. À une autre fois, Shaw.

– Salut, Rule.

J'ai tracé ma route hors du bar en me disant que c'était sûrement la première fois depuis que je l'avais rencontrée, quand elle n'était encore qu'une gamine, que je voyais Shaw être Shaw. Cela m'a rendu un peu nerveux de constater que, quand elle ne mettait pas toutes ses barrières et tous ses mécanismes de défense dédaigneux en place, elle paraissait si faillible, si indéniablement humaine, si accessible, et si… disponible.

Chapitre 4
SHAW

J'ai compté pour la cinquième fois le tas d'argent que j'avais sous les yeux. J'avais du mal à me concentrer, pour plusieurs raisons ; un, le bar avait eu beaucoup de clients donc j'étais restée deux heures de plus et je me traînais ; deux, une dizaine d'autres filles essayaient de compter leurs sous et papotaient à propos de garçons et de sacs à main comme un essaim d'abeilles ; trois, Ayden gardait ses yeux de faucon rivés sur moi, elle cherchait quelque chose mais je ne savais pas quoi ; et enfin, Loren Decker, mon Amy Rodgers post-lycée, me rebattait les oreilles avec Rule.

Loren était une vraie pin-up en chair et en os, et elle représentait ce qu'il se passe quand les pestes quittent le lycée et arrivent dans le vrai monde. Elle était insipide, ennuyeuse et gagnait plus d'argent que nous toutes réunies parce que son boulot était de flirter et de paraître facile ; deux choses pour lesquelles elle n'avait pas besoin de faire beaucoup d'efforts.

Pour je ne sais quelle raison, elle mourait d'envie de connaître tous les détails sur la vie de Rule. Elle voulait savoir comment on se connaissait, pourquoi il n'était jamais venu au bar avant, quel âge il avait, comment il gagnait sa vie, si on sortait ensemble, s'il avait une copine, s'il aimait les blondes, etc., etc. C'était interminable, épuisant, et je crois que cela m'embêtait qu'une bimbo de plus fasse tout pour tomber dans ses bras. Je savais que mes sentiments pour lui étaient mon propre fardeau, mais je n'allais pas lui offrir ma collègue dévergondée sur un plateau. Alors je lui répondis en marmonnant et j'évitai les questions personnelles, ce qui ne l'empêcha malheureusement pas de radoter à quel point il était beau.

– Je veux dire, en général, je n'aime pas les gars qui ont plein de tatouages et de piercings comme ça mais, mon Dieu, ses yeux, tu en as déjà vu des comme ça ? C'est comme du dentifrice à la menthe ou un truc comme ça, trop beau ! Et son corps, je suis sûr qu'il fait de la muscu. Tu vois, normalement j'aime bien les mecs qui ont des abdos, mais le type grand et fin ça marche carrément avec son look. Quel genre de fille il aime bien, en général ? Tu es sûre qu'il n'a pas de copine ? Sérieux, Shaw, j'ai juste envie de lécher l'anneau qu'il a à la lèvre, mais trop. Je n'arrive pas à croire que tu sois amie avec un mec aussi sexy et que tu ne te sois pas servie. C'est genre, contre nature.

Je ne m'étais jamais « servie », avec personne, mais elle n'avait pas besoin de le savoir. Des mecs avaient essayé, et j'avais été tentée, mais chaque fois que j'étais prête à conclure, mon cerveau faisait un court-circuit et me rappelait que ce n'était pas celui que je voulais vraiment et je me refermais comme une lampe qui s'éteint. J'ai levé la tête vers elle et ai plissé les yeux.

– Loren, j'essaie de compter, est-ce que ça peut attendre ?

– Donne-moi juste son numéro.

Je n'étais pas loin de péter un câble et de lui fourrer mon tas de billets d'un dollar dans le gosier. Ayden a dû sentir que la marmite allait déborder et elle est venue s'asseoir à côté de moi en lançant un regard noir à la blonde. Ayden a quelque chose qui fait que les gens font attention à elle. Je ne sais pas ce que c'est, mais je l'adore pour ça.

– Lore, lâche-la un peu. Ce n'est pas non plus son meilleur pote. Si tu voulais sortir avec lui, tu aurais dû lui demander quand il était là.

Elle a fait une grimace qui poussait sûrement les mecs à lui acheter des choses, mais qui me donnait envie de lever les yeux au ciel.

– Je voulais, mais il était trop occupé à mater le cul de Shaw, c'est pour ça que je demandais s'il y a quelque chose entre eux. Enfin, il ne t'a pas fait de câlin ni rien en partant, mais vous vous regardiez comme si vous alliez vous sauter dessus.

Surprise, j'ai levé les yeux vers Ayden. Depuis quand Rule, qui normalement m'ignorait ou faisait comme si je n'existais pas, s'était mis à me mater ? Elle a haussé un sourcil.

– Si Shaw le croise dans un avenir proche, je suis sûre qu'elle lui dira que tu veux son numéro, ou elle peut juste lui donner le tien s'il est intéressé. Maintenant, parlons de quelque chose de vraiment important, qu'est-ce que tu veux faire pour ton anniversaire ? C'est déjà dans deux semaines.

J'ai grogné et abandonné l'idée de compter mes sous correctement. J'ai tendu les billets à Ayden et ai commencé à trier et à agrafer les tickets de carte bleue, ce qui demandait beaucoup moins de neurones. Je détestais mon anniversaire. En règle générale, c'était une guerre entre mes parents et mes beaux-parents pour savoir avec qui j'allais passer un dîner inconfortable ; et encore, ça, c'était quand ils se souvenaient de mon anniversaire. L'année dernière, je n'avais reçu qu'une carte de mon père avec un chèque de mille dollars et un appel de ma mère qui m'avait promis de m'offrir quelque chose quand elle trouverait le temps – elle ne l'a jamais trouvé. Ayden avait fini par m'emmener manger des sushis, on était allées voir une bête comédie romantique et la journée s'était écoulée, terne et sans rien de mémorable. Même les Archer avaient tendance à ne pas faire tout un foin de mon anniversaire. Cela leur rappelait qu'une autre année avait passé et que Remy était toujours absent. Rome m'envoyait toujours quelque chose, depuis le pays où il était à ce moment-là et, à ce jour, cela avait toujours été mon cadeau favori. Je me suis dit que comme j'avais vingt ans cette année, je devrais essayer d'en faire un grand événement, mais je n'avais pas envie.

– Pourquoi on n'irait pas danser ?

J'ai regardé Loren comme s'il était en train de lui pousser trois têtes. Je ne socialisais pas beaucoup avec les filles au travail, mais ce n'était pas parce que je ne les aimais pas. Certaines étaient vraiment gentilles et la plupart étaient comme Ayden et moi : elles galéraient à payer les factures et à combiner cela avec les études, mais elles aimaient boire, faire la fête, rencontrer des mecs, sortir et faire toutes les choses qui n'étaient simplement pas mon truc. Je n'avais pas besoin que d'autres personnes pensent que j'étais fondamentalement cassée, donc j'évitais les interactions sociales.

– Euh… je ne danse pas.

Ayden a froncé les sourcils en regardant la blonde.

– Et de toute façon, qui t'a invitée ?

Elle a cligné des yeux avec ses cils lourdement maquillés et a retroussé le nez.

– Je me suis dit que, comme c'était ton anniversaire, peut-être que M. Grand, ténébreux et tatoué serait dans le coin. Je vous le dis, les filles, je suis au niveau quatre de lubricité et seul Rule pourra me guérir.

Ayden et moi avons échangé un regard et je suis retournée à mon agrafeuse.

– Non, mon anniversaire n'est pas un gros truc, donc Rule ne sera pas là. Je préfère quand c'est calme.

– Tu veux dire chiant.

Je n'étais pas amie avec Loren, d'ailleurs je ne l'aimais pas particulièrement. J'allais lui dire de se le mettre là où le soleil ne brille pas – ce qui n'était pas vraiment mon genre –, mais Ayden a continué à parler comme si Loren n'était pas là.

– Allez, Shaw, on va faire un truc fun. Tu sais que tes parents vont te stresser, et on n'a vingt ans qu'une fois. Il faut que ce soit drôle et excitant.

Il y avait une lueur dans ses yeux ambrés et je savais qu'elle mijotait quelque chose, et que j'aurais bien du mal à l'en dissuader. J'ai glissé les liasses de billets dans le sac en toile, pris l'argent que me tendait Ayden et j'ai fait mes comptes. On se faisait toujours pas mal d'argent, mais aujourd'hui avait été particulièrement rentable. J'ai défait mes couettes et passé mes ongles sur mon cuir chevelu.

– On en parle plus tard, OK ? Je vais juste chercher Lou pour qu'il nous raccompagne, au cas où Gabe décide de réapparaître, et on rentre à la maison.

Elle a passé son bras sous le mien et nous nous sommes dirigées vers l'entrée principale.

– Tu crois qu'il aurait le culot de faire ça ? Rule et ses copains avaient l'air bien décidés à lui faire passer le message, et Lou lui a dit de se tirer sinon il le tuerait.

– Je ne sais pas, Ayd. On dirait qu'il est fou. Je n'aurais jamais cru qu'il se pointerait ici et qu'il m'attraperait et me collerait. Je ne comprends plus ce qu'il se passe. Je veux dire, ce n'est pas comme si on avait vécu une grande histoire d'amour et que je lui avais brisé le cœur ou quoi. Ça n'a jamais été passionnel. Rule pense qu'il a tout simplement honte que je l'aie largué.

– Il a sûrement raison.

J'ai fait une grimace pendant que Lou nous escortait jusqu'à ma voiture. Nous lui avons dit au revoir et avons pris la route de la maison. Je faisais de mon mieux pour prendre des décisions qui conviennent à tout le monde : je voulais que Rule ait l'amour et le soutien de sa famille, je voulais que Margot se fasse aider et arrête de diaboliser son fils, je voulais que Gabe règle ses problèmes et passe à autre chose, et surtout, je voulais arrêter de me sentir responsable de tout ça.

***

La semaine suivante est passée à une vitesse folle. J'avais deux examens, j'ai pris quelques heures en plus au boulot et je jouais au jeu très compliqué d'« esquive ton ex ». Gabe allait aussi à DU, et bien qu'il soit en prépa de droit et ait cours à l'autre bout du campus, je le croisais à tous les coins de rue. Il m'appelait au moins deux fois par jour et j'avais pensé à changer de numéro, mais cela me semblait trop compliqué, aussi je l'envoyais sur messagerie et je devenais très bonne à faire comme si je ne le voyais pas.

Rome a appelé et m'a dit que Margot n'allait pas mieux. Elle refusait catégoriquement d'aller voir un spécialiste, et maintenant elle disait que le fait que je ne veuille plus venir à Brookside le week-end était la faute de Rule. Selon Rome, elle affirmait qu'il m'avait fait un lavage de cerveau et m'avait dressée contre elle. Il préférait toujours ne pas la laisser seule, même si Rule le harcelait pour qu'il vienne le voir. J'ai compris qu'il ressentait la tension que je ressentais souvent, coincé entre son frère et sa mère. J'étais déçue car il ne serait pas là pour mon anniversaire, mais il avait trop de pain sur la planche, alors je ne lui ai rien dit.

Quand le week-end est arrivé, j'aurais bien laissé tomber mon service du dimanche pour éviter un nouveau drame mais le bar était plein, et si Rule est venu avec ses amis, je ne l'ai pas vu. C'était encore bizarre de ne pas avoir à me disputer avec lui pour qu'il vienne au brunch familial du dimanche, mais quand mon service s'est terminé, sans migraine ni accusations ni vexations, j'ai lâché mon premier soupir de soulagement depuis des années, semblait-il. Je me sentais tellement sereine que j'ai laissé Ayden me convaincre de sécher mes révisions en groupe et d'aller manger mexicain. C'était la première fois depuis des siècles que je me sentais simplement moi-même, et je ne savais presque plus quoi faire de ma peau.

Comme c'était le début d'un nouveau semestre, j'avais l'impression de crouler sous les devoirs, aussi ai-je échangé mes journées de vendredi et dimanche au boulot. Je ne travaillerais pas samedi car c'était mon anniversaire, et tout le monde au bar savait que Lou m'adorait et qu'il tuerait quiconque essaierait de me faire travailler le jour de mes vingt ans.

Vendredi après-midi, je n'avais toujours aucune nouvelle de mes parents, j'ai donc supposé que je n'aurais pas à subir de moments en famille. J'avais reçu un texto de Margot qui me demandait de réfléchir à venir ce dimanche pour mon anniversaire. J'avais répondu que je serais ravie de venir si Rule était invité aussi, et je n'avais pas eu de réponse. Ayden voulait garder secret ce qu'elle avait prévu, et cela me stressait. J'aurais été satisfaite avec une autre journée sushis et ciné, mais elle répétait que nous devions nous diversifier, partir à l'aventure et faire quelque chose de nouveau. Son discours et son attitude sans pitié étaient les ingrédients d'une catastrophe, mais j'essayais de rester optimiste parce qu'elle voulait juste me faire plaisir.

Je sortais de mon cours d'anatomie et écrivais un message à une collègue pour lui rappeler qu'elle me remplaçait pour la fermeture, quand je suis rentrée dans quelqu'un. J'ai tout de suite fait un bond de peur et d'agacement. Gabe se tenait en face de moi, toujours aussi lisse et parfaitement pomponné.

On aurait dit qu'il n'avait pas arrêté de se passer la main dans les cheveux et, quand il a tendu la main pour me stabiliser, j'ai reculé si vite que j'ai failli tomber le cul par terre.

– Qu'est-ce que tu fais ?

Je voulais avoir l'air outrée et hostile, mais ma voix a cassé et j'ai dû me l'éclaircir pour retrouver mon sang-froid. Ses yeux bleus ont scruté les miens minutieusement et je me suis demandé comment j'avais bien pu être attirée par lui, maintenant il me mettait juste mal à l'aise.

– Euh… tu ne réponds pas quand je t'appelle et j'ai beaucoup de mal à te trouver en ce moment.

– C'est parce que je ne veux pas te parler, ni te voir. Pousse-toi.

– Shaw, attends.

Il a levé la main et a sorti quelque chose de sa poche avant de me le tendre.

– Je sais que c'est ton anniversaire demain et je voulais t'offrir quelque chose, pour te dire que je suis désolé de m'être comporté comme ça. Ça me rendait fou que tu aies pu me quitter pour ce taré, mais ta mère m'a expliqué qu'il ne se passait rien entre vous. Tiens, prends-le.

Il a poussé la boîte en velours vers moi et je me suis reculée comme s'il avait un serpent dans la main.

– Je ne veux pas que tu m'offres ça, je ne veux pas que tu m'offres quoi que ce soit. Laisse-moi tranquille, Gabe, je suis sérieuse.

– Écoute, Shaw, tu ne peux pas croire sincèrement qu'il y aura un jour quelque chose entre toi et ce mec. Ta mère m'a dit que tu avais un faible pour lui depuis des années et qu'il ne te regarde même pas. Tu n'es pas son genre ; tu es trop bien pour lui et il le sait. Donne-moi une autre chance, c'est tellement logique qu'on soit ensemble.

J'avais envie de lui mettre un coup de poing, mais j'ai juste laissé la glace que ses mots provoquaient en moi recouvrir la colère que je sentais monter.

– Non.

Je n'ai rien dit d'autre, rien que « non », parce que je n'avais pas à justifier mes sentiments ni le fait que je savais que ce qu'il disait sur Rule était vrai. Je n'étais pas trop bien pour lui, j'étais simplement trop MOI pour qu'il me voie autrement que comme il m'avait toujours vue, et je m'y étais résignée depuis des années. J'ai fait quelques pas trébuchants en arrière puis j'ai tourné les talons et me suis mise à courir pour m'éloigner de lui. Je crois qu'il a crié mon nom, mais je m'en fichais, je courais. Il commençait à vraiment me faire peur, et le fait que ma propre mère lui donne des détails intimes sur ma vie me donnait envie de vomir. J'avais du mal à croire qu'une femme qui n'avait même pas réagi quand j'avais quitté la maison pour aller à l'université avait remarqué mes sentiments pour Rule. Si Gabe ne se calmait pas, j'allais devoir changer de numéro, voire demander une injonction contre lui.

Quand je suis rentrée, l'appartement était vide, alors comme une grosse naze j'ai vérifié que toutes les portes étaient fermées à double tour et que le verrou de la porte d'entrée était tourné. Je me suis cachée dans ma chambre et j'ai révisé en m'apitoyant sur mon sort. Je ne me considérais pas comme quelqu'un de particulièrement extravertie ou optimiste, cela venait d'années d'indifférence à la maison et d'exclusion à l'école. Pendant un moment, Remy avait réussi à me faire sortir de la carapace de privilège où je m'abritais. En quittant Brookside pour l'université, j'étais certaine que j'allais trouver mon identité, mais Remy était mort et je faisais encore tellement d'efforts pour correspondre aux attentes de gens qui ne semblaient même pas s'en rendre compte.

Je m'habillais bien et je gardais mes bonnes manières pour que mes parents n'oublient pas totalement mon existence. Je surveillais Rule et je supportais son comportement détestable parce que je voulais que Margot et Dale se rappellent qu'il méritait leur amour et en avait autant besoin que Remy auparavant. Je portais une tenue ridicule au travail et je supportais des filles neuneus et des clients bourrés parce que Ayden avait besoin d'une coloc sérieuse sur qui elle puisse compter. Et surtout, je faisais comme si avoir des contacts avec Rule et le voir se taper toutes les jeunes femmes de Denver ne me dérangeait pas et ne tuait pas quelque chose à l'intérieur de moi. Et faire tout cela tous les jours commençait à transformer les parties de moi qui étaient vraiment moi en fantômes.

Je savais que la raison pour laquelle j'avais accepté de sortir avec Gabe au départ était qu'il me faisait très vaguement penser à Rule. Il avait des cheveux noirs, des yeux clairs, et bien qu'il soit soigné et BCBG, il avait un peu de malice en lui qui avait réussi à dépasser mes réserves habituelles. Dès les premiers rendez-vous, j'avais bien vu qu'il n'y avait pas de coup de foudre, pas d'étincelle. Je cherchais encore quelque chose, ou plutôt quelqu'un, qui n'était pas là. Gabe était poli et agréable jusqu'à ce qu'il comprenne que je ne voulais pas que les choses deviennent physiques entre nous. Six mois, c'était long pour faire marcher quelqu'un, je le savais, mais cela ne justifiait pas l'attitude bizarre et obsessionnelle qu'il montrait maintenant, et c'était un fardeau de plus que je devais porter.

J'étais vraiment prête à tout lâcher. Je me suis changée pour enfiler un survêtement et me suis recroquevillée sur le lit pour regarder quelque chose sur Netflix. Sachant que Ayden ne rentrerait pas avant deux heures du matin, je ne pouvais que faire la tête toute seule. J'aurais dû être dehors à m'amuser, j'aurais dû avoir un portable plein d'amis à appeler pour passer le vendredi soir – un des rares que j'avais de libre – avec moi, mais je n'en avais pas, et c'était triste. Il ne me manquait plus qu'un chat ou deux et un gros pot de glace pour compléter ce pathétique tableau. Après ma deuxième comédie romantique et ma livraison de bouffe chinoise, je me suis fait la promesse d'accepter pleinement ce que Ayden avait en stock pour mon anniversaire demain, parce que ce que je faisais en ce moment était déprimant. Ma coloc avait raison, il fallait que je m'amuse, que je m'allège l'esprit, et j'étais partante, peu importe ce qu'elle avait prévu. Je me suis endormie en regardant une énième fille maladroite faire un relooking fantastique car, pour une raison qui m'échappait, le mec de ses rêves ne voyait pas comme elle était belle derrière ses lunettes et ses cheveux en bataille.

Le lendemain matin, je me suis réveillée avec des messages me souhaitant un joyeux anniversaire de la part de Rome et de mon père. Comme d'habitude, rien venant de ma mère, et même si cela m'énervait, je devais admettre que j'étais triste que Margot ne m'ait rien envoyé. J'ai décidé de me faire un petit déjeuner et je me suis dirigée vers la cuisine. J'ai été surprise par un très beau bouquet sur la table de la cuisine mais j'ai eu un mouvement de recul en voyant le nom sur la carte. Il allait vraiment falloir faire quelque chose à propos de Gabe.

Ayden était matinale ; elle allait courir tous les matins, peu importait l'heure à laquelle elle était rentrée la veille. Elle s'est approchée des fleurs, sa tasse à la main, et a fait une grimace.

– Elles étaient sur le perron quand je suis allée courir ce matin.

– Je crois que je vais devoir demander une ordonnance de protection.

– Son père n'est pas juge, ou un truc du genre ?

J'ai soupiré.

– Si.

Me débarrasser de Gabe serait peut-être plus difficile que ce que j'avais imaginé.

– Tu veux que je prépare le petit déj ?

Elle a secoué la tête de droite à gauche et le regard qu'elle m'a lancé brillait d'enthousiasme.

– Non, je t'ai planifié la meilleure journée d'anniversaire de l'Histoire des journées d'anniversaire. D'abord, on va à Lucille's.

J'adorais Lucille's. C'était un célèbre restaurant cajun à Washington Park, et probablement l'un des rares endroits où l'on pouvait trouver un beignet correct en dehors de La Nouvelle-Orléans.

– Ouais ! Ça me va. Qu'est-ce qu'il y a d'autre sur la liste, pour aujourd'hui ?

– Du shopping.

Je lui ai fait la grimace parce que je détestais faire les magasins. Je vivais dans un uniforme ridicule au travail, et dans des vêtements chers de marque que mes parents voulaient que je porte car je devais m'habiller pour le boulot que je voulais et pas pour le boulot que j'avais ; et apparemment, les docteurs ne se baladaient pas en jean et tee-shirt, même en dehors de leurs heures de service.

En voyant ma tête, elle a répondu par un sourire maléfique.

– Non, on ne va pas faire du shopping de riches, on va faire du shopping d'étudiante normale de tous les jours. On va aller au centre commercial, à ma friperie préférée, et dans une boutique vintage géniale dans Pearl Street et toi, mon amie, tu n'es pas autorisée à dépenser plus de cinquante dollars par article. Pas de talons à deux cents dollars, pas de pull en cachemire à cinq cents dollars, et pas de pantalons parfaitement coupés cousus à la main par des moines aveugles dans les Andes, ou je sais pas quoi. On est juste deux amies normales qui ont envie de passer leur journée à gaspiller leurs pourboires dans des conneries inutiles.

En fait, ça avait l'air marrant et c'était quelque chose que je n'avais jamais fait.

– Et après, a-t-elle poursuivi en écarquillant théâtralement ses yeux couleur whisky, on va au salon pour se faire coiffer, plus manucure et pédicure. Une fille de mon cours de chimie minérale a des cheveux géniaux – elle resplendit comme un arc-en-ciel – et elle ne jure que par ce salon. Alors on va se faire toutes belles, enfiler nos nouvelles fringues de filles normales et aller dîner au resto brésilien qu'on meurt d'envie de tester toutes les deux.

Ça avait l'air fabuleux, tout cela avait l'air fabuleux. J'allais me jeter sur elle pour un énorme câlin de gratitude quand elle a levé la main.

– Je n'ai pas fini.

Elle a disparu dans sa chambre pendant une minute et en est ressortie avec une carte dans une enveloppe rose.

– Ensuite tu prendras ce cadeau d'anniversaire très cool et très indispensable que je te fais, et on sortira toutes les deux. Je ne te parle pas de sortir au resto ou au bowling, je te parle de sortir pour de vrai. Je vais te faire passer un bon moment, même si je dois te forcer à l'avaler.

J'ai ouvert la carte avec une légère appréhension. Je ne savais pas ce qu'elle entendait par « sortir pour de vrai ». Dans la carte, au premier abord, le cadeau emballé ressemblait à une carte bleue. Après avoir lu ses adorables vœux d'anniversaire, j'ai soigneusement déplié le papier et ai laissé échapper un cri de surprise en voyant ce qu'il renfermait.

– Ayd, je ne peux pas m'en servir.

La pièce d'identité comprenait ma photo, ma date de naissance – avec un an de plus – et avait l'exacte apparence d'un permis de conduire du Colorado. D'ailleurs, elle ressemblait tellement à celle que j'avais dans mon portefeuille que je ne voyais aucune différence.

– Oh si, tu peux. Tu as passé vingt ans à être une gentille petite fille pour tout le monde, et j'en ai marre de voir que ça te tue. La plupart des filles de ton âge sortent, se faufilent en boîte, embrassent des garçons, ont des coups d'un soir ratés, rentrent dans des disputes ridicules et dramatiques avec leurs copines, et toi, Shaw, tu ne fais rien de tout ça. Ce soir, tu prends ce permis et tu sors avec moi, et tu te comporteras comme toutes les stupides filles de vingt ans que je connais. On va boire quelques verres de trop, faire les folles et s'amuser, tu le mérites. Je ne me souviens même pas de la dernière fois que je t'ai vue sourire ou rire. Tu laisses ton âme se faner à force d'essayer d'être quelqu'un que tu n'es pas, et je ne peux plus en être le témoin sans rien faire.

– J'aurai vingt et un ans l'année prochaine.

Je ne sais pas vraiment pourquoi j'ai pensé que ce serait un argument valide contre les siens, bien plus pertinents, mais ce sont les seuls mots qui sont sortis de ma bouche.

Elle a secoué la tête.

– Et alors ? Aujourd'hui tu as vingt ans, et tu vis comme si tu en avais cinquante.

Cela m'a piquée car, lors de notre dernier passage à Brookside, Rule m'avait dit à peu près la même chose. Avec un soupir, je me suis rappelé ma résolution de la veille, de me conformer au plan de Ayden, et de me laisser porter, pour une fois. J'ai remis mes cheveux derrière mes oreilles et ai redressé les épaules.

– OK.

Ayden a levé les yeux et haussé les sourcils.

– OK ?

– Ouaip. On le fait. Lançons-nous dans le fun et la débauche d'anniversaire.

Elle a couiné assez fort pour me faire mal aux oreilles et a couru autour de la table pour me faire un câlin qui m'a étouffée.

– Fais-moi confiance, Shaw, tu n'oublieras jamais cette journée.

Elle avait raison, car d'ici à la fin de la nuit, cet anniversaire allait se révéler un tournant dans mon existence.

Le petit déjeuner était merveilleux. Nous nous sommes tellement goinfrées de merveilleuses frites que, quand nous sommes arrivées au centre commercial, j'ai dû courir un peu, simplement pour encore arriver à bouger. J'ai essayé un million de jeans et j'ai fini par en acheter quelques-uns. J'ai pris une paire de Converse ; j'en avais toujours eu envie mais je n'avais jamais eu le droit d'en avoir. J'ai fait des réserves de bons vieux tee-shirts et débardeurs. À la friperie, j'ai déniché une veste en cuir à l'ancienne, démente, et quelques chemises style western avec des boutons nacrés que je voyais parfaitement avec mon nouveau jean skinny. À la boutique vintage je me suis un peu plus lâchée parce que je tombais amoureuse de toutes les robes des années 1950 et 1960. Je ressemblais à un personnage de *Mad Men* dans certaines, et à Bettie Page avec quelques centimètres en moins dans d'autres. J'ai acheté une paire de talons bleu canard avec des sequins et des plumes sur le côté et une petite toque que je ne porterais probablement jamais, mais que j'adorais. Et le plus important, c'est que j'ai ri avec Ayden pendant des heures alors que nous essayions un vêtement après l'autre. J'avais l'impression qu'on venait de m'enlever un poids immense de la poitrine. C'était amusant, ni plus ni moins, et le fait que j'avais oublié ce que cela faisait était bien triste.

Au salon, je me suis fait faire une manucure pédicure rose vif et, juste pour voir, j'y ai ajouté de petites étoiles noires. C'était cool et complètement à contre-courant des couleurs pâles et nacrées que je choisissais d'habitude. La fille qui me le faisait avait des dreadlocks vert fluo et un tatouage sur le front, donc j'étais tout excitée quand elle m'a fait un grand sourire et m'a dit qu'elle approuvait mon choix. Tous ceux qui travaillaient dans ce salon avaient une aura cool et rock and roll. En temps normal je me serais sentie décalée et réservée, mais ils étaient tous si sympas et si naturels que c'était impossible de faire autrement que de se détendre et profiter. Le mec qui s'occupa de mes cheveux était afro-américain, imposant, de toute évidence gay, et un gros œil était tatoué sur son crâne rasé et luisant. Il était habillé en imprimé léopard de la tête aux pieds et portait des chaussures qui avaient certainement coûté plus cher que les miennes. Il était gentil et m'a dit que mes cheveux étaient magnifiques. Il m'a conseillé de faire un simple dégradé, pour leur donner du corps et de la vie. J'étais complètement partante, et je lui ai même demandé s'il pouvait me faire quelque chose de nouveau avec la couleur. Mes cheveux étaient tellement clairs que j'évitais en général de les teindre, car le résultat était trop extrême.

Ses yeux noirs se sont mis à scintiller d'enthousiasme quand je lui ai demandé quelque chose d'audacieux, mais respectable. J'ai fini avec mon blond cendré habituel et une once de châtain en dessous. C'était génial, différent, mais assez discret pour ne pas être choquant. Ce que je préférais était ma frange, qu'il avait divisée en deux pour ajouter de la couleur d'un côté. C'était tendance, original et tellement différent de ce à quoi ressemblaient mes cheveux d'habitude. Je l'ai serré dans mes bras, tout sourire, avant de partir. Il m'a serrée aussi, très probablement parce que je lui avais laissé un pourboire assez gros pour partir en week-end, mais peu importe, j'avais la classe.

Nous nous sommes empressées de rentrer à la maison pour nous pomponner pour le dîner. J'ai mis une de mes nouvelles tenues, une jupe crayon très serrée et un haut bleu transparent avec un débardeur en dessous. J'ai bouclé mes nouveaux cheveux, mis plus de maquillage que d'ordinaire et j'ai décidé de porter mes super bottes noires qui iraient bien à un mannequin pour Harley Davidson. Elles donnaient un peu de piquant à mon look et cela me plaisait, après avoir passé la journée à laisser la vraie Shaw en liberté.

Les jambes de Ayden paraissaient interminables dans sa robe rouge chic, et au restaurant, elles firent baver notre serveur chaque fois qu'il s'arrêtait pour remplir nos verres d'eau. Elle m'a fait tester mon nouveau permis en commandant un verre, et cela a marché sans problème. Sans que je m'en rende compte, nous passions un moment fabuleux, sans soucis, on allait d'une boîte à l'autre dans LoDo et on écumait les bars miteux mais branchés de Capitol Hill. J'ai été surprise de constater que je n'avais même pas besoin de montrer mon faux permis dans la plupart des bars ; il faut croire qu'une jupe serrée et un décolleté fonctionnent tout aussi bien.

Ayden imita un mec qui s'agitait dans tous les sens sur la piste de danse et j'ai ri comme une folle. Nous avions pas mal attiré l'attention partout où nous étions allées, et nous n'avions pas eu à payer beaucoup de verres. À ce moment, un mec de CU-Boulder[4] essaya de me raconter en détail sa carrière de footballeur illustre, ou plutôt il la racontait à mes seins, je crois d'ailleurs qu'il ne les a pas lâchés des yeux une seule fois. Ayden levait les yeux au ciel et tentait d'éviter un mec en costard de banquier qui lui proposait de s'occuper de sa compta si elle lui donnait son numéro. C'était léger et marrant et je n'avais pas besoin de faire beaucoup d'efforts pour flirter ou être séduisante ; j'étais déjà plus que pompette, donc plus question de faire la conversation. Tout ce que j'avais à faire, c'était sourire et rester sagement assise sur le tabouret du bar, deux choses pour lesquelles j'étais apparemment très douée. Un autre Cosmo, dont je n'avais franchement pas besoin, apparut devant moi, et M. Football se penchait de plus en plus près de moi lorsqu'un sixième sens, ou mon instinct de fuite, s'est déclenché à pleine puissance.

J'ai levé la tête et ai tourné sur mon tabouret, manquant de mettre un coup de genou au footballeur au regard lubrique. J'ai regardé autour de moi, tendu

4. Université située dans la banlieue de Denver.

le cou pour voir ce qui m'avait donné la chair de poule, mais je n'ai vu que les clients du bar qui tournaient et se mélangeaient. Le footballeur a essayé d'attirer mon attention en passant un doigt sur mon bras, j'imagine que c'était censé être sexy, mais j'étais bourrée, sur les nerfs, et je voulais qu'il se tire. Tout à coup, j'étais prête à m'en aller, et j'ai cherché Ayden pour appeler un taxi et partir. Mais avant que j'aie pu la trouver, une main chaude s'est glissée sous mes cheveux dans ma nuque. Une voix grave a grogné dans mon oreille :

– Qu'est-ce que tu as foutu pour rentrer ici, Casper ? Et qu'est-ce que tu as fait à tes cheveux ?

Le footballeur a fait de grands yeux parce que, bon, Rule est Rule. Disparus, les cheveux violets coiffés en pics et en bordel. Maintenant, il avait tout rasé sur les côtés et avait décoloré le reste pour en faire une crête blanche haute de plusieurs centimètres. Il portait un tee-shirt noir serré avec un crâne enflammé dans un casque de Viking qui montrait ses deux bras tatoués, un jean noir déchiré au genou, et ses grosses bottes noires de moto. Il aurait dû avoir l'air crade et négligé à côté du footballeur et de son col en V, mais ce n'était pas le cas. Sexy et débraillé, il avait l'air de quelqu'un qu'on ne va pas emmerder. Le footballeur s'est rapidement écarté de la table et a disparu dans la foule.

J'étais bourrée, donc peut-être pas dans le meilleur état pour un face-à-face avec Rule, mais j'adorais mes cheveux et il n'allait pas gâcher mes bonnes ondes d'anniversaire, surtout qu'il ne savait évidemment pas quel jour on était. J'ai bougé pour qu'il me lâche et ai bu mon verre au goût acide cul sec.

– Qu'est-ce que tu fais là ?

Il a haussé un sourcil et a pris la place qu'avait laissée le footballeur, en baissant les yeux sur mon décolleté.

– Le salon est au bout de la rue ; avec Nash, on vient tout le temps faire un tour dans ce bar après le boulot. Je viens de finir avec un client. Je sais qu'ils demandent une pièce d'identité à l'entrée, comment tu es rentrée ?

J'ai jeté mes cheveux par-dessus mon épaule comme j'avais vu un nombre incalculable de filles insupportables le faire, sauf que j'ai failli tomber de mon tabouret. C'était une bien mauvaise idée de boire mon dernier verre d'un trait. J'ai agrippé le bord de la table et Rule a tendu le bras pour me rattraper. Quand il a touché mon bras, c'était comme une brûlure. J'aurais dû écouter mon instinct et m'enfuir. J'ai posé une main sur mon front car il était chaud, et soudain je me suis sentie moite.

– Il faut que j'y aille.

Il faisait trop chaud, il y avait trop de bruit, et si je ne sortais pas prendre l'air, tout de suite, j'étais sûre que j'allais vomir partout.

J'ai essayé de me lever mais la pièce s'est mise à tourner et j'ai dû me raccrocher au biceps de Rule juste pour rester debout. J'étais tellement contente d'avoir mis mes bottes plutôt que des talons… J'aurais fini la tête par terre.

– C'est toi qui conduis ?

J'entendais la voix de Rule de loin et il sentait vraiment bon. En soupirant, je me suis appuyée contre lui et j'ai enfoui mon nez dans son cou. Il était tellement grand que j'ai dû pousser sur ses bras pour y arriver.

– Sérieux, Shaw, comment tu es venue ici ?

– Avec Ayden, on a pris un taxi.

– Où elle est ?

– Avec un banquier. Il faut que je rentre.

Je sentais mes jambes alcoolisées commencer à trembler et il a serré un bras lourd autour de ma taille pour me garder arrimée à son torse. J'aimais bien. Sans y réfléchir, j'ai enroulé mes deux bras autour de son cou. C'était aussi agréable que ce que j'avais toujours imaginé.

– Sa coloc se balade dans le coin, tu veux bien voir si tu la trouves ? Je vais la ramener chez nous.

Je ne savais pas à qui il parlait mais une voix familière a répondu. Une seconde plus tard, j'étais mi-escortée et mi-portée jusqu'à la sortie du bar. L'air froid de janvier m'a fait me redresser et Rule m'a fait bouger de l'avant de son corps à son côté, en gardant un bras autour de mes épaules. J'ai passé mon bras autour de sa taille étroite et je me suis serrée contre lui. Je savais pertinemment que la vodka me faisait faire n'importe quoi, mais je ne pouvais pas m'en empêcher.

– On n'est qu'à trois rues de chez moi. Je vais te faire avaler cinq litres de café, des chips ou un burrito et t'appeler un taxi. Tu es encore plus pâle que d'habitude, et si tu montes dans une voiture maintenant tu vas dégueuler partout. Et au fait, pourquoi est-ce que tu es bourrée et habillée toute sexy ce soir ?

J'ai frissonné un peu à cause du vent sur mes jambes nues. J'ai posé mon nez froid contre ses côtes et j'ai inspiré. Il sentait l'antiseptique du salon de tatouage, les cigarettes de Nash, le gel pour cheveux de sa crête, et en dessous de tout ça, l'odeur chaude et terreuse qui était simplement lui. En six ans, je n'avais jamais été aussi proche de lui aussi longtemps. C'était assez pour faire dérailler mon organisme en manque de sexe et en trop-plein d'alcool.

– Tu trouves que je suis sexy ?

Cela me semblait être la partie la plus importante de cette conversation. Nous nous sommes arrêtés devant un panneau stop et il m'a regardée avec des yeux clairs emplis d'exaspération.

– Shaw, tous les mecs du bar te regardaient comme si tu étais un appât dans un bassin à requins. Tu sais que tu es jolie, tu devrais te foutre de ce que je pense. Ce qui est important, c'est pourquoi tout à coup tu t'habilles, tu te maquilles et tu te comportes comme quelqu'un d'autre. Qu'est-ce qu'il t'arrive ?

Je voulais lui lancer un regard noir mais c'était trop dur, surtout que son tee-shirt remontait dans son dos et que mon bras touchait sa peau douce et chaude. J'ai trébuché sur le trottoir alors que nous descendions une autre rue, et j'ai aperçu son immeuble victorien. Il m'a tenue plus fort contre lui et je n'ai même pas essayé de camoufler le doux soupir que j'ai lâché.

– Tout le monde pense que je dois être comme ci ou comme ça : toi, mes parents, tes parents, les filles au boulot, Gabe. Tout le monde veut que je sois comme ci, que je fasse ça, que j'aille par-là, et à cloche-pied, et j'en ai marre. Peut-être que, pour une fois, j'ai envie de me comporter comme j'ai envie et me sentir comme je veux sans que personne ne me juge ou attende quelque chose de moi en échange.

Alors que nous montions les marches vers son appartement, il ne disait rien. Il essayait peut-être de déchiffrer mon discours imbibé, car même moi, je pouvais entendre que j'articulais difficilement entre mes dents qui claquaient. Il a ouvert la porte et tourné le verrou. Il faisait chaud à l'intérieur, alors j'ai enlevé ma veste et ai passé mes mains tremblantes dans mes cheveux. J'ai tourné les yeux vers lui et, même si je voyais flou, j'ai failli m'étouffer. Il était adossé contre la porte et me regardait avec des yeux voilés. Il n'était pas en train de me lancer des piques ou de m'ignorer, il me regardait. J'ai poussé un soupir et ai senti l'amertume du jus de cranberry sur ma langue.

J'ai fait quelques pas chancelants vers lui. Il était tellement grand que j'ai dû me mettre sur la pointe des pieds pour atteindre son oreille. J'ai posé une main sur son épaule et l'autre sur la porte près de sa tête, et j'ai murmuré :

– C'est mon anniversaire, Rule.

Je m'attendais à ce qu'il bouge, qu'il me pousse doucement sur le côté, mais il a décroisé les bras et a posé ses mains de chaque côté de ma taille. Un reflet est passé dans ses yeux pâles et sa bouche a fait un sourire inversé qui a fait briller l'anneau au coin de ses lèvres.

– Je suis désolé, Shaw. Je ne savais pas.

J'ai haussé les épaules et fait un autre pas vers lui.

– Ce n'est pas grave, ma propre famille a oublié.

Je me suis avancée tellement près de lui que ma poitrine était écrasée contre la sienne. J'ai senti que cette proximité avait un effet sur lui. Si je n'avais pas dû me concentrer sur mon équilibre – j'étais sur la pointe des pieds –, cela aurait pu me faire sourire. Tout ce que j'avais voulu dans ma vie était avoir un effet sur lui, lui faire ressentir quelque chose, quoi que ce soit, quelque chose de plus que de la simple tolérance à mon égard.

– Je sais ce que tu peux faire pour moi qui fera officiellement de cette journée le meilleur anniversaire de l'Histoire.

Je voulais avoir l'air sûre de moi, sexy et sensuelle, mais je crois que j'avais surtout l'air libidineuse et saoule. Je m'en foutais. J'étais là, la vraie moi, celle qui le voulait désespérément, et qui l'avait toujours voulu. C'était impossible de la remettre dans sa cage, maintenant.

Je ne pensais pas, je ne réfléchissais pas, je me suis simplement appuyée sur lui pour me grandir un peu plus et plaquer solidement ma bouche contre la sienne. L'anneau à sa lèvre était étonnamment froid contre la mienne, tout le reste était indéniablement chaud et dur. C'était tout ce que j'avais toujours voulu, et même s'il ne m'a pas rendu mon baiser, je l'ai quand même placé tout en haut de la liste comme le meilleur cadeau d'anniversaire de ma vie. Quand je suis redescendue sur le talon de mes bottes, quelque chose a bougé, quelque chose a changé, et Rule est passé de receveur passif à tout autre chose.

Chapitre 5
RULE

Shaw était bourrée, vraiment très bourrée. Elle était aussi habillée comme un fantasme rétro et portait ces bottes qui me faisaient baver.

J'avais été grognon et de mauvaise humeur toute la semaine, mes amis l'avaient remarqué, mes clients l'avaient remarqué, la fille que j'avais abandonnée samedi soir l'avait remarqué. Je n'arrivais pas à comprendre pourquoi. Au début je pensais que c'était Rome : cela m'énervait qu'il ne dise pas à Maman d'arrêter de faire la gamine et de régler ses problèmes. Je voulais qu'il passe du temps avec moi, qu'on s'amuse un peu avant qu'il ne soit renvoyé dans le désert, mais il ne voulait pas abandonner l'espoir qu'il pourrait réparer notre famille divisée et je ne voulais pas me disputer avec mon frère, ce putain de héros de guerre.

J'ai pensé que j'avais peut-être juste besoin de baiser, mais la belle blonde chez qui j'étais allé samedi soir commençait déjà à m'énerver dans la voiture.

Le temps que nous arrivions dans sa chambre, la voir nue était la dernière chose que je voulais, alors je me suis tiré. Dimanche est passé et mon humeur s'est encore assombrie. Les gars ont proposé d'aller au Goal Line, en se disant qu'un bottage de cul verbal par une blonde froide comme la glace me sortirait peut-être de ma morosité, mais j'ai refusé et ai passé la journée à jouer à *Call of Duty* en broyant du noir. Je ne voyais pas du tout quel était mon problème, mais maintenant que Shaw était étalée contre moi, je commençais à en avoir une petite idée.

Je n'avais pas réussi à me sortir de la tête l'image de Shaw et de son cul recouvert de petits volants, depuis des jours. Dites que je suis superficiel, que je suis un porc macho, mais le fait de la voir sexy et à peine habillée avait complètement changé la vision que j'avais d'elle. C'était comme si je la redécouvrais depuis le début et que la petite fille sage que Remy vénérait avait laissé place à une étudiante sexy qui m'empêchait de dormir à cause de pensées classées X. Alors qu'elle me regardait avec de grands yeux et tanguait dangereusement, je savais que la meilleure chose à faire était de lui faire à manger et de la renvoyer chez elle. Mais elle m'a embrassé et, à ce moment-là, j'ai oublié mon propre nom. J'étais trop pétrifié pour réagir. Je veux dire, j'avais embrassé des centaines de filles et c'était toujours agréable, mais Shaw envoyait valser l'agréable et donnait dans le baiser qui rend mentalement instable.

Après avoir fait remonter assez de sang au-dessus de ma ceinture, j'ai réalisé qu'elle se décollait de moi, ou plutôt qu'elle tombait en arrière. Et oui, j'ai été un connard certifié, parce que je savais qu'elle avait été, et qu'elle était toujours, pour ainsi dire, la copine de mon frère jumeau. Rien de tout cela ne m'a arrêté parce qu'elle avait un goût sucré et acidulé, et que la toucher était mieux que tout ce que je pouvais imaginer. Son haut frottait érotiquement contre mon torse, ses mains étaient autour de mon cou et jouaient avec le dernier pic de ma nouvelle coupe de cheveux ; tout cela allait directement vers ma bite qui me hurlait de faire quelque chose. Alors comme un enfoiré, j'ai fait quelque chose.

Je l'ai soulevée parce qu'elle est petite et que j'en avais marre de me pencher. Sa jupe était serrée et je n'ai pas eu de mal à la remonter le long de ses jambes bien faites pour qu'elle les enroule autour de moi. Elle a eu une exclamation de surprise, et peut-être que j'aurais pu arrêter ce que je faisais à sa bouche si elle n'avait pas profité de sa nouvelle position pour se frotter contre mon sexe et passer ses mains sous mon tee-shirt. J'avais pensé beaucoup de choses de Shaw, mais je n'aurais jamais pensé qu'elle puisse partir comme une fusée si on la touchait juste comme il fallait. Elle avait toujours l'air si calme et contenue. Mais là, elle tirait mon tee-shirt par-dessus ma tête et faisait un truc avec sa langue sur mon piercing à la lèvre qui faisait rouler mes yeux dans leurs orbites. Je savais bien que Nash allait sûrement rentrer dans quelques minutes, avec la coloc de Shaw, et qu'on devait tout arrêter. Je n'arriverais jamais à me pardonner si je laissais tout cela dégénérer alors qu'elle était ivre. Je l'ai lâchée quand elle m'a poussé doucement, et je l'ai posée sur ses jambes chancelantes devant moi. Je me suis dit que peut-être, éventuellement, même bourrée, elle serait la voix de la raison.

Elle m'a regardée avec des yeux voilés couleur de jade et s'est léché les lèvres. Elles avaient l'air bien rougies, grâce à votre humble serviteur. Rien sur cette planète n'avait jamais été aussi sexy.

Elle a commencé à défaire les liens de son haut soyeux et est passée devant moi, vers ma chambre. J'avais oublié qu'elle savait où était ma chambre, qu'elle connaissait les lieux ; elle avait même une clef, bordel. J'étais sur le point de lui dire d'arrêter, que j'allais la mettre au lit et qu'elle pouvait dormir pour que tout cela passe, mais alors que je la suivais vers la chambre, le haut bleu est tombé par terre, suivi du débardeur noir et cette jupe qui faisait des choses merveilleuses à ses fesses. J'ai ramassé les vêtements abandonnés et ai essayé de me raisonner. Je ne pouvais pas faire ça, je ne ferais pas ça. C'était déjà assez mal comme ça de l'avoir embrassée comme un obsédé sexuel. Il fallait que je reprenne le contrôle, j'aurais déjà dû le faire. C'était Shaw, pas une bimbo trouvée dans un bar. Pas quelqu'un que je pourrais virer de chez moi sans pitié le lendemain matin et à qui je ne reparlerais jamais.

– Shaw…

Elle s'est retournée pour me regarder par-dessus son épaule et je crois que j'ai eu une absence pendant une seconde ou deux. Le tas de vêtements m'est tombé des mains et j'ai essayé de décoller ma langue de mon palais. J'avais vu beaucoup de filles toutes nues, mais aucune n'était cette fille, aucune ne lui arrivait à la cheville. Je ne sais pas comment, mais elle a réussi à sortir de ses bottes de moto sans tomber face contre terre, et elle me fixait avec ses grands yeux verts, vêtue de rien d'autre que de petits bouts de dentelle noire pensés pour être esthétiques plus que fonctionnels. Toutes mes bonnes intentions, ma décision que je devais être un mec bien, faire ce qu'il fallait, se sont envolées.

Elle était tout en cheveux frais et glacés, peau pâle parfaite, taille toute fine et seins qui criaient « touche-moi, je t'en supplie touche-moi ». Son corps rendait les hommes stupides et je ne faisais pas exception. J'ai fait un pas maladroit vers elle après avoir fermé la porte d'un coup de pied. Quelque part, ma conscience me murmurait que je devrais la mettre au lit et aller chercher une bouteille de Crown pour m'y noyer puis prendre une douche froide pour ramener ma libido à la normale. Mais rien de tout cela n'allait arriver, nous étions allés déjà trop loin et et ses petites mains ont directement visé ma ceinture.

– Shaw…

J'ai essayé une seconde fois de l'arrêter. J'ai mis mes mains sur ses épaules, et alors que je comptais la repousser, mon corps m'a trahi et je me suis retrouvé à descendre les bretelles de son beau soutien-gorge sur ses épaules. Elle s'est pressée contre moi, ses mains s'occupaient en vitesse de ma ceinture et de ma braguette. Ses lèvres ont frôlé ma gorge, où mon pouls battait à toute vitesse. Ses mains ont glissé légèrement sur mon torse et sur mes abdos tendus de désir. Une de ses jambes s'est glissée entre les miennes et s'est frottée contre la preuve que je n'allais pas l'arrêter, même si je savais que cela aurait été la meilleure chose à faire.

– Arrête de réfléchir autant.

Sa voix était rendue rauque et nuageuse par l'excitation. Elle était la dernière personne sur Terre avec qui j'aurais envisagé de faire cela, mais malgré les objections qui traversaient mon brouillard de désir, j'ai défait son soutien-gorge d'une main et emmêlé l'autre dans ses cheveux en collant ma bouche sur la sienne.

Embrasser Shaw s'est révélé une expérience différente. Premièrement, elle le faisait très bien. La plupart des filles étaient perdues à cause de l'anneau sur ma lèvre et de mon piercing à la langue, mais Shaw semblait les ignorer et m'embrassait comme si elle était née pour le faire. Elle était aussi beaucoup plus petite que la plupart des filles avec qui je couchais, donc j'avais toute une marge d'apprentissage et il fallait que je trouve un moyen d'aligner toutes les meilleures parties de nos corps. Elle ne semblait pas dérangée par le fait que je sois un peu brut, que je sois soudainement impatient. J'avais l'impression que si je me donnais le temps de me rendre compte de ce que j'étais en train de faire, j'hésiterais et j'arrêterais. Et franchement, je ne voulais vraiment, vraiment pas m'arrêter, parce que ses mains avaient trouvé leur chemin dans mon pantalon et que ma bite me tuerait si je stoppais tout maintenant.

Elle a baissé mon jean sur mon cul et je l'ai soulevée pour que nous soyons l'un contre l'autre des épaules aux cuisses. Je me suis débarrassé de mon pantalon et l'ai poussée pour qu'elle tombe doucement sur mon lit défait. J'ai dû manœuvrer et lancer quelques gros mots pour enlever mes bottes et quand je suis monté sur le lit, mon cerveau a fait un court-circuit car elle ne portait que sa minuscule culotte en dentelle et un air rêveur sur le visage. Beaucoup de filles étaient passées dans ce lit mais, même dans ce tourbillon de désir qui me tordait les testicules, je savais, sans l'ombre d'un doute, qu'aucune d'entre elles n'avait été aussi belle que Shaw sur ces draps noirs. Elle a glissé un regard admiratif sur ma silhouette nue, ce n'était pas comme si elle ne l'avait jamais vue, mais maintenant que j'étais étalé au-dessus d'elle, son regard disait plus « prends-moi » que « t'es crade ».

Elle a passé la main sur le tatouage représentant un Sacré-Cœur au centre de mon torse et le long de mes côtes sur les deux pièces géantes qui recouvrent presque tout mon buste. J'avais nombre de couleurs et d'œuvres sur la peau, et quand j'étais nu cela faisait beaucoup à encaisser pour mes conquêtes les moins aventureuses. Je ne suis pas narcissique ou prétentieux, mais je sais que je ne suis pas moche. Je suis grand, plutôt fin, je vais à la salle de sport plusieurs fois par semaine, mais rien de tout cela n'avait d'importance car elle me regardait comme si j'étais tout ce qu'elle avait toujours voulu et cela faisait des choses bizarres dans ma tête. J'avais aussi un barbell percé sur le bout de mon pénis, qui montrait que j'étais à la fois courageux et idiot, car la moitié des filles qui le voyaient ne savait pas quoi en faire. Shaw était tombée assez souvent sur moi à poil pour savoir qu'il était là, mais peu semblait lui importer. Elle laissa le bout de son pouce passer sur la bille supérieure, ce qui m'a fait inspirer un grand coup.

Je me suis rendu compte que je laissais cette fille prendre toutes les décisions, que je m'apprêtais à faire l'amour avec elle et que nous avions à peine échangé un mot, qu'elle me touchait, me rendait fou et que je la laissais faire. Il fallait que je me réveille alors j'ai passé mon doigt dans sa culotte minuscule et l'ai tirée le long de ses jambes. Elle a répondu par un frémissement, et maintenant qu'elle était enfin complètement nue et coincée sous moi, j'ai vu une pointe d'appréhension dans son regard couleur mousse.

– Tu es magnifique.

Je l'avais dit à beaucoup de filles, mais je crois que c'était la première fois que je le pensais. Elle a posé ses mains de chaque côté de ma tête et j'ai réalisé que ma nouvelle coiffure n'était pas facile à gérer, sexuellement parlant, il n'y avait rien qu'elle puisse agripper, où elle puisse passer ses doigts, mes cheveux étaient dressés en pics intimidants – non pas qu'elle ait eu l'air intimidée. Elle a passé ses ongles sur mon cuir chevelu et m'a adressé un sourire en coin. Je ne savais pas si l'effet de l'alcool s'estompait ou si elle comprenait enfin que nous étions nus, dans un lit, et prêts à franchir une limite claire, mais j'ai vu une partie de la Shaw que je connaissais refaire surface.

– Toi aussi, tu ne devrais pas, mais tu l'as toujours été. Je me rappelle la première fois que je t'ai vu, je n'arrivais pas à croire que tu étais le jumeau de Remy. Il était beau, toujours soigné, mais toi… Bon Dieu, Rule, tu étais juste parfait.

Le fait qu'elle prononce le nom de Remy avec sa main enroulée autour de ma bite aurait dû avoir l'effet d'une douche glacée. Mais non. Je l'ai embrassée sous l'oreille et j'ai pincé son cou entre mes dents, et elle a fait un bruit qui a résonné au milieu de ma poitrine. Elle a passé une jambe au-dessus de ma hanche pour que toute sa chaleur soit pressée contre mon érection. J'ai bloqué pendant une seconde parce que j'avais l'impression d'oublier quelque chose. Elle avait enroulé ses bras autour de mes épaules et haletait tandis que je déposais des baisers sur ses tétons dressés. Alors que j'allais la laisser me tirer en elle, un frisson d'inquiétude a traversé ma colonne vertébrale et je me suis poussé en arrière.

– Capote.

J'avais des relations sexuelles depuis mes quatorze ans et peu importe qui était la fille ou combien j'avais bu, je n'oubliais jamais. Le fait qu'elle m'ait autant fait tourner la tête, que j'aie été aussi absorbé par ce que l'on faisait et que j'aie failli nous mettre tous les deux en danger m'a fait super peur.

– J'en ai une dans mon sac.

Je l'ai regardée et n'ai pas su quoi répondre.

– J'ai une boîte dans la table de nuit, Shaw. Écoute, tu veux vraiment faire ça ? Réfléchis, tu es bourrée. Tu vas sûrement le regretter demain matin.

Elle s'est assise et ses cheveux bicolores ont glissé en avant pour camoufler ses seins gonflés. Elle ressemblait à tous les rêves coquins que j'avais faits d'elle et je n'arrivais pas à croire que j'essayais de la convaincre de ne pas faire ça avec moi. Ses yeux sont soudain devenus vitreux et j'ai compris qu'elle était sur le point de pleurer. Elle allait ramper sur le lit pour partir mais je l'ai rattrapée et prise dans mes bras pour que nous soyons à nouveau collés.

– Ne pleure pas.

– Tu n'as jamais voulu de moi.

J'étais tellement stupéfait que j'en suis resté la bouche ouverte.

– Heu... il me semble que tu sens en ce moment même la preuve que ce n'est pas vrai. D'ailleurs, tu avais tes mains chaudes dessus il y a une seconde.

Elle a secoué la tête et ses cheveux blonds soyeux ont frotté contre mon torse.

– Ce n'est pas ce que je veux dire.

– Qu'est-ce que tu veux dire ?

Elle s'est tortillée un peu contre moi et a tendu le bras vers le tiroir de ma table de nuit. Avec n'importe qui d'autre j'aurais paniqué, mais c'était Shaw. Rien de ce qu'il y avait dans ce tiroir ne pourrait la surprendre ou la dégoûter, pas même le flingue chargé que je gardais là. J'ai entendu l'emballage en plastique et j'ai senti ses mains revenir sous ma taille. Je n'étais pas sûr que quelqu'un m'ait déjà mis un préservatif, ou que cela ait été aussi bon.

– Rule, c'est mon anniversaire et ma vie est un bordel monstre la majeure partie du temps, est-ce que tu peux, juste une fois, être sympa avec moi, s'il te plaît ?

Quel homme américain normalement constitué dirait non à une blonde affreusement sexy qui demande à être satisfaite par lui ? Pas moi, non, non, pas moyen, alors je l'ai encore embrassée, j'ai laissé ma langue glisser contre la sienne et ai monté sa jambe au-dessus de ma hanche. J'aimais à penser que je savais ce que je faisais dans ce domaine, après tout, j'avais eu plus d'entraînement que je ne voulais bien l'admettre, mais je ne sais pas pourquoi, avec elle, j'avais l'impression que tout ce que je faisais était nouveau. Elle m'a rendu mon baiser et a inspiré doucement quand j'ai commencé à me glisser en elle. Elle était serrée, elle était petite, elle était chaude et mouillée, et j'ai pensé que j'allais mourir si je ne rentrais pas entièrement en elle la seconde suivante.

Elle a chuchoté mon nom contre mon cou et a cambré son dos. Ses ongles se sont enfoncés dans mes épaules alors que je la soulevais un peu pour entrer en entier. J'ai lâché un juron et elle s'est immobilisée comme s'il y avait vraiment quelque chose qui bloquait, mais j'étais parti dans mon élan, et je l'avais trop excitée pour m'arrêter là. Elle m'a regardé avec des yeux écarquillés et sa bouche s'est arrondie à cause d'une douleur inattendue. Je l'ai regardée bizarrement.

– Shaw, comment ça se fait ?

Elle a secoué un peu la tête, a soulevé son autre jambe au-dessus de ma hanche et a bougé contre moi d'une façon qui m'a fait sortir tous les mots grossiers que je connaissais.

– N'arrête pas. Rule, s'il te plaît, ne t'arrête pas.

Elle respirait vite, et de toute façon, il était trop tard pour ça. Être avec elle était meilleur que tout ce que j'avais connu dans ma vie et il était impossible que j'arrête maintenant, à moins de vouloir marcher de travers jusqu'à mes trente ans. J'ai fermé les doigts d'une main dans ses cheveux et ai reporté mon poids sur l'autre pour ne pas l'écraser, et j'ai eu la relation sexuelle la plus folle de ma vie avec une petite vierge menteuse.

Elle bougeait exactement comme je le voulais, sa façon de me toucher allait me réveiller la nuit quand je m'en rappellerais, elle m'embrassait comme si elle avait été créée pour le faire exactement comme j'aime, elle collait à mon rythme comme seuls les gens qui couchent souvent ensemble arrivent généralement à le faire. Chaque fois qu'elle chuchotait mon nom ou faisait un bruit sexy de satisfaction, j'avais l'impression de mesurer trois mètres. Cela faisait longtemps que je n'avais pas fait l'amour sobre, et cela faisait longtemps que je n'avais pas fait l'amour avec quelqu'un que je connaissais depuis plus de quelques heures, et je n'arrivais pas à croire combien ces deux choses faisaient une différence.

Je voulais que ce soit bon pour elle, je voulais que ça la retourne tout comme ça me retournait, et comme c'était sa première fois, je voulais m'assurer que ce soit ce à quoi elle comparerait tous les mecs après moi. Nous bougions ensemble, elle a cambré son dos et remis ses mains sur ma tête.

– Oh mon Dieu, Rule.

Elle y était presque, je sentais les petits tremblements tout le long de ma queue. Il n'y avait pas moyen que je lui gâche ça, alors je l'ai touchée d'une façon qui garantissait de la faire exploser, et j'ai été récompensé par de grands yeux et une exclamation d'abandon. J'étais incroyablement soulagé car je n'allais pas tenir encore très longtemps. J'ai enfoui mon nez dans son cou et l'ai suivie de l'autre côté. Quand nous eûmes terminé, mes bras tremblaient et je respirais comme si j'avais couru un marathon. Je me suis glissé hors d'elle et je me suis allongé sur le côté, prêt à crouler sous le regret et le désespoir, mais ses yeux s'étaient fermés. Je me suis levé pour aller me nettoyer dans la salle de bains. J'ai enfilé un bas de survêtement et ai pris un gant de toilette pour elle. Quand je suis revenu dans la chambre, elle était recroquevillée sur le côté, la joue posée sur ses mains repliées, et elle avait l'air d'avoir seize ans. Le rythme régulier de sa poitrine indiquait qu'elle dormait, alors je l'ai nettoyée comme j'ai pu sans la réveiller, et je me suis installé sur le lit à côté d'elle. J'ai croisé les bras sous ma tête et ai fixé le plafond.

Mais qu'est-ce que je venais de faire ? Et qu'est-ce que Remy avait bien pu foutre avec elle toutes ces années s'ils ne couchaient pas ensemble ? Ils avaient toujours dit qu'ils n'étaient que des amis, mais personne ne les croyait. L'amour qu'ils avaient l'un pour l'autre, comme ils se protégeaient, la complicité qu'ils partageaient m'avaient souvent rendu jaloux, et maintenant je ne savais plus quoi penser. Shaw avait été dans la catégorie des « filles avec qui je ne peux pas et je n'aurai pas de relations sexuelles » pendant la majeure partie de ma vie. Mais nous venions de faire voler cela en éclats et je ne savais pas quoi en conclure. Elle n'était pas une fille que je pouvais ne jamais rappeler, que je pouvais pousser vers la porte le lendemain, et je n'avais pas la moindre idée de ce que j'allais faire. Ajoutez à cela le fait que c'était sûrement la meilleure et la plus intense expérience sexuelle de ma vie, j'avais l'impression de perdre tout contrôle. Je ne devrais pas ressentir cela pour Shaw ; elle ne devrait pas être celle qui retourne mon monde comme personne auparavant. Honnêtement, cela me faisait bizarre qu'elle soit meilleure et plus excitée par mes tatouages et mes piercings que les filles que je ramenais habituellement. Il fallait maintenant que je gère ma confusion, et la fille qui n'aurait pas dû être dans mon lit. Je n'avais pas la moindre idée de quoi faire de tout ça.

***

Je me suis endormi après que le soleil s'est levé et quand j'ai été réveillé par la sonnerie de mon portable, la première chose que j'ai faite a été de regarder de l'autre côté du lit. Tous les événements de la nuit passée me sont revenus en pleine face. Shaw était partie. Le tas de vêtements que j'avais laissé par terre était proprement plié au bout du lit et il ne restait rien de ses belles petites affaires. J'ai grogné et jeté un bras au-dessus de mes yeux en répondant à l'appel.

– Quoi ?

Quelque chose s'est froissé sous ma hanche quand j'ai bougé alors que mon frère ricanait dans mon oreille.

– Est-ce que j'interromps quelque chose ?

Sur un morceau de papier de mon carnet de croquis qui traînait toujours pas loin et dans lequel je faisais les dessins pour mes clients, elle avait écrit de sa jolie écriture féminine :

Le meilleur cadeau d'anniversaire du monde ! Merci !

Elle n'avait pas signé, n'avait pas dit qu'elle m'appellerait ni demandé de l'appeler. C'était clair et concis, et je ne savais pas si cela me rendait fou de joie ou de rage. Mon frère attendait toujours que je lui réponde, alors j'ai secoué la tête pour me débarrasser des toiles d'araignée qui l'encombraient et me suis assis dans le lit. Il sentait le sexe et son odeur.

– Non, j'ai mal dormi cette nuit.

– C'est ce qu'il se passe quand tu ramènes des inconnues chez toi, il faut faire attention à ne dormir que d'un œil pour qu'elles ne te cambriolent pas ou ne te poignardent pas dans ton sommeil.

J'ai répondu par un grognement.

– Mec, il faut que tu sortes de l'armée. Tous les inconnus ne sont pas des insurgés.

Il a grommelé quelque chose dans sa barbe que je n'ai pas compris.

– Eh, je vais venir à Denver cette semaine. Mon épaule fait des siennes, il faut que je voie mon chirurgien-orthopédiste, et Maman me tape sur les nerfs. Shaw a refusé de venir manger ce midi parce que Maman ne voulait pas t'inviter aussi. Maintenant elle est persuadée que tu as corrompu sa petite fille chérie. Je n'arrête pas de lui dire qu'elle devrait voir quelqu'un, même Papa est d'accord, mais elle est trop têtue. J'imagine que c'est d'elle qu'on tient ça.

J'ai fait une petite grimace ; j'étais bien content d'avoir cette conversation au téléphone. J'étais sûr que la culpabilité se lisait sur mon visage. Ma mère péterait un câble à un niveau jusqu'alors inconnu si elle apprenait combien j'avais corrompu Shaw.

– Il te reste combien de temps avant de devoir partir ?

– Il faut d'abord que mon état de santé soit validé, et je dois voir un psy des Anciens Combattants pour vérifier que je n'ai pas de stress post-traumatique à cause de l'accident. Il faut que je sois en bonne santé sur tous les plans avant de repartir.

– Eh bien, ça sera sympa d'avoir enfin une occasion de se voir sans tout le théâtre familial.

– Oui, j'ai passé la matinée à essayer d'appeler Shaw pour voir si je peux l'inviter à dîner ou quelque chose comme ça, pour son anniversaire. Je suis sûr que ses parents pourris n'ont rien fait, une fois de plus, et je n'aime pas me dire qu'elle a passé la journée toute seule. Tu devrais bouger tes fesses de feignasse et venir avec nous, si j'arrive à la joindre.

J'ai commencé à étouffer un peu. Je l'avais sur le bout de la langue, j'allais lui dire que j'étais certain qu'elle n'avait pas été seule, mais c'était Shaw et j'avais beau être proche de Rome, il n'avait pas besoin de savoir ce que nous avions fait la veille.

– Nan, je pense qu'elle m'a assez vu. Je l'ai croisée il y a quelques semaines et je la vois de temps en temps. Je crois que ça lui fait des vacances de ne pas être obligée de me voir tous les week-ends.

Il a rigolé doucement.

– Tu as sûrement raison. Je vais squatter chez mon pote Drew, je ne pense pas que mon épaule soit prête à dormir sur ton canapé de merde et il a une chambre libre, mais je te tiens au courant quand j'arrive à Denver. Si je n'arrive pas à avoir Shaw, on peut aller manger un truc quelque part et tu pourras me dégoûter avec les histoires de tes dernières conquêtes.

J'ai passé une main sur mon visage fatigué et ai glissé le mot de Shaw dans la table de nuit. Je sentais encore ses mains partout sur moi.

– Il faut que tu bouges ton cul et que tu aies tes propres conquêtes. Tu es un héros, mec, les filles adorent ces conneries.

– Je ne suis pas comme toi, Rule ; je n'ai pas vingt-deux ans et je ne vis pas au jour le jour. Pour le moment, je veux retrouver la santé et finir mon service sans autre cadavre. J'ai vu ce que l'humanité a de pire à offrir, et ces quatre dernières années j'ai enterré plus d'amis que je n'en ai gagnés. Je sors de l'Armée dans moins de deux ans et je ne sais pas ce que l'avenir me réserve, alors me taper toutes les jolies filles sur ma route n'est pas dans mes priorités. Un jour tu comprendras.

Il n'avait pas tort. Mes priorités étaient différentes des siennes. Je gagnais pas mal d'argent, j'avais plein d'économies, et une belle voiture. Je n'étais que trop conscient de passer la majeure partie de mon temps à fuir le fantôme de mon frère jumeau. Je me complaisais dans des relations superficielles pour que personne ne soit trop proche de moi, que personne ne me juge et ne me trouve insuffisant. Je cherchais des filles faciles, qui n'avaient aucune attente à part ce que j'avais à proposer : un bon moment et quelques minutes d'oubli. Je n'avais jamais eu de copine, et je ne m'étais jamais complètement ouvert à quelqu'un car j'avais peur de ne pas être à la hauteur, une fois qu'elle arriverait au cœur de qui je suis. Je savais que c'était tordu, je savais que j'étais une catastrophe émotionnelle et cette histoire avec Shaw n'allait faire qu'empirer les choses.

– Ouais si tu le dis. Ça n'a jamais tué personne de s'amuser. Rappelle-moi plus tard.

J'ai jeté le téléphone sur le lit et suis allé dans la salle de bains. Quand je suis entré dans le salon, Nash était vautré sur le canapé et regardait un match sur l'écran plat. Il avait une tasse de café dans une main et un donut dans l'autre.

– 'Lut.

Il a levé les yeux vers moi.

– Ça va ?

– Ouais. Tu as vu Shaw, ce matin ?

Il a acquiescé et a levé le bras pour me montrer le donut.

– Elle a laissé ça. Alors c'est quoi, ce bordel ? Elle était dans la cuisine ce matin alors je suppose qu'elle a passéla nuit avec toi. Je croyais que tu allais lui appeler un taxi ?

– Où est-ce que sa coloc a fini ?

J'ai essayé de changer de sujet en me servant mon café.

– Je lui ai proposé de la ramener ici pour attendre Shaw mais elle s'amusait bien là-bas, donc on a pris quelques verres de plus et j'ai appelé un taxi pour elle. Elle avait l'air de penser que c'était une excellente idée que son amie en état d'ébriété avancé rentre avec toi, comment ça se fait ?

J'ai grogné et me suis affalé à côté de lui sur le canapé.

– Je ne sais pas. Shaw et moi, on a plein d'histoires compliquées, alors qui sait ?

– Mais elle a passé la nuit avec toi ?

– Ouais.

– Et je suppose, parce que je te connais depuis des siècles, que vous n'avez pas passé la nuit à discuter géopolitique devant la télé ?

Je lui ai lancé un regard noir.

– Non.

Il a secoué la tête et fait un « tsk tsk » désapprobateur.

– À quoi tu pensais ?

– À rien, de toute évidence.

– Mec, ce n'est pas une fille comme ça. Tu ne peux pas me demander de lui montrer la sortie le matin et de ne plus jamais lui parler.

– Eh, je me suis réveillé tout seul, ce matin. Ce n'est pas moi qui l'ai fait partir.

– Mais tu l'aurais fait, et Shaw est trop classe et trop intelligente pour un *walk of shame*. Merde, j'en reviens pas que tu te sois tapé la copine de ton frère. Tu as vraiment un problème, c'est un bordel que j'éviterais à tout prix, peu importe combien la fille est canon.

J'ai fait un bruit étouffé et je me suis penché en avant pour poser mes coudes sur mes genoux.

– Disons que je ne pense pas qu'il y ait de réel motif qui salirait la mémoire de Remy. Je ne sais pas ce qu'il s'est passé entre ces deux-là pendant toutes ces années, mais après hier soir, j'ai la preuve formelle qu'ils ne couchaient pas ensemble.

Nash a lâché un gros mot et a écarquillé les yeux.

– Elle était vierge ?

J'ai hoché la tête. Je ne devrais probablement pas partager tout cela avec Nash, mais j'étais perdu et c'était mon meilleur ami. J'étais complètement dépassé.

– Elle a perdu sa virginité avec toi ? Putain de merde, frère, c'est super important !

J'ai soupiré.

– C'est ce que je me suis dit, mais quand je me suis réveillé, elle était partie. Elle était bien cuite hier soir, donc c'est peut-être quelques martinis de trop et la magie de l'alcool qui ont fait le choix pour elle.

– Elle avait l'air bien, ce matin. Je veux dire, elle avait la gueule de bois et elle était crevée, mais elle n'était pas nerveuse, mal à l'aise ou quoi que ce soit. Elle a appelé Ayden pour qu'elle vienne la chercher et est partie acheter de quoi déjeuner en attendant. Je ne sais pas, elle n'avait l'air ni dingue amoureuse, ni énervée, c'était la Shaw habituelle. J'avoue, j'ai toujours pensé qu'elle avait un petit faible pour toi.

Je me suis tourné vers lui avec un regard perplexe.

– Quoi ?

– Elle supporte tes conneries même quand ça va très loin. Tu ne te souviens pas du Nouvel An où elle est venue te chercher et que tu avais ramené la rousse et sa copine ? C'était un cirque et ce n'était pas beau à voir, et Shaw n'a pas cillé, t'a balancé ton pantalon et t'a dit de te bouger. Elle te laisse avoir des sautes d'humeur, faire la gueule et être grincheux sans rien dire ; et crois-moi, frère, on se lasse de tout ça très très vite. Elle est prête à partir en guerre contre les seuls parents qui lui ont témoigné un peu d'amour parce qu'elle veut qu'ils te traitent correctement et arrêtent de te reprocher la mort de Remy. Elle ne fait rien de tout ça pour Margot ou Dale, et encore moins pour Remy. La seule personne qui profite de tout ça, c'est toi. Aussi borné et égocentrique que tu sois, tu es bien capable de voir ça.

– Mais c'est Shaw. Shaw, la fille parfaite. Même quand elle était petite, elle était distante et inaccessible. Elle était tout le temps à la maison avec Remy et dès que je disais ou faisais quoi que ce soit, elle me regardait comme si j'étais débile.

– Mais tu étais débile. Tu te rappelles quand tu avais seize ans ? On était un cauchemar, et jamais très sympas avec elle. Tu te moquais de ses cheveux, tu faisais chier Remy en permanence parce qu'il passait du temps avec elle, tu étais un petit con.

– C'est vrai ?

– Mais mec, tu es toujours un petit con. Et Shaw, c'est Shaw. Elle est tellement belle que parfois ça fait mal de la regarder, mais elle ne le sait même pas. Elle est toujours inaccessible parce qu'elle sera toujours plus riche et plus intelligente que nous, mais elle se fout de tout ça. Elle est cool, elle se fiche que tu sois toi, et honnêtement, Rule, une fille qui peut supporter les prises de tête que tu provoques, moi je lui passerais la bague au doigt.

Je lui ai mis un coup de poing dans l'épaule.

– Je ne suis pas si terrible.

Il m'a jeté un regard insistant.

– Si, tu l'es. Réfléchis, il t'a suffi de la voir habillée en arbitre sexy pour remarquer que c'était une vraie fille, après tout ce temps. Tu crains.

– Mais bordel de merde, qu'est-ce qu'il lui va bien, cet uniforme !

– Tu vois ? Craignos suprême. Bon, tu vas faire quoi maintenant, tu vas l'appeler ?

– Je ne sais pas. Rome va venir et comme j'aimerais garder mes bijoux de famille, je préfère garder ça discret. Je ne crois pas qu'elle lui en parlera.

– J'imagine, elle sait que ça ferait basculer ta folle de mère.

– Ouais.

– Alors, a-t-il commencé avant de faire une pause et de me lancer un regard appuyé. Est-ce que ça valait le coup de tout foutre en l'air ?

J'ai laissé ma tête tomber en arrière sur le canapé et ai fixé le plafond.

– Oh, mais tellement…

J'avais vécu le meilleur coup de ma vie avec une fille que je n'avais jamais considérée à ma portée et que je pensais amoureuse de mon frère mort. Ouais, Nash avait sûrement raison, si quelqu'un pouvait supporter toute ma dose de folie, je devrais sûrement l'enfermer, et vite, car même moi, je voyais à quel point j'étais tordu.

Chapitre 6
SHAW

— Arrête de me regarder comme ça.

Je jouais avec mes cheveux et replaçais l'écharpe autour de mon cou. Rome me regardait comme s'il essayait de voir à l'intérieur de mon crâne et je n'aimais pas ça du tout. J'avais ignoré ses appels toute la journée de dimanche, parce que j'essayais toujours d'assimiler le fait que, bourrée, j'avais demandé à Rule de prendre ma virginité. En plus j'avais mal partout, à cause de l'alcool et des acrobaties. J'avais un examen lundi et je devais faire la fermeture du bar, mardi je devais faire une permanence de volontariat à l'hôpital pour enfants et survivre à un dîner infernal avec mon père et sa nouvelle femme. Rome avait dû attendre mercredi pour m'inviter à un dîner d'anniversaire en retard. Depuis l'instant où je m'étais assise, il me scrutait attentivement et je n'arrêtais pas de remettre mon écharpe pour être sûre qu'elle cachait le suçon mignon que Rule m'avait laissé samedi soir. J'avais reçu assez de critiques à ce sujet de la part de Ayden, et je n'avais pas besoin que Rome rejoigne l'équipe « Shaw est une idiote ».

– C'est les cheveux. C'est sympa, mais je suis habitué à te voir toute blonde. Ça te change, tu as l'air plus mature.

– Merci, ça me plaît bien.

– D'ailleurs, je crois que je ne t'ai jamais vue en jean non plus.

– Je suis allée faire les magasins pour mon anniversaire. J'ai décidé que je n'étais pas obligée de porter des perles et des talons à chaque fois que je sortais de chez moi. J'ai tout ce qu'il faut pour les moments où je dois jouer la pro des mondanités chez mes parents.

– En parlant d'anniversaire, je t'ai apporté ça de la part de Papa et Maman.

Il m'a tendu un petit sac que j'ai posé sur la table, entre nous deux.

– Ta mère ne veut pas me parler, j'ai essayé de l'appeler l'autre jour.

– C'est difficile pour elle depuis que tu as imposé tes règles. Elle t'a toujours vue comme une alliée dans la guerre « Rule doit se reprendre en main ». Elle ne se rend pas compte de ce qu'elle lui fait, de ce qu'elle nous fait.

J'ai soupiré.

– Je sais, c'est pour ça que je devais arrêter.

– Ça, c'est de ma part.

Il m'a offert une carte cadeau de mon magasin de produits de beauté préféré. Je lui ai souri et lui ai fait un gros câlin. J'adorais ce mec, il avait une allure de guerrier, mais il avait un bon cœur.

– Merci Rome, c'est vraiment gentil. Je suis contente que tu sois là.

– Moi aussi, petite fille. J'ai essayé de convaincre Rule de venir, mais il travaillait tard sur un client. Il se plaignait de devoir dessiner un énième tatouage Harry Potter, ou une histoire comme ça. Je crois que j'oublie qu'il travaille vraiment, en fait.

J'ai jeté un coup d'œil dans le petit sac ; c'était une photo. Margot avait trouvé l'une des toutes premières photos de Remy et moi et l'avait mise dans un beau cadre argenté. J'étais toute petite et mal dans ma peau, et Remy était grand et beau : nous étions ridicules. C'était une belle intention et cela m'a fait monter les larmes aux yeux. Je l'ai montrée à Rome et l'ai remise dans le sac.

– Il me manque tous les jours.

– Moi aussi. Et la façon dont il arrivait à faire que tout le monde se comporte correctement, ça me manque.

J'ai ri doucement et ai pris une gorgée de mon thé glacé.

– Ouais, il était bon pour veiller à ce que tout le monde traite bien les autres. Il ne tolérait pas les bêtises qu'on a tendance à laisser passer.

– Rule m'a dit qu'il t'avait croisée une fois ou deux, comment ça s'est passé ?

Je me suis éclairci la voix et ai prié pour ne pas devenir écarlate en entendant le nom de Rule, comme je l'avais fait toute la semaine.

– C'était un peu bizarre. Il est venu au bar où je travaille avec des amis à lui, un soir de match. C'est étrange d'interagir comme des gens normaux.

Il a acquiescé et j'ai remarqué que la serveuse le matait ouvertement en nous apportant nos plats.

– Il m'a dit que tu avais des problèmes avec ton ex.

J'ai grogné et secoué la tête.

– Il a une grande gueule.

Entre autres choses, mais je n'allais pas laisser mon esprit tordu s'aventurer par là.

– Alors qu'est-ce qu'il se passe, petite fille ?

J'ai fait une grimace et ai englouti une bouchée de pâtes.

– Rule est déjà allé lui parler, ainsi que le videur du bar, un ancien Marine gigantesque. Gabe est juste un petit garçon gâté qui n'a pas l'habitude qu'on lui refuse des choses. Il a du mal à comprendre que je lui dise non.

– Il t'appelle encore ?

Je ne voulais pas mentir, j'ai donc essayé de changer de sujet.

– Qu'est-ce que le docteur a dit pour ton épaule ?

Il a plissé les yeux et a joué avec sa nourriture.

– Il pense qu'il faut que j'accélère ma kinésithérapie. Et si ça ne marche pas, il faudra peut-être m'opérer une deuxième fois, dans tous les cas je vais rester ici plus longtemps que prévu.

– Eh bien c'est une bonne chose, non ?

Il a haussé les épaules et j'ai eu l'impression que cela ne l'enthousiasmait pas autant que moi.

– Je suppose.

– Tu veux y retourner ?

– Je veux finir mon service, je ne veux pas que ça se termine là-dessus. Je n'aime pas laisser ma section en plan. Je suis dans l'Armée depuis six ans, Shaw, je ne sais pas faire grand-chose d'autre.

– Tu as plein de gens qui t'aiment, Rome. Sortir de l'Armée ne devrait pas être ce qui te fait peur.

– Je sais, mais c'est comme ça.

Nous sommes restés plongés dans le silence pendant une minute avant qu'il ne reparte sur Gabe.

– Qu'est-ce que Rule a dit à ton ex ?

J'ai soulevé une épaule et l'ai laissée retomber.

– Je ne sais pas. Il lui a dit de me laisser tranquille et Gabe en a immédiatement tiré la conclusion que je l'avais largué à cause de Rule. Tout le monde pense toujours que tout ce que je fais est à cause de Rule. C'est fatigant.

Rome me fixait, et ses yeux ressemblaient tant à ceux de son frère. D'après l'expression de sa bouche, je voyais déjà que je n'allais pas aimer ce qu'il allait me dire.

– Et ce n'est pas vrai ?

Je lui ai lancé un regard mauvais en tapotant mon assiette avec ma fourchette.

– Non.

– Rule a convaincu Remy de déménager à Denver dès qu'ils auraient fini le lycée, alors tu as décidé de venir vivre ici aussi. Rule se comporte comme un con, rend la vie impossible à Papa et Maman, alors tu décides de jouer le médiateur et de le traîner à la maison tous les week-ends. Rule agit, et tout le monde n'a d'autre choix que de réagir, et c'est ce qu'on fait tous depuis des années, y compris toi.

– Je n'ai pas quitté Gabe à cause de Rule.

Ce n'était pas entièrement vrai mais je n'avais pas besoin que Rome dissèque cette histoire.

– Vraiment ? m'a-t-il répondu d'une voix incrédule qui m'a irritée. Je ne connais pas tous les tenants et les aboutissants de ta relation avec Remy…

Je l'ai interrompu par réflexe :

– On était juste amis, meilleurs amis.

Rome a continué comme si je n'avais rien dit.

– ... mais je sais que quand tu pensais que personne ne te voyait, tu regardais Rule avec un œil de faucon. Je sais que chaque fois qu'il rentrait bourré et titubant, qu'il puait le sexe et le parfum pas cher de je ne sais quelle ado facile qu'il avait convaincue de baisser sa culotte, on aurait dit qu'il t'avait mis un coup de pied dans le ventre. Je sais que tous les dimanches, tu avais la même tête quand tu le ramenais à la maison. Alors Shaw, tu vas vraiment essayer de me faire croire que tes choix n'ont rien à voir avec Rule ?

J'ai soupiré et repoussé mon assiette, j'avais soudain perdu l'appétit.

– Qu'est-ce que tu veux que je te dise, Rome ? Ma vie est entremêlée avec celle des fils Archer depuis aussi longtemps que je m'en souvienne. Combien de vérités crois-tu que tu peux supporter ? Je veux dire, certaines choses ne regardent personne. Tu veux entendre qu'à la seconde où Remy m'a ramenée à la maison, je l'aimais mais j'étais amoureuse de Rule ? Tu veux entendre que Remy le savait et qu'il a emporté ce secret dans sa tombe ? Tu veux entendre que j'ai passé des années triste et seule, avec Remy et vous pour seuls amis, mais que ça allait, parce que vous étiez tout ce dont j'avais besoin ? Tu veux entendre que même si mon cœur se brisait un peu plus chaque jour, Rule ne se rendait même pas compte que j'étais vivante ? Tu veux entendre que sans tes parents, on m'aurait sûrement envoyée de force dans un internat puis dans une grande université sanctifiée, simplement pour que mes parents n'aient plus à s'occuper de moi ? Allez, Rome, qu'est-ce que tu veux vraiment savoir ?

Le temps que j'arrive à la fin de ma tirade, ma voix était aigrie et j'avais réduit ma serviette en une petite boule sur mes genoux.

– Pourquoi est-ce que Remy est resté si proche de toi s'il savait que tu étais toute retournée par Rule ? Il devait bien savoir que ça ne se ferait jamais. Rule ne fait rien qui demande du travail, et même si je t'aime beaucoup, petite fille, tu n'es pas facile.

J'aurais aimé que Remy soit là pour répondre à ces questions. J'ai soupiré.

– Il avait ses raisons, notamment me garder le plus loin possible de ma famille. Il ne voulait pas que je me transforme en parfaite petite femme insipide, même s'il n'a réussi que partiellement. Parfois, j'ai encore l'impression que je ne peux pas me défaire de tout ce qu'ils attendent de moi.

Il a tapé des doigts sur la table.

– Donc tu es amoureuse de mon frère depuis tes quatorze ans ?

J'ai reniflé.

– C'est à peu près ça, et le monde entier semble être au courant à part lui.

J'ai essayé de toutes mes forces de ne pas me replonger dans les souvenirs de samedi soir.

– Pourquoi est-ce que tu ne lui dis pas ?

– Heu… tu connais vaguement ton frère, non ? Monsieur Je-me-tape-tout-ce-qui-bouge-avec-des-nichons-et-un-QI-négatif, Monsieur Je-fais-ce-que-je-veux-quand-je-veux. Rule n'a pas besoin de savoir, parce que ça ne changera rien.

Rome a haussé son épaule valide et a adressé un clin d'œil à la serveuse quand elle nous a apporté l'addition.

– Je ne sais pas, peut-être que ça lui ferait du bien de savoir. Ça fait trop longtemps qu'il vit comme un substitut de Remy, peut-être que ça le réveillerait de savoir que quelqu'un de bien comme toi, de gentil et d'aimant, a des sentiments pour lui et depuis longtemps. Je sais qu'au fond c'est un bon gars, mais il l'enfouit sous tellement de connerie que ça peut être dur à voir.

Mon plan était d'éviter Rule jusqu'à ce qu'il neige en enfer. Je ne regrettais pas d'avoir couché avec lui ; d'ailleurs il avait répondu à toutes les attentes que j'avais par rapport au sexe, et en toute honnêteté, à l'idée que je me faisais du sexe avec lui. Je n'aurais pas pu imaginer perdre ma virginité avec qui que ce soit d'autre. J'aurais préféré être sobre, et que la relation soit fondée sur l'émotion plus que sur l'attraction physique, mais l'acte en lui-même était incroyable et valait tous les pincements de remords que j'avais. Je savais que ma relation avec Rule ne serait plus jamais la même, et il fallait que je l'accepte. Je refusais d'être une fille qui se languit de lui, qui le suit partout et l'appelle cent fois par jour. J'avais décidé, le matin suivant, que je pouvais m'estimer heureuse que cela se soit aussi bien passé et que, si je n'obtenais rien d'autre de Rule, cela aurait été suffisant.

– Non, ça ne changerait rien qu'il sache, tout ce que ça ferait, c'est que je me sentirais encore plus mal. On sait tous les deux que je ne suis pas son genre et j'ai subi assez de rejet de la part de personnes censées m'aimer pour toute ma vie. Rule et moi, on peut continuer à être des camarades mal à l'aise quand on est obligés de passer du temps ensemble, et il faudra que ça reste comme ça.

Je n'avais pas besoin d'expliquer à Rome pourquoi les choses allaient être encore plus tendues et gênantes entre nous, maintenant.

– Le dîner avec ton père s'est si mal passé que ça, cette année ?

– Il s'est encore remarié, elle a vingt-cinq ans, dis-je en levant les yeux au ciel. Elle a passé tout son temps à m'expliquer que je devrais me précipiter dans la sororité où elle était l'année dernière, avant d'avoir son diplôme. Papa a passé tout le dîner à m'expliquer que je devais donner une seconde chance à Gabe. Il m'a fait un chèque de mille dollars, en sous-entendant qu'il me donnerait le double si je me remettais avec Gabe, donc ça ressemblait plus à de la torture et à du chantage qu'à un dîner.

Il a ricané jaune.

– Pas de nouvelles de ta mère ?

– Non.

– Je ne sais pas comment ces deux-là ont pu donner naissance à un tel cœur tendre.

– Moi non plus. Je suis contente de ne plus avoir à les supporter que par petites doses. C'est épuisant, d'être une déception constante.

Il a haussé un sourcil.

– Mon petit frère doit en connaître un rayon là-dessus.

– Bien joué.

– Je fais de mon mieux.

– Ce qui se dit à un dîner d'anniversaire ne sort pas du dîner d'anniversaire, hein, Rome ?

– Je ne dirai rien. S'il n'a toujours rien remarqué depuis tout ce temps, ce n'est pas mon rôle de lui balancer à la gueule, mais je pense vraiment qu'il y a une chance pour que vous vous fassiez du bien, tous les deux. Les opposés s'attirent, tout ça, tout ça.

Le problème, c'est que je n'étais pas sûre que Rule et moi soyons si opposés que cela. Certes, il était tatoué du haut de son crâne à crête jusqu'aux orteils dans ses bottes, et il était plein de barres de métal tandis que j'étais plutôt du genre perles et médaillons anciens, mais nous essayions tous les deux de vivre au-delà des limites que tous les autres semblaient vouloir nous imposer. Nous avions tous les deux des soucis profonds et douloureux avec nos parents, nous aimions tous les deux les autres fils Archer infiniment, nous voulions tous les deux être désespérément reconnus à notre juste valeur, peu importe ce que les autres pensaient que l'on devait ou ne devait pas faire, et après samedi, je savais désormais que nous aimions tous les deux que le sexe soit un tout petit peu brut et un tout petit peu salace. Ouais, pas si opposés qu'on pourrait le croire au premier coup d'œil.

– J'essaie d'empêcher Rule de vivre dans le noir depuis que Remy est mort. Les choses n'ont fait qu'empirer, ça ne s'est jamais amélioré et il ne peut pas continuer comme ça, sinon ça n'en finira jamais.

Rome a soupiré alors que nous nous levions pour sortir dans l'air frais de la ville.

– Finalement, petite fille, tout ce qu'on a, c'est les gens autour de soi, alors peu importe combien ça devient difficile, il faut avancer et rester en un seul morceau.

Je l'ai serré dans mes bras et ai frotté mes mains froides l'une contre l'autre. Je tenais la photo serrée contre ma poitrine et j'ai frissonné quand la brise mordante est passée sous mon écharpe.

– C'est facile à dire pour toi parce que tu es à un océan d'ici. La plupart du temps, il n'y a que moi et Rule dans un cessez-le-feu bancal, tes parents sur notre dos et les miens qui m'ignorent.

– Tu l'as dit toi-même, Shaw, tu n'es plus une gamine, tu peux trouver une solution à tout ça. J'ai foi en toi.

C'était Rome tout craché. Il était le protecteur, celui qui, au fond, voulait le meilleur pour chacun d'entre nous. Je lui ai dit de m'appeler avant de retourner à Brookside, et je suis repartie vers mon appartement. C'était l'un des rares jours où ni Ayden ni moi ne travaillions, et elle était étalée dans le salon, entourée de livres. Elle était si concentrée sur ses cours et le volume de la radio était tellement fort que je crois qu'elle ne m'a pas entendue rentrer. Elle m'avait fait chier toute la semaine avec Rule. Elle était pour que j'expérimente et que je prenne des décisions qui me rendaient heureuse – et croyez-moi, celle-ci m'avait rendue très heureuse –, mais elle savait que mes sentiments pour Rule étaient compliqués et était persuadée que je risquais de ramasser mon cœur encore plus brisé.

J'ai marché jusqu'à elle sur la pointe des pieds et ai tapé sur son épaule, ce qui l'a fait se retourner en criant. Sa réaction était tellement exagérée que je fus pliée de rire. Je me suis jetée sur le canapé en grommelant et ai enlevé mon manteau et mon écharpe. Elle m'a regardée, les sourcils froncés, en allant baisser la radio.

– Pas sympa. Comment s'est passé le dîner ?

– Bien.

– C'est tout ?

– Rome m'a cuisinée sur Rule, il a l'air de croire qu'on peut se réparer l'un l'autre, ou une connerie comme ça.

– En parlant du loup, tu as eu des nouvelles ?

J'ai secoué la tête.

– Non. Je sais comment il fonctionne, Ayd. Tu sais combien de filles tristes et perdues je l'ai vu virer le lendemain matin ? Je ne veux pas en faire partie.

– Ouais, mais vous vous connaissez, vous êtes un peu amis.

J'ai haussé une épaule.

– Ça ne change rien, pour lui. Les femmes ont toujours été interchangeables. C'est comme ça depuis qu'on est gamins.

J'ai passé la main dans mes cheveux emmêlés et ai réprimé un bâillement. Je révisais à fond en ce moment car les examens de la mi-semestre allaient arriver très vite, et ma journée de travail supplémentaire le week-end commençait à me fatiguer. Ajoutez à cela le fait que je me réveillais la nuit, chaude et excitée…

– Je crois que je vais prendre un bouquin et me coucher tôt.

– Je mettrai la musique doucement.

– T'inquiète, bonne nuit.

– Toi aussi. Eh, on dirait que ton suçon commence à disparaître.

Je lui ai tiré la langue et suis allée dans ma chambre. Je me suis étalée de tout mon long sur le lit, face contre le matelas, et j'ai murmuré un gros mot en entendant mon portable sonner dans mon sac. Je l'aurais bien ignoré, mais la sonnerie était celle de ma mère : *We're Not Gonna Take It* de *Twisted Sister*. Si je ne répondais pas, elle continuerait à appeler jusqu'à ce que je cède. Voilà combien son temps était important. Je me suis retournée et j'ai sorti mon portable.

– Bonjour, mère.

– Shaw, je suis désolée d'avoir mis si longtemps à te recontacter à propos de ton anniversaire. Nous étions en Californie. Jack avait un voyage d'affaires et comme il fait froid ici, je me suis dit que les enfants aimeraient aller à la plage.

J'imagine que les téléphones ne fonctionnent pas en Californie.

– Pas de problème.

– J'ai parlé à ton père, il m'a dit que tu avais l'air distraite et mal lunée. Nous en avons discuté et je pense vraiment que tu dois arrêter ton petit jeu avec Gabe. Tu es une jeune femme mûre, maintenant, Shaw ; tu dois faire de meilleurs choix de vie. Sauter d'un garçon à l'autre ne va pas marcher encore longtemps.

Elle ne m'avait même pas souhaité un joyeux anniversaire.

– Gabe ne m'intéresse pas, Maman, pas du tout.

– L'intérêt, c'est superficiel. Il vient d'une bonne famille, il a un avenir tout tracé ; ce sont des choses qu'une jeune fille de ton origine doit rechercher chez un partenaire.

J'ai sifflé entre mes dents et ai fermé les yeux.

– Donc ce sont ces choses qui ont attiré Papa vers Marissa ? Elle vient d'une bonne famille ? Elle a un avenir sûr ? Ou peut-être qu'il aime juste les double D et le fait qu'elle fasse tout ce qu'il lui dit. Allez, Maman, tu es ridicule. Je ne vais certainement pas passer du temps avec un mec qui me file la chair de poule juste parce que tu l'aimes bien.

– Surveille ton langage, jeune fille ! Je ne sais pas d'où tu crois tenir ton attitude de je-sais-tout, mais je ne suis ni bête ni aveugle et je sais que c'est à cause de ce garçon Archer. C'est toujours ça.

Je me suis frotté le front, où je sentais le début d'une migraine se former ; elle avait le don de les provoquer plus vite que n'importe qui d'autre.

– Et alors ?

– Oh Shaw, quand est-ce que tu vas laisser tomber ce béguin ridicule ?

– Maman, je commence à avoir mal à la tête. Est-ce qu'on peut remettre ça ?

Elle s'est tue pendant une longue minute et je sentais des vagues de reproche à travers le téléphone.

– Je vais inviter les Davenport à dîner. Il faut que tu sois là.

– Non. Pas si Gabe vient aussi.

– Si, tu seras là. N'oublie pas que c'est ton père et moi qui payons tes frais de scolarité.

Super, encore un peu de chantage parental. Dis donc, quelle chance j'avais.

– Ouais, d'accord, si tu veux.

Je n'ai même pas dit au revoir, j'ai poussé le téléphone sous mon autre oreiller et éteint la lumière.

Je ne comprenais pas comment Rome pouvait bien croire que je pourrais réparer qui que ce soit, être bien pour qui que ce soit, je ne contrôlais même pas ma propre vie et cela me rendait physiquement malade.

***

J'ai passé le reste de la semaine à être une bonne étudiante modèle. Je révisais dès que j'avais un moment, j'ai fini mes TD de labo, j'ai pris de l'avance sur un écrit que je devais rendre à la moitié du semestre. J'ai même réussi à caser un peu de temps pour aider Ayden à réviser, car elle avait du mal en chimie minérale et pour moi c'était du gâteau. Je travaillais sur un texte pour un de mes cours obligatoires, une dissertation expliquant pourquoi le suicide assisté devrait être légal – sujet très drôle –, mais l'appartement était trop silencieux et j'en avais marre d'ignorer mon téléphone à chaque fois qu'il sonnait, de peur que ce soit l'un de mes parents ou Gabe. Alors j'ai pris mon ordinateur et je suis allée à Pikes Perk pour le terminer. Ayden m'avait envoyé un message pour me dire de venir au bar car c'était calme, mais j'avais besoin d'un environnement moins stimulant, et un café plein de hipsters semblait être exactement ce qu'il me fallait. J'avais un tas de recherches devant moi et un latte au caramel qui refroidissait sous le coude. J'étais tellement concentrée sur ce que je faisais que je n'ai pas remarqué qu'on tirait la chaise en face de moi sur la petite table.

En réalité, j'étais tellement absorbée par les papiers étalés devant moi qu'il a fallu qu'une main familière, avec un tatouage de serpent et son nom sur ses phalanges, rabatte l'écran de mon ordinateur pour que je me rende compte que j'avais de la compagnie. Surprise, j'ai cligné des yeux et ai levé mon regard pour trouver ces yeux bleu arctique qui me regardaient intensément. Il arborait toujours sa crête, mais elle était désormais d'un rouge choquant et ses fringues lui allaient affreusement bien, un tee-shirt serré à manches longues et un jean un peu trop grand. Je n'ai pas essayé de cacher le fait que je le matais de la tête aux pieds.

– Et si je n'avais pas enregistré tout ça ?

– On s'est déjà rencontrés, tu te rappelles ? Je te connais assez bien pour savoir que tu enregistres probablement après chaque phrase.

C'était après chaque paragraphe, mais peu importe.

– Ce n'est pas vraiment sur ta route, ici, qu'est-ce que tu fais là ?

Je ne l'avais pas vu et ne lui avais pas parlé depuis exactement dix jours. L'idée qu'il m'ait volontairement cherchée n'était pas très réaliste, alors je me suis sermonnée de ne pas interpréter son apparition soudaine.

– Je suis allé au bar, en fait. J'ai vu ta coloc et elle m'a dit que tu serais probablement ici pour travailler. Shaw, il faut qu'on parle.

Je ne l'avais jamais entendu prendre un air aussi sérieux, et cela m'a inquiétée. Il fallait que je trouve quoi faire de mes mains, donc j'ai pris mon café et ai essayé de me cacher derrière.

– Je ne crois pas.

J'étais à moitié sûre qu'il allait me dire quelque chose qui me donnerait envie de lui jeter mon café tiède sur la tête. Il a haussé son sourcil, celui auquel il avait deux barres argentées, et il s'est penché en avant ; ses coudes étaient posés sur ses genoux et il me regardait droit dans les yeux. Des ombres intéressantes apparaissaient et dansaient dans les profondeurs argentées de ses yeux, je ne savais pas quoi en penser mais il n'avait jamais été aussi séduisant qu'à cet instant.

– Allez. Tu crois vraiment que les choses peuvent se passer comme ça et qu'on peut faire comme si de rien n'était ?

– Pourquoi pas ? C'est ce qu'on fait pour l'instant, et ça marche très bien.

– Shaw, reprit-il sur un ton exaspéré. On ne va pas avoir une partie de jambes en l'air incroyable, surtout que c'était ta première fois, et ne pas en parler après. Déjà, je voudrais savoir ce que tu as fait avec Remy toutes ces années si vous ne couchiez pas ensemble. Je veux aussi savoir pourquoi tu es partie le matin, tu ne m'as même pas laissé une chance de te parler.

J'ai posé mon café et repoussé quelques cheveux de mon visage, je me suis penchée vers lui jusqu'à être quasi dans la même position que lui. Nous étions si proches que je voyais chacun des cils qui touchaient sa peau quand il clignait des yeux.

– Je vous ai dit, jusqu'à en perdre le souffle, que Remy et moi étions amis. On n'a jamais, jamais eu une relation amoureuse. Notre amitié était profonde, elle était puissante et intime d'une façon que les mâles néandertaliens ne comprennent pas, mais ça n'a jamais été physique. Et j'ai du mal à croire que tu aies pensé que j'allais rester pour que tu puisses me foutre à la porte le lendemain matin. Je t'ai vu en action plus d'une fois, Rule, je ne voulais pas être une de tes innombrables prises de tête du matin. J'ai un minimum de fierté.

– Mais tu étais prête à garder ta virginité pendant vingt ans et soudainement me la donner sans raison apparente ?

Il avait l'air un peu énervé, ce qui m'a fait sourire.

– J'avais mes raisons, Rule.

– Et ces raisons sont ?

– Personnelles. Écoute, je ne t'ai rien demandé après, je n'attends rien de toi, alors est-ce qu'on peut passer à autre chose ?

– Non, on ne peut pas.

Je me suis reculée un peu et ai froncé les sourcils.

– Quoi ? Pourquoi ? On se connaît depuis toujours, c'est juste une des choses qu'il s'est passé.

J'ai fait un mouvement du poignet que j'espérais nonchalant et je me suis pétrifiée quand il a attrapé ma main dans la sienne, bien plus grande. Je l'ai fixée, fascinée par ses doigts tatoués entre les miens.

– Tu vois, cette chose qui est arrivée…

Sa voix est descendue d'un ton et j'étais soudain très consciente que le café était plein et que, pour une raison ou une autre, nous avions attiré l'attention des autres clients, qui observaient notre échange avec intérêt.

– … ce n'est pas un petit événement sans importance qu'on peut ignorer, crois-moi j'ai essayé. Je suis sorti samedi et j'ai rencontré une rousse très sexy.

J'ai senti mon visage se fermer en une grimace alors que j'essayais de libérer ma main. Il m'a souri et m'a tirée plus près de lui.

– Malheureusement, il ne m'a fallu que cinq minutes pour réaliser que j'essayais de me servir d'une fille pour en oublier une autre. Alors je me suis dit que le samedi suivant j'essaierais une blonde, ou une brune, ou les deux, parce que ma tête était tout en bordel à cause d'une fille qui ne devrait pas me faire ça.

J'ai tiré ma main mais il m'a tirée encore plus près, au point qu'il me murmurait à l'oreille, et que j'étais presque assise sur ses genoux. J'ai dû m'appuyer sur sa cuisse ferme avec ma main libre. C'était beaucoup trop intime, beaucoup trop familier de le toucher comme ça alors que j'essayais de mettre de la distance entre nous.

– Donc, Nash et moi, on est sortis et il y avait des rousses, il y avait des brunes et il y avait même une fille super sexy qui ressemblait un peu à Pink, mais tu crois que j'en ai trouvé une qui m'allait ? Non, Shaw, pas une, parce qu'elles n'étaient pas toi. Depuis que tu t'es tirée dimanche, je ne pense qu'à toi. Tu peux me dire pourquoi ?

Ses mots m'ont fait frissonner de l'intérieur.

– Parce que c'était nouveau, parce qu'on a une histoire tous les deux et que c'est plus dur pour toi de me voir comme une fille sans nom et sans visage. Je ne sais pas, Rule.

Il a levé son autre main et a passé son pouce sur ma pommette. Cela m'a fait retenir mon souffle et mon cœur a trébuché.

– Peu importe la raison, c'est important, Shaw. C'est très important.

– Qu'est-ce que tu essaies de me dire, Rule ?

– Je ne sais pas, tout ce que je sais, c'est que les autres filles ne sont pas toi et que ça ne le fait pas, pour moi. Je crois qu'il faut qu'on comprenne ce qu'il se passe entre nous.

J'ai secoué un peu la tête et un reflet argenté a éclairé son regard pâle.

– Je ne serai pas une parmi tant d'autres. Comme je te l'ai dit, j'avais mes raisons pour que les choses se passent comme ça, mais si tu crois que je vais accepter d'être un bouche-trou dans ton lit parce que personnc d'autre ne te convient en ce moment, tu fais une grossière erreur. Je te connais, Rule, je te connais depuis que tu as compris que les filles étaient plus compliquées que les garçons et tu n'as jamais voulu faire d'efforts.

Ce geste de son pouce sur ma joue, aussi léger qu'une plume, avait failli me réduire en une flaque devant ses bottes.

– Alors cette fois je le ferai, on passera du temps ensemble, on fera des trucs tous les deux. Je veux dire, on se connaît depuis toujours mais, honnêtement, je ne sais rien de toi. Allez, Shaw, qu'est-ce que tu as à perdre ?

Pas mon cœur, car il l'avait déjà sans le savoir.

– Donc tu veux qu'on, genre, sorte ensemble ?

Il a rigolé.

– Ce n'est pas vraiment mon genre, mais je promets que le temps qu'on essaie de comprendre ce qu'il se passe, je garderai ma braguette fermée. Je n'irai pas voir à droite à gauche, pas d'autres filles. Je te le dois, et je me dois de voir s'il y a quelque chose entre nous ou si c'était juste un hasard.

Il semblait si sincère, il avait l'air sérieux et déterminé à me faire croire ce qu'il disait. Je me suis raclé la gorge et me suis mordillé la lèvre inférieure. Certes, c'était ce dont j'avais rêvé : que Rule se rende soudain compte que j'étais une fille, et qu'il veuille être avec moi. Bon, dans mon petit rêve, c'était toujours accompagné d'une déclaration d'amour et de dévotion éternels. En réalité, sa curiosité et sa promesse d'au moins voir comment ça allait se passer étaient sûrement ce que je pouvais espérer de mieux. Je ne savais pas à quel point lui faire confiance, mais je l'avais toujours, toujours voulu, et je n'avais pas la force de refuser cela alors qu'on me l'offrait sur un plateau.

– Si on fait ça – sortir, passer du temps ensemble –, tes parents, mes parents, Rome… ça ne va pas beaucoup leur plaire.

– On s'en fout, non ?

Je ne m'en foutais pas, mais j'étais toujours la seule à m'inquiéter de ce genre de chose.

– OK.

– OK ?

J'ai laissé échapper un soupir et quand il est passé sur sa bouche, il a brièvement fermé les yeux. Alors j'ai fait la seule chose qu'il restait à faire, je me suis penchée en avant et j'ai pressé mes lèvres contre les siennes. Ce n'était pas avec le même désespoir que la dernière fois, il n'y avait pas l'inquiétude qu'il change d'avis, pas d'années de frustration et de désir réprimé, et il n'y avait pas de regret que ce ne soit qu'un coup d'un soir ; seulement la douce pression de mes lèvres sur les siennes et la petite piqûre de son piercing sur ma lèvre inférieure. Embrasser Rule serait toujours radicalement différent d'embrasser qui que ce soit d'autre, il y avait quelque chose qui faisait de cette expérience un truc à part. J'ai senti ses lèvres former un petit sourire quand des soupirs audibles se sont élevés des tables autour de nous. Il s'est retiré et a tapé sur mon nez du bout du doigt.

Je me suis rassise sur ma chaise et me suis éclairci la voix.

– Bon, voilà.

Il a explosé de rire.

– Ouais, au moins de ce côté-là, on n'a pas de questions à se poser.

J'ai bougé sur ma chaise et ai poussé sans y réfléchir les papiers qui étaient encore étalés sur la table.

– Bien que cette petite visite ait été très sympa, il faut que je finisse cette présentation.

Un éclair de déception est passé dans ses yeux mais il l'a caché derrière son sourire passe-partout.

– Tu travailles quand, ce week-end ?

– Je travaille tout le week-end, mais je finis tôt samedi soir, et je ne dois reprendre qu'à 10 heures dimanche matin.

– Tu es une fille occupée.

– Tu n'as même pas idée.

– Donc, cette idée de passer du temps ensemble va être plus compliquée que ce que je pensais ?

Il l'avait dit sur un ton léger mais je connaissais Rule, c'est le genre de mec qui veut une satisfaction immédiate. Si mon emploi du temps chargé rendait difficile le fait de se voir régulièrement, je ne me faisais pas d'illusions et je savais qu'il n'attendrait pas que je me libère. Il passerait à autre chose, de plus facile et de plus gérable.

– Je finis vers 22 heures samedi, et en général je sors vers 19 heures le dimanche. Le service du dimanche n'est pas obligatoire, je le fais depuis qu'on ne va plus à Brookside, pour avoir un peu d'argent en plus.

– Mon pote Jet joue au Cerberus ce week-end, tu pourrais venir avec ta coloc et passer la soirée de samedi avec nous.

– C'est quel genre de musique ?

Cerberus avait une petite réputation, en ville. Il était situé dans le quartier industriel et avait dû fermer plusieurs fois pour des raisons diverses. Ce n'était pas le genre d'endroit où j'irais passer une soirée en temps normal. En fait, c'était le genre d'endroit que j'évitais à tout prix pour ne pas prendre le risque d'y croiser quelqu'un que je connais et qui irait me dénoncer à mes parents. Mais si je voulais être sérieuse et essayer de voir ce garçon que je désirais depuis toujours, j'allais devoir m'ouvrir à de nouveaux horizons.

– Du metal.

J'ai ricané un peu.

– Ayden vient du Kentucky, elle aime Taylor Swift et la country. Je ne sais pas si je pourrai la traîner là-bas.

– Mais ils sont vraiment bons, ils sont partis en tournée avec un groupe assez connu l'année dernière. En plus, Ayden a l'air plutôt cool, je suis sûre qu'elle viendrait juste pour t'accompagner. Si elle ne vient pas, viens toute seule, je ne te laisserai pas en plan.

– Et Rome ?

– Il doit aller à Fort Carson ce week-end. Il faut qu'il prenne rendez-vous avec un psy des Anciens

Combattants. C'est un peu dur pour lui parce qu'il ne récupère pas aussi vite que ce qu'il pensait.

– Oh, c'est nul.

– Je ne vais rien cacher à personne, Shaw. Si tu veux jouer à ce genre de jeu, tu ferais peut-être mieux de réfléchir à ce que tu veux vraiment.

J'ai pris son avant-bras et ai laissé le bout de mes doigts s'enfoncer dans le serpent qui y était tatoué.

– Non, je ne vais pas me cacher, mais ne me fais pas passer pour une idiote, Rule. C'est important.

– C'est important pour moi aussi, Casper.

Il s'est levé et semblait géant face à moi. Il s'est penché et a déposé un léger baiser sur ma tête.

– Au fait, les jeans te vont bien. Viens au concert samedi.

– D'accord.

Je l'ai regardé sortir du café et il ne m'a pas échappé que toutes les autres filles le regardaient aussi. J'ai retenu un soupir et ai secoué la tête tristement. J'allais relever l'écran de mon ordinateur quand j'ai croisé le regard d'une fille assise un peu plus loin, en face de moi. Elle était un peu plus vieille que moi, avait de longues dreadlocks bleu océan et me fixait avec une jalousie non dissimulée. J'ai dû rester bloquée quelques secondes car j'avais l'habitude d'être celle qui lançait ce regard aux filles qui sortaient de son lit. Elle m'a fait un sourire penaud.

– Tu vas avoir du boulot avec celui-là.

Sachant que je n'étais pas moi-même sûre de ce que l'on était en train de faire, j'étais certaine qu'elle avait raison. Ce n'était pas comme s'il m'avait demandé d'être sa copine, ou proposé un rencard comme il se doit, il avait simplement dit qu'il voulait qu'on se voie et que l'on passe du temps ensemble. Ce n'était pas clairement défini et je ne savais même pas ce que cela voulait dire pour lui. J'étais contente qu'il m'ait dit qu'il était prêt à ne voir personne d'autre, il était conscient que comprendre ce qu'il se passait entre nous était assez important sans que l'on ait besoin de complications avec d'autres filles, mais j'étais aussi consciente que les vieilles habitudes ont la peau dure, et Rule n'était pas connu pour sa retenue. J'ai soufflé.

– Je ne te le fais pas dire.

La fille a rigolé un peu.

– Il a tatoué une énorme fleur de lotus sur la jambe d'une copine. Elle a passé les trois sessions à essayer de faire en sorte qu'il l'invite à sortir avec lui. Je crois que je vais lui dire qu'il a une copine, elle se sentira mieux.

J'ai repris mon café et essayé de faire redescendre ma tête du brouillard dans lequel Rule l'avait plongée pour revenir en mode étudiante modèle.

– Je ne suis pas sa copine.

– Tu es sûre ? Ça m'en avait tout l'air.

– On se connaît depuis longtemps, c'est compliqué.

Elle m'a fait un clin d'œil et m'a adressé un sourire entendu.

– Oh ma belle, quand ils ressemblent à ça et ont cette aura qui dit « baise-moi », c'est toujours compliqué.

Bon, c'était dit. Si une parfaite inconnue pouvait voir, après cinq minutes à nous regarder ensemble, que ce serait toujours la guerre, comment est-ce que je pouvais faire en sorte que cela fonctionne entre nous ? Sur cette idée déprimante, je suis retournée à mon suicide assisté en essayant de me remonter le moral.

Chapitre 7
RULE

Le club était plein. Enmity attirait pas mal de métalleux et de punks du coin, et Jet était dans le milieu depuis qu'il était tout gamin, donc il avait amassé pas mal de fans simplement parce qu'il était là depuis longtemps. Un groupe de merde qui se prenait pour Slayer faisait la première partie et commençait déjà à s'installer. Ils seraient suivis par un groupe de punks composé de filles, donc le concert devait durer longtemps, ce qui était très bien car il était plus de 23 heures. Je n'arrêtais pas de regarder l'heure sur mon portable. Chaque fois que le faisais, Nash levait les yeux au ciel et Jet se foutait de moi, mais ils s'appliquaient à descendre une bouteille de Patron à deux, donc je ne l'ai pas pris personnellement. J'avais envoyé un message à Shaw une heure plus tôt pour vérifier qu'elle allait venir, et je n'avais pas eu de réponse.

J'étais nerveux et grincheux, en partie parce que je naviguais en terre inconnue, et clairement parce que le concept de monogamie était nouveau pour moi. J'avais l'habitude de me gratter quand ça me démangeait, j'avais l'habitude d'écouter mes besoins basiques et de laisser mes instincts charnels me guider. Me contrôler, pas parce qu'on me le demandait mais parce que je le voulais, c'était entièrement nouveau pour moi, et les effets secondaires étaient pourris. J'étais frustré et irritable, et j'en avais marre dc jouer au chat et à la souris téléphonique avec elle. Je n'avais aucune idée de combien la vie de Shaw était trépidante. Elle courait de ses cours au travail et à des volontariats toute la journée. Quand je ne la voyais que le week-end, je supposais qu'elle avait du temps libre et qu'elle choisissait de passer ses dimanches avec mes parents ; de toute évidence, ce n'était pas le cas. Chaque minute de la journée de cette fille était soigneusement planifiée et je commençais à comprendre ce qu'elle avait sacrifié pour s'occuper de notre famille pétée.

– Relax. Si elle a dit qu'elle viendrait, elle va venir.

Nash m'a donné un coup de coude dans les côtes et a failli faire tomber mon téléphone, que j'allais faire fondre à force de le fixer. Je l'ai remis dans ma poche et j'ai repris la bière que je dorlotais depuis plus d'une heure. J'ai croisé le regard d'une blonde bouillante qui gardait un œil sur moi depuis que nous étions entrés dans le bar, et j'ai dû me faire un rapide récapitulatif mental de pourquoi je voulais passer du temps avec Shaw et comprendre comment elle m'avait embrouillé la tête alors que j'avais la facilité incarnée sous les yeux. La blonde m'a lancé un sourire qui voulait dire « Je veux que tu m'arraches mes vêtements avec les dents » et j'ai failli m'étrangler avec ma bière que j'ai avalée de travers.

Jet a rigolé et a passé sa main dans ses cheveux noirs mal coiffés. Ce mec ressemblait à une rock star, il était dégingandé et avait en permanence le look saut du lit qui rendait les filles folles et leur donnait des yeux rêveurs sans aucun effort. Il avait aussi une voix géniale et il savait chanter, vraiment chanter. C'était d'ailleurs ironique qu'il ait choisi de chanter dans un groupe de heavy metal, car la majorité de ce qu'il faisait avec Enmity était hurler et faire du bruit. Ce mec était un musicien accompli, pouvait écrire des chansons mortelles et jouer d'à peu près n'importe quel instrument qu'il essayait. Une nuit, après une partie particulièrement méchante de beer pong, il m'avait confié qu'il aimait le metal car il ne pouvait pas gérer la célébrité et l'adoration qui venaient avec les styles de musique plus populaires. Il voulait être dans un groupe mais, pour des raisons qu'il était le seul à comprendre, il ne souhaitait pas être une vraie rock star, bien qu'il ait la tête et la voix pour.

– Je te jure, tu as plus de touches que moi, alors que je suis dans un putain de groupe. Tout ce que tu as à faire, c'est cligner des yeux, et tu as des poulettes qui se marchent dessus pour tenter leur chance.

Je me suis éclairci la voix et j'ai posé ma bière sur la table.

– Ouais, ben je vous ai dit qu'il fallait que je me calme là-dessus pour un petit moment.

Jet a lancé un regard à la blonde derrière lui, puis il m'a regardé avec un sourire en coin.

– Bonne chance.

Nash s'est avalé un shot et a sifflé entre ses dents.

– Laisse-le un peu, mec, il a quelque chose de bien qui se met en place.

– C'est juste pour dire, il n'a rien besoin de faire.

J'ai sorti mon téléphone et ai regardé l'heure pour la centième fois.

– Quelque chose me dit que ça sera bientôt complètement faux.

Jet et Nash ont tous les deux bu un autre shot et Jet a lancé un hurlement de loup.

– Le premier groupe s'apprête à commencer, il faut que j'aille voir si les gars sont prêts à envoyer du lourd. On va bientôt finir l'album sur lequel on bosse, alors il faut qu'on déchire tout, ce soir.

Nous avons échangé des coups de poing contre poing et j'ai soupiré quand la blonde m'a encore regardé. Je ne faisais pas exprès de regarder tout le temps dans sa direction, mais j'imagine que les habitudes ont la vie dure.

– Ça craint.

– Sérieux, détends-toi. Shaw est géniale, elle est toute mignonne, elle a assez de couilles pour te renvoyer tes conneries et elle te connaît, et elle est quand même prête à te donner une chance. Elle va venir, alors calme-toi et dis à ton entre-jambe de décompresser.

Mes cheveux étaient toujours coiffés en crête de fou, ce qui faisait que je ne pouvais pas passer mes mains dedans ; à la place, j'ai frotté ma nuque et tapé le bord de la table avec mes doigts.

– Pourquoi tu crois qu'elle veut tenter le coup ? Honnêtement, en toute logique, elle sait que c'est un mauvais pari, elle connaît mon passé, et de façon générale on n'a rien en commun. Je sais que je ne peux pas me la sortir de la tête, mais à ton avis, quelles raisons elle a de voir ce que tout ça veut dire ?

– Je crois que c'est une fille très maline, et quelle que soit sa motivation, elle y a beaucoup réfléchi. Je ne crois pas qu'elle ait couché avec toi juste comme ça, et je doute sérieusement qu'elle ait accepté de passer du temps avec toi juste parce que tu lui as demandé. Je crois que si tu gardes la tête sur les épaules et ta queue dans ton pantalon, tu finiras par comprendre pourquoi elle l'a fait et je suis sûr que tu seras sur le cul.

– Je pense que je pourrais me faire interner juste pour avoir cru que je serais capable de faire ça.

J'aimais les filles, j'aimais le sexe sans attaches, j'aimais aller où je voulais quand je voulais, et j'aimais n'avoir de comptes à rendre à personne ; sortir avec Shaw pouvait remettre toutes ces choses en question. J'ai soupiré une nouvelle fois et j'ai laissé mes yeux se balader jusqu'à la blonde. Elle me regardait toujours, mais maintenant son joli visage était déformé par une grimace. Sa bouche était ramassée comme si elle avait mangé quelque chose d'acide et je ne comprenais pas ce qui avait pu changer en l'espace d'une minute, jusqu'à ce que j'entende Nash marmonner « Putain », et je me suis rendu compte que tous les mecs qui nous entouraient avaient tourné les yeux vers Shaw et Ayden, qui passaient devant le bar pour rejoindre notre table.

Elles faisaient la paire, elles étaient de loin les filles les plus classe dans ce bar. Il était clair que ni l'une ni l'autre n'étaient jamais venues au Cerberus.

Les longs cheveux blonds de Shaw étaient détachés et tombaient sur ses épaules découvertes par un haut noir à dos nu. Elle portait un jean skinny moulant et une paire de talons bleu vif qui auraient dû être ridicules à ce type de concert, mais qui faisaient même baver les hard-rockeurs à l'ancienne dans leurs pintes. Les cheveux noirs de Ayden étaient coiffés en bataille et sexy, elle portait une minijupe et un haut violet ample qui tombait complètement d'une épaule. Elle avait une paire de bottes de cow-boy noires qui n'étaient clairement pas au mieux de leur forme, mais cela ne les empêchait pas de faire tourner toutes les têtes, masculines et féminines, sur leur chemin.

Je ne savais pas quoi faire alors j'ai fixé Shaw, qui me fixait aussi. J'étais sûr que tout le sang de mon cerveau avait déserté au sud, donc je suis resté face à elle comme un idiot pendant que Nash se marrait et leur disait bonjour.

– Salut. Désolée pour le retard, il y a eu un enterrement de vie de garçon et ça nous a pris plus longtemps que prévu de nous en sortir.

– Je t'ai envoyé des messages pour savoir ce qu'il se passait.

J'aurais dû lui demander si elle voulait boire un verre, faire quelque chose pour lui montrer que j'étais content qu'elle soit là, mais au lieu de ça j'étais bourru et bizarre.

Elle a froncé les sourcils.

– Mon téléphone est éteint.

Ayden a posé ses coudes sur la table et a pris le shot que Nash lui tendait. Elle a lancé un regard appuyé à Shaw et l'a pointée du doigt.

– Dis-lui pourquoi il est éteint.

Sa phrase sonnait comme une accusation, et même dans la lumière tamisée du bar, j'ai vu Shaw rougir.

J'ai posé une main dans le bas de son dos et me suis penché jusqu'à ce que mes lèvres touchent son oreille. Je l'ai sentie plus tendue, mais elle a posé sa hanche contre la mienne.

– Pourquoi est-ce que ton téléphone est éteint, Casper ?

Elle s'est appuyée sur son autre pied.

– Parce que Gabe n'arrête pas. Ma mère a invité ses parents à dîner à Brookside le week-end prochain et ils veulent qu'on y soit tous les deux. Il s'est mis dans la tête qu'on devrait faire le trajet ensemble et il ne me lâche pas avec ça, donc j'ai éteint mon téléphone parce qu'il me rend folle et que je ne veux même pas y aller, de toute façon.

Une serveuse de cocktail a choisi ce moment pour passer à côté de nous, alors les filles ont commandé des verres et j'ai pris une autre bière. J'ai collé Shaw plus près contre moi, et je me suis tourné pour que nous soyons face à face.

– Alors qu'est-ce que tu vas faire ?

Elle a posé la paume de sa main au milieu de mon torse, juste sur mon cœur, et m'a regardé avec des yeux verts tristes.

– Je ne sais pas. Il faut que j'y aille, sinon ma mère va me pourrir la vie, mais je ne veux pas m'approcher de Gabe. J'essaie simplement d'ignorer tout ça.

– Ça ne va pas marcher longtemps.

J'aimais comment elle se collait contre moi, comme si elle était faite sur mesure pour être là.

– Je sais.

La serveuse nous a apporté nos verres et Ayden a fait la grimace quand le premier groupe a commencé à jouer. J'ai rigolé et je lui ai servi un autre shot.

– Tiens le coup pour les deux premiers, je te promets que le groupe de Jet est vraiment bon.

Elle m'a fait une grimace.

– J'aime la musique avec un peu plus de cordes et beaucoup plus de banjo.

Nous avons tous rigolé.

– Aide Nash à finir la tequila, ça t'aidera à les supporter, et si c'est vraiment trop dur, je suis sûr que Jet aura des bouchons d'oreille à te donner.

Elle a répondu quelque chose que je n'ai pas compris mais qui a fait exploser Nash de rire, alors je me suis retourné vers Shaw. J'ai tremblé de l'intérieur quand j'ai vu qu'elle se battait en duel de regards avec la blonde de tout à l'heure. J'ai passé ma main autour de sa taille et l'ai tirée jusqu'à ce que tout son corps soit pressé contre moi.

– Eh, arrête.

– Elle n'est pas obligée d'en faire autant.

– Shaw, regarde autour de toi. Dans un rayon de deux mètres, je vois au moins une dizaine de mecs qui te déshabillent des yeux, ce n'est pas grave. Je suis avec toi, pas avec elle, et tu es là pour moi, pas pour eux, c'est ce qui compte, non ?

Elle m'a fait une grimace qui m'a donné envie de lui sucer la lèvre inférieure. J'ai levé la main et ai passé une mèche de ses cheveux derrière son oreille. Ils étaient comme du satin et ont immédiatement glissé.

– Je n'avais jamais patienté une semaine pour passer du temps avec une fille que j'aime bien, franchement c'est nul, et je veux passer du temps avec toi.

– Je suis vraiment désolée qu'on soit arrivées en retard. Ça a été un vrai boulot de convaincre Ayden de venir. Ce n'est vraiment pas son environnement, et moi non plus d'ailleurs, mais je suis contente qu'on soit là.

Elle a passé son index sur le tatouage du phénix qui dépassait de la manche de mon tee-shirt, sur mon biceps.

– Moi aussi je veux passer du temps avec toi, Rule. Je suis désolée que ma vie soit aussi chaotique.

– Ne t'inquiète pas, dis-je en passant ma main sous ses cheveux, avant de me pencher vers son oreille. Bon, tu rentres avec moi ce soir ou pas ?

Si elle me répondait non, il y avait un grand risque que je doive prendre une douche froide avant de pouvoir enlever mon jean. Ses yeux verts étaient brillants quand elle a posé son regard sur moi, et je n'avais jamais vu une fille, surtout une fille que je connaissais depuis aussi longtemps, qui arrivait aussi bien à cacher ce qu'elle pensait. Shaw était difficile à décrypter, ses yeux semblaient seulement renvoyer ce que je ressentais.

– On est venues en taxi. Donc, tant que c'est bon avec Ayden, c'est une possibilité.

Sa voix était descendue dans les graves et je me suis dit qu'il était possible que je n'aie jamais rien entendu d'aussi sexy. J'ai grogné mon approbation comme le néandertalien que j'étais et j'ai laissé tomber ma main du bas de son dos sur la courbe de ses fesses.

Nous avons discuté tous les quatre et pris quelques tournées de plus en supportant les deux premiers groupes. Le deuxième aurait pu être bon si la chanteuse s'était plus concentrée sur son chant que sur le rôle qu'elle jouait, mais en gros elles ont crié et sauté partout pendant une heure, au point que Ayden était prête à sauter sur scène pour arracher le micro de cette pauvre fille. J'ai été surpris de m'apercevoir que c'était marrant de juste être ensemble. Ayden était drôle et sarcastique, elle et Nash se renvoyaient des piques comme s'ils étaient amis depuis des années, et le temps qu'Enmity s'installe, la bouteille avait disparu et ils étaient tous les deux bourrés.

Shaw était plus discrète, elle regardait tout et tout le monde autour d'elle, elle posait des questions et répondait quand on l'incluait dans la conversation, mais la plupart du temps, elle observait ce qu'il se passait plutôt que d'y participer. À un moment j'ai failli lancer une bagarre. J'étais allé aux toilettes et Nash était sorti pour fumer, nous n'étions partis qu'une minute mais, quand je suis revenu à notre table, un métalleux transpirant essayait d'approcher Shaw.

Je n'étais pas le genre à être jaloux, je veux dire, j'avais passé toute ma vie à être moins bien que mon frère jumeau, donc je n'ai pas compris la rage meurtrière qui me traversait soudain, le besoin de déclarer ma propriété, d'annoncer au monde entier qu'elle était à moi. Heureusement, Nash est arrivé à la table avant moi et a envoyé promener le gars sans façon, parce qu'il y avait de fortes chances que je le pulvérise et que je passe la soirée au trou. Mais en arrivant à la table, j'ai quand même soulevé Shaw sur le bout de ses chics chaussures bleues et ai planté un baiser sur sa jolie bouche rose, assez fort pour que mon piercing à la lèvre me fasse mal. J'ai pensé qu'elle se reculerait peut-être, qu'elle m'enverrait peut-être chier parce que je me comportais comme un con, mais elle a agrippé mon tee-shirt avec ses petites mains et m'a laissé faire ce que j'avais à faire. Quand je l'ai enfin reposée par terre, ses yeux étaient vitreux et elle était rouge. Elle a passé sa langue sur sa lèvre inférieure et s'est réinstallée à côté de moi.

– Il faut que je te dise, Rule, j'adore t'embrasser avec tout ce métal sur ta tête. Je n'aurais jamais cru que ce serait quelque chose que j'aimerais, mais ça marche bien sur toi.

Oh putain, c'était la chose la plus sexy que j'aie jamais entendue. J'ai passé mon bras autour de ses épaules.

– Et tu sais, peut-être que la prochaine fois tu pourrais juste pisser en cercle autour de moi pour qu'ils sachent que tu es passé par là.

Sa remarque sèche m'a fait rire, mais je n'ai pas pris la peine de nier les raisons de mon acte. Nous avons continué à discuter et passé une super soirée, mais au moment où les lumières se sont éteintes et où Jet s'apprêtait à monter sur scène, j'avais passé assez de temps entre amis et je voulais du temps seul à seul avec Shaw. Malheureusement, Jet savait mettre l'ambiance, et bien que Ayden persiste à dire que le bruit que faisait le groupe ne pouvait pas être qualifié de musique, il ne lui a fallu que deux chansons pour traîner Shaw jusque devant la scène.

Le groupe jouait fort, agressif et enchaînait les morceaux, mais Jet, beau gosse, enflamma le public, aussi je ne fus pas surpris de voir, quand les filles furent parties, une lueur alcoolisée et intéressée dans les yeux de Ayden. Mais cela me valut aussi de rester seul à gérer mon meilleur ami torché.

– Ça va aller ?

Les yeux violets de Nash étaient à moitié fermés, et j'étais quasi sûr que si la table n'était pas là pour le tenir, il serait déjà face contre terre. C'était ce à quoi je ressemblais généralement après une nuit de picole, et c'était un peu effrayant de le voir de l'extérieur.

– Hein ?

Ses mots étaient un marmonnement distrait et j'ai vu mes images de nuit sexy s'envoler et être remplacées par la réalité, j'allais devoir le porter jusqu'à l'appartement et lui trouver des toilettes, là, tout de suite.

– Mon gars, tu n'as pas intérêt à gerber dans mon pick-up. Je vais chercher les filles et je leur dis qu'on doit y aller.

– Smhhh…

D'accord, il était impératif de le sortir d'ici avant que la tequila ne remonte. J'ai soupiré et je me suis avancé vers la scène, pour être intercepté par la blonde de tout à l'heure. Maintenant que Shaw était là et que mon cerveau avait repris le contrôle – et pas mon entre-jambe –, je voyais clairement qu'on ne pouvait même pas comparer les deux. Shaw était parfaite et avait une beauté qui ne nécessitait pas deux kilos de maquillage ou des vêtements qui en montrent plus qu'ils n'en cachent. Elle avait aussi une ignorance charmante de son effet sur le sexe opposé, alors que cette fille était là pour se montrer et être admirée.

Elle a posé un doigt au milieu de mon torse et a battu ses cils pleins de mascara en me regardant.

– Hey.

– Euh… Salut.

J'aurais pu simplement la contourner, mais le bar était plein et le groupe rendait les gens fous. Ils sautaient sur place et secouaient la tête dans tous les sens, alors à moins de carrément lui marcher dessus, je n'allais pas pouvoir passer. Comme je suis grand, j'avais une bonne vue sur une tête brune et l'autre blonde, qui sautillaient au rythme de la musique tout devant. J'étais content que Shaw s'amuse, mais j'étais aussi déçu que ce soit quasi impossible de la rejoindre.

– Je t'ai vu tout à l'heure, tu connais le groupe.

– Ouaip.

En temps normal, c'était le genre de fille que je recherchais : facile, détachée, consciente de la direction que prenait la soirée et de ce qu'il se passerait le lendemain matin.

– Donc, heu… tu voudrais peut-être sortir d'ici, trouver un endroit tranquille où on peut… discuter ?

Mes sourcils se sont levés. Peut-être que quand j'étais bourré cela avait l'air plus malin, mais j'étais sobre et cela paraissait glauque et désespéré.

– Merci, mais je suis venu avec quelqu'un.

Sa bouche rouge vif a fait une grimace et elle a fait un pas en arrière.

– Ouais j'ai vu ça, et j'ai aussi vu que c'est clair qu'elle ne va pas rester longtemps avec toi.

J'avais l'habitude d'être jugé, d'entendre que je n'étais pas assez bien pour une raison ou une autre, mais l'entendre de la part d'une fille un peu bourrée dans un bar, qui venait d'essayer de me tirer jusqu'à son lit, m'a déstabilisé.

– OK.

Je ne savais pas quoi répondre d'autre. La fille a reniflé et a jeté ses cheveux peroxydés par-dessus son épaule.

– Cette fille a de l'argent et un statut et ça se voit sur elle ; tu as des tatouages et rien d'autre qu'un bon moment à offrir et ça se lit clairement sur toi. Tu penses qu'elle va croire combien de temps que tu as autre chose à lui proposer ?

J'ai froncé les sourcils, j'en avais marre de rester courtois. Je l'ai physiquement ôtée de mon chemin et ai lancé par-dessus mon épaule :

– Je ne sais pas, mais je serais bête de ne pas rester jusqu'à ce qu'elle s'en rende compte.

Pour arriver jusqu'aux filles, j'ai dû pousser et bousculer pas mal de corps en sueur. Jet était pile en face d'elles, à genoux, la tête en arrière, le tee-shirt déchiré, et l'immense ange de la mort que je lui avais tatoué sur le torse était bien visible. Il hurlait comme un dieu du rock et si Shaw avait l'air fascinée, Ayden avait l'air prête à fondre en un tas de gelée orgasmique. Il semblait que, grâce à Jet, le rat des champs s'était ouvert au rock and roll ce soir. J'ai posé ma main sur la hanche de Shaw et me suis penché pour lui dire :

– Il faut que je sorte Nash d'ici, il est mort.

Elle m'a regardé de ses grands yeux et a hoché la tête sans discuter. Elle s'est penchée pour crier quelque chose à Ayden, qui lui a répondu en hurlant. La brune m'a fait un signe de la main et, une seconde plus tard, le petit corps de Shaw me tirait dans le sens inverse. Nash recouvrait maintenant toute la table et j'ai vu le regard que le videur lui a lancé.

– Et Ayden ? Tu m'as dit que tu voulais t'assurer qu'elle puisse rentrer.

– Elle m'a promis de m'appeler quand elle partait. Elle m'a dit qu'elle prendrait un taxi.

– Ça va aller, toute seule ?

– Oui, c'est une grande fille, elle peut s'en sortir toute seule, en plus je pense qu'elle a assez dansé pour éliminer pas mal d'alcool. Je crois qu'elle veut rester pour dire à ton copain à quel point elle a aimé le concert.

– Jet a cet effet sur les femmes.

– Je peux comprendre.

J'ai lutté pour remettre Nash debout et l'ai fait sortir du bar avec un bras autour de sa taille. Il était costaud, et manœuvrer avec sa carrure n'était pas facile.

– Tu vas changer d'avis et me laisser tomber pour une rock star ?

Elle a pouffé et a pris les clefs que je lui ai lancées pour ouvrir la voiture et que je puisse pousser Nash sur la banquette arrière.

– Tu n'as pas intérêt à être malade, mec.

Il n'a pas réagi, alors j'ai aidé Shaw à monter et j'ai soudain pensé qu'elle n'avait pas hésité une seconde à partir avec moi. Cela a rendu quelque chose, au centre de ma poitrine, tout gluant et chaud.

– Je dis juste qu'il a du charisme, et même si je n'ai pas compris la moitié de ses paroles, c'était plutôt puissant. Le bar entier lui mangeait dans la main, ce genre de magnétisme, c'est impressionnant.

– Ouais, Jet est né pour devenir une rock star. Mais il a un problème avec les projecteurs et la reconnaissance, ça a toujours été comme ça.

– Tu le connais depuis longtemps ?

– On allait le voir jouer quand on était gamins, il faisait du punk à l'époque. Nash, Jet et Rowdy font partie de ma bande depuis un bout de temps. Rowdy, on l'a rencontré plus tard, quand il a commencé à travailler au salon, mais on s'entend comme si on était frères.

Elle s'est installée sur la banquette en cuir et j'ai monté le chauffage quand j'ai vu qu'elle frottait la chair de poule sur ses bras.

– Ça doit être bien d'avoir beaucoup de bons amis. Je n'ai jamais été comme ça.

Je l'ai regardée du coin de l'œil.

– Qu'est-ce que tu veux dire ?

– Je suis timide et maladroite. Je n'ai jamais su comment me faire des amis simplement. On m'embêtait beaucoup quand j'étais au lycée. Remy était mon seul vrai ami, et maintenant il n'y a vraiment que Ayden. J'ai du mal à m'ouvrir aux gens. J'imagine que c'est parce que j'ai vu comme c'est douloureux quand les personnes de qui on est le plus proche nous déçoivent constamment.

– Et Rome et moi ?

– Et vous quoi ?

Nash a grogné à l'arrière et j'ai regardé par-dessus mon épaule, inquiet. Il n'avait pas l'air bien.

– Et nous ? On était là aussi, on n'était pas tes amis ?

Elle a fait un bruit, comme un fredonnement, que des parties vitales de mon anatomie ont tout de suite apprécié.

– Rome a toujours été comme un grand frère, il fait attention à moi, se moque de moi, essaie de me protéger de ce qui peut me blesser et me faire souffrir. Toi, eh bien toi, tu as toujours été autre chose, pas un ami, pas un frère, autre chose.

– Et c'est mauvais, cette autre chose ?

Je l'ai sentie hausser les épaules sans vraiment la voir.

– Ça l'a été, et parfois non.

Je ne savais pas comment prendre sa réponse, donc j'ai laissé tomber le sujet. J'ai conduit le reste du trajet avec un œil sur la route et un œil sur Nash, qui faisait des sons de détresse de plus en plus bruyants à l'arrière. Quand nous sommes arrivés à l'appartement, je l'ai regardée mais elle s'était retournée et caressait la tête chauve de Nash en lui disant des mots rassurants.

– Je ne sais pas combien de temps ça va me prendre de m'occuper de lui, tu peux venir, et après, si tu veux que je te ramène ou quoi, je le ferai.

Elle m'a regardé et a haussé un de ses pâles sourcils.

– Rule, ça va. Ce n'est pas comme si je ne savais pas comment tu finis d'habitude, vu l'état dans lequel tu es le dimanche matin. Je te l'ai dit, il faut que je sois au travail demain à 10 heures. Tant que tu te débrouilles pour faire ça, tout va bien.

Sans savoir quoi dire, je l'ai fixée un bon moment avant que les gargouillements de Nash ne me fassent bouger.

– Tu as toujours été aussi géniale ?

Elle a fermé toutes les portes derrière nous et m'a aidé à faire monter Nash. J'avais remarqué qu'elle n'avait pas répondu à ma question, mais elle est allée prendre un grand verre d'eau pour Nash et farfouiller dans ma salle de bains pour trouver des antidouleurs. Elle a posé le tout sur le lavabo de la salle de bains du couloir, que Nash utilisait, et m'a lancé un regard appuyé.

– Viens me chercher quand tu auras fini.

J'ai lâché une longue litanie de jurons dans ma barbe en aidant Nash à se défaire de sa polaire et de son jean. J'hésitais à le passer sous une douche froide quand la tequila a pris sa revanche. Sa tête tatouée a disparu dans les toilettes et j'ai passé une heure à m'assurer qu'il ne perdait pas connaissance, tour à tour en lui faisant avaler de l'eau de force et en m'ôtant de son chemin quand elle remontait. Lorsque j'ai enfin été sûr qu'il n'allait plus vomir, je l'ai tiré sur son lit et l'ai allongé sur le ventre avant de nettoyer un peu la salle de bains, et de me laver aussi, puis je suis allé trouver Shaw.

La porte de ma chambre était entrouverte et elle avait allumé la télé. Je ne savais pas ce que j'allais trouver, la partie la plus coquine de mon imagination avait toutes sortes de scénarios intéressants en réserve, mais ce qui m'attendait n'en faisait pas partie. Mon lit king size était dévêtu jusqu'au matelas et elle s'affairait à changer toute la literie. Ses chaussures bleues de folie étaient par terre au milieu de la pièce, totalement hors contexte entre mes tee-shirts et mes jeans sales. Je me suis appuyé contre l'encadrement de la porte et je ne pouvais que la regarder. Elle semblait être en pleine conversation avec elle-même, mais elle marmonnait trop bas pour que je puisse entendre ce qu'elle disait. J'ai attendu cinq bonnes minutes qu'elle lève les yeux et remarque que je la regardais, mais elle ne l'a pas fait, donc je lui ai demandé « Qu'est-ce que tu fais ? », ce qui lui a fait faire un bond de surprise d'au moins trente centimètres.

Elle a posé sa main sur sa poitrine et a eu la politesse de prendre un air coupable.

– Je change tes draps.

– Pourquoi ?

– Euh… pourquoi ?

– Oui, Shaw, pourquoi est-ce que tu changes mes draps à presque trois heures du matin ?

Elle a été sauvée par une chanson de Garth Brooks qui s'élevait de sa poche. Je commençais à comprendre qu'elle aimait choisir des sonneries qui correspondaient à la personne qui appelait. Elle a eu une brève conversation avec Ayden et a posé le téléphone sur la table de nuit près du lit. Elle a pris le côté de ma couette et a commencé à l'aplatir sur mon grand lit.

– Ayden s'est fait raccompagner à la maison, j'imagine que ton copain du groupe s'est souvenu d'elle au Goal Line et lui a proposé.

– C'est cool, mais Jet n'est pas connu pour sa fidélité, donc j'espère qu'elle ne va pas se faire des idées.

– Je te l'ai dit, elle peut se débrouiller toute seule et, honnêtement, tu n'es pas célèbre pour ça non plus, dit-elle en passant sa main sur la couette, alors pas question que je dorme, encore moins que je fasse autre chose, dans un lit qui a eu plus de visiteurs que l'aéroport de Denver, sans au moins changer les draps.

Sa lèvre inférieure ressortait et elle avait un petit air de défi.

– Shaw, dis-je en passant la porte, avant de la refermer et de tourner le verrou puis de m'approcher d'elle. Ce lit n'a connu personne d'autre depuis toi. Je t'ai dit que, cette nuit-là, j'ai su que quelque chose de différent se passait entre nous.

Elle a frissonné légèrement comme je m'approchais, et j'ai vu de la vulnérabilité brute dans ses yeux. C'était effrayant de voir comme cela aurait été facile pour moi de blesser cette fille et combien je voulais éviter cela à tout prix.

– Je ne sais pas comment faire ça avec toi, Rule. Je me suis jetée sur toi alors que j'étais bourrée et j'ai eu de la chance que tu veuilles bien me rattraper, mais sobre, c'est dur de regarder ce lit sans voir toutes les autres filles qui y sont passées avant moi, et parfois plus d'une à la fois.

Elle a essayé de le dire sur un ton léger mais j'entendais la mélancolie sincère qui colorait sa voix. J'ai posé mes deux mains de chaque côté de son visage et ai penché sa tête en arrière pour que nous soyons face à face.

– Je ne peux pas changer le passé, Casper, je ne peux pas. Je ne peux pas faire disparaître ces filles ou le fait que tu les aies vues. Je ne peux pas ramener Remy, ni remonter le temps pour ne pas l'appeler ce soir-là. Il y a sûrement mille et un regrets que j'ai et s'ils restent coincés entre nous, ici ou au lit, autant arrêter dès maintenant parce que je ne vais pas me battre avec mon passé alors que je commence enfin à vouloir investir dans mon avenir.

Elle a levé les bras et saisi mes poignets. Au début j'ai pensé qu'elle allait me pousser, mais non. Elle s'est penchée en avant et a laissé son front frapper le milieu de mon torse.

– Rule, si ça finit mal, ça finira très, très mal.

Sa voix n'était qu'un murmure rauque contre ma poitrine.

– C'est vrai, mais si ça se passe bien, ça va être vraiment très, très bien.

J'ai passé mes doigts dans ses cheveux et elle a laissé ses mains tomber sur mes épaules. Nous n'étions pas parfaitement assortis, elle était beaucoup plus petite que moi et je devais bien admettre que nous étions un drôle de couple, physiquement parlant, mais elle avait ce petit quelque chose. Quelque chose dans sa façon de se courber contre moi, sa façon de soupirer mon nom comme une prière, son odeur de soleil, de douceur et de tout ce qui est délicieux, le tout emballé en une petite bouchée qui rendait tout le reste superflu. Cela faisait d'elle la seule fille à laquelle je voulais m'accrocher pour plus d'une minute fugace.

Elle a commencé à tirer mon tee-shirt au-dessus de ma tête et j'ai rigolé un peu quand elle s'est énervée parce qu'il était coincé sur mes cheveux en pics. Elle m'a fait une grimace et l'a fait voler derrière elle. Elle a touché l'avant de ma crête du bout du doigt et a haussé un sourcil.

– Tu es sexy avec ta crête, Rule, mais j'avoue que cette coiffure est plus gênante qu'autre chose.

Elle a passé ses mains sur mes côtes et s'est arrêtée pour regarder les œuvres qui y étaient gravées. D'un côté, une faucheuse qui s'étalait de mon aisselle jusqu'au haut de ma cuisse, de l'autre, un ange magnifique, et entre les deux, dans mon dos, une croix gothique massive qui s'étendait d'une omoplate à l'autre et descendait jusqu'en bas de ma colonne vertébrale, et sur une élégante bannière qui se déroulait d'une épaule à l'autre, il était écrit « Remy » dans une écriture large. J'avais plus de peau tatouée que vierge, et alors qu'en général je n'y pensais pas plus que cela, être nu près d'elle dans toute la gloire de sa peau claire et parfaite me semblait un peu écrasant. Ses mains sont descendues et avant même que j'aie pu l'embrasser, elle s'attaquait à la boucle de ma ceinture.

– Remy aurait adoré cette pièce, tu sais ? Il me disait tout le temps qu'il était content quand tu as commencé à te faire tatouer. Il disait qu'avoir quelqu'un avec la même tête que lui était trop bizarre, et quand tu as commencé à avoir un look différent, il était content que ce soit toi qui le fasses, parce qu'il était incapable de tenir en place assez longtemps pour faire quelque chose comme ça.

C'était vrai. Remy était toujours en mouvement, toujours en train de jouer avec ses mains ou autre chose, et il n'aurait jamais pu rester immobile assez longtemps pour une session, et chaque fois que j'étais rentré à la maison avec une nouvelle pièce à montrer, il avait été le premier à la voir. S'il avait vécu assez longtemps pour me voir finir mon apprentissage, il m'aurait laissé dessiner un motif pour lui. C'était l'un de ces mille et un regrets dont je parlais plus tôt. Elle se précipitait sur mon pantalon et j'ai soudain ressenti le besoin de la ralentir, alors je l'ai soulevée comme une petite poupée et je l'ai poussée au milieu de mon lit. Elle a rebondi et a atterri étalée en croix sur le dos. J'ai enlevé mes bottes sans les mains et ai laissé mon pantalon tomber tout seul, et comme je ne porte généralement pas de sous-vêtements, quand je me suis mis au-dessus d'elle j'étais nu, et elle était encore complètement habillée. Ses yeux se sont écarquillés quand j'ai passé la main sous son haut et que je suis descendu pour poser une traînée de baisers dans son cou.

– Tu es comme du bon whisky, Shaw. Tu montes vite à la tête, mais en douceur. La dernière fois, on a zappé beaucoup de bonnes choses. Pourquoi on ne prendrait pas notre temps, cette fois ?

J'ai laissé mes doigts frôler son soutien-gorge et j'ai senti son corps se raidir. Elle a plié les genoux de sorte que je sois entouré de ses jambes, et malgré notre différence de taille, ça collait parfaitement. Elle laissait ses mains parcourir mon dos et j'ai senti le bout de ses ongles mordre ma peau et ses talons s'enfoncer dans le creux de mes fesses, c'était incroyable.

– La dernière fois, j'avais peur que si on ralentissait tu t'arrêtes pour réfléchir, et j'avais l'impression que j'allais mourir si tu arrêtais.

Mes mains étaient maintenant sous son soutien-gorge et sa respiration haletante me rendait encore plus dur que je ne l'étais déjà. J'ai enlevé son haut en le passant au-dessus de sa tête et lui ai fait fermer la bouche en posant la mienne dessus. Elle n'a pas hésité à me rendre mon baiser et, à cet instant précis, j'ai décidé qu'embrasser Shaw était sûrement la chose la plus proche du paradis que je connaîtrais. Il y avait exactement ce qu'il faut d'échange, de langue et de dents, juste assez de traction essoufflée pour me faire voir de petites étoiles et me donner envie de déchirer son pantalon et de foncer comme un voleur. Elle ne mentait pas quand elle disait qu'elle aimait les bijoux dans ma bouche. Elle passait sa langue sur le barbell et frottait sa lèvre contre l'anneau d'une façon qui me faisait fermer les yeux et presque oublier que je devais lui montrer toutes les bonnes choses que nous avions zappées la dernière fois.

– Tu vois, je ne crois pas qu'on ait passé du temps ici.

J'ai passé mon pouce sur son téton et l'ai regardé se dresser instantanément à mon toucher.

– Tu es tellement belle, Shaw, et je crois que tu n'en as même pas à moitié conscience.

J'ai laissé ma langue courir à la base de son cou puis descendre jusqu'à avoir le bout de son sein dans la bouche. Son goût était aussi sucré que son odeur, et l'idée que j'étais le seul à lui avoir fait ça, qu'elle était à moi, rien qu'à moi, rendait le tout encore meilleur. Elle a murmuré mon nom et s'est cambrée. Elle ondulait en dessous de moi, me tirait plus près d'elle avec des mains affamées et se frottait contre la partie de moi qui trouvait aussi que j'allais trop lentement.

– Tu vois, c'est du bon.

Elle a soupiré.

– Carrément.

Je me suis appuyé sur un coude et ai tracé un chemin de sa gorge jusqu'à son nombril. La peau tendue de son ventre a frissonné légèrement quand j'ai fait le tour de ce petit creux. J'aimais voir ma peau tatouée à côté de cette toile vierge bien plus claire ; cela me faisait aussi quelque chose de voir que, quand j'aplatissais ma main sur son ventre, mon nom s'étalait d'un bout à l'autre comme pour marquer celle que je considérais de plus en plus comme m'appartenant. Mon pouce s'est accroché sous le haut de son pantalon et a tracé un motif qui l'a fait se tortiller sans équivoque contre moi.

– Rule, a-t-elle dit avec une cassure dans la voix. Qu'est-ce que tu attends ?

– Rien.

Je l'ai embrassée à nouveau et j'ai pris mon temps. Je voulais qu'elle sache qu'elle me faisait autant d'effet que je semblais lui en faire. Normalement, quand j'étais avec une fille, j'étais intéressé par la récompense immédiate, il n'y avait pas de préparation, pas d'impatience. J'aimais à penser que j'avais mis au point quelques bonnes techniques avec les années, mais j'adorais aussi passer la ligne d'arrivée le plus vite possible. Je n'étais pas là pour les souvenirs. J'étais là pour un orgasme qui paralyse l'esprit et une minute de paix. Mais elle était différente. Avec elle, j'étais différent, et ce qu'il se passait entre nous était décidément différent.

Je suis passé sous son pantalon super serré et j'ai été surpris de voir qu'elle n'avait pas pris la peine de porter quoi que ce soit en dessous. J'ai levé la tête et lui ai fait un large sourire.

– Pas de culotte ?

Elle a haussé une épaule et bougé un peu quand mes doigts sont passés sur ses parties les plus douces et chaudes.

– Quoi ? Ce pantalon est presque peint sur moi, et peu importe la taille de la culotte, elle se voit, alors la seule solution était de ne pas en mettre.

– Je n'aurais jamais pensé ça de toi.

Elle a chuchoté mon nom comme je faisais mon chemin vers sa chaleur humide. Tout son corps s'est arqué contre le mien et j'ai dû tenir son dos pour la garder sous mes bons soins. La friction entre ce que je faisais et son pantalon serré la faisait frémir dans mes bras et je savais que ce n'était qu'une question de temps avant qu'elle ne craque entre mes mains.

– Tu es toujours si correcte et soignée, qui eût cru que derrière se cachait une fille si coquine ?

Elle était glissante et agitée, tout ce que je veux qu'une fille soit, juste avant de faire un doux son de surprise et d'écarquiller les yeux en me regardant. Ses mains ont agrippé ma nuque et elle m'a tiré pour un autre baiser à m'en retourner le cerveau, avant que je la sente fondre. J'ai souri contre sa bouche et ai bougé pour l'aider à enlever son pantalon. Une fois qu'elle a été aussi nue que moi, j'ai pris une minute pour admirer la vue parce qu'une Shaw nue était admirable, mais une Shaw nue, satisfaite et lumineuse était quelque chose qu'un grand maître tuerait pour pouvoir la capturer sur une toile.

Elle s'est penchée au-dessus de moi pour prendre un préservatif dans le tiroir. Je me suis allongé sur le dos et l'ai laissée ramper sur moi. J'ai croisé mes mains sous ma tête et l'ai regardée ouvrir l'emballage avec les dents et se préparer à m'habiller. Elle le faisait avec délicatesse et je crois qu'elle avait peur de me faire mal, mais c'était très bien qu'elle y aille doucement car mon piercing compliquait les choses. Lorsque tout fut prêt, elle m'a regardé avec un peu d'appréhension et s'est installée sur mes jambes.

– Je crois que je ne sais pas comment faire, comme ça.

Cela n'était-il pas merveilleux ? J'allais pouvoir apprendre à cette belle fille incroyable et excellente tout ce qu'elle devait savoir sur le sexe. J'ai bougé pour qu'elle soit où il fallait et je l'ai aidée à trouver comment se laisser descendre et remonter. Je serrais les dents et j'ai lâché quelques gros mots car je n'étais pas préparé à la sentir essayer de trouver son rythme. Alors qu'elle bougeait de haut en bas, se balançait d'avant en arrière et, en gros, transformait mon cerveau en bouillie, j'essayais de garder un semblant de contrôle mais c'était en vain. Quand je l'ai sentie commencer à craquer, je l'ai retournée sur le dos et me suis enfoncé en elle comme si j'essayais de m'enterrer à l'intérieur d'elle pour toujours. La manœuvre n'a pas trop eu l'air de la déranger, ses ongles râpaient la partie rasée de mon crâne et ses toutes petites dents ont mordillé mon épaule. Il ne m'a fallu qu'une respiration de plus pour la suivre de l'autre côté, avant de m'étendre sur elle comme un tas anéanti. J'ai senti ses mains passer sur mes épaules et sa voix rauque dans mon oreille me demander :

– Et toi, tu as toujours été aussi génial ?

Chapitre 8
SHAW

J'avais du mal à me concentrer avec mon groupe de révision, et ce n'était pas une bonne chose car nous devions chacun faire une partie du travail. J'étais assez bonne en anatomie donc je n'avais pas peur de prendre du retard, mais je ne voulais pas que les autres soient perdus parce que je n'arrivais pas à rester concentrée. Essayer d'intégrer Rule dans mon emploi du temps déjà trop chargé était une tâche complexe et frustrante. Ces deux dernières semaines, je n'avais réussi à caser que deux repas quand il avait un moment entre deux clients, un vendredi soir où il est venu au bar avec ses amis et est resté avec moi jusqu'à ce que j'aie fini, et ensuite un samedi soir qui, évidemment, s'était prolongé jusqu'au dimanche matin. Je devais aller travailler, donc le dimanche n'a été qu'un petit bisou et j'étais partie. Nous parlions au téléphone et nous échangions des textos, mais ce n'était pas assez pour moi. Maintenant que je couchais avec lui régulièrement, ce n'était pas assez pour moi qui ne voulais rien d'autre que faire des cabrioles dans son lit dès que j'en avais l'occasion.

Un souvenir particulièrement chaud me faisait rougir quand une des filles m'a tapé sur l'épaule pour attirer mon attention. Je suis sûre que mon visage était écarlate, alors je me suis raclé la gorge et me suis servie de mon cahier comme éventail.

– Excuse-moi, qu'est-ce que tu m'as demandé ?

Elle a répété la question et j'ai improvisé une réponse en me disant que je devais rester concentrée pendant l'heure qu'il restait à cette séance. Mon téléphone a sonné plusieurs fois dans ma poche, mais en bonne étudiante, je l'ai ignoré et ai grincé des dents pendant la partie questions-réponses de notre réunion. Dès que ce fut l'heure, j'ai rangé mes affaires et suis sortie de la salle comme une fusée. C'était malpoli mais je n'ai même pas pris le temps de dire au revoir à mes camarades. Je voulais voir ce qui m'attendait sur mon portable. Rule aimait m'envoyer des textos cochons quand je ne m'y attendais pas. Ils me rendaient neuneu et j'avais hâte de voir ce qu'il était écrit dans ceux-là. Or ce n'était pas son nom sur l'écran mais celui de Gabe, et cela m'a donné envie de balancer ce petit appareil par terre. Ma mère insistait encore pour organiser une petite réunion de famille, mais heureusement son planning était si chargé que j'avais réussi à les éviter ces dernières semaines, elle et Gabe, mais d'après les messages qu'il m'avait laissés, ce ne serait plus le cas pour très longtemps.

Shaw, j'ai parlé à ta mère aujourd'hui. Elle voudrait que je t'amène à Brookside pour dîner au club samedi soir. Elle voudrait que tu passes la nuit là-bas, et nous ferons une grande réunion chez elle dimanche, pour le brunch. Mes parents seront là, ainsi que d'autres personnes d'influence.

J'ai grogné à haute voix et suis passée au message suivant.

Je comprends tes hésitations à passer du temps seule avec moi après mon comportement incohérent, mais je t'assure que mes intentions sont louables. Je ne fais que proposer de t'y conduire.

Je ne voulais certainement pas être coincée dans une voiture avec Gabe pendant une heure, et je ne voulais pas non plus supporter ma mère pendant tout un week-end. En plus, il se trouvait que le samedi soir était la seule nuit que je pouvais passer avec Rule et je ne voulais absolument pas sacrifier cela. Mais je ne voyais pas d'autre choix. Je me suis mordu la lèvre et ai répondu que je viendrais, mais que je ferais le trajet moi-même. Ce n'était pas possible que j'aille à Brookside sans moyen de m'enfuir. Il m'a renvoyé un message disant que ce n'était pas un problème et me demandait s'il pouvait venir avec moi. Je voulais répondre non mais je me suis dit que cela ne changerait pas grand-chose de le récupérer et de le déposer. Nous sommes convenus de nous rejoindre devant une boulangerie à mi-chemin entre nos deux appartements le samedi matin, et j'allais ranger mon téléphone quand *Black Rebel Motorcycle Club* s'est mis à sonner dans ma main. Le visage de Rule et son sourire en coin me regardaient depuis l'écran, et je n'ai pas pu me retenir de sourire.

Tous les jours, Ayden me rappelait de faire attention. J'étais amoureuse de Rule ; Rule n'était pas amoureux de moi. Nous couchions ensemble, et c'était vraiment fou, au point que la Terre s'arrêtait de tourner, mais il n'avait jamais, jamais parlé de se mettre en couple ou bien de ses sentiments. Ma coloc était persuadée que j'étais au bord du gouffre, prête à tomber dans un chagrin d'amour exceptionnel. Pour le moment, prendre ce qu'il voulait bien me donner était suffisant, c'était déjà plus que ce qu'il avait donné à n'importe qui d'autre, mais dans le fond je savais que cela ne me suffirait pas toujours et qu'à la fin quelque chose allait devoir changer entre nous, ou en tout cas être mieux défini, dans des termes que je pourrais supporter.

– Salut, toi, je croyais que tu travaillais tard, ce soir.

– Oui, mais je suis aussi affamé et je me demandais si tu avais déjà mangé.

– Non. Je viens de sortir de mon groupe de révision et je dois aller travailler sur un projet pour mon cours d'anatomie.

– C'est quelque chose que tu peux faire ici ?

J'ai passé une mèche de cheveux derrière mon oreille alors que je marchais avec précaution sur le parking gelé.

– Au salon ?

– Ouais, on a le wifi et il n'y a que moi et mon client, donc c'est tranquille. Tu peux prendre quelque chose à manger et travailler ici quelques heures, le temps que je termine. Après on pourra aller chez moi, si tu veux.

Je voulais, oui, vraiment, complètement. Je me suis mordu la lèvre et suis montée dans ma voiture.

– Tu es sûr que tu peux travailler avec moi à côté, je veux dire, je ne veux pas te déconcentrer ou quoi.

Il a eu un petit rire qui a fait monter la chair de poule sur mes bras.

– Bien que tu sois une sacrée distraction, Casper, mon client est un ancien enquêteur criminel de cinquante-cinq ans qui se fera un plaisir de me tordre le cou si je foire son tatouage. C'est un hommage en l'honneur de son fils qui est mort en Afghanistan. Nourris-moi, que je puisse faire du bon boulot et ne pas me faire taper dessus.

J'ai rigolé et ai coincé mon portable entre mon épaule et mon oreille. Je n'étais jamais allée dans le salon de Rule, cela me paraissait être une ligne à ne pas franchir dans la relation que nous avions avant, mais je devais avouer que j'étais assez curieuse de voir à quoi ressemblait l'intérieur d'un vrai salon de tatouage.

– Qu'est-ce que tu veux que je t'apporte ?

– Je m'en fous. Je ne suis pas difficile, mais fais en sorte qu'il y en ait beaucoup, quoi que ce soit.

– D'accord, je suis encore à l'école, alors donne-moi une demi-heure.

– Cool.

Il a raccroché sans dire au revoir, c'était quelque chose qui me rendait folle car il avait toujours fait ça, mais je découvrais qu'il avait de nombreuses habitudes bizarres que je n'avais jamais remarquées. J'en apprenais beaucoup sur lui, des choses que j'étais surprise de ne pas avoir vues toutes ces années, comme le fait qu'il était un très bon ami. Je l'avais vu échanger avec Rome et Remy, aussi je savais qu'il était généreux et attentionné avec les gens qui comptaient pour lui, mais il était pareil avec ses potes. Nash et Rule formaient une vraie équipe. Quand l'un agissait, l'autre réagissait instinctivement, ils vivaient synchronisés, travaillaient synchronisés. Il était évident qu'ils se comprenaient, tout simplement, et sachant combien Rule était compliqué et exigeant, je dois dire que c'était fascinant à observer. Ils se faisaient rire et se mettaient en colère. Rule était bordélique et Nash était un maniaque de la propreté. Ils prenaient soin l'un de l'autre à leur façon. Nash était plus calme, il laissait couler ; comme quand le con de voisin lui avait pris sa place de parking alors qu'il faisait froid et qu'il neigeait, cela ne l'avait pas assez embêté pour faire un esclandre, mais Rule était un lutteur-né, une tête brûlée qui ne laissait rien passer. Le mec qui avait pris la place de Nash a retrouvé sa voiture avec le capot recouvert d'une scène très détaillée, un grand dinosaure violet qui se faisait sucer par ce qui ressemblait à un Yoda pervers, le tout à la peinture lavable. Évidemment, il était furieux et il voulait appeler les flics, mais Nash a réussi à le dissuader en lui faisant remarquer qu'il aurait pu faire remorquer sa voiture, ce qui lui aurait coûté plus cher qu'une visite au lavage auto. Cela illustrait bien comment les garçons s'équilibraient.

J'ai choisi chinois, parce que je pouvais prendre plein de choses différentes et que j'adorais le poulet au sésame. Il y avait la queue, et j'ai dû attendre ce qui m'a paru une éternité pour commander. Cela faisait près d'une heure que j'étais partie quand j'ai enfin trouvé le salon et une place pour me garer qui ne soit pas à trois kilomètres. Se garer dans le quartier de Capitol Hill était un cauchemar et marcher sur le trottoir bondé avec des sacs pleins de bouffe et mon ordinateur s'est révélé être un défi intéressant, mais je m'en suis sortie et la porte en verre couverte d'un savant mélange de tatouages de marins old school s'est ouverte avant que j'aie à me demander comment jongler avec mes affaires pour y parvenir. Rule m'a pris les sacs des mains, a posé un baiser ferme et rapide sur ma bouche surprise et m'a tirée à l'intérieur du salon. Il a retourné le panneau sur la porte pour qu'il affiche « fermé » et m'a guidée le long d'un comptoir en marbre où étaient alignés des portfolios et un énorme système informatique high-tech.

Les postes de travail étaient séparés par un muret à hauteur de la taille et une télé à écran plat. Tout était clair et brillant de propreté, il y avait une myriade d'œuvres différentes accrochées aux murs et toutes sortes de motifs vintage fascinants que les gens pouvaient choisir. C'était stimulant visuellement et du bon vieux *Bad Religion* passait doucement sur la sono du salon. Tout cela faisait très Rule, c'était comme s'il avait trouvé un endroit où travailler qui représente complètement la personne qu'il est, et c'était très particulier de voir cela. Il m'a menée dans une salle à l'arrière équipée d'une table, d'un canapé, ainsi que d'un minifrigo et d'un tas de postes de travail avec des tables à dessin et des lampes spéciales pour les artistes. Assis à la table, un homme d'une cinquantaine d'années qui aurait pu être un copain de golf de mon père, sauf qu'il était torse nu et que le milieu de son torse n'était pas recouvert de poils gris mais du contour noir d'un grand aigle et d'un drapeau américain.

Rule a posé les sacs sur la table et a commencé à se plonger dedans.

– Shaw, je te présente Mark Bradley, Mark, voici Shaw. J'espère que ça ne t'embête pas si elle reste un peu, comme elle a la gentillesse de nous apporter notre dîner.

Il s'est mis à servir les plats dans des assiettes qu'il avait sorties de nulle part.

– Pas de problème, je ne savais pas que tu t'étais trouvé une copine, Rule, et une jolie en plus.

Il m'a fait un clin d'œil par-dessus la tête du mec et m'a tendu une assiette bien remplie que j'arriverais à peine à entamer.

– Ça, elle l'est.

Nous avons mangé en silence pendant quelques minutes mais je n'arrêtais pas de regarder les contours épais du motif sur le torse de Mark. Il était énorme et cela me semblait être un gros engagement pour quelqu'un de plus de cinquante ans.

– Ce tatouage est assez impressionnant.

Il a baissé les yeux sur son torse puis a relevé la tête vers Rule.

– Le gamin a un vrai talent. J'ai parcouru toute la ville pour trouver quelqu'un qui ferait honneur à ce que je voulais. Rule a tout de suite compris, et ce n'était pas un mal que son frère soit engagé, il comprend toute l'importance qu'il y a derrière.

– Il m'a dit que c'était pour rendre hommage à votre fils.

– Malheureusement. Une bombe au bord d'une route il y a quelques années. C'était mon aîné, et je ne voyais rien de plus adapté pour honorer combien je suis fier d'être son père.

J'ai senti les larmes me monter aux yeux. J'avais l'habitude des parents absents ou trop absorbés par leur propre deuil pour vraiment exprimer leur chagrin de manière saine. J'ai tendu un bras et serré la main de cet homme en clignant des yeux pour faire disparaître mes larmes.

– Je trouve ça très beau.

– Mon gamin adorait les bons vieux tatouages old school. Je le faisais chier chaque fois qu'il rentrait à la maison avec un nouveau tatouage. Ça le ferait bien rire de voir que c'est comme ça que je choisis de faire vivre son souvenir.

– Il sera terminé aujourd'hui ? j'ai demandé à Rule, qui mangeait debout en observant attentivement mon échange avec son client.

– Non. Il faut plusieurs sessions pour une aussi grande pièce. Aujourd'hui on va faire le reste du noir et les gris, ajouter un peu de lumières et d'ombres, la prochaine séance durera à peu près une heure et je mettrai la couleur. Ça va être très classe quand ce sera terminé.

Nous avons fini de manger et j'ai proposé de débarrasser pendant que Rule allait préparer ce qu'il fallait pour Mark. Je sortais mon ordinateur et mes livres pour m'installer dans l'arrière-salle quand il a passé sa tête par la porte et m'a fait signe avec un doigt.

– Viens par là et pose-toi dans un des postes vides.

– Je ne veux pas te gêner.

– Allez, Casper, tu améliores le paysage.

J'ai levé les yeux au ciel et me suis levée pour m'installer en face de lui. Je me suis assise dans le fauteuil étonnamment confortable et ai posé mon ordinateur sur mes genoux. La musique est passée à *The Gaslight Anthem* et je me suis mise à fredonner l'air.

– Qu'est-ce que tu étudies ?

J'ai levé les yeux vers Mark, qui faisait une drôle de tête alors que Rule était penché au-dessus de lui, et le bourdonnement constant de la machine était étrangement calmant et réconfortant.

– Je veux être médecin. À terme, j'aimerais bien travailler dans les urgences.

– Ce n'est pas un petit objectif. Pourquoi les urgences ?

J'ai ramassé mes cheveux en un chignon approximatif sur le dessus de ma tête.

– J'ai toujours voulu être médecin, mon père est chirurgien cardiaque, mais il y a quelques années j'ai perdu un ami très proche dans un terrible accident de voiture, et je suppose que je me suis dit que s'il avait été mieux soigné en arrivant aux urgences, peut-être qu'il s'en serait sorti. J'ai envie de faire la différence au moment où ça compte le plus.

Rule s'est relevé et nous nous sommes fixés pendant un long moment avant qu'il ne rebaisse la tête et ne se remette à l'ouvrage. Mark a grondé.

– Ce n'est pas n'importe quelle fille que tu as là, gamin. Tu as intérêt d'être correct avec elle.

Il a murmuré quelque chose que je n'ai pas compris et j'ai ramené mon attention sur le projet pour lequel j'avais encore beaucoup de boulot. J'ai pianoté et la machine a bourdonné pendant deux bonnes heures. Nous ne parlions pas vraiment beaucoup ; moi, parce que je travaillais et que je regardais discrètement Rule, Mark, parce que, à mesure que le temps passait, il souffrait de plus en plus ostensiblement, et Rule parce que quand il travaillait, il se concentrait uniquement sur ce qu'il était en train de faire et c'était extraordinaire de le regarder. En réalité, il mettait un peu de lui-même dans ce qu'il laissait sur Mark et il ne se contentait pas d'un résultat qui ne soit pas parfait. Je crois que le regarder travailler, le regarder changer le corps de cet homme pour toujours avec autant de délicatesse m'a fait tomber encore plus amoureuse de lui.

Mark a dû prendre plusieurs pauses, et chaque fois qu'il se levait, Rule se dirigeait vers moi. La première fois, il a posé un baiser sur le dessus de ma tête. La deuxième, il m'a tiré dans une séance de pelotage intégral et j'ai dû redescendre mon haut quand Mark est revenu de sa pause cigarette. Finalement, c'était une façon plutôt sympa de passer la soirée et j'ai abattu plein de travail. Quatre heures plus tard, Rule essuyait les traces d'encre noire de la peau rouge énervée de Mark, et l'image qu'il restait sur son torse était un tatouage magnifiquement dessiné, un honorable hommage à son fils disparu. Je lui ai à nouveau dit combien je le trouvais beau et que j'aimerais beaucoup le voir quand il serait terminé. Il m'a fait un câlin comme un vrai père et m'a dit de prendre soin de moi. Il a aussi payé Rule, ce qui a failli me faire tomber par terre : je n'avais aucune idée du prix d'un tatouage. En plus de ça, il lui a laissé un pourboire gigantesque.

Rule m'a dit de ranger mes affaires et est allé nettoyer son poste et fermer le salon pour la nuit. Il nous a fallu une heure de plus avant d'enfin partir, et je commençais déjà à bâiller et à m'endormir. Ma voiture n'était pas loin, j'ai donc décidé de la laisser où elle était sans essayer de la rapprocher de l'appartement, et Rule m'a promis de se lever tôt et de m'accompagner le lendemain matin si je le voulais. Nous marchions vite car il faisait froid ; il m'a tenue serrée contre lui pendant tout le trajet. Nous avons dit bonjour à Nash. J'ai pensé qu'il voudrait peut-être discuter une minute mais il a posé mes affaires sur la table basse, a attrapé deux bières dans le frigo et m'a emmenée dans sa chambre.

Nous n'avons pas parlé, visiblement ce n'était pas nécessaire. À ce moment-là, je commençais à comprendre comment cette histoire de sexe fonctionnait, ou plutôt comment cette histoire du sexe avec Rule fonctionnait. Il était très tactile et c'était moi qui en bénéficiais. Après avoir fait l'amour non pas une, mais deux fois, je suis restée joyeusement étalée sur son torse nu tout en suivant du doigt les écailles du serpent sur son bras, près de mon visage. Il était appuyé sur un oreiller, il buvait une des bières et bidouillait sur son téléphone tout en dessinant un motif sur mon dos avec son doigt. J'étais sonnée et quasi endormie quand sa voix a résonné dans ma tête.

– Tu veux venir à un autre concert avec moi, samedi ? Je tatoue un des mecs d'Artifice et j'ai des pass backstage.

J'ai ouvert les yeux et me suis raidie, ce qu'il allait forcément remarquer étant donné que je me servais de lui comme d'un coussin. J'ai poussé les cheveux qui étaient sur mon visage et ai levé les yeux vers lui. Ses yeux étaient tombants et ensommeillés aussi, mais j'ai vu qu'il voulait vraiment avoir ma réponse. J'ai avalé ma salive et mordillé un peu ma lèvre, comme je le faisais quand j'étais tendue.

– Je dois aller chez ma mère, ce week-end. Je pars samedi et je ne reviendrai que dimanche, dans l'après-midi.

Maintenant, c'était lui qui s'était raidi en dessous de moi.

– Tu y vas toute seule ?

– Non.

Ma voix s'était réduite à murmure.

– J'ai dit à Gabe que je le déposerais chez ses parents sur la route.

– Tu as dit au mec qui te traque et qui te harcèle que tu l'emmènerais en voiture ?

Son ton incrédule m'a stressée.

– Oui, j'ai fait ça.

– Pourquoi ?

– Parce que c'était plus facile que de gérer ma mère qui allait me faire culpabiliser et me jeter ses innombrables déceptions à la gueule si je ne le faisais pas. Tu ne comprends pas.

– Oh, je comprends très bien. Ta mère te dit de sauter et tu le fais, directement dans les bras de ce taré. Je n'y crois pas, Shaw ; j'ai déjà du mal à trouver un moment pour te voir. Je deviens complètement fou la moitié du temps parce que je me réveille au milieu de la nuit et je tends le bras mais tu n'es pas là, et maintenant tu prépares une petite escapade avec ton ex psychopathe. Incroyable.

Je me suis retournée et ai remonté le drap sur moi, je me sentais à nu et vulnérable.

– Ce n'est pas ça, et tu le sais. Je ne veux pas y aller, je ne veux pas passer du temps avec Gabe, mais laisser ma mère avoir ce qu'elle veut est plus simple qu'essayer de s'opposer à elle.

– Comment tu le sais ? Est-ce que tu as déjà essayé de t'opposer à elle ?

J'ai pris une inspiration froide entre mes dents.

– C'est ma mère, Rule.

– Peu importe. On pourra en parler demain.

Il s'est allongé sur le côté, dos à moi, et je connaissais assez bien Rule pour savoir que nous n'en parlerions pas le lendemain. D'ailleurs, quand il m'a ramenée jusqu'à ma voiture le matin, nous n'avons pas parlé, ne nous sommes pas embrassés, ne nous sommes pas regardés, il ne m'a donné aucun signe qui aurait indiqué qu'une conversation pouvait réparer ce que je semblais avoir fait.

Je lui ai envoyé un texto après le travail le lendemain, disant que j'étais désolée et que je voulais le voir, mais il n'a pas répondu. Je l'ai appelé le mardi pour voir s'il voulait déjeuner quelque part et parler de tout cela, et j'ai directement eu son répondeur. Le mercredi, j'étais devenue quasi hystérique et j'étais prête à débarquer au salon ou à son appartement pour exiger qu'il me parle, seulement Rome était de retour en ville et m'avait réquisitionnée pour dîner. Il a laissé échapper qu'il squattait chez Rule quelques jours car son autre copain hébergeait de la famille cette semaine. Mon cœur a failli se dévorer lui-même quand j'ai réalisé que Rule n'avait pas daigné me prévenir que Rome était là. J'aurais très bien pu me pointer là-bas et passer pour une débile devant son frère et il s'en foutait. J'ai passé mes journées de jeudi et vendredi à sangloter sur l'épaule de Ayden, très peu compatissante, et j'essayais de tenir le coup au travail. J'étais une catastrophe sur pattes et le samedi matin, quand je me suis arrêtée devant la boulangerie pour prendre Gabe, tout ce que je voulais était écraser sa tête hautaine et souriante avec ma BMW.

Il a essayé de se pencher pour me faire la bise et j'ai reculé si violemment que je me suis cogné la tête contre la fenêtre.

– Non.

On pouvait presque voir les stalactites accrochées à ma voix, mais je m'en fichais. Rule me manquait, j'étais en colère de devoir choisir entre lui et une autre famille et j'étais énervée qu'il ne voie pas pourquoi je devais faire ce que je faisais. Toute la semaine, j'avais été envahie de l'image de sa chambre qui redevenait un défilé de conquêtes et cela me faisait hyperventiler. Je comprenais pourquoi il pouvait être énervé contre moi, mais je détestais le fait qu'il se ferme complètement.

– Allez, Shaw, tu pourrais au moins essayer de rendre ce week-end agréable. Nos parents seraient tellement contents si on pouvait régler nos problèmes.

J'ai allumé la radio et laissé *Georgia* de *Drive-By Truckers* remplir le vide que laissait mon manque de conversation. J'ai donné une claque à la main de Gabe quand elle s'est approchée de l'autoradio.

– N'y pense même pas.

– Arrête, Shaw, il faut qu'on parle.

– Non.

– Arrête d'être aussi têtue.

– Gabe, je suis avec quelqu'un d'autre, nous n'avons pas besoin de parler. La seule raison pour laquelle je viens ce week-end, c'est pour que ma mère me lâche.

– Le gars tatoué ? Tu ne crois pas que tu peux avoir quelque chose de sérieux avec lui, Shaw, sérieusement, qu'est-ce que tu crois ? Tu vas rentrer d'une journée de soixante-douze heures à l'hôpital et il t'attendra comme une sorte d'homme au foyer ? Tu crois que c'est une bonne description de ce que l'avenir te réserve avec un mec comme ça ? Quand tu commenceras ton internat et qu'il verra à quel point tu n'es pas là et qu'il doit rester tout seul, il commencera à ramener toutes ces filles qui étaient là avant toi. Sois honnête, les mecs comme ça ne s'engagent pas sur le long terme, ils ne sont là que le temps que la magie disparaisse.

Mes poils se sont hérissés car cela me rappelait trop de choses en ce moment, alors j'ai juste monté le volume de la musique et j'ai fait de mon mieux pour l'ignorer le reste du trajet. J'ai fait un temps record, je roulais plus vite que j'aurais dû mais j'étais trop pressée de sortir de cet espace confiné avec Gabe. Plusieurs fois, il avait essayé de relancer la conversation, mais chaque fois je montais le volume de la musique jusqu'à ce que les *Truckers* nous tuent les oreilles et rendent ridicule toute tentative de discussion. Il a fini par comprendre et fermer sa bouche. Je l'ai pour ainsi dire poussé hors de la voiture sans m'arrêter quand nous sommes arrivés devant sa maison à Brookside. Il m'a demandé d'ouvrir la fenêtre, en mimant le geste, pour pouvoir me parler, mais j'ai serré les dents et j'ai redémarré en faisant crisser les pneus.

Mes parents vivaient dans un autre quartier sécurisé à Brookside. Alors en traversant la ville, j'ai décidé de m'arrêter au Starbucks où j'avais amené Rule la dernière fois que j'étais venue, pour me calmer un peu. Pour me torturer encore plus, j'ai sorti mon téléphone et j'ai vu que je n'avais ni texto ni message vocal. Je ne savais pas quoi faire et j'avais l'impression que tout ce que j'avais toujours voulu était en train de me filer entre les doigts.

– Shaw ? Shaw Landon, c'est toi ?

J'ai levé les yeux de mon café et ai retenu un grognement quand Amy Rodgers m'est tombée dessus. J'aurais dû me rappeler que ce Starbucks et elle allaient de pair.

– C'est bien moi, Amy. Comment tu vas ?

Elle m'a fait la bise sans me toucher et m'a lancé un sourire plein de dents. Elle n'avait jamais fait semblant d'être aussi gentille au lycée, ce qui m'a tout de suite alertée.

– Oh, ça va bien. Je viens de finir ma formation d'esthétique et je travaille dans un salon super branché, super haut niveau à Denver. Toi aussi tu habites là-bas, maintenant, non ?

J'ai hoché la tête et j'ai vu son regard s'attarder sur mes cheveux récemment améliorés.

– Eh bien, je suis contente de te croiser, je voulais te contacter.

J'ai haussé un sourcil.

– Pourquoi ?

Elle a jeté ses cheveux en arrière.

– Ben, j'étais ici il y a quelques semaines, j'étais venue faire ma lessive et j'ai croisé un des jumeaux

Archer, celui avec les tatouages. Et je me suis souvenue que tu les connaissais bien et je me demandais si tu pourrais me donner son numéro. Je ne me rappelle jamais qui est qui mais dis donc, ce qu'il était beau. J'ai entendu dire qu'ils avaient déménagé à Denver aussi, et j'espérais que je pourrais commencer quelque chose avec lui.

J'ai senti tout l'intérieur de mon corps se glacer. J'ai failli lui jeter mon café au visage, tout joli et parfait qu'il était, mais j'ai réussi, sur le fil du rasoir, à me retenir de le faire.

– Remy est mort, Amy. Il n'y a plus que Rule, depuis près de trois ans, et je suis sûre qu'il adooooorerait avoir des nouvelles d'une idiote qui ne sait même pas qui il est, juste un des jumeaux Archer. Tu me donnes envie de vomir et tu as de la chance qu'on soit dans un lieu public, sinon il y a de fortes chances que je serais déjà en train de te mettre un coup de poing dans la gueule.

Elle m'a regardée la bouche grande ouverte, stupéfaite, et je suis passée en la bousculant avant de jeter mon café dans la poubelle, car je n'en avais plus du tout envie.

– Je ne vais pas te donner son numéro parce qu'il est à moi, et si tu t'approches de lui, je jure que les choses que je te ferai seront détaillées dans *Faites entrer l'accusé* pendant des années.

Le temps d'arriver jusqu'à ma voiture, je tremblais, et il ne m'a fallu qu'une seconde pour que les larmes montent. Remy me manquait, Rule me manquait, et Margot et Dale me manquaient. Rule avait raison, je ne savais pas ce que cela faisait de m'opposer à ma mère car je ne l'avais jamais fait, et maintenant elle n'était qu'une personne de plus à essayer se mettre en travers de ma route et de celui avec qui je voulais être. Je n'avais aucun problème à me l'approprier devant une bimbo comme Amy, mais ma mère, ça c'était une autre paire de manches. J'avais toujours su qu'il en valait la peine, c'est ce que j'attendais désespérément que ses parents comprennent, mais quand le moment était venu de le prouver, j'avais fait ce que tous les autres lui avaient fait, j'avais laissé ma mère me pousser à faire quelque chose qui m'éloignait de lui. J'ai posé mon front sur le volant et j'ai repris mon téléphone. Je l'ai fixé pendant cinq bonnes minutes après avoir démarré la voiture, j'essayais de trouver quoi lui dire mais la seule chose qui m'est venue est :

> JE SUIS DÉSOLÉE, VRAIMENT ; JE N'AI JAMAIS VOULU TE FAIRE DU MAL. J'AURAIS DÛ RESTER. TU ME MANQUES BEAUCOUP.

Je l'ai rangé avant de me rendre folle à force d'attendre qu'il me renvoie un texto, et j'ai pris le chemin de la maison de mes parents. La maison ressemblait plus à un élégant chalet de montagne qu'à une vraie maison. Derrière le portail, tout était élégant et cher et, alors que je me garais et me dirigeais vers la porte d'entrée, je me suis rappelé combien je me sentais petite face à toute cette grandeur. Quand Remy était arrivé dans ma vie et m'avait prise sous son aile, j'avais saisi ma chance pour passer chaque seconde que je pouvais chez les Archer. Malgré tous leurs défauts, ils avaient créé un foyer où il était évident que les gens s'aimaient et se souciaient les uns des autres. Ni la maison de ma mère ni celle de mon père ne possédaient cela : elles étaient remplies de domestiques et de vitrines. On me guida vers le salon et j'ai à nouveau été frappée par le fait que je ne voulais absolument pas être là, et que si je ne pouvais pas rattraper le coup avec Rule après ce week-end, il y avait de fortes chances que je me fasse interner car je pourrais bien devenir folle.

Ma mère, dans toute sa gloire raffinée, s'est approchée avec un œil critique. Il n'y a pas eu de câlin, pas de comment s'est passé le trajet, pas de désolée d'avoir loupé ton anniversaire chérie, simplement un rapide coup d'œil de son regard glacial qui m'a balayé de la tête aux pieds jusqu'à mes bottes en cuir à lacets. Sa bouche déjà pincée s'est transformée en grimace.

– Qu'est-ce que tu as fait à tes cheveux, Shaw ? C'est épouvantable et j'espère que tu as apporté des vêtements plus appropriés pour le country club, nous allons à un dîner, pas un pique-nique.

Je portais des leggings avec une longue chemise à carreaux et une large ceinture en cuir qui allait avec mes bottes. Une fois de plus, je n'avais pas réussi à correspondre à ses exigences astreignantes. Mes mains se sont serrées sur le sac que j'avais refusé de donner à la bonne qui m'avait ouvert la porte. J'avais le cœur dans la gorge, enfin il était plutôt resté à Denver et m'ignorait actuellement, mais ce n'était pas le sujet.

– J'imagine que Gabe et toi avez eu le temps de parler sur la route ?

– Pas vraiment. Je t'ai dit que je n'avais plus rien à lui dire.

Cela paraissait impossible, mais sa bouche s'est tirée en une grimace encore plus marquée ; on aurait dit qu'elle suçait un citron. Ma mère était une belle femme, c'est d'elle que je tenais mes cheveux et mon teint clairs, mais alors que je la regardais objectivement, peut-être pour la première fois de ma vie, je me suis rendu compte que toute cette beauté était dure et emprisonnée dans tellement de glace et d'aigreur qu'elle était difficile à voir.

– Je t'ai demandé d'arrêter de te rendre ridicule, jeune fille. Ce week-end, tu seras polie et charmante. Je ne tolérerai aucune hostilité ni impolitesse à l'encontre de Gabe ou aucun des Davenport, tu m'as comprise ?

Quelque part au fond de moi, la Shaw que j'étais quand j'étais avec Rule, la Shaw qui aurait dû refuser de venir à cette farce ce week-end a levé la tête. J'ai jeté les pointes de mes cheveux bicolores derrière mon épaule et suis passée devant ma mère en la frôlant pour monter les escaliers vers ma chambre.

– Tu m'as ordonné d'être là, mère, donc maintenant tu vas devoir faire avec, que tu aimes le résultat ou pas.

Elle m'a crié quelque chose d'une voix perçante mais j'ai recouvert ce qu'elle disait en lançant pardessus mon épaule :

– Dis-moi quand tu seras prête à partir pour le dîner.

J'ai fermé la porte de la chambre que je n'avais jamais vraiment considérée comme la mienne et j'ai laissé tomber mon sac par terre. L'architecte d'intérieur de ma mère avait décoré la chambre selon une palette de gris et de rose pâle. L'ensemble était très joli, féminin et girly à l'extrême, avec un million de coussins à froufrous sur le lit et même un baldaquin en dentelle posté au-dessus du lit blanc. C'était une chambre faite pour quelqu'un qui aime dormir dans le luxe et être entouré de draps avec une densité de tissage d'un million, mais pour moi elle avait toujours été sans vie et plate. Il n'y avait pas de photos personnelles, pas de touches de couleur, pas de télé ou de radio – rien qui dise quoi que ce soit sur la personne censée vivre ici. Je me suis assise en tailleur au milieu du grand lit et ai envoyé un message à Ayden. Elle se comportait un peu bizarrement depuis le soir où Jet l'avait ramenée à la maison, mais elle ne voulait pas en parler. Comme j'avais mon propre feuilleton amoureux, je ne voulais pas me battre pour lui tirer les vers du nez.

J'étais à peine rentrée qu'elle critiquait déjà mes cheveux et ma tenue. Ça fait plaisir d'être à la maison ☹

Ma puce, c'est nul.

Ouais, et Rule ne me répond toujours pas.

Humm…

Quoi ?

Je ne sais pas si je devrais te le dire.

Me dire quoi ?

Tu dois me promettre de ne pas paniquer.

Bah maintenant je vais forcément paniquer !

Loren me disait qu'elle était sortie hier soir ; elle m'a dit qu'elle avait vu Rule et ses potes dans je ne sais pas quel bar.

Oh mon Dieu…

Ouais, et elle m'a dit qu'elle voulait aller lui parler ou un truc comme ça parce que c'est une pouffe débile, mais il avait une rousse accrochée à lui, elle m'a dit qu'elle n'avait même pas pu s'approcher de lui.

PUTAIN.

OUAIS, ET ELLE M'A AUSSI DIT QU'IL ÉTAIT PARTI AVEC ELLE, LA ROUSSE, ENFIN ELLE M'A DIT QUE TOUT LEUR GROUPE ÉTAIT PARTI ENSEMBLE. C'EST UNE LANGUE DE PUTE ET ELLE AIME BIEN FOUTRE LE BORDEL, MAIS J'AI PENSÉ QUE TU DEVRAIS ÊTRE AU COURANT VU QUE TU N'ARRIVES PAS À LE JOINDRE.

MERCI.

ÇA VA ?

NON, PAS DU TOUT.

TU VEUX QUE JE LE TAPE DE TA PART ?

PEUT-ÊTRE, JE T'APPELLERAI PLUS TARD QUAND J'EN AURAI FINI AVEC CE DÎNER À LA CON. JE T'AIME, MEUF.

MOI AUSSI, BISOUS.

J'ai fait glisser mon doigt sur l'écran et ai retenu mon souffle pendant une seconde avant de le relâcher dans un cri strident en balançant le petit appareil coûteux contre le mur avec un craquement satisfaisant. J'ai enfoui ma tête dans mes mains et j'ai essayé de ne pas vomir. Je n'arrivais pas à croire que c'était en train d'arriver. J'avais eu tout ce que j'avais toujours voulu pendant à peine quelques secondes, et il avait suffi d'un seul obstacle, d'un tout petit désaccord pour tout foutre en l'air. Cela ne devrait pas me surprendre d'être remplacée aussi facilement et aussi rapidement. Je connaissais Rule, sa façon de faire, mais j'avais quand même l'impression que l'on perçait des trous dans l'essence de mon âme avec un tisonnier chauffé à blanc. Être amoureuse de Rule n'avait jamais été chose facile, et maintenant que je savais ce que c'était de vraiment l'aimer, je n'étais pas sûre de savoir comment revenir en arrière.

J'ai passé le reste de l'après-midi recluse dans ma chambre. Ma mère a envoyé quelqu'un du personnel pour voir si je voulais déjeuner mais j'ai refusé de répondre quand il a frappé. Elle a fait monter son mari vers cinq heures pour me dire que nous allions partir pour le club dans une heure, et bien qu'une grande partie de moi ait eu une envie folle de porter un jean et mes bottes de moto, j'ai décidé que m'engueuler avec ma mère à ce sujet devant mes demi-frères et sœurs me ferait paraître puérile et ridicule. J'ai donc mis une robe trapèze blanc et violet à manches longues, qui s'arrêtait quelques centimètres au-dessus du genou, et j'ai passé quelques minutes à me lisser les cheveux pour qu'ils tombent en un rideau régulier sur mes épaules. J'avais une paire de bottines violettes avec un talon hérissé de pics et des petits clous à l'arrière qui complétaient la tenue. Je n'avais pas exactement l'attirail parfait du country club, mais cela devrait me permettre de passer la porte d'entrée sans trop d'encombre.

Ma mère m'a lancé un regard assassin quand j'ai descendu les escaliers et Jack m'a aidée à enfiler mon caban gris. Nous nous sommes entassés dans le 4x4 familial sans que personne ne dise un mot, et nous sommes partis pour le country club. Les enfants se chamaillaient et je me morfondais en pensant à Rule et à cette inconnue rousse en espérant que cela ne voulait pas dire ce que je pensais, et je priais pour qu'un pneu crève et que je puisse éviter Gabe et sa famille. Mais cela ne s'est pas produit, et quand nous sommes arrivés au club, que j'ai dû faire un sourire forcé et laisser Gabe me faire la bise et reculer ma chaise, j'ai dû rassembler littéralement chaque goutte de volonté pour ne pas m'enfuir en courant. Je me suis installée entre Gabe et ma mère et me suis préparée à traverser le dîner le plus gênant et le plus atroce de ma vie.

Chapitre 9
RULE

— Bon, tu veux cracher le morceau et me dire pourquoi tu fais encore plus le connard que d'habitude, cette semaine ?

Rome se tenait au-dessus de moi pendant que je faisais des développés couchés. Il m'avait demandé de l'accompagner à la salle de sport le samedi car il devait commencer à rééduquer son épaule. Même cabossé, j'avais oublié combien mon frère était bien taillé. Faire de la muscu avec lui me foutait la honte et j'ai passé la majeure partie du temps à essayer de ne pas réagir en voyant le poids qu'il soulevait par rapport à moi. Une fois que la barre a bien été en place sur son support, je me suis relevé et j'ai passé une serviette sur mon visage en sueur et ma tête récemment rasée. Je n'avais pas tout coupé jusqu'à mon crâne comme Nash, mais la crête avait disparu et il ne me restait qu'un duvet noir sur la tête. Avec mes anneaux au sourcil et les tatouages qui remontaient dans mon cou, je trouvais que cela me donnait un petit air de prisonnier évadé.

– Pas vraiment.

J'ai suivi Rome tandis qu'il se dirigeait vers la série de poids avant de se mettre à en soulever un avec son bras blessé. Cela le gênait toujours, je voyais qu'il serrait les dents chaque fois qu'il pliait et dépliait le bras, mais il ne se plaignait pas et continuait les exercices. J'aurais dû lui dire que j'étais complètement retourné par Shaw ; il aurait sûrement de bons conseils à me donner, car j'étais sûr d'être bien parti pour foirer quelque chose qui aurait pu être incroyablement bien. Mercredi, quand il était revenu du restaurant, j'avais dû faire un effort colossal pour ne pas lui sauter dessus et exiger de savoir si elle avait parlé de moi et si elle allait bien. Puis je me suis souvenu que c'était moi qui ne répondais pas à ses messages ni à ses appels, et je me suis dit que je devrais laisser tomber.

Son regard a croisé le mien dans le miroir et son visage s'est tordu dans une grimace de douleur.

– Ça n'aurait pas un rapport avec le fait que Shaw avait l'air d'un fantôme quand je l'ai vue mercredi, si ?

– Pourquoi tu crois qu'il y a un lien entre les deux ?

– Parce que je ne suis pas débile. Elle a un faible pour toi depuis un moment, et je me disais que ce n'était qu'une question de temps avant que tu te sortes la tête du cul et que tu t'en rendes compte. En plus, vous êtes tous les deux scotchés à votre téléphone depuis le début de la semaine, comme s'il contenait des réponses existentielles, et vous prenez un air de chien battu quand vous voyez qu'il n'affiche pas ce que vous attendez.

J'ai lâché un gros mot et ai tripoté mon piercing à la lèvre avec ma langue.

– Tu vas vraiment rester calme si je te dis qu'on se voit, Shaw et moi ? Ou est-ce que tu vas me frapper ?

– Tant que ce n'est pas qu'un plan cul, je resterai calme. Shaw n'est pas une de tes filles d'un soir, et si tu la traites comme ça, je te casse les deux jambes.

Je lui ai lancé un regard noir et lui ai fait un doigt d'honneur dans le miroir.

– Qu'est-ce que tu veux dire, elle s'intéresse à moi depuis un moment ? Elle s'est bourré la gueule un soir, les choses se sont emballées et je ne pouvais rien empêcher, alors je me suis dit, pourquoi ne pas laisser les choses se faire ? Je l'aime bien. Je veux dire, j'aime bien passer du temps avec elle. Elle est marrante, mais elle est toujours très occupée, et ce week-end elle est retournée à Brookside avec son ex chelou parce que sa mère le lui a demandé. C'est juste que je ne sais pas si je peux être avec quelqu'un comme ça. Elle a vingt ans, elle devrait vivre sa propre vie, pas se plier au moindre souhait de ses parents.

– Alors laisse-moi deviner, au lieu d'avoir une conversation rationnelle et raisonnée avec elle lors de laquelle tu aurais pu expliquer tes inquiétudes, tu l'as probablement éjectée et tu refuses de lui parler pendant que tu bous et que tu pourris dans ta colère.

J'ai haussé une épaule.

– Rule, Shaw te connaît depuis longtemps. Tu crois qu'elle imagine que tu fais quoi pendant que tu l'ignores ? Allez frangin, sers-toi de ton cerveau une minute. Est-ce que ça vaut le coup de tout gâcher avant même de commencer ? Cette fille te voit, je veux dire qu'elle te voit vraiment et je pense que c'est le cas depuis le début, alors que tout le monde regardait toujours autour de toi pour trouver Remy. Il faut que tu arrêtes d'être borné et que tu rattrapes le coup avec elle.

– Elle y est allée avec son ex, Rome.

– Ouais, et hier tu es sorti et tu as laissé une pouffiasse foutre sa langue dans ta gorge. Tout le monde ne fonctionne pas avec les mêmes règles, Rule. La plupart des gens veulent faire plaisir à leurs parents, veulent qu'ils approuvent ce qu'ils font de leur vie. Tout le monde ne peut pas couper tous les ponts comme tu le fais. La plupart des gens veulent un moyen de rentrer chez eux.

J'ai un peu grimacé car ses mots me frappaient au cœur. Si j'avais été un tout petit peu plus saoul, un tout petit peu plus stupide, j'aurais probablement fait une erreur sur laquelle je n'aurais pas pu revenir. Heureusement, la rousse avait un goût de gloss collant et sucré et sentait le parfum aux fleurs pas cher. Elle n'avait rien de la douceur ou de la perfection que je ressentais quand j'étais collé aux lèvres de Shaw, alors je lui avais dit de rentrer chez elle et je m'étais senti comme une merde tout le reste de la soirée. Je savais que j'allais devoir parler avec Shaw. Je ne pouvais pas continuer comme ça ou j'allais finir par saboter tout ce qui se construisait entre nous.

– Ça me fait flipper, Rome.

– Pourquoi ?

– Tu sais pourquoi. Une fois que tu laisses quelqu'un entrer, ça te tue quand il part.

– Mais Rule, les gens qui se soucient assez de toi pour vouloir entrer ne veulent pas partir, normalement.

Regarde autour de toi, je suis toujours là, Nash n'est parti nulle part, Jet et Rowdy seraient prêts à tuer pour toi, et si tu y réfléchis une minute, tu verras que Shaw est là depuis tout aussi longtemps. Tu pensais peut-être qu'elle était là pour Remy, parce qu'il s'occupait d'elle et la protégeait, mais je pense que tu es assez intelligent pour comprendre maintenant qu'elle essayait peut-être de prendre soin de toi pour une tout autre raison.

Il a laissé les poids retomber sur le portant avec fracas et s'est retourné pour me regarder avec des yeux froids.

– Grandis un peu, Rule, arrête de jouer à l'enfant gâté qui ne peut pas vivre en dehors de l'ombre de son frère. Tu as une carrière réussie et géniale, un groupe d'amis solide, une famille qui est peut-être brisée mais qui t'aime quand même, et tu as une fille assez spectaculaire qui attend que tu réalises que tu peux l'avoir tout entière.

– Mec, quand tu joues au grand frère, tu y vas à fond.

Il a levé les yeux au ciel tandis que nous nous dirigions vers les vestiaires. J'ai enfilé mes vêtements normaux et ai lancé un regard rapide à mon téléphone. Mon cœur s'est serré dans ma poitrine quand j'ai vu le message qu'elle m'avait envoyé. Je pouvais presque entendre combien elle était triste dans ses mots. J'étais vraiment un connard ; j'aurais pu lui parler au lieu de la laisser partir avec cet enfoiré sans un mot. J'essayais de penser à ce que je pouvais lui répondre quand Rome m'a mis une claque derrière la tête.

– On y va.

– Il faut que je sois au boulot à midi, de toute façon. Eh Rome…

J'ai attendu qu'il se retourne et me regarde dans les yeux.

– Pour Maman et Papa ?

– Eh bien quoi ?

– Shaw et moi. Si je me débrouille avec ça, si j'arrive à ne pas royalement tout foutre en l'air, qu'est-ce que je suis censé faire avec eux ? Ils ne comprendront jamais.

– Et alors ? Tu mérites d'être heureux, et Shaw aussi. Remy est parti et c'est comme ça.

Je me suis éclairci la voix et j'ai passé la main dans ma nuque.

– Ouais, enfin Shaw n'a jamais été avec Remy dans ce sens-là.

Ses yeux se sont écarquillés et sa bouche est restée ouverte.

– Est-ce que je peux savoir comment tu sais ça ?

– Probablement pas, mais disons que je sais avec certitude que Remy n'avait pas ce type de relation avec elle.

– Bon, peu importe, ce n'est pas les affaires de Maman et Papa.

J'ai soupiré à nouveau.

– Ouais, j'imagine.

Nous sommes partis chacun de notre côté et j'ai pris le chemin du salon. J'avais une journée chargée avec des clients les uns après les autres sans pause, et je comptais toujours aller au concert avec les gars ce soir. Brent, le chanteur du groupe, était un bon client, et avoir travaillé sur lui avait bien aidé ma réputation car Artifice était en train d'exploser ces dernières années. Je suis rentré, je me suis changé et je me suis préparé à sortir avec les gars, mais je pensais toujours à Shaw et au message qu'elle m'avait envoyé ce matin. Elle m'avait blessé et j'étais trop têtu pour l'admettre, c'était pour cela que je m'étais éloigné. Je ne voulais pas qu'elle voie son ex parce que, objectivement, il était un meilleur parti pour elle, et je ne voulais pas perdre contre lui. Mais en la rejetant et en ne lui donnant pas l'occasion d'en parler, ou en ne nous donnant pas une chance de passer outre, j'annulais tout risque de rejet. J'étais un idiot, de toutes les personnes dans ma vie, Shaw n'avait jamais été de celles qui me faisaient me sentir moins que rien. Oui, elle pouvait être dure et froide quand elle se sentait sous pression ou acculée, mais elle ne m'avait jamais fait sentir que je n'étais pas assez bien.

Le concert était mortel ; on a été traités comme des rock stars parce qu'on était dans les coulisses et qu'on connaissait le groupe. Les filles autour de nous étaient séduisantes et tentantes, mais quand est arrivée l'heure de l'after, je me suis éclipsé tôt et je suis rentré tout seul. J'ai pris une douche et je me suis recroquevillé dans mon lit, toujours accroché à mon téléphone. Je n'étais plus capable de me retenir et je lui ai répondu par texto.

J'AI EMBRASSÉ UNE FILLE HIER SOIR.

J'ai retenu mon souffle parce que je ne savais pas ce qu'elle allait me répondre. J'étais parfaitement préparé à ce qu'elle me dise que c'était fini, que j'étais allé trop loin, mais rien. J'ai fixé l'écran pendant vingt bonnes minutes, mon cœur battait à toute vitesse mais rien n'arrivait.

JE SUIS DÉSOLÉ, JE NE L'AI PAS FAIT POUR TE BLESSER, JE SUIS JUSTE UN IDIOT ET TOUT ÇA EST PLUS DUR QUE CE QUE JE PENSAIS.

Je n'avais toujours pas de réponse et j'ai senti cette drôle de partie de ma poitrine attachée à Shaw se casser en morceaux. Tout ce que je savais, c'était que je devais rattraper ça, que je n'étais pas prêt à la laisser partir, pas tout de suite. Rome avait raison, il fallait que je grandisse. Je n'avais même pas donné une vraie chance à cette histoire ; comme d'habitude, ma tête brûlée faisait des promesses que le reste de moi n'était pas prêt à tenir. J'ai tourné et viré toute la nuit, elle ne m'a pas rappelé ni répondu par message et j'ai commencé à paniquer. J'ai entendu Nash rentrer en titubant à un moment après quatre heures, et j'espérais qu'il n'avait pas réveillé Rome. Je me suis levé le lendemain matin et me suis mis à faire les cent pas dans l'appartement. Je me suis brossé les dents et me suis enfourné un bagel. J'ai vidé mon placard pour trouver la seule chemise que je possédais et mon seul pantalon noir Dickies qui n'était pas un jean. J'ai enfilé un sweatshirt noir et une veste de costume à rayures fines, et j'ai foncé vers la porte tandis que mon frère et mon coloc me regardaient comme si j'avais perdu la tête.

– Je reviens plus tard.

– Où tu vas ? À l'église ?

Nash n'avait pas l'air en super forme et Rome me regardait comme s'il avait compris.

– Il faut que je parle à Shaw.

– Appelle-la.

– Elle ne répond pas.

– Tu crois que sa mère va te laisser débarquer devant sa maison et te laisser rentrer ?

– Je m'en fous, il faut que je lui parle alors je vais lui parler.

Rome m'a fait un clin d'œil et a levé sa tasse de café vers moi.

– Bon garçon. Appelle-moi s'ils te font arrêter, je viendrai carrément te chercher.

– À plus.

J'ai dû m'arrêter pour remettre de l'essence dans mon pick-up et, pour je ne sais quelle raison, il y avait une tonne de voitures qui quittaient la ville. Quand je suis enfin arrivé à Brookside, j'avais perdu patience et j'étais prêt à faire une crise de rage. J'ai essayé de l'appeler une fois de plus mais j'ai atterri directement sur sa messagerie. J'ai failli écraser le téléphone dans ma main quand sa voix enregistrée m'a joyeusement demandé de laisser un message.

Je savais où vivait sa mère parce que j'avais été obligé d'aller la chercher plus d'une fois pour la ramener à la maison, quand Remy et moi partagions une voiture. J'ai suivi la voiture en face de moi pour passer le portail et j'ai trouvé la maison sans problème. Il y avait toute une panoplie de voitures luxueuses qui n'étaient franchement pas à leur place garées devant une maison-chalet du Colorado.

J'ai monté les quelques marches en trottinant et j'ai appuyé sur la sonnette. Je m'attendais à ce qu'une bonne ou un majordome de riche vienne ouvrir la porte, mais je ne m'attendais pas à voir une version de Shaw plus vieille et plus dure. Cela ne faisait aucun doute que c'était sa mère, elles avaient les mêmes cheveux blonds, les mêmes yeux verts perçants, mais là où Shaw était délicate et adorable, on aurait cru que cette femme avait été taillée dans un bloc de glace. J'ai vu ses yeux se plisser et m'examiner mais j'avais une mission, et je me foutais de qui elle était, elle ne me barrerait pas la route, même si je devais lui passer sur le corps.

– Il faut que je parle à Shaw.

Sa bouche s'est resserrée et elle a placé son petit corps au milieu de l'embrasure de la porte.

– Tu es le garçon de Margot et Dale, c'est cela ?

– L'un d'entre eux.

Nous n'étions pas amis, nous ne le serions jamais, et elle me le faisait très clairement comprendre.

– Qu'est-ce que tu veux à ma fille ?

– C'est personnel. J'ai juste besoin de lui parler une minute, et après je m'en irai.

– Tu interromps un rassemblement privé. Shaw est venue avec son copain et je ne crois pas qu'elle veuille te voir.

Je me suis retenu de lever les yeux au ciel. Madame était manipulatrice et avait déclaré cela comme si c'était un fait, mais je n'étais pas bête alors je me suis contenté de la fixer.

– Davenport la harcèle, ce n'est pas son copain. Allez la chercher pour moi, d'accord ?

Je voyais que mon manque de respect commençait à l'agacer.

– Comment présumes-tu savoir ce qu'il se passe dans la vie privée de ma fille ? Tu n'as toujours été qu'un béguin, nous savons tous que vous n'allez pas ensemble et il est temps d'arrêter de jouer à des jeux puérils.

– Écoute, ma chère, ce qu'il se passe entre Shaw et moi n'a rien à voir avec toi et je t'assure que ce n'est pas un jeu. Ça ne me dérange pas de faire un scandale pour avoir ce que je veux, mais quelque chose me dit que vous ne voudriez pas que vos invités se demandent d'où vient tout ce bazar.

J'ai haussé mon sourcil percé.

– Je n'ai pas raison ?

Je crois qu'elle s'apprêtait à me dire qu'elle allait appeler la police ou appeler son mari à l'aide, mais elle n'en a pas eu le temps car, soudain, la lourde porte s'est ouverte et le visage pâle de Shaw est apparu.

– Rule ? Qu'est-ce que tu fais là ?

Ses cheveux étaient tressés dans une coiffure élaborée qui avait l'air de lui faire mal. Elle portait un collier de perles qui semblait dater du XIXe siècle et un pull rose qui avait l'air doux et moelleux. Elle portait aussi un pantalon large couleur crème et des talons roses qui avaient dû coûter aussi cher que mon pick-up. Elle était tellement loin de la Shaw avec qui je faisais des galipettes que j'ai failli me retourner et partir sans rien dire, mais ses grands yeux verts étaient tristes et ce sentiment glissant au cœur de ma poitrine s'est mis à tambouriner. Je me fichais que sa mère me regarde d'un œil perçant ; je lui ai pris le bras et je l'ai tirée sur le perron près de moi. J'ai pris son visage entre mes mains et je l'ai regardée droit dans les yeux.

– Je suis désolé.

Elle a posé ses mains sur les miennes et a cligné des yeux en me regardant.

– Quoi ?

– Je t'ai envoyé un message hier soir, j'ai essayé de te rappeler toute la nuit et tu ne répondais pas. Je suis désolé. Désolé de t'avoir éloignée de moi, désolé de m'être comporté comme un idiot, désolé de ne pas savoir comment faire ce truc entre nous ; je suis simplement désolé.

– Mon téléphone est cassé.

– Quoi ? je lui ai demandé en riant. Je voulais l'embrasser, je voulais la soulever dans mes bras et l'emmener quelque part très loin d'ici.

– Je l'ai jeté contre un mur parce que Ayden m'a dit que tu étais rentré avec une fille vendredi soir. J'ai explosé l'écran.

– Merde, je t'en rachèterai un.

Elle a fermé les yeux et a serré mes mains.

– Est-ce que c'est vrai ? Tu es rentré avec elle ?

– Non, je l'ai embrassée, ce qui est vraiment naze de ma part et fait de moi un salaud, mais je savais que j'avais tort alors j'ai arrêté. Je te jure que si on se sort de ça tous les deux, ça n'arrivera plus jamais. J'essaie de comprendre comment ça fonctionne, Shaw, je déteste le fait que ce soit toi qui souffres à cause de ma période d'apprentissage.

– Tu t'es fermé, tu m'as laissée toute seule dans le noir, Rule. Je ne crois pas que quoi que ce soit m'ait déjà fait aussi mal.

– Je sais, Casper, je sais, mais ne m'abandonne pas tout de suite, d'accord ?

– Tu as roulé jusqu'ici juste pour t'excuser ?

J'ai hoché la tête.

– Il faut qu'on répare ça.

Elle m'a fait un sourire en coin.

– Il faut qu'on apprenne à ne pas le casser, déjà.

J'ai ravalé la vague d'émotion qui montait dans ma gorge et l'ai serrée très fort. C'était comme rentrer à la maison, un sentiment que je n'avais jamais vraiment ressenti, je crois. Je l'ai embrassée doucement derrière l'oreille et ai murmuré :

– Au fait, ta mère me déteste, genre elle me hait.

Elle a mis ses mains dans les poches arrière de mon jean et s'est mise sur la pointe des pieds pour embrasser le dessous de ma mâchoire.

– Ce n'est pas grave, elle me déteste aussi. Pourquoi tu as coupé tous tes cheveux ? C'est bien, ça te va bien, mais j'aimais bien la crête.

Gêné, j'ai passé une main sur mon crâne nu.

– Je ne sais pas. J'avais besoin de changer.

Elle m'a regardé avec des yeux sérieux et a mis sa main dans la mienne.

– Ça te fait ressembler à Remy, encore plus que toutes tes autres coupes de cheveux.

– Shaw, dis au revoir à ton ami et reviens à l'intérieur, nous avons des invités et tu es très malpolie.

Elle a jeté un œil à sa mère par-dessus mon épaule et j'ai senti sa main se resserrer autour de la mienne.

– Je ne viendrai pas sans Rule.

Oh merde, elle recommençait, elle se mettait encore entre moi et un parent désapprobateur.

– Eh, ce n'est pas grave tant que ça va entre nous. On se verra quand tu seras revenue à Denver. Je peux attendre et te voir plus tard.

– Non.

– Shaw.

La voix de sa mère était un avertissement, sèche comme un coup de fouet.

– Ça se termine tout de suite. Renvoie-le chez lui et rentre à la maison, tu en as assez fait comme ça.

– Non. Je suis avec lui, si tu veux que je reste sagement assise pendant un repas où tu ignores volontairement que Gabe essaie de me toucher et de me mettre mal à l'aise, alors je le ferai avec Rule à côté de moi pour garder un œil sur lui.

– Shaw, il n'a rien à faire ici avec ce groupe de personnes.

Et voilà, le jugement, la critique, l'idée que comme je vivais selon mes propres standards et à ma façon, je n'étais pas assez bien pour cette fille. Je l'ai tirée contre moi et j'ai rendu à sa mère son regard mauvais. Remy l'avait peut-être protégée en lui offrant un havre de paix, mais j'étais un battant par nature et cette dame m'avait assez provoqué pour que je tienne des années.

– Peut-être, mais c'est avec moi qu'elle a passé son anniversaire, c'est moi qui la rends heureuse et c'est moi qui suis prêt à la protéger du pervers que vous n'arrêtez pas de lui remettre dans les pattes. Je serais plus qu'heureux de l'emmener avec moi et de vous laisser tranquille, mais je doute que vous vouliez expliquer son départ précipité aux Davenport, alors encaissez pour une fois dans votre vie, et laissez votre fille avoir quelque chose, une seule chose qui la rend heureuse.

– Shaw ?

Maintenant, le ton de sa voix était confus.

– J'irai où il va, donc si tu ne veux pas qu'il entre, je m'en vais. Je n'aurais jamais dû venir, de toute façon. Je suis fatiguée de me faire manipuler et de servir de pion et d'accessoire. Je t'ai parlé de Gabe, mais tu refuses de m'écouter.

– Mais vous êtes parfaits ensemble.

– Ouais, sauf que je veux être avec lui.

Elle a fait un signe vers moi avec son pouce.

– Il a avoué ouvertement qu'il t'avait trompée il y a à peine deux jours. Honnêtement, quel genre de relation penses-tu que tu puisses avoir avec lui ? Tu crois que ton père va continuer à payer tes études quand il apprendra ça ?

Elle a haussé les épaules contre moi et j'ai posé ma main sur sa hanche pour la ramener contre moi.

– J'en ai plus que marre de m'en inquiéter, ça me donne des migraines et c'est à moi de gérer ma relation. Il n'est pas parfait et moi non plus, et si je choisis de lui pardonner, tu n'as pas ton mot à dire.

Cela a été comme un coup dans le ventre. Je n'aurais pas dû croire que la rousse serait si vite oubliée, mais elle me laissait toujours la tenir contre moi, donc je ne m'en faisais pas trop.

– Très bien. Entrez, mangez et essayez de ne pas vous ridiculiser. Shaw, je veux que tu partes dès que le brunch est terminé, et ne pense pas une seule seconde que nous en avons fini. Attends un peu que je parle de ce cirque avec ton père.

Elle a tourné les talons et a disparu à l'intérieur de l'immense maison. J'ai baissé les yeux vers Shaw et passé un doigt sur ses sourcils froncés.

– Ça va entre nous ?

– À peu près. On n'a qu'à passer le brunch et s'occuper du reste plus tard.

Elle a commencé à se décoller de moi mais je l'ai rattrapée par la taille et ramenée contre moi.

– Shaw.

– Ouais ?

Je l'ai embrassée. Je l'ai embrassée pour qu'elle puisse sentir mes regrets, mon désir de bien faire, qu'elle sente que désormais elle avait un morceau de moi, et que je ne laisserais pas tomber. Je l'ai embrassée parce qu'il le fallait, et l'embrasser m'a fait me sentir mieux. Quand j'ai relevé la tête, sa bouche était gonflée et humide et ses yeux étaient vitreux, emplis de passion.

– Tu m'as manqué aussi.

Elle a ri doucement et a accroché son bras au mien.

– C'est un tas de gens du country club et des partenaires politiques de ma mère. Tu es tout beau tout propre, mais ne t'attends pas à ce qu'ils t'accueillent à bras ouverts. Je crois qu'aucun d'entre eux n'a jamais vu un tatouage de près, alors prépare-toi à être traité comme un paria ou un animal dans un zoo.

– Ça va aller. En revanche, je ne peux pas te promettre de rester gentil si l'autre con essaie de poser les mains sur toi.

Elle a frissonné contre moi.

– C'était affreux, hier soir. J'essayais de m'éloigner de plus en plus mais il me suivait. Ma mère est folle de croire que je vais passer une minute de plus avec lui.

– Tu ne dois pas le ramener sur le campus aujourd'hui ?

– Je comptais simuler un mal de tête, m'allonger à l'arrière et le laisser conduire.

Je n'aimais pas du tout cette idée, il n'y avait pas de raison qu'elle soit en position de vulnérabilité et obligée de supporter ces absurdités.

– Donne-lui les clefs de la BMW, et tu rentreras avec moi. Demande-lui de t'envoyer un message quand il sera rentré et j'irai chercher ta voiture avec Nash dans la soirée.

– C'est vrai ?

– Ouais, écoute, je sais que j'ai déconné mais maintenant, je suis là pour de vrai. On va faire les choses correctement et je promets que je prendrai soin de toi du mieux que je peux. Il faudra que tu sois patiente avec moi parce que je pilote à vue, mais c'est le genre de choses que je dois faire pour toi, et en plus je ne veux pas que tu t'approches de ce mec. Il y a des choses pas nettes sous son polo, et je ne lui fais pas confiance du tout.

– D'accord, je vais organiser ça, et s'il refuse, je lui dirai qu'il se débrouille tout seul pour rentrer.

Elle m'a conduit jusqu'à la salle à manger, peuplée de toutes les femmes au foyer de Brookside et de toutes les personnes constituant le 1 % le plus riche du Colorado. Il y avait beaucoup d'argent et de pouvoir dans cette salle et Shaw avait raison, ils me regardaient tous comme si j'étais un animal sauvage qu'on avait sorti de sa cage. Elle a serré mon bras plus fort et m'a guidé vers la table, où étaient disposés toutes sortes de plats. Ils se sont tous tenus à bonne distance de nous pendant les trois premières minutes, mais dès que Shaw a essayé d'aller jusqu'à la table, le Polo et le reste de sa bande de gamins nous ont coupé la route. Il m'a regardé de la tête aux pieds et a frôlé Shaw d'une manière qui m'a donné envie de le pendre à un arbre avec ses propres boyaux.

– C'est une réception privée, je doute que tu aies été invité.

J'ai haussé un sourcil et posé ma main dans le bas du dos de Shaw.

– Il est avec moi.

Son ton était froid et ne laissait pas de place à la discussion.

– Laisse tomber, petit Polo. Ce n'est ni le moment ni l'endroit pour faire ça.

– Tu n'as rien à faire ici. Tu es une brute et un raté. Shaw va vite se fatiguer de vivre à la sauvage et revenir à la raison.

– Tiens, dit-elle en lui mettant les clefs dans la main, et elle m'a tiré dans la pièce où ils étaient tous assis à une table immense. Tous les yeux étaient rivés sur nous quand elle a foncé vers la table en lançant :

– Je ne passerai pas une seconde de plus avec toi ; tu peux rentrer tout seul avec la BM ou trouver un autre moyen.

Je l'ai entendu bafouiller mais j'étais trop occupé à tirer la chaise de Shaw et à m'installer près d'elle pour le savourer. Je sentais que la plupart des regards étaient tournés vers nous. J'allais dire à Shaw que tout cela était stupide et mettait tout le monde mal à l'aise, quand j'ai entendu une voix étonnée appeler mon nom.

– Rule ? Rule Archer, c'est toi ? Qu'est-ce que tu fais si loin de Denver, pour un brunch ?

Quelqu'un a tiré la chaise à côté de la mienne et Alexander Carsten, un client de longue date, s'y est assis. Je lui ai fait un grand sourire et ai serré la main qu'il me tendait.

– Quoi de neuf, Alex ? Ça fait un bail. Comment va ta jambe ? Ça a bien cicatrisé ?

Il a éclaté d'un grand rire sincère. Alex était avocat ou quelque chose comme ça, il avait une petite quarantaine d'années et réussissait bien sa vie. Je savais qu'il conduisait une Jaguar sympa et avait un loft génial dans LoDo, mais il était franchement cool pour un mec qui ferme tous les boutons de ses chemises. J'avais fait quelques grosses pièces sur ses jambes et dans son dos, et sous sa chemise repassée et sa cravate en soie, je savais qu'il avait deux manchettes complètes, une que Nash lui avait faite, l'autre par Rowdy. Il dépensait pas mal chez nous et était généreux en pourboires. Sachant que c'était le dernier endroit sur Terre où j'aurais pensé croiser un client, je suis resté silencieux un instant, sous le choc. J'ai senti que Shaw avait posé sa main sur ma cuisse et j'ai posé ma main par-dessus.

– Il a parfaitement bien cicatrisé. D'ailleurs, je pensais passer dans quelques semaines pour te demander de dessiner quelque chose pour mon torse. Alors, qu'est-ce que tu fais ici ?

– En fait je viens de Brookside, mais aujourd'hui je suis là surtout parce que ma copine est têtue et essaie de prouver quelque chose.

J'ai fait un signe de tête vers Shaw et elle m'a regardé avec les yeux plissés. Alex s'est penché pour la regarder et s'est retenu de pouffer de rire.

– Tu sors avec la fille d'Eleanor Landon ? Je parie que ça passe comme une lettre à la poste.

J'imagine qu'elle n'avait pas changé son nom en quittant le père de Shaw, ou peut-être était-ce un meilleur nom pour sa propagande politique.

– Oh oui ! Elle n'est pas fan.

– Bon, ne t'inquiète pas, elle n'est pas fan de grand-chose, d'après ce que je sais. Ça fait du bien de voir un visage connu à ces petites sauteries. J'espère qu'elle va te garder dans le coin, un choc culturel ne ferait pas de mal à ces gens. On s'ennuie tellement à ces trucs, en général.

Nous nous sommes fait un check poing contre poing et je me suis retourné vers Shaw pour lui demander combien de temps nous devions rester mais toutes les personnes présentes dans la pièce me regardaient désormais comme si j'avais deux têtes.

– Quoi ?

Elle a rigolé et a posé sa tête sur mon épaule.

– Tu as la moindre idée de qui c'était ?

J'ai avalé un quartier d'orange et ai appuyé plus fort sur sa main contre ma cuisse.

– Alex. Je l'ai tatoué, d'ailleurs on l'a tous tatoué. C'est un habitué du salon.

Elle riait tellement fort que des larmes coulaient au coin de ses yeux.

– C'est Alex Carsten.

– Oui je sais, je viens de te le dire.

– Rule, Alex est le Procureur général de l'État. Il est la personne qui a le plus d'influence judiciaire de tout le Colorado. Ma mère a aidé à le faire élire.

J'ai mangé un autre morceau d'orange et j'ai remarqué que la mère de Shaw me regardait différemment, maintenant.

– Bizarre. Il est tatoué de partout. Sous son costard, il y a de sacrées œuvres.

– C'est trop drôle.

– Eh, combien de temps on doit rester ici ?

– On n'a qu'à finir de manger, et après il faut que je prépare mes affaires dans ma chambre. Tu pourras monter m'aider.

– Tu crois que la reine du château me laissera monter dans la tour d'ivoire ?

Elle s'est penchée contre moi et a remonté sa main sur ma cuisse, et j'ai manqué de m'étouffer avec mon orange.

– Peut-être qu'elle ne veut pas de toi là-haut, a-t-elle commencé avec des yeux verts scintillants de gaieté, mais moi, si.

Ce brunch à la con devait se finir le plus vite possible. J'ai gobé un autre quartier d'orange et j'ai essayé de compter à l'envers depuis 100 pour reprendre le contrôle de ma libido. Je pensais que les brunchs avec ma famille étaient durs. Je commençais à comprendre pourquoi Shaw tenait tant à suturer ma famille divisée. Ça avait beau être le gros bordel chez les Archer, ces riches nous surpassaient question folie et méchanceté. Et de loin.

Chapitre 10
SHAW

Je faisais ce que je pouvais pour quitter la maison de ma mère. Notre plan était de nous enfuir dès que nous aurions fini de manger, mais Alex avait réapparu à table et s'était emparé de Rule. Il disait qu'un de ses collègues recherchait des œuvres personnalisées pour sa tanière et il pensait que Rule pourrait être l'artiste qui conviendrait parfaitement. Et voilà que j'étais encore la cinquième roue du carrosse à une horrible fête de ma mère, alors que mon copain tatoué et percé était le centre de l'attention comme une célébrité. C'était assez drôle et j'étais secrètement ravie de savoir ma mère énervée. Mais je voulais partir. Je voulais avoir Rule pour moi toute seule et rattraper le temps perdu. J'avais l'impression que les choses avaient radicalement changé entre nous et il me fallait du temps pour prendre du recul, pour comprendre précisément ce que cela voulait dire pour lui. Car pour moi, en venant ici pour s'excuser, il avait officialisé notre relation, et j'avais besoin de savoir qu'il voyait les choses comme moi.

Ma mère s'affairait dans la pièce et Jack était coincé avec les enfants, Gabe traînait avec d'autres futurs patrons et lançait des regards assassins à Rule, qui était au milieu d'hommes bien habillés, hochant la tête à ce qu'il décrivait avec ses mains et discutant avec enthousiasme. J'ai vu une chance de m'échapper une minute alors je me suis faufilée dans la cuisine et suis montée jusqu'à ma chambre. J'ai jeté toutes mes affaires dans mon sac et ai posé mon téléphone cassé par-dessus. J'ai pensé que je prendrais Rule au mot, qu'il m'en rachèterait un neuf car c'était à cause de lui que je l'avais jeté contre le mur. Je regardais autour du lit pour vérifier que je n'avais rien oublié, quand j'ai senti des mains chaudes se glisser sur ma taille.

Je connaissais les mains de Rule et ce n'était pas les siennes, j'ai sursauté et ai poussé violemment le torse de Gabe.

– Qu'est-ce que tu crois faire, là ?

Il a attrapé mon bras, en le serrant fort, et a essayé de me tirer vers lui.

– Sors de ma chambre, Gabe.

– J'ai tout compris, Shaw.

Il continuait à tirer mon bras assez fort pour que je sache que j'aurais un bleu. J'essayais de le pousser mais il tirait plus fort.

– Tu m'as largué pour pouvoir te taper Archer. Mais depuis le temps, vous avez dû baiser assez pour que tu te lasses de lui. Tu ne m'as jamais donné une occasion de te montrer ce que je sais faire. Je crois que tu as besoin d'une comparaison honnête avant de complètement me laisser tomber.

Je redoublais d'efforts pour me libérer.

– Non mais tu te fous de moi ! Je n'ai pas couché avec toi parce que tu ne m'attires pas. Je ne voulais pas quand on était ensemble, et je ne veux pas maintenant non plus. Il faut que tu partes, ou Rule va te tuer.

Il a tordu mon poignet dans mon dos, si fort que j'ai lancé un cri. Il a baissé son visage jusqu'à ce qu'il soit collé au mien et a pris ma mâchoire dans sa main libre. Je commençais à vraiment paniquer, ma chambre était à l'étage et à l'autre bout de la grande maison. On m'entendrait si je hurlais, mais je me demandais quelles seraient les conséquences de ce scénario. Je me débattais pour qu'il me lâche et il ne faisait que rire.

– Ton petit voyou ne me fait pas peur, et je ne suis pas impressionné par son génie artistique ou je ne sais quoi que Carsten adore. C'est une merde et il ne m'empêchera pas d'avoir ce que je veux. Et Shaw, tu es à moi, tu devrais le savoir maintenant.

Il m'a poussée d'un coup et je suis tombée sur le lit. J'ai tout de suite rampé jusqu'à l'autre côté pour m'éloigner le plus possible de lui.

– Tu ferais mieux de te faire à l'idée, Shaw, avant que ça ne devienne moche.

J'avais du mal à respirer et j'avais une main sur ma gorge. Ma main tremblait, je tremblais. Il a jeté mes clefs sur le lit.

– Je me débrouillerai pour rentrer à Denver. Je ne veux pas que tu passes plus de temps seule avec le petit tatoué, hein.

Il est sorti de la chambre comme si de rien n'était, comme s'il ne venait pas de m'agresser et de me menacer. Je suis sortie de mon état de choc, j'ai rassemblé mes affaires et j'ai descendu les escaliers en courant. J'ai trouvé Rule errant dans la cuisine, il avait l'air perdu et me cherchait. Je lui ai tendu mon sac et l'ai poussé hors de la maison sans prendre le temps de dire au revoir à personne, pas même à ma mère. Ce n'est qu'une fois sur l'autoroute que j'ai craqué. Sans prévenir, des sanglots hachés ont commencé à secouer tout mon corps et je ne pouvais plus arrêter de pleurer. Je tremblais tellement et je faisais une telle crise que Rule a paniqué et s'est rangé sur le côté de la route. Il n'arrêtait pas de me demander si c'était ma tête mais je n'arrivais pas à répondre, alors je me suis juste recroquevillée sur ses genoux et j'ai pleuré, et pleuré…

Il m'a fallu vingt bonnes minutes pour que le déluge s'arrête, au moment où Rule menaçait de m'emmener aux urgences.

– Non. Ça va, donne-moi une minute.

Il caressait mon dos et ses yeux bleus étaient cristallins, comme du givre. J'ai appuyé mon front contre le sien et j'ai relevé les manches de mon manteau. De méchantes zébrures rouges et des contusions violettes entouraient tout mon poignet.

– Gabe m'a piégée dans ma chambre quand je faisais mes affaires. Il m'a bousculée et menacée. Il m'a dit qu'il fallait que je m'y fasse, mais je ne sais pas à quoi, avant que ça ne devienne moche. Il m'a vraiment fait mal, Rule, et il m'a fait peur. Je ne sais pas d'où vient son problème, mais ça devient grave.

Il s'est figé comme une statue et a levé une main pour prendre mon poignet blessé. Il a tourné la tête pour poser un petit baiser dans mon cou et a soufflé, sur un ton qui m'a fait frissonner :

– Je vais le tuer.

– Je sais.

Je l'ai laissé me consoler une minute, avant de me redresser et de revenir dans le siège passager.

– Il faut que je retourne à Brookside demain pour récupérer ma voiture.

– Ne t'inquiète pas pour ça, on ira la chercher avec Rome.

– Tu ne dois pas travailler ?

– Pas avant treize heures. Je crois que je vais appeler Mark et lui demander comment obtenir une ordonnance de protection.

– Je n'arrive pas à croire ce qu'il se passe.

– Je n'arrive pas à croire qu'on soit partis. Tu aurais dû le traîner dans la boue devant ses parents et tous ces gens qu'il essaie tellement d'impressionner.

– J'avais peur, je voulais juste m'enfuir. Je te voulais, toi.

Ma voix s'est éteinte dans un murmure et il a tendu le bras pour me ramener contre son flanc. C'était sympa d'avoir une banquette dans un gros pick-up.

– Je suis à toi, Shaw, je serai ce que tu veux, ce dont tu as besoin, je suis là.

J'ai collé mon visage dans le creux de son cou et ai pris une grande inspiration. Je crois que c'était la chose la plus gentille que l'on m'avait jamais dite.

– Et toi, tu as été la reine du bal, aujourd'hui ! Je suis sûre que ma mère était furieuse. J'ai cru qu'elle allait nous faire une crise cardiaque.

– J'ai beaucoup de clients qui font partie du monde des affaires, il y a de plus en plus de gens qui se font tatouer dans tous les milieux. Elle ne devrait pas juger aussi durement.

– Non, elle ne devrait pas. Je ne veux pas que tu aies des problèmes à cause de Gabe. Je veux simplement qu'il me laisse tranquille.

– Ne t'inquiète pas pour moi, Casper. Je te promets de ne rien faire de trop débile. Je veux aussi qu'il te laisse tranquille, et je vais faire ce qu'il faut pour. D'ici là, je crois que tu ne devrais pas sortir du boulot toute seule. Demande à Lou de te raccompagner jusqu'à ta voiture, et si on trouve un moyen avec nos emplois du temps de fous, je veux que tu dormes chez moi ou moi chez toi.

– Tu n'as pas besoin de faire ça, je ne veux pas que tu réorganises toute ta vie en fonction de moi à cause d'un connard.

– Si, et pas parce que je suis obligé, mais parce que je le veux. Il ne posera plus les mains sur toi, Shaw. Plus jamais.

J'aimais cette idée alors je n'ai pas voulu discuter, je l'ai laissé me serrer contre lui en passant distraitement ma main sur sa cuisse pendant qu'il conduisait. Je n'avais pas demandé s'il me ramenait chez moi ou chez lui, et honnêtement je m'en fichais jusqu'à ce que je me rappelle que Rome dormait sur son canapé.

– Eh, on va en ville ou chez moi ?

– Je pensais plutôt chez moi, puisqu'il faut que je demande à Rome de m'aider à aller chercher ta voiture demain matin. Ça te va ?

– Euh… Ça ne va pas être bizarre d'arriver ensemble s'il est là ? J'ai eu assez de cinéma pour aujourd'hui.

Je l'ai senti faire non de la tête.

– Nan, on en a parlé aujourd'hui. Il sait qu'il se passe quelque chose entre nous, et ce n'est pas un problème. Il m'a dit qu'il me casserait les deux jambes si je continuais à faire le con, par contre.

– Euhhh… pourquoi tu as fait ça ?

Je savais qu'il saurait de quoi je parlais sans que j'aie à lui expliquer.

– Parce que c'est ce que je fais, dit-il avant d'ajouter une grossièreté dans sa barbe. Les filles ont toujours été faciles, elles sentent bon et elles ont un bon goût, alors pendant une seconde tout est simple et agréable, et toutes les conneries qui se battent dans ma tête se taisent. Je savais que je ne voulais pas de quelqu'un qui n'était pas toi, mais j'étais en colère et paumé alors j'ai fait ce que je fais toujours, et je me suis dit que je me sentirais peut-être mieux. Sauf que non, je me sentais comme une merde totale et cela m'a fait voir assez clairement que tu n'avais pas de remplaçante. J'ai fait une erreur mais ça aurait pu être bien pire, et j'espère que tu peux me pardonner, sincèrement.

Cela m'avait blessée mais je comprenais, parce que je le comprenais.

– Je n'aime pas ça, mais je comprends. Ça ne peut pas être ton excuse pour te tirer à chaque fois qu'on se dispute. Je n'aurai pas la force de pardonner chaque fois que tu te sers d'une autre fille pour noyer ton chagrin.

– Je te l'ai dit, c'est fini. Je vais gérer tout ça, Shaw, je te le promets.

– J'espère, parce qu'on ne sera pas toujours d'accord, on se disputait avant de coucher ensemble, donc on va sûrement se disputer encore plus maintenant.

Il a passé sa main sur mon bras.

– Tant mieux, parce que je parie que la réconciliation sur l'oreiller avec toi sera extraordinaire.

Je n'ai pas nié, je me suis tue et je l'ai laissé me calmer en conduisant ; il a même choisi d'écouter Straylight Run au lieu de son punk hurlant ou heavy metal habituel. Quand nous nous sommes garés en face de l'immeuble victorien, j'avais retrouvé le contrôle de moi-même. Il a pris mon sac et m'a menée jusqu'à l'appartement. Rome et Nash étaient sur le canapé et criaient contre la télé, j'ai supposé que les Broncos étaient en train de perdre. Ils ont tous les deux levé les yeux vers moi, leurs visages emplis de soulagement.

– Dieu merci. Il va peut-être enfin arrêter de jouer au bébé contrarié qui n'a pas fait sa sieste.

Rule a mis une claque derrière la tête de Nash tandis que Rome se levait pour me soulever dans un câlin géant.

– Je suis content que tu lui aies donné une autre chance, petite fille.

De retour sur mes pieds, je leur ai adressé un sourire gêné à tous les deux et je me suis tournée vers Rule.

– Il faut que j'appelle Ayden et mon téléphone est foutu, je peux prendre le tien ?

Je m'attendais à ce qu'il passe deux minutes à effacer des messages ou son historique, mais il me l'a tendu tout de suite. J'ai essayé de cacher combien cela me faisait plaisir, je me suis mordu la lèvre et je me suis dirigée vers le couloir.

– Je vais aller dans ta chambre pour qu'on puisse mieux s'entendre.

– Vas-y, de toute façon je voulais parler un peu aux gars.

Son ton sombre m'a fait deviner qu'il voulait les tenir au courant de ma situation avec Gabe.

– Je te rejoins dans une minute.

J'ai résisté à la tentation de fouiller dans ses contacts et ses messages, et j'ai appelé Ayden. Je ne savais pas si elle répondrait car elle n'avait pas le numéro de Rule, mais elle a fini par décrocher à la troisième sonnerie.

– Allô ?

– Salut, c'est moi.

– C'est quoi, ce numéro ?

– J'ai pris le téléphone de Rule, parce que je suis un génie : j'ai jeté le mien contre un mur.

Elle a ricané.

– C'était quand je t'ai parlé de la fille du bar, c'est ça ?

– Ouaip.

– Mais maintenant tu as son téléphone, donc vous avez dû vous expliquer entre-temps.

– Il est venu à Brookside pour me présenter ses excuses, puis il s'est invité au brunch de ma mère et ça a été l'attraction de la journée. C'était impossible de ne pas lui pardonner.

– Tant mieux pour toi. Quelque chose me dit qu'il est livré avec une bonne dose d'histoires compliquées alors autant que tu t'y habitues.

– Ouais, enfin, j'ai aussi ce qu'il faut niveau histoires compliquées.

Je suis allée dans la salle de bains et je me suis appuyée contre le lavabo. L'image qui me regardait dans le miroir était effrayante. J'avais l'air agitée et encore plus pâle que d'habitude.

– Gabe m'a attrapée et m'a poussée là-bas. Il m'a coincée dans ma chambre et m'a menacée de trucs fous. Je ne sais pas du tout ce que je vais faire. Rule est bien parti pour former une bonne vieille expédition punitive mais je ne veux pas qu'il se mette dans la merde à cause de moi. C'est le bordel.

– Le petit salaud, il a posé les mains sur toi ?

J'ai soupiré.

– Ouais, j'ai des bleus.

– Alors moi je dis, laisse Rule s'occuper de lui. Tu as plutôt intérêt à te renseigner pour une ordonnance de protection.

– C'est ce que je fais. Rule a un client qui était dans la police et il va l'appeler. Il m'a aussi dit qu'il voulait rester avec moi ou que je reste ici jusqu'à ce que tout ça soit réglé.

– On dirait que ton mec passe aux choses sérieuses.

– Il essaie.

– Eh bien je suppose que c'est mieux que rien, pour l'instant. Quand est-ce que tu auras un nouveau téléphone ?

– Probablement demain, Rule m'a dit qu'il m'en achèterait un neuf.

– Ah, j'aime bien quand un mec s'excuse dans les règles. On se voit demain ?

– Je pense, je te tiens au courant quand je suis sûre.

– J't'aime, meuf. Sois prudente, laisse Rule prendre soin de toi une minute, tu l'as mérité. Tu as bien pris soin de lui pendant tout ce temps, maintenant c'est ton tour.

– Un couple, ce n'est pas censé prendre soin de l'autre à égale mesure ?

Elle a rigolé mais c'était un rire amer.

– Tu ne poses pas cette question à la bonne personne, chérie, je n'ai pas de quoi être fière de mes antécédents.

– Ayden, est-ce qu'il y a quelque chose dont tu veux parler ? Tu as l'air, je ne sais pas, plus acerbe que d'habitude.

– Non. Ça va, occupe-toi de toi pour l'instant, chérie. Tu m'as manqué, ce week-end.

– Tu m'as manqué aussi.

J'ai raccroché le téléphone et l'ai posé sur le rebord du lavabo, puis j'ai remonté les manches de mon pull et ai passé un peu d'eau sur mon visage. J'ai enlevé l'élastique de mes cheveux et ai défait ma tresse serrée pour laisser mes cheveux tomber sur mes épaules. J'ai enlevé mon collier de perles et mes talons et j'ai commencé à me sentir un peu plus moi-même. J'ai entendu la porte de la chambre s'ouvrir et se refermer, et Rule m'appeler doucement.

– Je suis là.

J'ai entendu des froissements et des gros mots comme il slalomait entre les affaires éparpillées par terre. La porte de la salle de bains s'est ouverte et son regard a croisé le mien dans le miroir. Les profondeurs glacées du sien étaient assombries par l'inquiétude tandis qu'il se collait derrière moi.

– Tu vas bien ?

– Je flippe, mais sinon ça va.

– Tu t'inquiètes que ta mère te balance à ton père ?

Il a posé une main de chaque côté de mon corps, coincé entre lui et le lavabo.

– Je ne peux pas l'en empêcher, donc si elle le fait, je verrai ça plus tard.

– Et tes études ? Elle a dit qu'il ne paierait plus si tu ne faisais pas ce qu'elle voulait.

Je me suis penchée en arrière pour me coller contre son torse.

– Ils adorent tous les deux se servir de cette menace, c'est leur outil de chantage préféré. Je pense qu'ils sont tous les deux trop stressés à l'idée d'expliquer pourquoi leur fille bosse dans un Subway au lieu d'être en fac de médecine, ils n'arrêteront pas de payer les frais de scolarité et s'ils le font…

J'ai haussé une épaule et l'ai laissée retomber.

– Alors je trouverai un plan B.

– Tout simplement ?

– Plus ou moins.

– Je n'aurais jamais cru que tu t'adapterais si facilement.

Je lui ai fait une grimace qui l'a fait rire et il a bougé ses mains pour les poser sur mon ventre.

– Les gars vont commander une pizza et regarder la fin du match. Je leur ai dit que j'allais te demander ce que tu veux faire ce soir.

J'ai poussé mes cheveux en arrière et laissé ma tête tomber sur son épaule.

– Je veux prendre une douche bien chaude et après je crois que je vais faire une sieste. Cette semaine a été nulle, j'étais stressée et épuisée par mes cours. Je ne me souviens même pas de la dernière fois où j'ai pu me détendre.

Ses sourcils noirs se sont levés.

– Ça ne t'embête pas si je reste un peu avec eux ?

J'ai fait non de la tête.

– Sérieux, va t'installer avec tes potes. Ça va.

Il m'a regardée pendant une bonne minute, en attendant de voir si je me foutais de lui, et pour prouver que cela ne me dérangeait pas qu'il passe du temps avec les gars, j'ai posé un baiser sur sa mâchoire. Il a embrassé mes cheveux et est sorti de la salle de bains.

– Je vais te chercher ton sac.

Il l'a posé sur les toilettes et m'a embrassée fermement avant d'inspecter mon visage à la recherche de signes. J'ai rigolé et je l'ai mis dehors avant de lui claquer la porte au nez.

– Allez, va faire ton mec. Je serai là quand tu reviendras.

J'ai attendu d'entendre la porte se fermer, je me suis déshabillée et je suis rentrée dans la douche. J'ai récuré chaque centimètre de mon corps jusqu'à ce qu'il soit bien rose et brillant, et je riais toute seule comme une folle parce que j'ai dû utiliser le savon de Rule et je suis sortie avec l'odeur d'un garçon de dix-sept ans qui vient de découvrir le déodorant Axe. Même son shampooing et son après-shampooing étaient conçus pour les hommes uniquement, alors au lieu de ma noix de coco et de mon citron vert, je me suis retrouvée avec des cheveux qui sentaient le bois de santal et les épices. J'ai peigné mes cheveux mouillés avec mes doigts et ai enfilé mon pantalon de yoga et un tee-shirt, et je me suis écroulée sur son lit défait. Pour la première fois en une semaine, j'avais l'impression de vraiment pouvoir respirer. Je me suis lovée sur son côté du lit et je me suis endormie en quelques secondes, malgré les cris et les encouragements qui venaient du salon.

***

Des mains chaudes se baladaient sous mes vêtements dans une caresse paresseuse. Je me suis réveillée déjà excitée et ondulant sous le toucher séducteur de Rule. J'ai cligné des yeux pour m'habituer à l'obscurité mais je les ai refermés quand sa bouche a atterri sur l'intérieur de ma cuisse. C'était comme le meilleur rêve du monde, à part que j'étais réveillée et que je me tortillais d'impatience tandis que son souffle passait sur les parties les plus sensibles de mon anatomie. J'ai touché sa tête et j'ai ri doucement quand mes doigts ont effleuré sa surface tondue. Ses cheveux chatouillaient le bout de mes doigts sensibles.

– La crête me manque vraiment.

– Ça repoussera.

J'ai senti le glissement de son anneau à la lèvre contre ma peau humide et cela m'a coupé le souffle, si brutalement que j'en ai eu mal aux poumons. Il a rigolé contre ma peau et ses mains ont bougé pour me maintenir comme il le voulait.

– Ça m'a manqué. Personne n'a jamais été aussi douce que toi, Shaw.

J'ai senti la pression du barbell sur sa langue, la façon dont il la bougeait dans et autour de mon sexe, prêt à prendre ce qu'il avait à donner.

– Je crois que le fait que tu me compares aux légions de filles qui sont passées avant moi devrait me mettre en colère, mais je vais choisir de le prendre comme un compliment.

La fin de ma phrase s'est évanouie dans un gémissement aigu lorsqu'il a soulevé mes hanches et a posé ses lèvres sur mon clitoris. Mes collègues, et même Ayden, m'avaient raconté des histoires disant que quand un mec faisait ça, c'était souvent le meilleur moment des parties de jambes en l'air, mais j'avais toujours eu des doutes car cela me paraissait intrusif et trop intime. Mais alors qu'il embrassait et léchait et se promenait sur mes plis mouillés et ma chair ardente, je suis devenue un peu folle. Je ne pouvais pas cacher combien ce qu'il faisait m'affectait, et putain, il savait ce qu'il faisait. À un moment j'ai eu envie de hurler son nom, mais à la dernière minute je me suis souvenue que son frère était de l'autre côté du mur et j'ai mordu mon poing pour étouffer ma réaction. Le monde est devenu un kaléidoscope géant où les couleurs tournaient dans toutes les directions. Je ne savais pas comment c'était avec les autres mecs, mais comme pour tout ce que j'avais fait avec Rule, il rendait cela sacrément bon.

Je suis restée étalée comme un tas de confiture, incapable de bouger, tandis qu'il se levait du lit et enlevait ses vêtements n'importe comment. C'était un délice d'y assister, alors quand il est revenu dans le lit près de moi, j'étais prête à ronronner et à m'enrouler autour de lui comme le chaton satisfait qu'il avait fait de moi.

– C'était une très bonne façon de se réveiller.

J'ai passé mes mains derrière ses épaules comme il nous avait fait rouler pour être au-dessus de moi, et il a mis son genou entre mes jambes.

– Tu as dormi pendant tout l'après-midi. J'attendais que tu sortes ta tête et que tu nous rejoignes, mais ce n'est jamais arrivé.

Il a baissé la tête et son nez frottait le côté de mon visage.

– Je suis venu te voir et tu avais l'air si parfaite, tout endormie et jolie dans mon lit, je n'ai pas pu m'en empêcher.

Il a tracé un chemin de petits bisous depuis l'arrière de mon oreille jusqu'au creux de ma gorge très sensible. Ses doigts ont frôlé mon bras et ont délicatement fait le tour de mon poignet endolori. Gabe avait laissé un anneau de traces bleues et noires qui se détachaient fortement contre ma peau blanche, et je n'ai pas pu retenir l'émotion qui m'a noué la gorge quand Rule a doucement caressé et soulevé mon poignet pour déposer des baisers de papillon tout autour.

– Ça n'aurait jamais dû arriver, je suis désolé.

J'ai glissé ma main sur son flanc et laissé mes doigts s'étaler sur ses côtes colorées.

– Je n'aurais pas dû y aller, déjà. Il faut que j'apprenne à poser des limites avec mes parents, et à m'y tenir. Ça ne vaut pas le coup de sacrifier ce qui est important pour moi afin de leur faire plaisir.

Il a pris ma main qu'il tenait et l'a soulevée au-dessus de ma tête, et ses yeux pâles et brûlants se sont plantés dans les miens avec un mélange de désir et de compassion.

– Shaw, c'est moi qui ressens le besoin de brûler la maison quand un robinet fuit, je sais que j'ai tendance à aller vers les extrêmes et il faut que je me calme. Mais si tu penses que je vais me tenir à l'écart et te regarder te mettre en danger volontairement avec ce trou du cul, prépare-toi à ce qu'on se batte.

Je n'ai pas eu l'occasion de répondre car il m'a embrassée, pour de vrai, embrassée avec une intensité qui ne laissait pas de doute quant à son engagement, et qui voulait dire que je devais prêter attention à ce qu'il se passait entre nous. J'ai senti un mordillement, la pression du métal quand nos langues ont glissé ensemble et que nos mains ont commencé à errer. Il a attrapé ma main libre et l'a plaquée sur le lit au-dessus de ma tête, avec l'autre, de sorte que j'étais étirée et prête en dessous de lui. Il me regardait et dans ses yeux scintillaient de mauvaises intentions.

– Je crois que je t'aime bien, comme ça.

Sa main libre se tordait et se promenait sur ma peau hypersensible et ses creux humides. Je geignais doucement car c'était si bon, et parce que je voulais bouger, mais il me maintenait immobile grâce à la pression de son corps lourd sur le mien.

– J'aime bien t'avoir à ma merci. Je peux te faire tout ce que je veux.

Et il l'a prouvé en prenant le bout de mon sein dans sa bouche et en suçant jusqu'à me faire presque mal. Il m'avait laissé un suçon la première fois aussi, mais celui-ci me semblait différent, une sorte de marquage de territoire, une forme d'appartenance.

– Heureusement pour toi que j'aime toutes les choses que tu veux me faire.

Il a soulevé ma jambe et l'a remontée autour de ses hanches fines. J'ai senti son sexe chaud, prêt, et j'ai essayé de bouger pour qu'il vienne à l'intérieur. Il s'est reculé et m'a souri.

– Toujours aussi impatiente.

J'ai tiré sur mes mains piégées.

– Tu n'imagines même pas.

Il a ricané en m'embrassant.

– Alors dis-le-moi.

J'ai essayé de le tirer en moi par la force de ma volonté, mais il continuait de se déplacer juste assez, avec un rictus de provocation.

– Sérieusement, Shaw, dis-le-moi.

J'ai fermé les yeux car il y avait une quantité maximale de vérité que je pouvais lui livrer en une seule journée. Il a déplacé mon autre jambe et s'est pressé contre moi en s'avançant seulement d'un ou deux millimètres, ce qui a commencé à me faire frémir.

– Dis-moi pourquoi on croyait tous qu'il y avait quelque chose de sérieux entre Remy et toi, alors que j'ai été ton premier. Dis-moi pourquoi Rome a l'air de croire que je t'intéresse depuis longtemps. Dis-moi pourquoi, quand on fait ça, c'est si différent de toutes les fois où je l'ai fait avant.

Je voulais qu'il bouge, je voulais qu'il me laisse bouger, mais quand j'ai rouvert les yeux il me regardait de près, visiblement en assez bonne possession de ses moyens pour me faire attendre. J'ai fait face à son regard perçant pendant une seconde avant de murmurer :

– Parce que ça a toujours été toi même quand je ne le voulais pas, même quand ça me brisait le cœur encore et encore. Ça a toujours été toi.

Mes paroles ont changé quelque chose en lui, une étincelle glacée a brillé dans ses yeux et soudain, il était en moi et il bougeait et le reste du monde s'est arrêté pour devenir flou. Tout ce qui importait, c'était ce qu'il se passait entre nous à cet instant et que ça compte autant pour moi que pour lui. Son tempo changeait à chaque coup de reins, il était toujours un peu sauvage, déchaîné au lit, mais c'était comme si mes mots avaient libéré quelque chose en lui et que j'avais devant moi le vrai Rule, le mec qui se servait de ses cheveux multicolores et de son corps recouvert de tatouages pour détourner quiconque s'approchait d'un peu trop près. J'ai soupiré, gémi, et j'ai fini par dire son nom d'une voix tremblante alors que nous approchions de la fin tous les deux. C'était différent, plus puissant, plus intense, et quand il a enfin posé son front sur le mien, je me sentais entière.

J'ai poussé un soupir de satisfaction et ai enroulé mes bras autour de lui. Il s'est retourné et m'a tirée sur lui pour ne pas m'écraser. J'ai fermé les yeux et j'allais replonger dans un sommeil assouvi quand toute la longueur de son corps est devenue dure comme une planche en dessous du mien. Mes yeux se sont rouverts quand j'ai senti ses mains raidies dans mes cheveux et je me suis forcée à relever la tête pour le regarder.

– Qu'est-ce qu'il y a ?

– Le lit est mouillé.

Je l'ai regardé sans comprendre.

– Et ?

– Et ça veut dire qu'on ne s'est pas protégés. Je n'ai pas eu de relation sans préservatif depuis que je ne suis plus un ado débile. Nom de Dieu, pas étonnant que c'était si bon.

– Je prends la pilule.

– Pourquoi ?

J'ai fait une grimace et me suis allongée à côté de lui.

– Parce que ma mère m'a obligée. Elle croyait que je couchais avec l'un de vous ou vous deux, les jumeaux

Archer, bien avant que ça arrive. J'ai continué à la prendre parce que ça calme mes règles, donc ça devrait aller.

Il m'a tirée contre son torse et a enlevé mes cheveux de mon visage.

– Avec mon passé, tu veux vraiment prendre le risque ?

J'ai soufflé.

– Tu sais vraiment t'y prendre pour gâcher un bon moment, Rule.

– Eh, je t'ai dit que c'était mon boulot de te protéger, même si ça veut dire que je dois te protéger de moi. On doit avoir un bilan sanguin nickel pour travailler au salon, comme on touche à des fluides corporels, des aiguilles et de la peau ouverte. Le dernier que j'ai fait était clean et comme je te disais, je me protège toujours sauf quand une blonde de haut niveau avec des yeux verts de dingue me rend fou au point que j'oublie.

Je me suis lovée au creux de son corps et je l'ai laissé enrouler ses bras autour de moi. La main portant son nom tatoué sur les phalanges a fini sur ma poitrine et j'ai caressé les lettres épaisses avec mon index.

– Je te fais confiance et je crois qu'on ne craint rien, donc on ne va pas en faire un problème.

– Non ?

– Non, parce que comme je te l'ai dit, Rule, ça a toujours été toi, même quand je voulais à tout prix que ça ne le soit pas.

– Je commence à me dire que j'aurais dû faire plus attention.

J'ai entrelacé mes doigts avec les siens. J'aimais bien les voir emmêlés ensemble. Les siens étaient longs et couverts de motifs superbes, les miens étaient petits et coiffés de vernis rose triste, mais côte à côte ils étaient plus intéressants, plus vivants. Je me suis rendormie en écoutant le rythme régulier de ses inspirations et expirations dans mon oreille et en me disant que, même si je n'avais pas pris la pilule, un moment de sexe sauvage, désinhibé et sans aucune protection avec lui valait tous les risques que cela comportait. Je pourrais connaître un pire destin que celui de mettre au monde le prochain chieur Archer.

Chapitre 11
RULE

— La première fois que je suis arrivé à la maison et que je t'ai vue assise dans la cuisine avec Remy, je me souviens m'être demandé dans quoi il s'était fourré. Tu étais toute pâle et effrayée, tu avais des yeux deux fois plus grands que la normale et tu avais l'air d'un oisillon tombé du nid. Remy avait toujours eu un faible pour les gens en manque d'attention donc je n'étais pas surpris, mais j'ai été impressionné de voir la vitesse à laquelle le reste de la famille s'est entiché de toi. J'avais toujours pensé que ce serait nous, les Archer contre le reste du monde, pour toujours, et tout à coup tu étais là, et tout s'est un peu cassé la gueule car j'étais encore plus le mouton noir qu'avant. Rome t'adorait, Maman et Papa acceptaient Remy et toi comme une unité en elle-même, et j'étais laissé de côté comme d'habitude. Je crois que j'ai juste pris tous ces sentiments de séparation et d'aliénation et que je les ai transférés sur toi. Remy et moi avions toujours été les deux parties d'un tout, et quand tu es arrivée, cela a un peu disparu. Je crois que j'étais jaloux qu'il passe autant de temps à être ton héros et pas à être mon frère.

– La première fois que je t'ai vu, j'étais terrifiée. Je vous avais vus, Remy et toi, à l'école, et tout le monde parlait des jumeaux Archer comme si vous étiez une espèce de créature mythologique. Remy était sportif, il avait tous les amis qu'il fallait et de bonnes notes, et toi tu avais toujours des ennuis, tu traînais avec des gamins plus vieux et tu étais sans cesse convoqué parce que tu séchais les cours ou d'autres conneries. Remy m'a sauvée et m'a ramenée à la maison, il m'a fait rire quand rien dans ma vie ne me semblait drôle, et il a été gentil avec moi quand personne, de toute ma vie, n'avait essayé d'être sympa. Il m'a dit de m'asseoir dans la cuisine et de ne pas m'inquiéter quand ses frères rentreraient, qu'il garderait un œil sur eux. Puis Rome et toi avez débarqué en claquant la porte. Rome m'a regardée, a secoué la tête et a demandé à Remy si j'étais un autre chat sauvage et toi, ton regard a glissé sur moi comme si j'étais un fantôme et tu lui as demandé s'il voulait toujours aller prendre une pizza avec Nash et toi. Je me suis dit que tu étais beau, pas de la même manière que Remy. Vous vous ressembliez tellement, mais tu ajoutais à ton apparence quelque chose de si intéressant que je ne pouvais pas te lâcher des yeux. Je t'ai fixé pendant quinze bonnes minutes et quand Rome et toi êtes repartis, tu m'as regardée et tu as dit : « Bon Dieu Remy, fais-lui une tasse de thé ou je ne sais pas quoi. On dirait Casper l'apprenti fantôme. » Remy a secoué la tête et s'est assis en face de moi ; il savait déjà, il a toujours su, et il m'a dit : « Rule est un bon gars, Shaw, il est même super. Je l'aime plus que tout, mais c'est aussi un garçon de seize ans, et un Archer. Ne va pas te briser le cœur alors que tu peux l'éviter. » Pendant des années, il m'a dit et redit que c'était une bêtise, que je ne devrais pas me mettre dans un état pareil à cause de toi alors que tes priorités étaient tout autres. Puis, à peu près un an avant sa mort, il a changé de refrain. Quand vous avez déménagé à Denver, soudain il voulait absolument que j'aille à DU, que j'arrivais à un moment de ma vie où je pourrais te dire ce que je ressentais. Tout à coup c'était Remy l'entremetteur, c'était bizarre, et puis l'accident est arrivé, et je n'ai jamais eu l'occasion de lui demander ce qui l'avait fait changer d'avis.

– Eh bien je suis content de le savoir, maintenant, et je pense toujours que tu ressembles à Casper.

– Je suis contente aussi et ça ne me dérange pas que tu m'appelles Casper, c'est mignon. En plus, quand tu as commencé, je me suis sentie privilégiée, aucune autre fille n'avait droit à un surnom de ta part, tu les appelais « ma puce », « bébé » ou « chérie ».

– Oui, tu es à part, et tu l'étais déjà à l'époque. J'étais juste trop con pour le voir.

– Je crois que je n'aurais pas été prête pour toi à ce moment-là.

– Et tu es prête pour moi maintenant ?

– Quand tu veux.

Cette conversation chuchotée m'a donné une tout autre vision de la fille qui commençait à être si importante pour moi. Elle a aussi soulevé beaucoup de questions que je ne pourrais jamais poser à mon frère. Je voulais comprendre pourquoi, s'il savait qu'elle avait un faible pour moi, il avait laissé croire ainsi à toute la famille qu'ils étaient ensemble pendant des années. Cela me semblait malhonnête et louche, et ce n'était pas du tout le genre de Remy. Je voulais aussi savoir pourquoi il ne m'avait rien dit ; je pensais que nous partagions tout, et bien que l'ado que j'étais n'aurait rien eu à offrir à Shaw, cela me semblait étrange qu'il ne m'ait pas parlé de ses sentiments, au moins pour que je fasse attention à elle plutôt que de piétiner ses émotions comme un troupeau de buffles.

Notre conversation à voix basse a eu lieu tôt le matin, tandis qu'elle tournait dans ma chambre pour se préparer à aller à la fac. Elle n'avait que ses vêtements chics de « dîner avec Maman » et je ne voulais pas courir jusqu'à son appartement, donc je lui ai dit de prendre un de mes tee-shirts dans le placard. C'était drôle de voir une fille sexy à moitié nue farfouiller dans ma garde-robe de mec plutôt basique. Elle a esquivé mes mains baladeuses en rigolant, tout en essayant d'attacher ses cheveux. C'était le type d'interaction qui me manquait, en n'ayant que des coups d'un soir sans intérêt. J'aimais bien jouer avec Shaw, j'aimais bien qu'elle utilise ma salle de bains et déplace toutes mes affaires, et plus j'y pensais plus je me rendais compte qu'elle m'avait manqué dans beaucoup de parties de ma vie cette semaine, pas seulement dans mon lit.

Elle a déposé un rapide baiser sur mes lèvres et m'a dit qu'elle allait faire du café et préparer le petit déjeuner, alors j'ai lutté pour me relever et j'ai cherché mon téléphone pour appeler Mark. Je n'allais pas perdre de temps et je voulais essayer de mettre le plus d'obstacles possible entre Davenport et Shaw. J'ai enfilé un jean noir et un tee-shirt, et je suis allé me passer de l'eau sur le visage dans la salle de bains. Le téléphone sonnait pendant que je me brossais les dents et Mark a décroché juste quand je crachais dans le lavabo.

– Quoi de neuf, gamin ?

Je regardais mon visage mal rasé dans le miroir et j'ai décidé que comme je n'avais pas de cheveux en ce moment j'allais laisser pousser, peut-être garder un bouc.

– Salut Mark, désolé de te déranger, mais j'ai un problème et j'ai besoin de tes conseils.

– Tu as énervé ta jolie fille ?

J'ai rigolé et me suis appuyé contre le lavabo.

– Ouais, mais j'ai réussi à régler ça tout seul, mais c'est pour elle que je t'appelle. Elle a un ex pas net qui ne veut pas comprendre qu'elle dit non. Il s'est pointé à son boulot, il la suit, il l'appelle un million de fois dans la journée et c'est un ami de la famille, donc ses parents cherchent la moindre excuse pour qu'ils soient ensemble. Ce week-end, il l'a coincée quand elle était seule et il l'a secouée, bousculée. Il lui a laissé des bleus sur les bras et l'a menacée en lui disant ce qu'il allait lui faire si elle n'accepte pas de se remettre avec lui.

– Je suis surpris que tu ne sois pas en prison.

– Elle ne m'en a parlé qu'après que l'on est partis de chez ses parents, et je lui ai déjà dit très clairement de la laisser tranquille.

– Comment il s'appelle ?

– Gabe Davenport.

Il a sifflé longuement et je visualisais Mark en train de faire les cent pas.

– Ce ne serait pas le fils du juge Davenport, par hasard ?

– Sûrement. Il n'arrête pas de balancer que je ne peux rien contre lui parce que son père est important.

– Il a peut-être raison. Je dirais qu'il faut demander une ordonnance de protection personnelle le plus vite possible, mais il y a des risques que ça ne passe pas si Davenport voit que son fils est impliqué.

– C'est dégueulasse.

– Oui, mais il faut quand même essayer ; sinon il n'y aura rien dans son dossier. Il faut que tu gardes la tête sur les épaules, gamin. Le nom Davenport est assez puissant dans le système judiciaire, et vaut mieux ne pas se les mettre à dos.

J'ai passé une main anxieuse sur ma tête.

– Je ne le laisserai pas s'approcher d'elle, Mark, c'est aussi simple que ça.

– Tu as raison, mais ne va pas chercher les ennuis. Elle sera une cible facile si tu t'attaques au fils et que tu te retrouves enfermé.

– Je suis énervé, Mark, mais je ne suis pas bête. Je veux qu'elle soit en sécurité et que ce mec baisse d'un ton ou deux, mais je suis bien conscient que lui casser la gueule n'arrangera rien. En revanche, s'il vient me chercher, je ne promets rien.

– S'il vient te chercher, mets-le par terre, mais rappelle-toi que les gars comme lui se battent avec des lois et des règles, pas à mains nues. Dis à Shaw de faire très attention, de toujours avoir quelqu'un avec elle, et renseigne-toi pour lui prendre un Taser ou une bombe lacrymo, et dis-lui que s'il vient la voir ou s'il la touche, qu'elle appelle la police tout de suite. Elle peut faire reconnaître le harcèlement s'il continue à la suivre et une fois que la police est saisie, un juge ne peut pas faire grand-chose pour se débarrasser du rapport. Donne-lui mon numéro au cas où, dis-lui de m'appeler si elle a des questions ou même juste pour discuter. Comme je disais, c'est une fille à part que tu as trouvée, gamin. Garde un œil sur elle.

– Je fais de mon mieux.

– Je sais, et Rule… ça fait du bien de te voir enfin te poser. Tu m'as toujours un peu fait penser à mon fils, libre et insouciant, mais il te fallait quelque chose qui te donne un but. Pour mon fils, c'était de se battre pour notre liberté et de protéger son pays, pour toi je pense que c'est de comprendre que tu mérites l'amour et l'affection qu'une fille comme elle peut t'offrir. Prenez soin de vous, je viendrai aux nouvelles.

J'ai raccroché le téléphone quand la porte s'est ouverte et que Shaw a passé sa tête dans l'ouverture.

– Allez, viens manger et on y va.

Je l'ai regardée, je veux dire vraiment regardée, et ce truc glissant dans ma poitrine s'est soudain posé pile au centre. Elle a écarquillé ses yeux verts quand je l'ai tirée dans la salle de bains et que je l'ai placée entre mes jambes écartées pour qu'elle soit contre mon torse, et j'ai posé mon menton sur le dessus de sa tête. Parfois, notre différence de taille était exquise.

– Ça va ?

Elle a passé ses mains autour de ma taille et m'a serré fort.

J'ai lâché un soupir que j'avais l'impression de retenir depuis un siècle. Tout à coup, je savais que peu importait ce qu'en pensaient mes parents, peu importait ce qu'il se passerait dans l'avenir – proche ou lointain –, je savais que, pour une fois, je faisais exactement ce qu'il fallait.

– Ouais, ça va bien. Mieux que ça, même.

– OK, bon, je ne veux pas être en retard alors viens manger des pancakes et emmène-moi à la fac.

Elle m'a donné une petite tape sur les fesses et a bondi hors de la pièce. J'ai secoué la tête en riant doucement et je l'ai suivie. Rome était réveillé et assis à table, il l'écoutait raconter le brunch étrange d'hier, mais Nash n'était nulle part à l'horizon. Je leur avais raconté à tous les deux ce qu'il s'était passé avec le Polo hier, et je crois qu'ils étaient hyperattentifs à ce que je ne déraille pas. Mon frère m'a lancé un regard interrogateur quand je me suis assis, mais je ne voulais pas rentrer dans les détails alors que Shaw sautillait en nous servant le petit déjeuner.

– Tu es toujours d'accord pour aller chercher la voiture avec moi ?

– Ouaip, mais je vais passer chez Papa et Maman tant qu'on y sera. Tu veux venir ?

Je lui ai fait un doigt d'honneur car il savait que voir mes parents était bien la dernière chose que je voulais faire.

– Je ne peux pas. De toute façon, j'ai un rendez-vous à midi.

Shaw a posé des assiettes en face de nous et s'est assise à ma droite. Elle m'a adressé un sourire chaleureux et j'ai su que, au-delà du sentiment que cela me procurait, c'était ce qui m'avait manqué depuis si longtemps. Je me sentais chez moi. Cette fille, mon frère, mes amis et tout ce dont je m'étais entouré faisait sens tout à coup, et j'ai trouvé une clarté d'esprit que je n'avais plus connue depuis la mort de Remy. J'aimais ma famille, mais je n'avais jamais eu l'impression d'en faire partie. Ce monde que j'avais construit, cette vie que je menais était bien, remplie de gens solides qui me voyaient comme j'étais et m'aimaient quand même. Ma gorge s'est serrée et j'ai dû cacher ma montée d'émotion derrière mon jus d'orange, sinon je risquais de chialer comme un bébé. Je me suis éclairci la voix.

– Je vais emmener Shaw à la fac et après je reviens te chercher, ça te va ?

– Pas de problème. Je vais réveiller Nash et voir s'il veut faire un tour à la salle de sport pendant ce temps-là.

J'ai jeté un regard à Shaw.

– Tu demanderas à Ayden de t'accompagner au travail après les cours, hein ?

Elle a hoché la tête et a continué à manger son petit déjeuner.

– Tant mieux. J'irai te chercher au bar quand ton service sera terminé. Ta voiture sera là, tu pourras décider plus tard si tu veux rester ici ou aller chez toi.

Elle a haussé une épaule.

– Je ne sortirai pas avant deux heures du matin. C'est le match du lundi soir, il va y avoir du monde. Je resterai sûrement ici, en plus il faut que tu m'emmènes acheter un nouveau téléphone demain.

– Pourquoi est-ce qu'il te doit un téléphone ?

J'ai lancé un regard noir à mon grand frère mais elle a répondu avant que je dise à Rome de la fermer.

– J'ai cassé le mien par accident et Rule m'a proposé de le remplacer.

– C'est vrai ? Ce n'est pas le genre de mon petit frère.

Je savais qu'il essayait simplement de m'agacer, mais après une telle nuit de sexe, avec Shaw à portée de main et une assiette de pancakes en face de moi, c'était impossible. Je lui ai fait un sourire en coin et me suis étiré sur ma chaise pour passer mon bras dans le dos de Shaw.

– Je commence un nouveau chapitre.

Il a ricané, ses yeux si semblables aux miens pleins d'humour réprimé.

– Si tu attaches de l'importance à quelqu'un d'autre comme ça, c'est plus qu'un chapitre, c'est un nouveau livre, mais tant mieux pour toi. C'est un changement positif pour toi d'être attentionné.

– Va te faire foutre.

Shaw a levé les yeux au ciel et a laissé sa fourchette tomber sur l'assiette.

– Vous êtes tous les deux ridicules et je vais être en retard, on y va.

Je me suis penché et lui ai fait un bisou sur la joue.

– Donne-moi le temps de trouver des chaussures et on est partis. Va prendre tes affaires. Merci pour le petit déj.

– Pas de problème.

Elle a trottiné jusqu'à la chambre et je me suis levé. J'ai jeté un regard mauvais à mon frère.

– Je sais être gentil.

– Seulement quand tu veux quelque chose en échange.

– Certes. Je la veux, elle.

– D'après ce que je vois, tu l'as déjà.

– Maintenant il faut juste que je me débrouille pour ne pas tout foutre en l'air.

Rome s'est levé aussi.

– Tu y arriveras, Rule. Pour ce qui compte, tu y arrives, souviens-toi de ça. Eh, qu'est-ce que t'a dit ton copain flic ?

– Qu'elle doit faire attention, et il veut que je lui prenne un Taser ou une bombe lacrymo. Il pense que le petit con est bien protégé grâce à son vieux, mais en gros il m'a dit que s'il tentait quelque chose avec moi, je pouvais le mettre par terre. C'est vraiment pourri, il ne devrait pas avoir le droit de lever la main sur elle et de survivre.

– On gardera un œil sur elle et tout restera sous contrôle, tu sais qu'on est avec toi, petit frère.

J'ai fait une grimace et ai baissé la voix parce que j'avais entendu Shaw dans le couloir.

– S'il lui arrive quelque chose, Rome, je deviendrais fou. Je veux dire, je sais que j'ai un peu pété les plombs quand Remy est mort mais quelque chose me dit que si cette fille est blessée ou pire, je ne pourrai pas m'en remettre.

Je crois qu'il allait répondre quelque chose mais Shaw est arrivée, m'a pris par le coude et m'a tiré sans subtilité pour me faire comprendre qu'elle était prête. Elle a fait un signe de la main à Rome et m'a pressé vers le pick-up. Il faisait froid dehors, alors j'ai enroulé un bras autour d'elle et l'ai tirée près de moi. Elle a frotté son nez froid dans mon cou et a rigolé quand je l'ai insultée.

– Il te faut un bonnet.

Ma tête fraîchement tondue était glacée, mais j'étais un dur donc j'ai juste relevé la capuche de mon sweatshirt et j'ai haussé mon sourcil percé.

– C'est mieux ?

– Comme tu veux, macho man. Merci d'aller chercher ma voiture.

– T'inquiète, pense à rester attentive à la fac aujourd'hui. Je ne veux pas que le Polo te croise par hasard en allant en cours, ou une connerie comme ça.

– Le Polo ?

– Davenport, il porte tout le temps des polos à la con.

Elle a rigolé si fort que j'ai dû la tenir pour qu'elle reste debout, et la pousser pour qu'elle grimpe dans le pick-up. Non pas que cela m'ait dérangé, cela m'a donné l'occasion de palper son sublime derrière.

– Ça, c'est vrai. J'irai à tous mes cours avec quelqu'un. Il y a une fille, Devlin, qui suit presque tous les mêmes cours que moi, et on a quelques groupes de révision en commun, je resterai avec elle. Je ne crois pas qu'elle adore Gabe non plus alors ça ne devrait pas être compliqué de lui demander.

– Cool. Qu'est-ce que tu veux, comme téléphone ? Je ne veux pas que tu attendes jusqu'à demain. Je m'arrêterai en revenant de Brookside pour en prendre un.

Elle a haussé les épaules et s'est mise à tripoter mon iPod jusqu'à ce que le son enfumé de Lucero emplisse l'habitacle.

– Je m'en fiche. Le même que l'ancien, ça me va. Il faut que je transfère mes contacts, par contre.

– Je m'en occuperai.

Elle m'a fait un grand sourire et s'est déplacée pour pouvoir poser sa main sur mon genou. Ses doigts battaient la mesure du rock teinté de country tandis que nous traversions la ville vers l'université. Cela ne nous a pris qu'une vingtaine de minutes car il y avait peu de monde. Cependant, il allait sûrement bientôt neiger et je me voyais déjà décaler mon rendez-vous au salon. Elle voulait que je me gare dans la rue pour la déposer mais je voulais la surveiller le plus longtemps possible, aussi, j'ai garé le pick-up sur une place payante et je lui ai dit que je l'accompagnais à son premier cours. Elle a levé les yeux au ciel mais n'a pas discuté quand je lui ai ouvert la portière et que je l'ai aidée à descendre.

Je l'ai à nouveau logée contre mon corps et j'ai traversé le campus avec elle, en me disant que c'était la première fois que j'étais sur un campus universitaire pour autre chose qu'une fête. Plusieurs personnes lui ont dit bonjour ou fait signe de la main, elle répondait gentiment et j'ai bien vu les regards curieux que nous attirions. Je suis certain que nous faisions un drôle de couple, et ses camarades de classe n'avaient probablement pas l'habitude de la voir sans son attirail de fille de riches. Nous nous sommes arrêtés devant un bâtiment impressionnant et elle a penché sa tête en arrière pour me regarder. Ses yeux verts étaient brillants, ses cheveux en bordel sexy à cause de moi et de l'air frais du Colorado, et son nez était d'un rose des plus charmants et je crois que je n'avais jamais rien vu d'aussi mignon.

– Sois prudent sur la route. Je suis d'accord avec ton frère, je crois que tu devrais essayer d'aller voir tes parents tant que tu es là-bas.

Je ne voulais pas me disputer avec elle alors je l'ai embrassée voracement, avec assez de langue et de force pour qu'elle sache que je penserais à elle toute la journée. Je me suis dit qu'elle n'aimerait peut-être pas cette marque d'affection en public, mais il ne lui a fallu qu'un battement de cœur pour remonter ses mains sur mon torse et s'enrouler autour de mon cou. Elle m'a rendu mon baiser avec tout autant de ferveur et, quand elle est retombée sur ses pieds, elle respirait fort et ses joues commençaient à joliment rougir.

– Sois prudente aussi. À tout à l'heure. Je t'apporterai ton téléphone au bar après le boulot. Pense à ne pas rester seule, quand tu peux. Et Shaw…

Elle a croisé mon regard et ses yeux étaient déjà amusés.

– J'aime bien te voir aller à la fac dans mes vêtements, c'est carrément sexy.

Elle s'est levée sur la pointe des pieds et a embrassé le bout de mon nez glacé.

– Je suis d'accord. Par ailleurs, ce n'est pas bien d'avoir changé de sujet comme ça, mais j'ai compris, donc on se voit ce soir.

Je l'ai regardée monter les escaliers du bâtiment et elle s'est arrêtée en haut, où une fille semblait l'attendre. Elle lui a souri et lui a dit bonjour. J'ai entendu l'autre fille lui demander, d'une voix surprise et assez forte pour que je l'entende d'en bas :

– C'était qui, ça ?

J'étais curieux de connaître sa réponse étant donné que nous n'avions pas vraiment mis ça au clair. J'ai entendu son rire nettement à travers l'air hivernal.

– C'est Rule.

– Je ne savais pas que tu avais un nouveau copain.

– Ben il n'est pas vraiment nouveau, mais oui.

J'étais son copain. C'était ma copine. C'était bizarre, non ? En vingt-deux ans de vie, je n'étais pas resté assez longtemps avec une fille pour l'appeler ma copine ; je n'avais même pas vraiment de copines dans le sens d'amies. Shaw était aussi ce qui se rapprochait le plus de ce rôle. J'étais son copain et cela me donnait envie de danser et de donner des coups de poing dans le vide. Au lieu de ça, je lui ai fait un clin d'œil quand elle s'est retournée et j'ai rigolé lorsqu'elle m'a répondu en me tirant la langue. Pourquoi est-ce que je n'avais pas réalisé plus tôt que m'ouvrir à quelqu'un me rendrait heureux, qu'elle me rendrait heureux ? Je ne me souvenais pas de la dernière fois où j'avais autant ri, et même au lit elle rendait les choses marrantes. Elle rendait tout mieux, et je savais que je voulais faire la même chose pour elle.

J'ai envoyé un texto à Rome pour lui dire que j'étais en route et il m'a répondu que Nash et lui sortaient de la salle de sport, qu'il serait donc prêt à partir quand j'arriverais. J'ai changé la musique pour mettre *The Bloody Hollies* et me suis éclaté sur le trajet. J'ai récupéré le vieux téléphone de Shaw dans son sac et mon frère et en trente secondes nous étions sur l'autoroute, direction Brookside. Les premières bourrasques de neige commençaient à s'écraser sur le pare-brise juste quand nous arrivions sur la nationale, et je savais parfaitement les conséquences que cela aurait sur mon planning pour le reste de la journée. En fait, avant même que nous n'arrivions à Brookside,

Nash m'a appelé pour me dire que mes clients de midi et de 14 heures voulaient décaler leur rendez-vous à cause de la météo, donc je n'avais plus cette excuse pour rentrer rapidement sans voir mes parents.

Rome, pas bête, écoutait la conversation et a lancé un regard interrogateur vers moi.

– Ça ne te tuera pas de t'arrêter et de dire bonjour une minute. On peut même y aller avant, comme ça ils ne nous demanderont pas pourquoi on a la voiture de Shaw.

– C'est juste que je ne vois pas l'intérêt.

– L'intérêt, c'est que peu importe ce qu'ils ressentent, ce sont toujours nos parents et tu ne peux simplement pas les laisser tomber.

– Pourquoi pas ? Ils m'ont laissé tomber à la seconde où le bon jumeau a été déclaré mort.

– Arrête et sois un homme. Tu peux encaisser une visite de cinq minutes à Maman et Papa, ne serait-ce que pour dire que tu as essayé. Ça fera plaisir à Shaw de savoir que tu as fait un minimum d'efforts, au moins. N'oublie pas qu'ils sont plus sa famille que ses vrais parents, alors si vous continuez ce que vous faites à long terme, il faudra que tu lui montres que même si Maman ne veut pas céder, au moins tu auras essayé.

Il avait raison et cela m'a complètement retourné l'estomac. En ce moment, Shaw faisait tout pour reconstruire une passerelle et forcer la main de ma mère pour qu'elle me voie et m'accepte. Mais vu comment son affreuse mère biologique la traitait, j'étais sûr que sa rupture avec mes parents ne durerait pas longtemps, ce qui voulait dire que je devais trouver ma place dans ce puzzle. Cela ne me tuerait pas d'essayer, mais cela allait être gênant et mettre tout le monde mal à l'aise, j'en étais sûr.

– D'accord, on peut s'arrêter mais n'aie pas trop d'espoir. Je n'ai aucune nouvelle d'eux depuis le brunch d'où je suis parti.

– La fierté des Archer est dangereuse. Si on n'y fait pas attention, elle va détruire toute la famille.

Je n'ai répondu que par un grognement et j'ai essayé de me dire que cela n'allait pas seulement faire plaisir à Shaw mais que c'était clairement important pour Rome aussi, et s'il y avait bien une personne au monde pour qui je ferais n'importe quoi, c'était mon frère. Rome ne me demandait jamais rien, me donnait son soutien et son approbation en permanence, même quand ça le mettait en porte-à-faux avec le reste de la famille. Je lui devais d'au moins essayer de rafistoler ce qui était brisé. Nous avons fait le reste de la route en silence ; je voyais Rome me regarder subrepticement tout du long. Je crois qu'il attendait que je loupe la sortie ou que je pète un câble et change d'avis, mais je me répétais que je n'avais pas besoin que mes parents aient le même regard sur moi que celui qu'ils avaient sur lui pour rentrer à la maison et que ça aille bien. Avant, cela me déchirait et me faisait agir comme un adolescent perturbé qui cherche la bagarre. Maintenant je savais que, chez moi, j'avais un boulot qui déchirait, un frère qui était une vraie star, une fille éblouissante qui craquait pour moi malgré tous mes problèmes, et un bon groupe d'amis prêts à me supporter et à me soutenir quoi qu'il arrive. Le vide qu'avait laissé la mort de Remy ne serait bien sûr jamais rempli, mais j'avais une bonne vie et ils devraient être fiers de moi. S'ils ne l'étaient pas, ils pouvaient aller se faire foutre.

Les deux voitures de mes parents étaient dans l'allée quand nous sommes entrés dans leur rue. J'ai sifflé entre mes dents et j'ai essayé de ne pas sursauter quand Rome m'a tapé sur l'épaule et m'a poussé doucement.

– Allez, on ne reste pas longtemps.

Quand j'ai sauté du pick-up, mes bottes ont fait voler des petits tas de neige. Je voyais mon souffle quand je respirais, ce qui voulait dire que le temps n'allait pas s'arranger avant notre retour. Je savais que Rome avait une clef, mais comme j'étais avec lui, il s'est arrêté devant la porte et a frappé, se reléguant tout comme moi au statut d'étranger. J'ai entendu du mouvement derrière la porte et il a fallu quelques minutes avant que mon père ne vienne ouvrir. Il nous a regardés avec surprise et je dois admettre que j'étais content de voir qu'il était aussi surpris de voir Rome que moi.

– Les garçons ? Qu'est-ce que vous faites là ?

Il a ouvert la porte moustiquaire et nous a fait entrer dans la maison bien chauffée. Je frottais mes mains pour les réchauffer aussi n'a-t-il même pas essayé de me faire un câlin après avoir enlacé Rome, ce qui m'allait très bien car je n'étais pas sûr que nous en soyons capables.

– Rule avait quelque chose à faire dans le coin avant le travail, donc je me suis dit qu'on pourrait s'arrêter dire bonjour. On ne vous dérange pas ?

– Non, ta mère est devant la télé.

Son regard s'est posé sur moi.

– Je suis étonné de te voir, mon fils.

Je voulais lui répondre de façon désinvolte, mais dans l'intérêt de la paix j'ai fait un demi-sourire et j'ai répondu :

– Ouais, j'imagine. Rome s'est dit que ce serait bien.

– Rule, tu es chez toi, tu es toujours le bienvenu ici.

J'avais envie de dire que je ne m'étais pas senti bienvenu ici depuis plus de trois ans mais je me suis contenté de hocher la tête et de dire :

– Merci, Papa.

– Qu'est-ce que tu avais à faire ici, à une heure de route sous la neige ?

J'ai passé ma main sur ma tête et jeté un regard en biais à Rome.

– Euh… En fait j'ai dit à Shaw que je viendrais chercher sa voiture. Elle l'a laissée ici quand elle est venue voir ses parents.

– Shaw était à Brookside ce week-end ? Il vaut peut-être mieux ne pas le dire à ta mère. Elle a du mal à accepter la limite que Shaw a posée. Cette petite est aussi têtue que vous, les gars, et je crois que Margot ne s'était pas préparée à ce qu'elle campe sur ses positions comme elle le fait. C'est terriblement gentil de l'aider, Rome.

J'ai levé les yeux au ciel à cause de cette déduction automatique, bien que je lui aie déjà dit que c'était moi qui venais. Je n'allais rien répondre, mais Rome a ricané et a posé la main sur l'épaule de mon père.

– Pas moi, Papa. Shaw et Rule ont fait la paix. Tu devrais les voir, ils sont civilisés et passent du temps ensemble comme des gens normaux. C'est lui qui lui a dit qu'il viendrait chercher la voiture, je suis embauché comme deuxième conducteur.

Mon père m'a regardé au-dessus de l'épaule de Rome, et la surprise se lisait sur son visage.

– C'est vrai ? Vous avez toujours été opposés, tous les deux, même quand vous étiez jeunes.

J'ai haussé les épaules.

– J'essaie de mûrir un peu. Elle fait partie de ma vie depuis longtemps et j'essaie de voir ça sous un autre jour. On s'entend bien.

En plus, passer le plus temps possible tout nu avec elle était devenu ma priorité numéro un et faire en sorte qu'elle soit heureuse et protégée avait l'effet bonus de me rendre heureux, ce qui était si nouveau pour moi que je ne savais pas trop comment faire.

– Eh bien, tu pourras peut-être lui dire combien c'est difficile pour ta mère de ne plus la voir. Ce serait parfait si tu pouvais la convaincre de venir faire un tour.

– Elle a des raisons de garder ses distances, Papa.

Mon ton s'est durci par réflexe, mais j'ai gardé une expression neutre pour essayer de retenir la tension qui montait alors que nous entrions dans le salon où ma mère regardait la télé sur le canapé. Ses yeux ont sauté de Rome à moi, puis à nouveau sur Rome. Même à l'autre bout de la pièce, je sentais l'agacement qu'elle dégageait.

– Qu'est-ce que tu fais là ?

Elle ne regardait même pas Rome, ses yeux étaient collés sur moi et sa colère était comme un coup de fouet sur ma peau. J'ai enfoui mes mains dans mes poches et ai soutenu son regard sans ciller. Cette fois, je ne la laisserais pas me pousser à bout, je le devais à mon frère et à ma copine.

– Je suis juste passé dire bonjour et voir comment vous alliez.

– Je ne veux pas te voir ici.

Rome s'est raidi derrière moi et j'ai entendu mon père prendre une inspiration, mais cela ne m'étonnait pas.

– Je sais, mais je me suis dit que ça ne me tuerait pas d'essayer d'arranger les choses.

– À quoi bon ? Tu gâches toujours tout.

Sa voix était rauque et je jure que je pouvais voir la haine qu'elle nourrissait à mon encontre accrochée à chacune de ses syllabes. Mon père a fait un pas en avant mais Rome l'a retenu.

– Margot, ça suffit. Ce garçon est notre fils, pas un inconnu que l'on va mettre à la rue.

– Papa, ce n'est pas grave. Je sais ce qu'elle pense et elle ne l'a jamais caché.

– À quoi t'attends-tu, Rule ? Ton frère est dans un cercueil à cause de toi, et la gamine que je considère comme ma fille ne veut rien avoir à faire avec moi. Tu es un poison pour cette famille.

C'était un peu plus direct et un peu plus violent qu'à l'accoutumée, mais c'était enfin sur le tapis. Je me suis frotté les yeux et j'ai laissé échapper un soupir. Mon père et Rome essayaient de parler en même temps, ils essayaient tous les deux de lui faire retirer les mots horribles qu'elle venait de prononcer, lui dire que tout cela était faux, mais sans succès.

– Eh, eh, tout le monde se calme. C'est pas grave, allez Rome, ne fais pas comme si tu étais choqué. Elle m'en a toujours voulu de l'avoir appelé ce soir-là pour qu'il vienne me chercher, ce n'est pas grave, je comprends. D'ailleurs, je m'en suis aussi voulu pendant longtemps avant de comprendre que ça aurait pu arriver pour mille raisons différentes. C'était un accident, un accident qui a emporté quelqu'un qu'on aimait tous, mais un accident quand même. Elle pourrait en vouloir au chauffeur du camion, elle pourrait en vouloir à Remy d'avoir conduit trop vite, elle pourrait en vouloir à Dieu pour la pluie ou même au docteur des urgences de ne pas avoir été assez bon, mais non, elle m'en veut à moi et ce sera toujours comme ça, et ça me va si c'est ce qu'il lui faut pour tenir le coup. Je peux porter ce fardeau.

Ils me regardaient tous les trois avec de grands yeux. C'était probablement la plus longue tirade que j'avais faite à mes parents en cinq ans, sans hurlements ni crise de nerfs.

– Shaw est une fille intelligente et elle a de fortes convictions, donc je refuse que tu me reproches tes actes et leurs conséquences avec elle. Elle t'a dit clairement ce que tu devais faire pour préserver ta relation avec elle, et tu as refusé. Tu ne peux en vouloir qu'à toi-même.

– Tu ne sais rien de Shaw. Elle ne joue pas du tout dans la même catégorie que toi ; Remy et elle étaient sur une bien meilleure voie que ce dont tu pourrais rêver.

J'ai secoué tristement la tête et ai fait un signe vers la porte.

– Maman, tu ne comprends pas. Shaw est la personne la plus aimante, gentille et compatissante du monde. Elle serait capable de se manger le bras plutôt que de doubler les gens qui comptent pour elle. Elle se fiche de quelle voie prendre, tant que ceux qu'elle aime sont au bout du chemin et heureux.

Je m'en vais. J'ai des trucs à faire. Papa, c'était sympa de te voir. Rome, je vais dans le pick-up.

Je me suis retourné pour redescendre les escaliers et sortir par la porte d'entrée mais sa voix froide m'a glacé sur place.

– Ne t'approche pas de Shaw, Rule. Tu vas juste finir par lui faire du mal, comme à ton frère.

J'ai eu envie de lui dire que c'était trop tard pour me donner cet avertissement. Que je commençais à connaître Shaw d'un bout à l'autre, et qu'elle devenait une partie essentielle de moi-même, mais je n'ai répondu à son regard froid que par un autre regard qui contenait sûrement une tristesse résignée.

– Si tu veux la ramener dans la famille Archer avec une telle attitude, bon courage, Maman. Continue comme ça et les poules auront des dents avant qu'elle repose un pied dans cette maison.

– Pourquoi elle te choisit au lieu de cette famille, ça me dépasse.

Je lui ai donné la seule réponse possible :

– Parce qu'elle pense que je le mérite.

J'ai lancé un regard fade à Rome et l'ai contourné en évitant soigneusement mon père. Je ne me suis pas retourné pour voir s'ils me suivaient, mais quand je suis sorti, j'ai lâché un soupir refoulé et ai regardé la rue recouverte de neige. Ses mots m'avaient blessé, ils me blessaient toujours, mais au lieu de me sentir seul et autodestructeur comme d'habitude, maintenant je voyais bien que les problèmes venaient d'elle et que je ne pouvais rien faire pour la faire changer d'avis à moins qu'elle n'aille volontairement se faire aider.

J'avais joué le rôle d'accusé depuis trop longtemps pour avoir quelque forme de clarté à lui offrir.

– Rule.

J'ai sursauté en entendant la voix de mon père. Il s'était arrêté pour mettre une veste mais m'avait suivi dans l'allée. Rome n'était pas avec lui. J'ai bougé mes pieds dans la neige et ai enfoncé mes mains dans le fond des poches de mon sweatshirt.

– Il faut qu'on en parle.

– On voit que je suis le bienvenu chez moi, hein Papa ?

Je l'ai regretté au moment même où je l'ai dit. Il y avait toujours un petit garçon au fond de moi qui voulait l'approbation de ses parents, et j'avais beau essayer, je n'arrivais pas à lui fermer son clapet.

– Désolé, c'était con.

Mon père a secoué la tête et, pour une fois, j'ai vu un remord sincère dans son regard.

– Je n'avais pas idée que ça en était à ce point-là avec ta mère, Rule. Je ne suis pas fan des cheveux bariolés, des tatouages sur tout le corps, et ça m'agace au plus haut point que tu t'habilles comme un voyou uniquement pour nous embêter, mais je ne t'ai jamais reproché ce qui est arrivé à Remy. Vous étiez deux garçons très différents, depuis toujours, mais je vous aimais tous les deux autant. J'ai entendu ce que ta mère a dit à l'enterrement mais je me suis convaincu que c'était la douleur, la peine exagérée d'une mère qui a perdu son fils trop jeune. Je pensais sincèrement qu'elle arriverait à sortir du chagrin et de la dépression, mais avec ce qu'elle vient de dire, je comprends Rome. On a besoin d'aide, elle a besoin d'aide. Je n'interdirai jamais à mon enfant de venir chez moi, cheveux roses, bleus, verts, au fond ça ne compte pas parce que je t'aime et je veux juste que tu sois heureux et que tu aies une belle vie. Je préférerais que tu évites d'énerver le vieil homme que je suis à la moindre occasion mais je ne veux pas que tu penses que j'ai un jour souhaité que ce soit toi au lieu de Remy dans cette voiture. Ça n'aurait jamais dû arriver à cette famille, mais c'est fait, et tu as absolument raison, c'était un accident.

J'ai fixé mon père comme si j'avais un inconnu en face de moi. Il faisait froid et je ne sentais plus mes orteils, mais le sang battait fort dans mes veines.

– Tu ne m'avais jamais dit tout ça. En général, tu t'énerves et tu t'en vas ou tu laisses Maman s'en prendre à moi dès qu'elle le peut.

– J'ai toujours eu du mal à trouver un lien avec toi, Rule. Rome était mon pote, Remy était le meilleur ami de tout le monde et toi, eh bien tu faisais ta vie, déjà tout petit, et je n'ai jamais eu l'impression que tu aies besoin que l'on te guide pour t'aider à aller là où tu voulais. Ta mère est fragile, plus que je ne le pensais, mais je crois que je continuais à espérer qu'elle s'en sorte toute seule. Plus on était durs, plus tu résistais, tu ne l'as jamais laissée t'atteindre comme elle le voulait, je crois. J'aurais dû y mettre fin il y a des années, mais maintenant je crois que je vois combien ce qu'on a fait a pu t'abîmer.

– Elle veut que je sois Remy.

Le dire à voix haute à mon père, c'était comme lâcher tous les secrets bien gardés dans ma vie.

Il a toussé et a frotté ses grosses mains entre elles.

– Elle veut avoir avec toi la relation facile qu'elle avait avec Remy. Remy n'avait pas l'esprit de contradiction, il ne créait pas de problèmes, il suivait le courant. Rome savait qu'on ne voulait pas qu'il s'engage dans l'Armée, mais il l'a fait quand même parce qu'il est têtu et veut faire une différence dans le monde. Tu n'as jamais été facile à vivre et complaisant. Tu détestais avoir la permission de telle heure et toutes les règles que l'on t'imposait, tu as toujours été créatif et décalé. C'était dur de se connecter à toi – on te disait d'aller à gauche, tu allais en arrière. Elle n'a plus de fils qu'elle peut diriger, à qui dicter sa conduite. Ça lui manque de n'avoir personne à materner, ça n'a jamais dérangé Remy qu'elle le fasse, ni Shaw, mais maintenant Shaw a choisi son camp et Margot régresse rapidement.

– Papa, je ne peux pas revenir ici, pas comme ça. Je suis content d'avoir entendu tout ce que tu m'as dit aujourd'hui, d'ailleurs j'aurais aimé l'entendre il y a des années, et peut-être qu'aujourd'hui je ne traînerais pas cette longue liste de mauvais choix, mais je ne serai plus son bouc émissaire.

Il a soupiré, a regardé la porte et Rome qui nous rejoignait avec un air furibond.

– Quelque chose me dit que tu n'es pas le seul Archer à avoir pris cette décision.

– Shaw aussi. Je ne laisserai pas Maman la manipuler dans ce bordel.

– Ouais, moi non plus. Elle est comme ma fille.

Rome a rejoint notre petit groupe et il avait l'air bien en colère. Mes yeux clairs avaient tendance à tourner au gris ou à l'argenté quand je ressentais une émotion forte, mais ceux de mon frère s'allumaient d'un bleu vif, la couleur de la base d'une flamme.

– Elle a perdu la tête, putain. Sérieusement, Papa, il faut qu'elle voie un psy et peut-être qu'elle prenne des médicaments. Je n'arrive pas à croire qu'elle a dit ces conneries à Rule.

Mon père a encore soupiré et bougé pour faire tomber par terre les petits tas de neige qui s'étaient formés sur ses épaules.

– Je sais, fiston. Je viens de dire à Rule que le problème est plus grave que ce que je pensais.

– Je n'ai plus que quelques semaines de permission ; fais-lui comprendre que je ne reviendrai pas à moins qu'elle ne récupère sa tête. J'ai essayé de lui dire mais elle a commencé à cracher des absurdités, comme quoi Rule faisait un lavage de cerveau à tous ceux qu'elle aime. Elle l'a complètement diabolisé, son propre fils. Je refuse de soutenir la façon dont elle le traite.

– Vous êtes tous les deux des bons gars. Pour l'instant, prenez soin de vous et je vais m'occuper de votre mère. Je vous aime tous les deux. Ne nous laissez pas tomber tout de suite.

Nous avons partagé une tournée d'accolades avec de grandes tapes dans le dos avant que Rome et moi ne remontions dans le pick-up. J'ai dû laisser le moteur géant chauffer avant que le radiateur envoie de l'air chaud, alors pendant que nous attendions, je regardais le pare-brise enneigé, les yeux dans le vide, tandis que Rome continuait à blablater sur Maman. Il était dégoûté par sa réaction à ma visite surprise, mais moi pas. En revanche, j'étais abasourdi par tout ce que mon père m'avait dit. Je ne me souvenais pas de la dernière fois que quelqu'un m'avait dit qu'il m'aimait, à part mes frères. J'avais oublié combien cela me faisait du bien.

– Tu veux prendre la BM ou le pick-up, vu que ça neige bien maintenant ?

– La BMW. Je t'ai vu conduire, petit frère. Tu ne rentreras pas à Denver en un seul morceau dans une voiture de sport.

C'était un bon argument. Je voulais rentrer en un seul morceau parce que je voulais prendre un nouveau téléphone pour Shaw, aller la chercher au travail et passer la nuit au lit avec elle enroulée autour de moi. Je voulais lui faire murmurer mon nom, encore et encore, de sa voix enrouée. Je n'étais pas sûr, mais cette sensation glissante dans ma poitrine ressemblait pas mal à de l'amour.

Chapitre 12
SHAW

J'essayais encore de comprendre comment fonctionnait mon nouveau téléphone. Au lieu de remplacer l'ancien par le même modèle, Rule m'avait acheté le tout dernier avec tout le tralala, et la machine était dix fois plus intelligente que moi. J'essayais d'envoyer un message à Ayden pour lui dire que je serais en retard pour notre café parce qu'un de mes cours s'était éternisé. Ces dernières semaines, je ne l'avais pas vue plus de quelques minutes alors nous avions décidé de prendre rendez-vous pour se donner des nouvelles. Elle n'était pas elle-même en ce moment. Entre les nuits où je dormais chez Rule, celles où il était chez nous, et ma vigilance constante pour éviter Gabe, cela n'avait pas été possible de me poser avec elle pour la faire parler.

Je mettais au point un assez bon rythme. Les jours où je travaillais, je dormais chez Rule, car son appartement était plus près et que cela ne le dérangeait pas de venir prendre un verre en attendant que je termine ; lui et Lou étaient meilleurs amis, maintenant. Les jours où j'avais cours ou quand je faisais du volontariat, il venait parfois pour le dîner, souvent juste avant de se coucher, et passait la nuit chez moi. J'avais décidé de ne plus faire le service du samedi pour avoir une soirée de week-end libre à passer avec lui. Il aimait bien sortir avec ses amis le vendredi et le samedi soir, donc je m'étais dit que ce serait sympa de lui laisser une soirée pour être avec ses potes pendant que je travaillais. Et puis c'était cool d'avoir une journée pour faire les magasins ou regarder un film, pour moi qui avais pris l'habitude d'être tout le temps occupée. Être avec Rule m'avait appris que mon temps était précieux et que je devais le passer à faire des choses que j'aimais, pas seulement des choses que l'on me demandait. C'est en partie pourquoi j'estimais avoir le droit d'ignorer les appels de mes parents qui se succédaient depuis mon passage à Brookside.

J'ai enfin réussi à envoyer mon texto et j'en ai reçu un qui disait qu'elle s'était déjà installée et qu'elle avait commandé pour nous. Quand je suis arrivée au café, il était plein de monde mais Ayden nous avait réservé une place près des fenêtres et jouait sur son téléphone. Une tablée de mecs un peu nazes essayait d'attirer son attention en parlant et en rigolant fort, mais elle n'avait pas l'air de s'en rendre compte. Nos moments entre filles me manquaient, et j'espérais qu'elle me parlerait de ce qui la perturbait depuis un mois, mais avec tout ce que je devais gérer aussi, j'étais bien consciente que je n'avais pas été la meilleure des amies ces derniers temps.

Je me suis laissée tomber sur la chaise en face d'elle et, pleine de reconnaissance, j'ai saisi la boisson mousseuse qu'elle avait commandée pour moi. Elle a fait une drôle de tête et a posé son téléphone.

– J'ai failli voir ton copain à poil, ce matin.

L'expression de son visage m'a fait rire.

– Je ne sais pas quoi te répondre…

Elle a retroussé le nez.

– Il n'est pas très pudique, non ?

– Vous vous êtes déjà croisés, il me semble ?

Elle a pris son café et m'a regardée par-dessus le gobelet.

– J'imagine qu'il n'a pas vraiment à s'inquiéter, hein ? Je ne sais pas comment tu fais pour ne pas être déconcentrée par tous ces dessins sur lui. Je crois que je passerais tout mon temps à regarder ses tatouages au lieu de passer aux choses sérieuses.

– C'est pas mal.

– J'imagine.

Son beau regard s'est perdu dans le vide et je ne pouvais plus le laisser passer.

– Ayden, dis-moi ce qu'il s'est passé ces derniers temps. Je sais que j'ai été absorbée par mes soucis mais je vois que quelque chose a changé. Tu as tout le temps l'air triste, et ça ne te ressemble pas.

Ses yeux couleur whisky ont regardé sur le côté, puis de l'autre côté, avant de se poser sur la table entre nous deux. Elle avait reposé son café et faisait le tour du rebord du gobelet avec son doigt.

– Je ne sais pas, enfin, je sais, mais pas vraiment.

Je me suis contentée de la regarder parce que je n'étais pas sûre de saisir le fond de sa pensée.

– Je pensais que j'avais tout prévu, les études, les garçons, mon avenir, tout. Je savais que venir de nulle part sans personne n'était pas important car j'étais sur la bonne route et j'allais faire de grandes choses. Et maintenant, je ne sais plus.

– Qu'est-ce qui t'a fait penser ça ?

– L'autre soir au bar, quand Jet m'a ramenée à la maison, je me suis presque jetée sur lui.

Je l'ai vue avoir un petit tic nerveux.

– Poliment il m'a dit que je n'étais pas son genre et que les filles sympas comme moi méritaient mieux.

– Ça me semble assez gentil et courtois de sa part, rien qui change une vie.

– Mais c'est ça, Shaw, je suis une fille sympa, maintenant ! Mais tu n'as aucune idée de la vie que je menais avant de venir vivre dans le Colorado. Quand j'étais dans le Kentucky, j'étais incontrôlable. Je faisais la fête, je trempais dans plein de trucs pas terribles, je m'amusais avec trop de mecs, et j'étais une catastrophe du début à la fin. Il a fallu un miracle pour que j'arrive dans cette fac et que je m'éloigne de tout ça, mais il y a une partie de moi qui est toujours cette fille et quand Jet m'a dit non, ces deux parties de moi se sont entrechoquées. Il est mignon, dans un groupe, et j'étais en colère, vraiment en colère quand il m'a repoussée sous prétexte que j'étais une fille bien. C'est juste que je ne crois pas que je veuille être cette fille bien. Je rumine tout ça depuis.

J'ai posé mon café et l'ai regardée en plissant les yeux.

– Tu as laissé un mec te vriller le cerveau après une seule petite rencontre ? Ça ne te ressemble pas du tout.

– Il y avait quelque chose avec ce mec, Shaw. Je ne sais pas ce que c'était.

– Ayden, tu es géniale. Je me fiche de la vie que tu avais avant parce que maintenant, tu es loyale et gentille, tu me fais rire, tu es plus intelligente que presque toutes les personnes que je connais, tu es tellement belle que c'en est ridicule, et on sait toutes les deux que ces deux dernières années, il y a eu des périodes où tu étais la seule chose qui me permettait de tenir le coup. J'ai vu Jet plusieurs fois et il est sympa, et certes beau gosse, mais c'est aussi un mec rock and roll avec des légions de groupies qui se pâment devant lui, alors ce moment que tu as passé avec lui ne mérite pas que tu doutes de toi-même et que tu te morfondes.

– … dit la fille qui s'est languie de son mec en silence pendant une demi-décennie.

Son sarcasme était mordant, mais mérité.

– Oui, et regarde comme ça m'a rendue seule et malheureuse. Tout ce que je dis, c'est que si un mec ne t'apprécie pas pour tout ce que tu as de merveilleux, c'est qu'il ne vaut pas le coup, et s'il ne veut pas souiller ta belle image – qu'elle soit vraie ou pas –, alors je suis désolée mais ça veut peut-être dire qu'il n'est pas intéressé. Tu es plutôt country et il est plutôt rock. Je veux dire, je sais que je suis en plein dans « les opposés s'attirent » et tout ça depuis longtemps avec Rule, mais peut-être que ce n'est pas vrai et que tu n'es vraiment pas son genre. J'ai vu les filles qui gravitent autour des mecs quand ils sortent. Putain, je les ai vues dans le lit de Rule plus d'une fois et crois-moi, gros cerveau, confiance en soi et ambition ne sont pas leurs plus grandes qualités.

Elle a soufflé fort.

– Peut-être. Ça m'a juste fait réfléchir à ce que j'étais en train de faire. Je vois des mecs, je passe un bon moment, j'adore vivre avec toi et je m'en sors super bien à la fac, mais j'ai l'impression qu'il manque quelque chose et quand je vois ton copain tatoué super sexy à moitié à poil avec un air endormi et satisfait, j'ai une petite brûlure près de mon cœur qui me fait mal. Je crois que je me sens seule, et je ne veux pas de quelque chose de simple sans prise de tête. Crois-moi, j'ai assez donné quand j'étais jeune.

J'ai rigolé et pris un peu de mousse avec mon doigt pour la mettre dans ma bouche. Je crois que la table de geeks en a eu le souffle coupé, mais lorsque j'ai levé les yeux ils tapaient tous frénétiquement sur le clavier de leur ordinateur.

– Et tu choisis de t'amouracher d'un chanteur de heavy metal ? Dis donc, tu as un goût fabuleux en matière d'hommes.

Elle a rigolé avec moi et s'est penchée en arrière pour croiser les jambes.

– Je pense que ça va sûrement disparaître tout seul, mais en attendant il faut que je trouve le moyen d'avancer sans oublier totalement qui je suis. Je veux dire, regarde-toi, tu n'es pas soudainement recouverte de tatouages des pieds à la tête ou de piercings partout sur le visage. Tu as pris la philosophie de Rule, fixer ses propres règles, et tu l'as utilisée pour t'adoucir et prendre le contrôle de ta destinée, pas pour te transformer en quelqu'un d'autre.

Elle avait en partie raison. Et je me suis dit que ce n'était pas le moment de lui annoncer que je pensais sérieusement à me faire percer les tétons. Rule n'arrêtait pas de me dire combien ils étaient sensibles, comme c'était facile de m'exciter, de jouer avec mes nerfs rien qu'en jouant avec. Après avoir eu de nombreuses relations sexuelles avec quelqu'un qui était percé à des endroits stratégiques, je savais exactement comment ces petits bijoux pouvaient améliorer l'expérience. Je n'avais connu que Rule, donc je ne savais pas comment c'était sans barbell sur le pénis et dans la langue. Mais vu comme c'était bon avec lui, je n'avais aucune envie de découvrir comment c'était sans ornements. Je ne voulais pas le faire pour lui, je voulais le faire pour moi, mais je n'étais pas sûre d'être prête à prendre un si gros engagement.

– Il m'influence, depuis toujours, mais je ne veux pas être avec quelqu'un qui n'est avec moi que pour me faire changer.

– Je sais, et moi non plus. Je crois que quand je suis partie de chez moi, j'avais dans l'idée que si je ne changeais pas, j'allais rester coincée dans ces habitudes pour toujours, et d'une certaine façon j'ai tout perdu de l'Ayden pré-Denver, même les bonnes choses.

J'ai tendu le bras et ai serré sa main dans la mienne.

– Peut-être que tu entres simplement dans une nouvelle phase, peut-être que tu n'es ni l'ancienne ni la nouvelle Ayden, mais une excellente incarnation des deux. Tu es bien comme ça, celle que tu étais et celle que tu veux être sont très bien.

– J'espère bien. Alors, est-ce que tu as vu Gabe ou eu des nouvelles de lui ?

J'ai secoué la tête et me suis reculée sur ma chaise.

– Non. Je l'ai vu sur le campus mais il garde ses distances. D'après le copain de Rule, l'ancien flic, le juge Davenport n'était pas content que le nom de son fils apparaisse dans un tribunal public, donc peut-être qu'il lui a mis des limites. Les gars font vraiment du bon boulot pour rester près de moi, aussi je ne pense pas qu'il ait le culot de se confronter à Rule ou à Rome. J'évite soigneusement tout contact avec mes parents. S'il essaie de se les mettre dans la poche, ça ne jouera pas en sa faveur.

– Alors, c'est quoi le plan à long terme ? Rome va bientôt devoir retourner jouer au soldat, et même si je suis sûre que Rule aime t'avoir près de lui, ça va finir par être lassant. La période lune de miel ne va pas durer toute la vie.

Cela m'inquiétait déjà. Pour l'instant, cela avait l'air de lui plaire de venir au bar, et le fait de jongler avec nos emplois du temps de fous pour que nous puissions nous voir et qu'il garde un œil sur moi ne semblait pas le déranger. Mais j'étais d'accord avec elle, cela ne pourrait pas durer éternellement.

– Je ne sais pas quoi faire. Si le système judiciaire ne peut pas m'aider et que mes propres parents se liguent contre moi, je ne vois pas de solution. Je voudrais juste qu'il trouve une autre fille acceptable socialement et qu'il m'oublie.

– Je ne sais pas non plus, mais je suis contente que tu n'essaies pas de gérer ça toute seule.

– Rule me fait du bien. J'ai l'impression que ma vie m'appartient enfin, maintenant qu'il en fait partie.

– Est-ce que tu lui as dit que tu étais amoureuse de lui, et ce depuis une éternité ?

J'ai bu quelques gorgées de mon café et j'ai avalé de travers. J'ai toussé une seconde jusqu'à ce que mes yeux se remplissent de larmes.

– Non ! Tu es folle ? Pourquoi est-ce que je ferais ça ? Il sait déjà qu'il me plaît depuis le début et je crois que rien que ça, ça lui fait bizarre. Je ne veux pas lui mettre de pression, qu'il se sente obligé de ressentir la même chose pour moi. Il veut qu'on soit ensemble et il fait un vrai effort pour être dans cette relation, et pour l'instant, c'est suffisant.

Elle a claqué la langue et m'a pointée du doigt.

– Si tu crois que tu arrives à cacher ce que tu ressens pour lui, tu te mets le doigt dans l'œil. Les sentiments que tu as pour ce garçon rayonnent autour de toi comme une lumière vive. Il le voit forcément chaque fois qu'il te regarde.

Je jouais nerveusement avec la pointe de mes cheveux.

– Eh bien il ne m'en a jamais parlé et ça me va très bien comme ça.

– Tu es vraiment bête. Tu es amoureuse de ce mec depuis que tu es ado, et maintenant que tu l'as, tu as encore peur de t'ouvrir et d'être honnête avec lui ? On pourrait se dire que tu n'as pas envie de perdre plus de temps.

– C'est de Rule qu'on parle. Il est imprévisible et ne gère pas ses émotions comme la plupart des gens. Je ne veux pas lui faire peur en étant trop intense, trop vite. J'ai vu ce qu'il fait aux gens qui le poussent trop et ce n'est pas beau à voir.

– Ça vaut ce que ça vaut, mais je pense qu'il est tout aussi accro à toi que toi à lui. Cette aura que tu as, eh bien il l'a aussi, mais de façon plus sombre et confuse.

– En tout cas, ça fait plaisir à entendre. Je ne sais pas si j'y crois, mais c'est une idée qui me plaît.

Nous avons passé plus d'une heure à discuter dans le café. Nous avons parlé des cours, et je lui ai un peu parlé de la crise de Margot quand Rule est allé chercher ma voiture. Nous avons parlé du boulot et de combien Loren était ridicule chaque fois qu'elle ouvrait la bouche. Nous avons prévu d'aller faire les magasins le week-end suivant, après un autre passage au salon de beauté. Nous nous sommes quittées sur un câlin qui, j'en suis presque sûre, a causé nombre d'érections juvéniles à la table des geeks, et j'ai pris la direction de Capitol Hill. Comme je ne travaillais pas et que Rome était retourné aux Springs pour un autre examen, j'avais promis à Rule que je le rejoindrais au salon et que j'attendrais qu'il en ait fini avec son dernier client.

Je n'étais jamais entrée dans le salon pendant les horaires d'ouverture, et quand j'ai ouvert la porte j'ai été un peu sonnée par toute l'activité qui y régnait. Derrière le comptoir, il y avait une fille avec des cheveux super courts décolorés aussi blancs que les miens et coiffés en pics dans tous les sens. Elle répondait au téléphone, gérait les gens qui erraient dans la salle d'attente et orientait les clients potentiels vers les portfolios qu'ils recherchaient. Trois autres artistes étaient installés sur les postes de travail qui n'étaient pas occupés par Nash, Rowdy ou Rule. J'ai remarqué que l'une d'entre elles était une très belle fille aux cheveux noirs et verts qui semblait sortie d'une BD. Il y avait aussi six clients, dans des positions diverses, qui se faisaient tatouer des motifs divers, en lançant des regards et des bruits d'inconfort qui provoquaient des blagues de la part de leurs amis et des tatoueurs. La sono passait *Against Me !* à fond, et l'ambiance était très énergique, enthousiasmante. J'avais du mal à imaginer que des gens puissent si bien gagner leur vie dans un environnement aussi barré, mais cela semblait convenir parfaitement à la personnalité de Rule.

Je suis restée une bonne minute devant la porte, à observer tout ce qui m'entourait, jusqu'à être bousculée par une fille dans un pantalon trop serré et des Uggs hideuses. Elle avait les cheveux crêpés en un chignon et je voyais qu'elle avait les deux bras tatoués sous son minuscule tee-shirt. Je suppose qu'elle était mignonne dans le genre vulgaire et désespéré, mais la fille derrière le comptoir n'avait apparemment pas de temps à perdre avec elle car sa voix, claire et forte, avec un soupçon d'accent de la côte Est, lui a dit non fermement et sans grâce :

– Tire-toi, Liza. Je t'ai déjà dit au téléphone qu'il n'avait pas de place avant deux semaines et il n'a pas l'intention de rester le soir pour faire tes retouches.

La fille a marmonné quelque chose que je n'ai pas entendu et s'est penchée par-dessus le comptoir. La réceptionniste, ou je ne sais quel était son poste, a levé les yeux au ciel de façon théâtrale.

– Bon, laisse-moi t'expliquer ça clairement ; tu ne l'intéresses pas. Tu es une cliente : tu lui donnes de l'argent pour qu'il te tatoue, pas pour sortir ou flirter avec toi. Il est occupé, et je veux dire vraiment occupé, alors si tu veux qu'il travaille sur toi, tu vas prendre rendez-vous et venir à l'heure prévue, comme tout le monde. En plus il a une copine, maintenant, et les petites lapines tatouées ne l'intéressent plus.

J'ai cligné des yeux de surprise quand je me suis rendu compte qu'elle parlait très probablement de Rule, et que j'étais très probablement la copine en question. Qu'est-ce que c'était bizarre ! La fille a continué à faire sa petite crise jusqu'à ce qu'il soit très clair que la petite boule de feu blonde ne la laisserait pas passer. Elle m'a bousculée en ressortant et un étudiant bien propre sur lui a pris sa place devant le bureau. Il a pris rendez-vous sans problème et j'ai continué à regarder le flux et le reflux des clients jusqu'à ce que la fille m'accorde finalement son attention.

– Est-ce que je peux t'aider ?

Elle n'était pas franchement aimable, plutôt pragmatique, et j'ai un peu sursauté.

– J'attends juste quelqu'un.

– Tu peux t'asseoir ici, si tu attends un client.

J'ai mis mes cheveux derrière mes oreilles, j'ai un peu incliné la tête et l'ai observée prudemment.

– J'attends Rule, en fait.

Maintenant qu'elle me regardait, je pouvais voir qu'elle avait des yeux très inhabituels, l'un était marron foncé et l'autre un mélange de bleu et de vert. Elle a lâché un très lourd soupir et m'a regardée en plissant les yeux.

– Comme je l'ai dit à l'autre pute à tattoos, Rule est occupé. Si tu veux le voir, il faut que tu aies un rendez-vous comme tous les autres clients.

J'ai pouffé contre mon gré.

– Pute à tattoos ? C'est comme ça que tu les appelles ?

Ma question a eu l'air de la surprendre.

– Ouais. Tu n'imagines pas combien de pauvres filles dans cette ville se baladent avec un tatouage débile dans le bas du dos juste parce qu'elles voulaient baisser leur culotte devant un des mecs.

– Oh, j'imagine carrément.

Elle a posé ses coudes sur le comptoir et m'a regardée de haut en bas.

– Comment tu as dit que tu t'appelais ?

– Je ne l'ai pas dit, mais en même temps tu ne me l'as pas demandé. Je suis Shaw, je ne suis pas une pute et je n'ai pas de tatouage donc aucun des deux ne fonctionne pour moi.

Dès que j'ai dit mon nom, elle est restée la bouche grande ouverte et elle a reculé le grand fauteuil en cuir sur lequel elle était assise. Ses yeux multicolores se sont écarquillés et elle a plaqué ses mains sur la surface de marbre qui nous séparait.

– Putain de merde ! C'est toi, Shaw ? Tu existes vraiment ? Incroyable ! Les gars, la copine de Rule est là, et c'est genre, une vraie fille avec un vrai cerveau. In-croy-able. Ça fait des semaines que le trio terrible parle de toi et je n'y croyais pas, mais te voilà.

Comme dans un film, toutes les paires d'yeux se sont soudain tournées vers moi. J'avais passé beaucoup de temps avec Nash et Rowdy ces dernières semaines, qui m'ont tous les deux accueillie avec un simple « salut » et sont retournés à ce sur quoi ils travaillaient. Le regard de Rule m'a retournée de l'intérieur et il m'a fait un clin d'œil avant de s'asseoir et de parler au gamin qu'il tatouait, puis d'essuyer l'encre sur sa peau. Les trois autres artistes me regardaient fixement, ce qui aurait pu me mettre super mal à l'aise, mais la blonde avait quitté son fauteuil à toute vitesse et se tenait maintenant devant moi. Elle faisait à peu près la même taille que moi mais pesait bien quinze kilos de moins, et je ne sais pas pourquoi mais ses cheveux la faisaient paraître plus grande, et c'était dur de croire qu'une voix aussi forte sorte d'un ensemble aussi petit ! Elle était comme un petit lutin punk.

– Est-ce que tu as la moindre idée du temps que j'ai attendu avant qu'un des mecs se trouve une copine sérieuse ? Une éternité ! Renvoyer les lapines tatouées n'a jamais été aussi satisfaisant qu'aujourd'hui, et je n'aurais jamais parié que Rule serait le premier à tomber.

Elle a fait un signe de main, par-dessus son épaule, vers l'autre côté du salon où travaillaient les trois artistes que je ne connaissais pas, et les a montrés du doigt tour à tour.

– Bixie, elle est mariée à un pompier donc ça n'a jamais été trop le bordel avec des clients bizarres obsédés, Mase a une copine par intermittence donc il sait se tenir. Mais quand ils ne sont pas ensemble, il fait de la concurrence à Rule dans le genre queutard. Jasper, enfin on l'appelle Jaz, reste discret là-dessus parce qu'il a des liens avec les Kings of Sorrow, le club de motards du coin, et apparemment c'est censé être top secret alors les lapines ne traînent pas trop pour lui. Mais le trio terrible, putain, je passe ma journée à montrer la porte à ces poufs, tous les jours, et même depuis que Rule est casé avec toi, j'ai l'impression que c'est mon boulot à plein temps.

Elle parlait tellement vite et tellement fort que j'avais du mal à enregistrer tout ce qu'elle me disait.

En plus Rule avait enlevé ses gants et s'approchait de moi de cette façon qui rendait mes jambes toutes molles. Il se déplaçait avec une aisance tout en souplesse, sexy et confiant, et puis ses cheveux commençaient à repousser et j'aimais bien les cheveux courts presque noirs qui recouvraient son crâne.

– Tu racontes des histoires à ma copine, Cora ? Je t'ai dit que je connaissais Shaw depuis longtemps, tu ne pourras pas lui faire peur.

Il a contourné le coin du muret et avant que j'aie le temps de m'inquiéter de savoir si c'était acceptable que je le touche au travail, il m'avait prise dans ses bras, ses mains dans mes cheveux et sa bouche collée de biais contre la mienne. Il avait un goût de café et de bonbon à la menthe ; il ne semblait pas être dérangé par le fait que tout le monde nous fixait encore pendant qu'il me dévorait assidûment, comme si on ne s'était pas vus depuis des mois alors que cela ne faisait que quelques heures. Il a donné un dernier coup de langue, en faisant taper le piercing de sa langue contre mes dents. Quand il s'est reculé, je suis sûre que mes yeux étaient vitreux et j'avais du mal à respirer. Je me suis raclé la gorge et j'ai posé une main tremblante sur son torse le temps de reprendre mes esprits.

– Il doit me rester une demi-heure de boulot. Ça ne t'embête pas d'attendre ? Tu peux venir te poser derrière et bosser tes cours ou ce que tu veux.

J'ai acquiescé et j'ai fait un pas en arrière.

– Non, reste là et passe le temps avec moi. Je meurs d'envie de tout savoir de cette créature mythique qui a réussi à le faire agir comme un être humain, pour une fois.

Il a jeté un regard agacé au lutin dans son dos.

– Shaw, je te présente Cora Lewis. C'est la gérante du salon, et notre experte interne en modifications corporelles.

Elle a haussé plusieurs fois les sourcils en me lançant un regard lubrique, puis elle a montré Rule du doigt en tournant son poignet.

– Puisque tu es avec ce jeune homme, j'imagine que tu connais bien mon travail.

J'ai retenu un rire et me suis étouffée, et j'ai mis la main devant ma bouche alors que le cou de Rule se mettait à rougir.

– Sérieux, Cora ?

Elle a haussé sa petite épaule.

– Quoi ? C'est vrai, non ?

Ses yeux arctiques sont revenus sur moi et le dépit que j'y voyais m'a fait exploser de rire.

– Elle vient de Brooklyn. Personne ne sait où l'oncle Phil est allé la chercher et ils refusent de nous le dire, mais elle fait tourner le salon comme une horloge. Sans elle, la majorité d'entre nous ne saurait pas où donner de la tête.

– Je peux rester là et t'attendre. En revanche j'ai faim.

Il s'est penché et a mis ses lèvres près de mon oreille.

– Oh, t'inquiète, je te nourrirai quand j'aurai fini.

Un frisson chaud m'a parcourue alors je lui ai rendu un regard aux paupières lourdes.

– Miam.

Il m'a fait un bisou sur la joue et est retourné à son client qui l'attendait. J'ai regardé Cora et j'ai rougi en voyant qu'elle avait un grand sourire dérangé comme le chat du Cheshire.

– Alors c'est comme ça, hein ?

J'ai cligné des yeux et ai piétiné maladroitement. Elle a pris ma main et m'a tirée derrière le comptoir avant de me pousser dans un autre fauteuil en cuir qui était dans un coin.

– Comme quoi ?

Elle a fait pivoter sa chaise pour que nous soyons face à face et m'a regardée droit dans les yeux.

– C'est chaud et intense, et mignon et tout doux en même temps. Je ne savais pas que le petit con pouvait être comme ça. Tu le rends humain.

C'était la deuxième fois qu'elle disait cela mais j'ai dû attendre qu'elle ait répondu à quelques coups de téléphone pour lui poser la question.

– Qu'est-ce que tu veux dire par là, exactement ?

– Ça fait cinq ans que je travaille avec Rule. J'étais là quand Nash et lui ont commencé leur apprentissage juste après le bac. Phil et moi, on se connaît depuis longtemps alors ça fait un moment que je côtoie les gars. J'adore Rule. Je crois que c'est génétiquement impossible de ne pas être à moitié amoureuse de lui à partir du moment où tu as un vagin. Il y a quelque chose, dans son attitude énervée et lunatique, qui donne envie de lui faire un gros câlin pour qu'il se sente mieux.

Je voyais très bien ce qu'elle voulait dire, alors j'ai simplement acquiescé.

– Mais il est aussi arrogant et explosif, il traite les femmes comme de la merde et la plupart le laisse s'en sortir sans rien dire, et pendant un bon moment après la mort de son frère, je l'ai vu vivre sa vie en mode automatique. Il venait au travail, traînait avec les gars, me faisait chier quotidiennement, a baisé toutes les femmes du Colorado, mais il faisait tout ça depuis sa bulle, où aucun de ceux qui l'aimaient ne pouvait entrer. Il était froid et inaccessible. Et puis, tout à coup, on a vu des fêlures qui laissaient apparaître un peu de l'ancien Rule. La version robotisée de lui-même, qu'il contrôlait depuis tellement longtemps, a commencé à s'effacer et le bon vieux Rule humain était de retour, et je pense que ça a quelque chose à voir avec toi.

– C'est vraiment gentil de dire ça.

– Ce n'est pas de la gentillesse si c'est la vérité. Alors dis-moi comment une petite fille à la vanille comme toi, peau vierge et sans piercings, s'intéresse à un mec comme Rule. Au premier regard, je ne me dirais pas que c'est ton genre ; tu fais plutôt pantalon à plis que Dickies, si tu vois ce que je veux dire.

J'enroulais une mèche de cheveux autour de mon doigt et je la regardais taper plein de choses sur l'ordinateur. Elle était affreusement efficace et rapide, et je n'étais pas sûre de vouloir lui détailler combien je trouvais Rule sexy.

– Quand il avait seize ans, un jour il est revenu avec un tatouage horrible d'un fer à cheval et d'un trèfle sur l'avant-bras. Phil avait offert une machine à tatouer et un peu d'encre à Nash pour ses seize ans et au lieu d'apprendre sur des peaux de cochon ou des melons, ils avaient décidé qu'ils essaieraient d'apprendre l'un sur l'autre. Ils ont toujours eu un don artistique, tous les deux. Nash était plutôt branché street art et graffiti, et Rule s'est juste retrouvé à s'amuser avec ça et a découvert qu'il avait un vrai talent. Bref, j'étais chez lui et je ne sais pas si tu as pu rencontrer Remy, mais ces deux-là étaient pire qu'identiques : même yeux bleus, même cheveux bruns, même beauté surréaliste. Mais Rule est rentré avec ce tatouage moche et tout à coup, c'était un autre homme. Il avait pris possession de sa peau, l'avait marquée pour définir qui il était et comment il était différent de Remy, et c'était beau de voir combien il aimait l'influence que son changement d'apparence avait sur son identité. Il a toujours été beau gosse, mais quand il a commencé à personnaliser son corps, il l'a sublimé. Sans tous ses tatouages et ses piercings, ce ne serait pas Rule.

– Et toi ? Tu n'aimes pas trop ça ?

– Je ne sais pas vraiment. J'ai grandi avec des parents très particuliers et si je m'étais pointée avec un tatouage ou un piercing, ils m'auraient punie jusqu'à l'âge adulte, donc je n'y ai jamais pensé.

– Tu as quel âge, maintenant ?

– Je viens d'avoir vingt ans.

– Tu vis toujours avec tes parents ?

– Nan.

– Alors est-ce que tu ne devrais pas avoir le droit de faire ce que tu veux de ton corps sans avoir peur de leur réaction ?

J'ai soupiré et j'ai fait pivoter ma chaise de droite à gauche.

– Ouais. En fait je suis en train de penser à faire un petit quelque chose.

– Un tatouage ? Tu sais que Rule pourrait t'en faire un magnifique, surtout que ce serait lui qui devrait le voir tout le temps.

Nous avons rigolé toutes les deux et les mecs nous ont regardées curieusement.

– Non, je pensais à me faire percer les tétons.

Je n'étais pas aussi bavarde d'habitude, mais je me suis dit que comme c'était son métier, c'était comme parler d'un problème de santé à un docteur. Ses yeux vairons se sont ouverts en grand et elle m'a fait un large sourire.

– C'est super sexy.

J'ai haussé les épaules et j'ai continué à jouer avec mes cheveux.

– Je trouve ça joli et comme tu disais, je connais bien ton travail, donc je sais que ça peut être génial. C'est juste que je ne suis pas sûre d'être prête pour un truc aussi extrême.

– Ça prend un moment à cicatriser mais une fois que c'est fait, c'est de la folie. Si tu te décides à le faire, dis-moi et je te le ferai gratuitement, tu n'auras qu'à payer les bijoux.

– Eh bien l'anniversaire de Rule est le mois prochain ; si je le fais, ce sera avant.

Elle a tapé dans ses mains et a rigolé comme une petite fille. Elle était un peu tarée mais je crois que je l'aimais bien. J'avais toujours eu beaucoup de mal à me faire des amis ; être simplement à l'aise avec quelqu'un que je ne connaissais pas était une preuve de toute la bonne influence que Rule avait sur moi, et voilà que je parlais avec cette fille farfelue sans réserves et sans inhibitions.

– Oh, une surprise sexy, j'adore l'idée. Je t'ai dit, tiens-moi au courant et on s'arrangera. J'aime voir mes gars heureux et prendre soin d'une fille bien.

Nous avons discuté pendant facilement une heure de plus car ce sur quoi Rule travaillait lui prenait plus longtemps que prévu. Je l'ai regardée s'occuper des clients qui avaient terminé et aider quelques personnes qui étaient venues poser des questions et voulaient prendre un rendez-vous. Elle a viré une autre fille qui cherchait Rowdy, et quand Rule est venu jusqu'au comptoir avec sa toile et son pansement tout frais, j'avais l'impression de m'être fait une nouvelle amie. Elle était sarcastique, pleine d'esprit, et sa perspicacité sur le fonctionnement de mon homme était claire et me donnait un point de vue totalement différent.

Le client de Rule avait l'air d'avoir à peine quinze ans, mais il arborait déjà de très belles pièces et tout son bras était recouvert d'encre et brillant de pommade. J'ai remarqué le regard appuyé qu'il m'a lancé en sortant, et apparemment, Rule aussi. Il a mis une tape derrière la tête du gamin et lui a dit que s'il voulait finir sa manchette, il avait intérêt à garder ses yeux dans sa poche. Il m'a demandé d'attendre encore dix minutes, le temps de nettoyer son poste, et que nous pourrions y aller. Je l'ai regardé marcher jusqu'à son poste et j'ai remarqué que la cliente sur qui travaillait Nash, et la jeune fille que le dénommé Mase tatouait, le regardaient aussi. Cora avait raison : il avait une espèce d'attirance magnétique qui touchait le sexe opposé, et tant que je serais avec lui, j'allais devoir m'y faire.

Il est revenu me chercher quelques minutes après, a tendu un sac à Cora et a crié au revoir à la cantonade puis il m'a tirée dans l'air glacial du soir. J'ai frissonné sans le vouloir et me suis réfugiée contre lui alors qu'il relevait la capuche de son sweatshirt sur sa tête toujours quasi rasée et passait ses bras dans les manches d'une veste noire avec le nom et le logo du salon brodés dans le dos.

– Tu veux qu'on se fasse livrer quelque chose ou qu'on aille manger quelque part ?

Il frottait ses mains l'une contre l'autre puis les a passées sous mes cheveux pour tenir ma nuque. Elles étaient froides comme des blocs de glace et j'ai frissonné encore plus fort jusqu'à ce qu'il me tire contre son torse et cale ma tête sous son menton.

– Livraison, comme ça je n'ai pas besoin de bouger ma voiture.

– Cool, qu'est-ce que tu as envie de manger ? Je vais appeler sur la route.

– Peu importe, vraiment. J'ai juste faim.

– Pizza ?

– Ça marche, mais pas de poivrons verts ou de champignons sur ma moitié.

J'ai passé mon bras sous le sien et ai essayé de suivre le rythme de ses grandes enjambées pour rentrer jusqu'à l'immeuble victorien. Mon portable a vibré dans ma poche et j'ai froncé les sourcils en voyant que c'était encore mon père. J'étais sûre que ma mère lui avait raconté je ne sais quelle histoire sur ma dernière visite, mais je n'avais tout simplement pas la patience de recevoir une leçon de moralité sur le choix d'un partenaire amoureux acceptable de la part d'un mec dont la nouvelle femme était à peine plus âgée que moi. J'ai envoyé l'appel sur messagerie et j'ai lâché Rule pour faire un pas de côté et éviter une flaque gelée particulièrement dangereuse sur le trottoir.

Il m'a jeté un regard noir et a récupéré ma main. Il m'a tirée en me retournant pour que je sois pressée face à lui, et il a continué à marcher en me guidant à reculons.

– Je ne vais pas te laisser tomber.

J'ai levé les bras pour poser les mains sur ses épaules et ai levé les yeux vers son regard aussi givré que la neige qui recouvrait le sol tout autour de nous.

– Non ?

– Non. Tu ne me fais pas confiance ?

– La plupart du temps, si.

– Pourquoi pas tout le temps ?

Nous nous sommes arrêtés devant l'immeuble et j'ai déplacé mes mains de ses épaules à sa nuque, ce qui a fait tomber sa capuche.

– Parce que je n'ai jamais fait totalement confiance à quelqu'un. Ce sont les gens importants pour moi qui semblent toujours faire le plus de dégâts.

– Je ne serai pas l'une de ces personnes, Shaw.

Si seulement il savait combien cela m'avait brisé le cœur chaque fois que je l'avais vu avec l'une de ses conquêtes, il ne dirait pas cela. J'ai fait un petit sourire forcé et ai frôlé de mes doigts les cheveux noirs et doux qui commençaient à pousser sur sa tête.

– J'espère que non.

Il a juste secoué la tête et m'a poussée dans l'appartement car il faisait trop froid pour continuer à faire les idiots dehors. Il a enlevé sa veste et son sweat d'un coup d'épaule et est venu vers moi pour prendre mes affaires.

– Nash a un rencard ce soir, il rentrera tard, voire pas du tout.

Il a disparu dans le couloir pour déposer les vêtements dans sa chambre et est revenu au téléphone avec la pizzeria. J'ai sorti des assiettes et lui ai tendu une bière tout en regardant, dans un effort inutile, si je trouvais de quoi faire une salade dans le frigo. Il fallait que je rapporte de la nourriture normale dans cet appartement ou j'allais atteindre le poids d'un bébé hippopotame.

– Je crois qu'il en a sûrement assez de me voir dans sa garçonnière. Ayden m'a dit qu'elle t'avait vu à poil chez moi ce matin. Ils en ont peut-être marre de nous.

Il a rigolé et a bu une gorgée de bière.

– Je ne voulais pas prendre Ayden par surprise, ce matin. Je croyais qu'elle était partie. Je ne savais pas qu'elle était juste allée courir.

– Ouais, elle fait ça tous les matins et ce n'est pas comme si elle se plaignait, d'ailleurs elle a complimenté la vue.

Il a ricané.

– Ça ne dérange pas Nash que tu sois là. Il aime bien le fait que tu cuisines pour de vrai et qu'on ait pas besoin de se faire livrer ou de ramener à manger tous les soirs. En plus, tu sens bon et tu ramasses toujours les trucs qu'on laisse traîner n'importe où. Si ça l'énervait que tu sois ici, il m'en aurait parlé, et il te l'aurait sûrement dit à toi aussi. Il ne se gêne pas pour faire comprendre à Rome quand il abuse de notre hospitalité.

Je me suis adossée au comptoir de la cuisine et ai tourné le bouchon d'une bouteille d'eau.

– Tiens, Cora m'a parlé de tes lapines tatouées ou putes à tattoos, comme elle les appelle. Je n'imaginais pas à quel point tu attires les gens. Il y a des filles qui se font des tatouages qu'elles n'aimeront plus dans dix ans, juste pour passer du temps avec toi. C'est assez fou.

– Cora est une grande gueule et elle exagère, mais se faire tatouer est assez intime, peu importe le client. Quand ils s'en vont, ils repartent avec quelque chose qu'on leur a mis sur la peau pour toujours. Ils te font confiance pour capturer l'image qu'ils imaginent et la réaliser parfaitement. Donc parfois ça veut dire qu'il faut s'investir avec la personne, dans une certaine mesure. Il y a des filles, surtout les plus jeunes, qui sont à fond dans tout le processus et qui y voient des choses qui n'existent pas. J'ai un bon quota de clients qui craquent un peu sur moi et reviennent pour d'autres pièces. Pas parce que je suis super bon, mais parce qu'ils veulent passer du temps dans cet environnement, mais c'est mon boulot, je reste professionnel. Je ne vais pas mentir, ça m'est arrivé de finir avec une cliente ou deux, mais jamais après le boulot ou pendant que je préparais leur tatouage. Le sexe et le travail, ça ne se fait pas au même endroit.

J'ai aspiré un peu d'eau et j'ai ruminé tout cela pendant une minute.

– Est-ce que ça t'embête que je ne ressemble pas aux filles par qui tu es attiré en général ?

– Mais de quoi tu me parles ?

J'ai sauté pour m'asseoir sur le comptoir en laissant pendre mes jambes. J'ai tapé les carreaux avec le bout de mes ongles, ai penché la tête sur le côté et l'ai observé de près.

– Je n'ai pas de tatouages ni de piercings. Je n'ai pas les cheveux sensuellement décoiffés et je ne porte pas de vêtements dans lesquels il est impossible de respirer, je suis juste, tu vois, une fille normale. J'en ai vu assez, j'ai assisté à assez de lendemains matin pour savoir que je ne suis pas le genre autour duquel tu gravites en temps normal. Quand tu me regardes, tu ne te demandes pas si tu préférerais que je ressemble plus à toi et à ta bande ?

Il a posé sa bière sur la table à manger et m'a regardée droit dans les yeux en s'approchant de moi. Avant, cela m'aurait fait stresser et paniquer, mais maintenant ça me donnait chaud et me coupait le souffle. Il ne s'est pas arrêté avant d'être collé tout contre moi, entre mes jambes, avec nos hanches alignées dans une position parfaite pour me faire oublier comment je m'appelle.

– Quand je te regarde, je ne vois rien d'autre que toi, et Shaw, tu es parfaite. Je me fous de la couleur de tes cheveux, si tu es pâle ou mate, si tu portes du maquillage ou si tu viens de te réveiller. Ce qui m'importe, c'est que quand je te regarde, tu me rends toujours ce regard. Tu es belle dedans et dehors. Si tu voulais tatouer toute cette belle peau blanche des pieds à la tête, je serais honoré de le faire pour toi, mais sinon, je te prendrai toute douce et blanche comme du lait à la moindre occasion.

C'était romantique à s'en tordre le cœur. C'était la chose la plus gentille que personne m'ait dite et je m'apprêtais à laisser parler la nana sentimentale en moi et à balbutier combien ce qu'il venait de dire était merveilleux et combien il était important pour moi. Soit ça, soit j'allais déchirer ses vêtements et lui faire l'amour juste là dans la cuisine. Je tergiversais entre ces deux options quand la sonnette a retenti et cassé l'ambiance. Il m'a fallu une minute pour reprendre mes esprits.

Chapitre 13
RULE

Au cours de la semaine précédente, il y eut quelques moments si parfaits, si poignants qu'ils m'ont figé de peur et m'ont donné envie de courir dans le sens opposé aussi vite que possible. Par exemple, assis tranquillement sur le canapé dans mon salon, nous mangions de la pizza, je buvais quelques bières en regardant la chaîne des sports pendant qu'elle travaillait sur son ordinateur. La regarder tout simplement exister m'a donné l'impression de suffoquer dans tout ce que cela avait de parfait, et j'ai dû m'échapper pour prendre une douche brûlante avant de faire une bêtise, comme lui demander de m'épouser ou d'aller voir ailleurs. Elle m'allait bien, elle comblait tous les trous qu'il y avait dans ma vie et l'idée qu'elle ne soit pas là, que tout cela s'en aille, me terrifiait comme rien ne m'avait encore terrifié. Je ne voulais pas trop attendre d'elle, je ne voulais pas me faire une montagne de ce qui pouvait n'être qu'une passion de début de relation, mais quelque chose me disait que si tout cela disparaissait, je ne serais plus jamais le même.

Ces dernières semaines avaient été incroyables. J'aimais qu'elle soit chez moi et dans ma vie, et j'aimais me faire une place dans la sienne. Mes amis l'adoraient et je ne pouvais pas leur reprocher le petit béguin qu'ils avaient pour elle. Elle ne se rendait tellement pas compte de sa beauté que c'était touchant et dur de ne pas craquer. Quand on est sortis du salon, j'ai vu que Cora était emballée. Ce n'était pas rien car elle était un peu comme une grande sœur pour moi, je faisais confiance à son instinct sur les gens. C'était ce qui faisait d'elle une si bonne gérante.

Shaw faisait déjà partie de ma famille, et après lui avoir résumé ce qu'il était arrivé lors de ma dernière visite à la maison, elle s'est empressée d'adresser un e-mail très dur à ma mère, lui expliquant très clairement qu'elle n'accepterait pas ce comportement et l'implorant de se faire aider. Elle me soutenait, et je me suis demandé une fois de plus depuis combien de temps elle se battait pour moi avant que je ne me décide à ouvrir les yeux. Je me sentais naze quand j'y pensais.

Les moments calmes étaient reposants, et cela me donnait l'impression que je construisais les bases de quelque chose de bien. Les moments passionnés, ceux où elle me regardait comme si j'étais un cadeau qu'elle avait toujours voulu déballer, suffisaient à me faire penser que j'avais trouvé l'unique personne avec laquelle je ne m'ennuierais jamais au lit. Comme j'étais le seul mec avec qui elle avait couché, je pouvais tout lui apprendre, et Shaw a toujours été une très bonne élève. Que ce soit rapide ou lent, tendre ou brutal, un quickie qui me faisait exploser la tête ou une session qui durait toute la nuit et la mettait en retard le lendemain matin ; aucun doute n'était possible quant à notre compatibilité sexuelle. Elle commençait à connaître ses préférences ; elle aimait que ce soit un peu plus brut que ce que j'aurais pensé, par exemple. Elle trouvait aussi le moyen de faire de l'humour pendant l'acte quand c'était gênant ou que ça n'allait pas comme nous le voulions. Je ne me rappelais pas m'être autant amusé au lit de toute ma vie. Je ne savais pas que c'était possible, mais elle améliorait même le sexe, et l'idée de perdre ne serait-ce qu'une partie de tout cela me donnait envie de sauter dans un trou et de ne jamais en ressortir.

J'essayais de balayer la peur. Après tout, ce n'était qu'une soirée sympa à la maison. Nash n'étant pas là, je devais faire de mon mieux pour qu'elle crie mon nom encore et encore, de toutes ses forces. Mais le doute ne voulait pas partir, et je suis resté sous la douche jusqu'à ce que l'eau soit froide et m'oblige à sortir. J'ai passé une serviette duveteuse sur mon crâne et mon visage et j'en ai attaché une autre autour de ma taille. J'ai laissé mes vêtements en tas par terre et me suis dirigé vers la chambre, en me disant qu'elle serait toujours en train de travailler dans le salon et que j'aurais quelques minutes de plus pour me remettre sur pied. Seulement la télé était éteinte, et elle était assise au milieu de mon grand lit et sirotait la bière que j'avais abandonnée en m'enfuyant tout à l'heure. Comme si cela ne suffisait pas, elle ne portait rien d'autre que mon tee-shirt avec le logo du salon de tatouage. Il lui allait mieux qu'à moi, et elle me regardait avec des yeux très sérieux, de la couleur de brins d'herbe.

– Qu'est-ce qui ne va pas ?

Je me suis éclairci la voix et j'ai essayé de faire comme si de rien n'était.

– Rien. Pourquoi ?

Mais c'était Shaw, et elle connaissait mes conneries mieux que n'importe qui. Elle s'est déplacée au bord du lit et a posé la bière sur la table de nuit.

– Parce que tu as passé trois heures là-dedans et que tu as déjà pris une douche ce matin. Quelque chose t'a fait peur, et tu es parti en courant. Je veux savoir ce que c'est.

J'ai pensé lui mentir, pensé lui dire qu'elle s'imaginait des choses, mais en définitive je savais que je lui devais la vérité et espérer qu'elle ne panique pas.

– Tout ça, ai-je commencé en faisant un signe de main entre nous deux. C'est tellement facile et simple que parfois ça me fait flipper. Je n'ai pas l'habitude du normal, de l'ordinaire, alors ça me fait stresser. Dans la vie, j'ai toujours essayé d'attraper des petits moments de plaisir pour me sentir bien, et maintenant j'ai ça tout le temps avec toi et je me perds à force de me demander ce que je vais faire qui va tout foutre en l'air, ou comment je tiendrai le coup si tu décides de me l'enlever. Parfois je suis tellement absorbé par ce qui pourrait arriver que j'ai beaucoup de mal à rester dans le présent. Regarder la télé avec toi, rien qu'être avec toi, ça m'apaise. Mais il y a autre chose à l'intérieur qui se recroqueville de peur. Je suis désolé.

Elle me regardait et je me suis préparé à ce qu'elle se lève et sorte. Si elle le faisait, j'étais certain que, avec ou sans ma serviette, je lui courrais après dans le froid et la supplierais jusqu'à ce qu'elle revienne. Mais au lieu de ça, elle s'est levée du lit et a marché pieds nus jusqu'à moi. Mon tee-shirt recouvrait ce qu'il y avait de mieux, mais à peine. Elle s'est arrêtée assez loin pour que l'on ne se touche pas, mais assez près pour sentir le souffle de l'autre.

– Ça me fait peur aussi, Rule. Je ne suis pas non plus habituée à l'ordinaire et je n'aurais jamais cru que je vivrais ça avec toi, je n'ai jamais cru qu'il se passerait quoi que ce soit avec toi, donc ce n'est pas grave si tu te perds, tant que tu en reviens et qu'on peut en parler. Je ne vais pas te demander de me donner quelque chose si ce n'est pas naturel pour toi. Les gens ont fait ça toute ma vie et j'en ai marre.

J'ai lâché un grand soupir et ai relâché les poings que j'avais serrés sans m'en rendre compte.

– Et si je te demande de tout me donner, Shaw ? Si je veux tout ? Ça ne ferait pas de moi le même que les autres ?

Elle a émis un grognement dans sa gorge et a fait un sourire qui aurait pu me tuer instantanément. Elle était tellement adorable et pure.

– Non, parce que tu n'as rien besoin de me demander, tout est déjà à toi. Tu es le seul à qui j'ai jamais voulu le donner.

Cette fille allait m'achever. Elle a posé ses mains sur mes côtes, l'une sur l'ange et l'autre sur la faucheuse, et mon cœur battait si fort que j'ai cru qu'il allait sortir de ma poitrine.

– Il faut que tu me promettes de ne pas me laisser en plan quand je me perds, Shaw. Il faut que tu me promettes d'attendre que je trouve mon chemin pour revenir. J'ai besoin de savoir que tu seras au bout du tunnel quand tout devient noir.

– Je sais t'attendre, Rule, et ça ne me dérange pas de le faire tant que tu promets de ne pas t'enfermer. Je ne peux pas faire ça avec toi, être aussi absorbée par toi et par ce qu'il se passe entre nous, si tu me fermes la porte au nez quand c'est trop pour toi. Mon cœur ne peut pas supporter ça.

– Je sais.

Mais je n'étais pas sûr de pouvoir tenir cette promesse. Mon réflexe était de retourner vers ce que je connaissais, en l'occurrence la distance et l'espace pour pouvoir me protéger.

– Je vais faire de mon mieux, Shaw, mais je te dis depuis le début que je ne sais pas trop comment faire tous ces trucs de couple et je me chie dessus de peur de tout gâcher.

Elle s'est penchée en avant et a laissé ses mains glisser dans mon dos et sur mes épaules. Elle a posé un baiser doux avec ses lèvres entrouvertes au milieu de mon torse et ma vie entière s'est concentrée sur cet unique point de contact.

– Bon, tu peux avoir peur tout seul ou on peut avoir peur ensemble. Je préfère le second choix, mais s'il te faut du temps pour te faire à l'idée et déterminer ce que tu veux, je peux faire ça. Je veux être avec toi, Rule, mais je ne vais pas rester si ça te fait du mal et te fait flipper. On mérite tous les deux mieux que ça.

À ce moment-là, je n'étais pas sûr que ce qui compte soit ce que je méritais ou non, mais je n'allais pas laisser le poids de mes doutes incontrôlables démolir ce que j'avais avec elle. J'ai enfin tendu le bras et je l'ai tirée contre moi pour une étreinte étouffante qui collait tout son corps contre ma peau nue. Ma queue a réagi sous la serviette, lui prouvant que quoi qu'il se passe dans ma tête, cela n'avait pas d'influence sur ce que mon corps ressentait pour elle.

– Je suis en vrac, Shaw. Je suis désolé d'être comme ça mais la dernière chose que je veux, c'est tourner en rond tout seul.

Je l'ai embrassée, pour qu'elle sente les choses que je ne pouvais pas lui dire et qui brûlaient dans mon sang. Je la voulais pour toujours, et cette idée rendait mes jambes chancelantes.

Elle m'a laissé dévorer sa bouche, emmêler violemment mes doigts dans ses cheveux, la coller contre le mur le plus proche et presser mon érection insistante contre elle sans un mot, sans plainte. Il n'y avait pas de tendresse, pas de souci de maîtrise ou de savoir si je faisais en sorte que ce soit bon pour elle, tout ce qui existait était un besoin assourdissant de rentrer en elle, de lui faire sentir cette émotion qui me rendait fou. Il fallait que je déverse mon désir et la seule façon de le faire était de sortir de moi-même et de rentrer en elle. Sa tête a fait un bruit sourd contre le mur et je l'ai sentie prendre une inspiration tendue, et pourtant pas un centimètre de moi ne s'est arrêté. La serviette est tombée par terre et mon tee-shirt n'a pas résisté quand je me suis dépêché de nous mettre tous les deux nus. Quelque part dans ma tête, je savais qu'il fallait que je ralentisse, que je devais reprendre le contrôle, que mes mains étaient trop brusques sur elle, que ma bouche allait laisser des marques, mais je ne pouvais pas me retenir.

Elle a murmuré mon nom, essayé de me faire ralentir, mais je m'en fichais. J'étais prêt à me fondre en elle, à enfouir toute ma peur et mes incertitudes aveuglément dans son corps chaud, mais cette fille me connaissait trop bien. Elle savait que j'étais dans un état tel que je ne me souviendrais probablement pas de ce que j'avais fait le lendemain matin, et elle n'allait pas me laisser faire d'elle une énième conquête sans visage utilisée pour trouver le silence. Comme je n'avais plus de cheveux et que j'étais beaucoup plus grand qu'elle, elle a dû enfoncer ses ongles sur mon crâne et mordre ma langue envahissante pour que je sursaute et lui laisse un peu d'espace. Elle avait du mal à reprendre son souffle et m'a éloigné du mur en plaquant ses mains sur mon torse pour me pousser fermement.

J'ai trébuché en arrière et j'ai secoué la tête.

– Casper…

Je voulais m'excuser, mais elle ne m'en a pas laissé le temps. Elle s'est mise sur la pointe des pieds et a posé sa petite main sur ma bouche. Ses yeux verts étaient immenses et j'y ai vu un mélange de désir et d'inquiétude qui a noué mon cœur. Cette fille me comprenait, et elle n'allait pas me reprocher toute la folie qui s'était accumulée en moi.

– Ne fais pas ça, Rule.

Elle a enlevé sa main et m'a embrassé avec mille fois plus d'attention que je ne lui en avais porté.

– Tu as besoin que je m'occupe de toi tout de suite et je vais le faire, mais pas question que tu ne saches pas que c'est moi.

– Je sais que c'est toi, Shaw.

– Tant mieux, parce que pendant une minute je n'en étais pas sûre, et je ne t'explique pas combien ça m'a énervée. Maintenant tais-toi et laisse-moi t'aider à sortir du noir.

Je me suis avancé pour la prendre, l'envelopper dans mes bras et la serrer contre moi, mais elle a évité mes mains et a glissé pour se retrouver à genoux devant moi. J'ai arrêté de respirer pendant une seconde quand ses lèvres ont atterri sous mon nombril, et mes abdos se sont contractés assez fort pour que cela me fasse mal. Nous avions pas mal batifolé mais c'était un terrain où elle n'avait pas semblée prête à s'aventurer jusqu'à maintenant. Ma bite était prise de spasmes d'impatience tandis que le bout de sa langue suivait le tracé de la sirène que j'avais tatouée en bas et dont la queue s'enroulait autour de la base de ma queue. Je ne savais pas jusqu'où elle voulait aller, donc j'ai délicatement posé mes mains sur le dessus de sa tête. Ses cheveux étaient comme de la soie sous mes doigts et j'ai arrêté de bouger pour être sûr de ne rien faire qui la ferait s'arrêter.

– Shaw.

Je ne savais pas si je voulais lui demander de continuer ou d'arrêter, car je ne savais pas ce que j'allais pouvoir supporter. Je me sentais déjà très tendu et prêt à exploser.

– Tu n'es pas obligée de faire ça.

Quand je l'ai dit, je le pensais, mais je savais aussi qu'il y avait de bonnes chances que je meure si elle décidait d'arrêter. Sa bouche chaude était humide et l'apadravya qui perçait le bout de ma queue, ainsi que l'échelle de Jacob en dessous tiraient sur ma peau sensible quand elle l'a refermée autour de ma chair avide. Mes yeux se sont fermés quand j'ai atteint le fond de sa gorge et toutes les sensations que j'avais connues jusqu'à cet instant de ma vie ont cessé d'exister.

Je m'étais fait sucer par un certain nombre de filles dans ma vie, et j'avais apprécié à peu près chaque fois, mais quelque chose dans le fait d'avoir Shaw à genoux devant moi, de la voir me lécher dans sa belle bouche rendait cette expérience mieux que tout le reste. Je respirais fort et j'avais soudain l'impression que mes genoux ne pouvaient plus me soutenir. Ma queue pulsait au même rythme que mon cœur et ma chair sensible semblait tout à coup trop tendue et prête à se séparer en morceaux. Je ne trouvais pas les mots pour l'encourager, non pas que cela fasse une différence car elle semblait avoir pour cela une aptitude naturelle. Elle jouait avec mes piercings, dardait sa langue autour du métal qui se réchauffait ou se refroidissait quand elle bougeait sa bouche autour. J'ai pris une inspiration et j'ai essayé de repousser l'orgasme qui approchait mais c'était impossible de le contrôler. J'ai dit son nom dans un souffle pour la prévenir, tiré sur ses longs cheveux pour lui faire comprendre qu'elle voulait peut-être s'éloigner, mais elle s'en fichait. Elle m'a fini comme une championne, a posé un baiser sur mon ventre tremblant alors que j'essayais de remettre mon cerveau en état de marche, et s'est relevée dans toute sa gloire dénudée. Elle a haussé un de ses sourcils blonds et a jeté ses cheveux maintenant décoiffés et emmêlés par-dessus son épaule.

– Je m'occuperai toujours de toi, Rule, en fait j'aime le faire parce que ça me rend heureuse et me fait me sentir bien, mais je ne te laisserai jamais te servir de moi pour exorciser tes démons comme tu le faisais avec toutes ces filles qui sont passées avant moi. Alors tu as intérêt à apprendre la différence.

Je ne lui ai rien répondu parce qu'elle avait raison. Je l'ai soulevée par la taille et je l'ai jetée sur le lit. Je n'avais pas besoin de lui donner du temps, j'étais sûr que ce qu'elle venait de faire – mieux que quiconque auparavant – avait dû l'exciter et la rendre mouillée et glissante. Ses lèvres étaient déjà luisantes et prêtes pour ce que j'avais à donner. Quand je suis entré, j'ai veillé à ce que la boule du haut de mon piercing frotte contre son clitoris. Maintenant que nous couchions sans rien entre nous, je sais que même si je n'étais pas exceptionnellement performant, tous mes bijoux lui donnaient des sensations qui la feraient décoller malgré tout. Elle a remonté ses jambes sur mes hanches tandis que je rentrais et sortais d'elle et elle a laissé ses yeux se fermer à moitié. Je me tenais au-dessus d'elle et ses mains étaient enroulées autour de mes biceps. J'étais sûr que je pourrais mourir heureux si elle me regardait comme ça, qu'elle gémissait et se tordait en dessous de moi.

Je n'avais jamais beaucoup réfléchi à la monogamie et à l'idée de coucher avec la même personne encore et encore, car je n'avais jamais pensé que ce serait une option pour moi. Avec elle, je savais au fond de mon âme que je serais heureux de n'avoir qu'elle. Quand elle a gémi mon nom, d'une voix basse et demandeuse, cela a déclenché mon explosion et j'ai enfoui mon visage dans la délicate courbe de son cou et grogné comme un animal sauvage. Comme nous étions tous les deux lessivés, je me suis écroulé sur elle comme un mollusque et j'ai senti qu'elle m'enveloppait de ses bras fins. J'ai gardé mon visage contre son cou et lui ai fait une série de baisers légers avec les yeux fermés.

– Tu me fais penser que tout va bien se passer.

Elle a tourné la tête pour me donner un meilleur accès à son cou et a doucement passé ses mains sur ma colonne vertébrale.

– Tout ce qu'on peut faire, c'est essayer, Rule. Je veux le faire tant que tu le veux aussi, et je ne me fais pas d'illusions ; je te connais depuis longtemps et je sais que ce ne sera pas toujours facile et marrant, que des choses comme une soirée pizza tranquille à la maison ont le pouvoir de te faire partir en vrille, mais je serai là tant que tu reconnaîtras ce qui arrive et que tu accepteras d'essayer.

J'ai ri un peu contre sa peau humide, ce qui l'a fait frissonner.

– Si chaque fois que je pète un câble, tu me suces pour que j'arrête de faire le con, je ne te promets pas d'arrêter de sitôt.

Elle m'a insulté et m'a donné une claque sur le cul. Je me suis endormi avec elle entre mes bras et son rire doux dans les oreilles. Le tunnel était long, sombre et parfois, même quand j'avais les meilleures intentions, les murs se refermaient sur moi. Mais si Shaw voulait bien être ma lumière au bout, alors il était impossible que je n'essaie pas.

***

Nous étions tous les deux silencieux le lendemain matin, quand nous nous sommes levés pour rejoindre sa voiture. Nous nous sommes arrêtés au café du coin de la rue pour y prendre un petit déjeuner et nous ne semblions pas pressés de revenir sur les événements de la veille, ni l'un ni l'autre. Après une bonne nuit de sommeil et m'être réveillé devant son visage paisible et innocent, ma tête s'était remise dans le bon sens et me traitait de tous les noms pour avoir laissé mes blocages habituels me tirer vers le bas. Une pizza tranquille sur le canapé n'était rien comparé à toutes les histoires lourdes qui se baladaient dans ma tête depuis qu'elle m'avait fait dire la vérité. J'avais honte qu'elle ait compris que j'essayais de me servir de son corps pour m'échapper, de prendre quelque chose qui était si différent et au-dessus de tout avec elle, et de le rabaisser au niveau de toutes mes autres rencontres sexuelles. Si Shaw ne m'avait pas mis le nez dans ma merde et m'avait laissé faire, cela aurait été la fin pour nous. Je le savais et j'étais sûr qu'elle le savait aussi. Elle ne permettrait pas que je la mette dans une boîte avec toutes les autres et je lui en serais éternellement reconnaissant.

Il faisait un tout petit peu plus chaud que la veille et les flaques gelées sur le trottoir étaient désormais des flaques de neige fondue marronnasse. Nous slalomions entre elles tout en gardant l'équilibre avec nos cafés. Elle n'avait pas garé sa voiture dans la grande rue, mais à quelques pâtés du salon, dans le quartier. Je m'apprêtais à lui demander si cela allait, si tout allait encore bien entre nous, mais elle s'est arrêtée d'un coup et j'ai failli lui rentrer dedans. J'ai juré à voix basse quand le café chaud s'est renversé sur ma main.

– Qu'est-ce que tu fous, Shaw ?

Elle ne bougeait pas et j'ai dû faire un bond en arrière quand son café a glissé de sa main soudainement inerte et s'est renversé sur le sol enneigé. Elle a levé une main tremblante sur sa bouche et, avant que je puisse à nouveau demander quel était le problème, un pick-up a avancé et j'ai pu voir sa voiture.

Toutes les vitres étaient cassées, les phares aussi, les quatre pneus avaient été crévés, et le caoutchouc était étalé en lambeaux autour de l'axe métallique. La carrosserie noire étincelante était scarifiée par de la peinture rouge. Sur le capot, le mot « pute » en grosses lettres, et sur chaque côté de la voiture, de l'avant jusqu'au coffre, on lisait des variations sur le même thème. Ce n'était pas beau à voir, et sachant quel type de voiture c'était, cela allait aussi être extrêmement onéreux à réparer.

Je voyais qu'elle tremblait, alors j'ai passé mon bras autour de ses épaules et je l'ai tirée contre mon torse. Au début elle a résisté, elle restait de marbre, les yeux fixés sur cette destruction absurde, mais quand je l'ai tirée un tout petit peu plus fort, elle est venue et j'ai casé sa tête sous mon menton.

– On devrait sûrement appeler les flics.

Elle a frissonné contre moi et je l'ai sentie faire non de la tête contre ma gorge.

– Non. Pour quoi faire ? Son père va encore le couvrir et tout faire disparaître. En plus, ce n'est pas comme si on avait une preuve que c'était lui.

Je détestais l'admettre, mais elle avait probablement raison.

– Tu veux que je t'emmène à la fac ? Je peux m'occuper de ça pendant que tu y seras.

– Non. Il faut que j'appelle mon assurance pour la faire remorquer. Pourquoi il ne veut pas me laisser tranquille ?

J'ai passé ma main du dessus de sa tête jusqu'aux pointes de ses cheveux presque blancs.

– Parce que c'est impossible de t'oublier.

Elle a soupiré dans mon cou et m'a laissé la tenir dans mes bras jusqu'à ce qu'elle arrête de trembler.

– Je suppose qu'il faut que je rentre chez toi et que je m'occupe de ça.

– Bien sûr.

Je lui ai tendu ce qu'il restait de mon café et ai veillé à la garder bien contre moi sur le trajet du retour. Nous étions tous les deux silencieux, maintenant pour d'autres raisons, mais je savais que je devais retenir la rage qui m'étouffait tant qu'elle n'était pas dans un endroit sûr et qu'elle ne se sentait pas en sécurité. Se faire vandaliser comme ça, cela devait être une violation que je ne pouvais pas imaginer. Même si Gabe s'était tenu à carreau ces dernières semaines, désormais il était clair qu'il n'avait pas l'intention de calmer son obsession sur ma copine.

Quand nous sommes rentrés, elle a commencé à appeler partout pour qu'un expert vienne évaluer les dégâts et fasse remorquer la voiture jusqu'à une carrosserie. En attendant, il lui fallait une voiture de location et elle n'a pas perdu de temps pour s'en occuper aussi. Après une heure ou deux, toute cette adrénaline l'ayant épuisée, elle m'a dit qu'elle voulait prendre une douche et s'allonger. Je l'ai envoyée dans ma chambre avec un baiser en serrant les dents, et en espérant qu'elle ne sentirait pas la fureur qui brûlait dans chaque cellule de mon corps.

Nash est revenu à quatre pattes quelques minutes après que j'ai entendu l'eau chaude commencer à couler. Il avait l'air un peu défraîchi mais affichait un sourire de branleur et son tee-shirt était à l'envers, j'ai donc supposé que le rencard avait rempli son rôle. Il a jeté un regard à ma mâchoire serrée et à mes yeux qui brillaient sûrement d'un feu platine, et il m'a demandé :

– Mauvaise soirée ?

– Mauvaise matinée. La voiture de Shaw s'est fait massacrer hier soir.

– Tu crois que c'était le Polo ?

– Qui d'autre pourrait lui faire une chose comme ça ?

– Je ne sais pas. Un de tes coups d'un soir qui est énervée que tu ne sois plus sur le marché ? Vous avez tous les deux un passé assez lourd qui vous colle aux basques.

Je n'avais même pas pensé que je pouvais être la cause de cette agression contre elle. Cela m'a encore plus énervé. J'ai fait un signe de tête vers ma chambre.

– Tu peux garder un œil sur elle jusqu'à ce que je revienne ? Ça avait l'air d'aller mais je vois bien qu'elle est secouée.

– Où tu vas ? Il faut que je sois au salon à 13 h.

– Je serai revenu avant.

– Rule…

– N'essaie même pas, Nash, j'ai trop attendu avant de péter un câble. Le connard va l'entendre de ma bouche, que s'il continue à l'emmerder, je vais le réduire à néant.

– Tu vas chercher les ennuis, et pas les bons.

– Je m'en fous. Je reviens vite. Surveille Shaw, et si elle demande où je suis, invente quelque chose. Elle n'a besoin de s'inquiéter de rien d'autre aujourd'hui.

Il a accepté à contrecœur, mais je voyais qu'il n'était pas super content de ce que j'allais faire.

J'ai sauté dans le pick-up et je suis allé jusqu'à la fac. Je savais que Shaw avait cours en même temps que Gabe le lundi, le mercredi et le vendredi, donc une fois que j'eus trouvé une place pour me garer, il a suffi d'un signe de tête à une étudiante et d'un clin d'œil à une autre pour trouver mon chemin jusqu'au bâtiment des sciences politiques. Il faisait froid dehors, les étudiants se dépêchaient d'aller d'un bâtiment à l'autre, tête baissée, et personne ne prêtait attention à moi qui rôdais autour du bâtiment dont j'étais sûr que Gabe allait sortir. Heureusement, je n'ai pas eu longtemps à attendre et les vigiles du campus étaient déjà passés devant moi sans même un regard. Vingt minutes après, les portes se sont ouvertes sur un groupe de mecs qui avaient l'air d'avoir dévalisé une boutique J. Crew assaisonné de fringues de pêcheur. Ils étaient tous en train de rire et de parler de quelque chose et Davenport avait l'air si fier de lui que j'ai eu envie de lui faire avaler ses dents bien blanches à coups de poing.

J'ai attendu que le groupe se disperse et qu'il ne reste que Davenport. Il a remonté le col de sa veste Patagonia sur ses oreilles et a sorti son portable. Je me suis décollé du mur contre lequel j'étais adossé et je l'ai suivi sans rien dire jusqu'au parking. Quand il s'est arrêté à côté de sa Lexus, j'ai tendu le bras, pris sa nuque et l'ai poussé en avant pour que son visage soit écrasé contre le métal glacé du toit. Il a laissé échapper un cri de surprise et le sac qui contenait ses livres et son ordinateur est tombé par terre. Il se débattait mais j'avais une bonne prise et j'étais nourri par une fureur ardente, donc il n'avait aucune chance. Je me suis penché en avant pour que mon coude appuie douloureusement dans le bas de sa nuque et j'ai serré mes doigts jusqu'à sentir la résistance de sa peau.

– Si tu veux harceler quelqu'un, faire peur à quelqu'un, terroriser quelqu'un, tu ferais mieux de choisir quelqu'un qui n'a pas un copain énervé qui t'attend au tournant, BCBG. C'est la dernière fois que je te dis de lâcher Shaw. Si tu continues, cette belle gueule de Ken que tu sembles adorer finira par ressembler à un gros steak.

Je l'ai poussé une seconde fois et le métal a claqué sans pitié contre sa joue. Les gens qui se baladaient sur le parking s'arrêtaient pour nous regarder, mais je m'en contrefoutais.

– C'est compris ?

Il a grogné et a ramené ses mains contre son torse pour pousser contre la voiture et s'en décoller. Je l'ai lâché et j'ai fait un pas en arrière, les bras ballants au cas où il déciderait de se battre ici et maintenant. Il a recoiffé ses cheveux que ma manipulation avait ébouriffés et m'a lancé un regard noir tout en bougeant sa mâchoire.

– On sait tous les deux que mon père peut m'éviter la prison, et le tien, il peut faire quoi pour toi ? Changer un pneu, t'aider à déménager ?

Il a lancé un rire amer et a craché du sang qui a raté mon pied de justesse.

– Tu ne m'arrives pas à la cheville dans le vrai monde. Tu peux dire que tu es son copain autant que tu veux mais le fait est qu'elle n'a simplement pas le droit de me laisser pour quelqu'un comme toi. Ça crée de mauvais précédents.

Je pensais qu'il était juste gâté et agaçant mais plus je l'écoutais, plus je me posais des questions sur sa santé mentale. Le mec parlait comme un fou.

– Mec, va baiser quelqu'un d'autre. Shaw ne s'intéresse pas à toi, elle ne s'intéressera jamais à toi et la harceler met tout le monde en colère. Si tu crois que j'ai peur de ce que ton père ou qui que ce soit d'autre peut me faire, tu vas avoir des surprises. Même si tu arrivais à te débarrasser de moi, il y a tout un groupe de personnes qui est prêt à prendre ma place. Tu n'arriveras à rien en continuant à l'emmerder et si tu la touches ne serait-ce qu'une fois, je te casserai les doigts un par un et te les enfoncerai dans la gorge.

Il a pouffé sous mon nez et a posé un doigt sur mon torse. Il avait de la chance que je ne lui mette pas un coup de poing dans la gueule.

– Tu es sans éducation, vulgaire et tellement con de penser que c'est une question de sexe. Je peux avoir ça n'importe où. Tu crois vraiment que j'ai laissé Shaw remuer son cul devant moi pendant six mois sans voir personne à côté ? Le sexe n'a rien à voir là-dedans et si vous faites ça tous les deux, je ne veux pas m'approcher d'elle à moins de trois mètres. C'est une question de business et d'image ; elle ne peut pas donner l'impression que je suis remplaçable par un pauvre mec tatoué qui n'a rien à offrir. Je ne peux pas me permettre que les gens se rappellent de ça.

J'ai saisi son poignet et je l'ai encore jeté contre la voiture.

– Si tu crois que le sexe avec Shaw n'est pas important, alors c'est toi qui manques d'éducation, tête de con. Descends de ton piédestal. Si je peux prouver que c'est toi qui as défoncé sa voiture, on porte plainte. Si tu continues à la harceler, on continuera à aller au tribunal et quelqu'un finira bien par remarquer que ton vieux sauve ton cul à chaque fois. Je te le dis, ça s'arrête tout de suite ou tu finis à l'hôpital, et je peux survivre à un peu de prison, compris ?

Nous avions les yeux fixés l'un sur l'autre. Il y avait maintenant un certain nombre de gens rassemblés autour de nous alors que nous nous fixions. Je n'ai pas vu le gars de la sécurité jusqu'à ce qu'il s'interpose entre nous. Avant qu'il ait eu le temps de poser des questions, j'ai fait un doigt d'honneur à Gabe et je suis retourné dans la petite rue où j'avais garé ma voiture. Le vigile a crié après moi et j'ai entendu Davenport hausser la voix, mais je ne me suis pas arrêté avant de monter dans le pick-up et d'allumer le chauffage. J'ai serré plusieurs fois mes mains sur le volant en respirant profondément pour reprendre le contrôle de moi-même. La dernière fois que j'avais ressenti autant de colère impuissante, ce besoin inassouvi de détruire quelque chose, c'était quand ils avaient enterré mon frère. Je voulais déchirer le corps parfaitement taillé du Polo, morceau par morceau, et le regarder souffrir. Cela ne me suffisait pas de le bousculer et de lui faire peur. La noirceur, l'imprévisible qui étaient cachés en moi rugissaient à nouveau et exigeaient une vengeance débridée, mais il fallait que je les renferme car je n'allais pas obliger Shaw à se débattre avec ça une deuxième fois, pas aussi tôt.

Il m'a fallu une bonne demi-heure avant de me sentir prêt à rentrer chez moi et à la voir. Quand j'ai passé la porte, Nash jouait sur la console et hurlait une série d'obscénités dans le micro de son casque, à l'intention de l'inconnu qu'il affrontait. Il a enlevé le casque et m'a regardé de haut en bas quand j'ai refermé la porte, puis il s'est levé.

– Je ne vois pas de sang, pas de plaie ouverte.

J'ai haussé les épaules et ai jeté ma veste sur le dossier du canapé.

– Trop de monde autour. En plus je crois que si je lui cassais la gueule ça ne ferait que l'encourager. Il lui manque un paquet de cases, à ce mec. Ce n'est même pas à propos de Shaw ; son problème, c'est l'image que ça donne qu'elle l'ait largué et qu'elle soit avec moi. Son ego est énorme. Je ne sais franchement pas ce qu'on peut faire parce qu'il a raison, son père peut le couvrir, il l'a déjà prouvé une fois.

Nash a fait un signe de tête vers ma chambre.

– Elle n'a pas fait un seul bruit. Je ne l'ai pas vue après sa douche donc je ne sais pas comment elle va. Mais il faut que j'y aille sinon je vais être en retard pour mon rendez-vous, et il faut encore que je bidouille un peu le dessin.

– T'inquiète, je m'occupe d'elle. Peut-être qu'elle était tellement angoissée qu'elle a dormi tout du long.

– C'est la meilleure chose qui pourrait t'arriver, mec.

J'ai ricané et lui ai fait signe de la main en allant vers ma chambre. La porte était fermée et il faisait noir à l'intérieur. Shaw était recroquevillée en position fœtale au milieu du lit, et pas besoin d'être un génie pour savoir qu'elle était bien réveillée et qu'elle avait pleuré. Elle avait les deux mains sous sa joue et regardait vers la télé éteinte, les yeux dans le vide.

– Qu'est-ce que tu lui as fait ?

Sa voix était brute et encore plus rauque que d'habitude à cause de ses pleurs. Je me suis assis sur le bord du lit et ai tendu le bras pour passer la main sur sa cuisse.

– Je lui ai dit de se calmer, et que ce n'était pas malin de mettre en colère quelqu'un qui m'avait pour copain. Je ne sais pas d'où vient son problème, Shaw, mais je crois qu'on pourrait le faire interner. Son cas est psychiatrique.

– J'ai cru que tu allais lui faire du mal.

– J'aurais pu mais c'était en plein jour et au milieu d'une fac pleine d'étudiants qui se baladaient. Je l'ai poussé un peu et on s'est balancé des conneries, mais je voulais surtout lui faire comprendre que tu n'étais pas toute seule, que s'il te faisait du mal, tout un tas de gens attendaient en coulisse pour lui tomber dessus.

Des larmes silencieuses ont commencé à couler sur ses joues et j'ai dû me pencher tout le long de sa silhouette allongée pour les essuyer avec mes pouces.

– Je veux juste qu'il s'en aille. Je n'ai jamais rien fait pour mériter ça. Tout ce que je fais, c'est toujours ce que les autres veulent. Pourquoi suis-je punie alors que pour la première fois de ma vie, je fais une chose pour moi ?

– Je ne sais pas, Casper, je ne sais pas.

Je ne savais pas comment faire pour qu'elle se sente mieux, alors je me suis allongé sur le lit derrière elle et je l'ai prise dans mes bras tandis qu'elle pleurait. Je ne me considérais pas comme quelqu'un d'empathique ou même de compatissant. J'étais généralement trop absorbé par mes pensées et ma spirale d'absurdité émotionnelle pour faire très attention à celles des autres, mais tenir Shaw dans mes bras alors qu'elle pleurait a changé quelque chose en moi à un degré fondamental. J'avais l'impression qu'il n'existait rien sur Terre que je ne ferais pas ou que je ne donnerais pas pour qu'elle aille mieux. J'avais l'impression d'être un raté car je n'avais pas réussi à lui éviter cela, et je savais qu'à partir de maintenant la surveiller et la garder relativement à l'abri de Davenport ne suffirait plus. Soudain, avec une clarté aveuglante, j'ai su que je voulais la garder en sécurité contre tout ce qui pourrait lui faire du mal. Ce qui était triste, c'est que j'avais l'impression persistante qu'à un moment j'avais été la source de tout autant de détresse que le Polo. Cela m'a encore donné envie de tout casser.

Chapitre 14
SHAW

— Tu es sûre que tu veux faire ça ?

Ayden avait l'air inquiète et elle n'était pas joyeuse que je l'aie traînée jusqu'au salon de tatouage Marked aussi tôt dans la journée. Nous étions assises dans une petite salle que je n'avais jamais vue avant, même si j'y passais de plus en plus de temps à attendre que Rule ait fini ou à lui amener à manger s'il devait travailler tard. Il était évident que la pièce avait été décorée par une femme, on reconnaissait le style funky de Cora un peu partout et cela sentait un peu moins l'antiseptique que dans le reste du salon. J'étais assise sur un fauteuil qui ressemblait affreusement à ceux que l'on trouve chez les gynécologues, et je jouais nerveusement avec tout ce qui me tombait sous la main.

– Je suis sûre.

– C'est juste que je ne comprends pas pourquoi tu veux faire quelque chose qui va te faire mal.

– Ça ne fera pas mal longtemps, et je fais confiance à Cora.

C'était vrai. Quand j'étais au salon, nous finissions toujours par discuter pendant des heures, et nous avions même sorti notre amitié naissante de ce bâtiment. Quand Rule ou Rome ne pouvaient pas jouer à « on surveille Shaw », cela ne semblait pas déranger Cora de traîner avec moi jusqu'à ce que l'un de mes nombreux bodyguards se libère. Je l'aimais vraiment beaucoup et la seule façon d'arriver à me faire percer, c'était de le faire avec quelqu'un qui me mettait à l'aise. Cora avait même accepté de venir quand le salon était fermé et que Rule et Nash étaient à la gym, pour que cela puisse rester une surprise.

– Je veux être sûre que tu le fais pour toi et pas pour Rule. Et si jamais vous vous séparez et que le prochain mec avec qui tu sors est tout sérieux et collet monté ? Les tétons percés, ça ne marchera peut-être pas sur ton prochain copain.

Je lui ai lancé un regard ennuyé en essayant de calmer mes nerfs. En vérité, faire cela n'avait rien à voir avec Rule. J'avais à nouveau l'impression de n'avoir aucun contrôle sur ma vie. L'histoire de ma voiture, Gabe qui avait toujours une incidence sur ma vie quotidienne, la pression de mes parents, la façon dont Rule se renfermait sur lui-même dès que l'on se rapprochait trop, tout cela commençait à m'étouffer et j'avais besoin de faire quelque chose juste pour moi. Je voulais cette petite chose qui était mon choix, une décision de modifier mon corps pour laquelle personne d'autre n'avait son mot à dire. J'avais des migraines de plus en plus souvent, déjà trois en deux semaines, et si je ne faisais rien, j'allais exploser en tellement de morceaux qu'il serait impossible de les recoller.

– Si Rule et moi nous séparons, tu crois vraiment que le prochain mec que j'aurai sera tout propre et net ?

– Et pourquoi pas ? Tu es resté six mois avec Gabe et c'est l'exact opposé de Rule. Je parie que s'il voyait des tétons percés, il aurait une crise cardiaque.

– Je ne sortirai plus jamais avec quelqu'un juste parce que c'est ce que je suis censée faire, et de toute façon je n'ai pas l'intention de sortir avec quelqu'un d'autre que Rule dans un avenir proche, donc ne t'emballe pas.

En réalité, les choses étaient un peu tendues avec Rule depuis une semaine. Je ne savais pas ce qu'il avait, mais il me traitait comme si j'étais en sucre et que je pouvais casser à tout instant. Quand il pensait que je ne regardais pas, je le voyais m'observer d'un œil confus, comme s'il essayait de comprendre ce que je foutais encore là, ou pourquoi lui était toujours là. Il était obsédé par ma sécurité et s'assurait que je ne sois jamais seule. Nous passions toujours toutes nos nuits ensemble soit chez l'un soit chez l'autre, et les moments que nous passions au lit, auparavant passionnés et incontrôlables, étaient devenus gentillets et fugaces. Ce n'était pas mal, mais cela ne lui ressemblait pas et cela commençait à vraiment m'inquiéter. Je ne savais pas comment lui en parler, car il n'y avait pas de problème précis. Il était toujours présent émotionnellement, attentif et clairement déterminé à faire des efforts, mais il y avait quelque chose de bizarre. Et je n'arrivais pas à mettre le doigt dessus.

– Si ton père le sait, il mettra enfin sa menace à exécution et tu ne verras jamais son chèque pour l'année prochaine.

Mon père en avait eu marre que j'évite ses coups de téléphone et il m'avait tendu un piège à l'appartement le week-end dernier. J'avais essayé de lui expliquer la situation avec la voiture, lui faire comprendre comment Gabe me menaçait, mais cela n'avait servi à rien. Tout ce qui inquiétait mon père, c'était son image et celle de ma mère. Il avait utilisé sa menace habituelle de me couper les vivres, mais cela n'avait plus aucun poids sur moi. Je lui avais dit que s'il ne payait plus la fac, j'irais volontiers travailler comme strip-teaseuse pour payer mes études de médecine. Je savais que cette menace ne le calmerait pas longtemps, mais pour le moment cela me suffisait, puisqu'il n'allait pas me défendre face à Gabe.

Je n'avais pas vu l'ombre d'un Gabe ces derniers temps, mais je ne croyais pas que le coup de pression de Rule ait suffi à le faire abandonner. Ayden m'avait dit qu'elle avait entendu des filles parler de moi dans un de ses cours, et apparemment son nouveau jeu était de me tailler une sale réputation sur le campus grâce à une série de mensonges éhontés et d'histoires invraisemblables. Par chance, j'étais relativement immunisée contre les ragots que j'entendais sur moi, après avoir grandi dans une maison aussi dure et haineuse. Sinon, j'aurais paniqué encore plus et j'aurais songé à changer de fac simplement pour y échapper.

– Ouais, il le ferait sûrement. Ça tombe bien, ce n'est pas quelque chose qu'il aura l'occasion de voir.

Cora a ouvert la porte avec un petit plateau en métal dans les mains, qui avait l'air stérile et sentait l'antiseptique d'hôpital.

– Prête ?

J'ai levé mes jambes et je me suis tournée sur le fauteuil pour m'allonger, puis j'ai essayé de réguler ma respiration.

– Aussi prête que jamais.

– Je suis rapide, ce sera vite fait. N'oublie pas que tu dois les garder bien propres les trois ou quatre premières semaines, donc ne joue pas avec, et ne laisse pas tu-sais-qui jouer avec. Il devrait connaître les règles, maintenant.

J'ai rigolé et elle m'a demandé d'enlever mon tee-shirt à col tunisien et mon soutien-gorge. J'ai frissonné d'être aussi découverte mais Cora était rassurante, et même si elle savait que c'était gênant, Ayden me tenait la main et regardait attentivement ce qu'il se passait.

– D'abord, il faut que je fasse une marque pour être sûre qu'ils sont droits et au même niveau des deux côtés.

C'était bizarre que quelqu'un, même une amie, touche mon corps comme ça. La pointe du marqueur était froide et cela m'a fait frissonner, mais bien moins que quand elle a mis la pince en métal sur le premier point rose. Ses yeux bicolores se sont plantés dans les miens et j'ai senti mes ongles s'enfoncer dans la main de Ayden.

– Allez ma puce, inspire à fond et quand je te le dis, expire lentement. Tu vas sentir beaucoup de pression quand l'aiguille va traverser et quand le bijou sera mis en place, alors garde les yeux sur moi et respire bien.

J'ai fait ce qu'elle m'a dit et après la première douleur qui, je l'avoue, m'a tiré quelques larmes par surprise, c'était plus un inconfort qu'une vraie douleur. Elle a répété ses gestes de l'autre côté, et puis c'était fini et j'étais percée. Elle m'a demandé si je voulais un miroir. Je l'ai pris et j'ai admiré son travail habile.

Mes seins étaient de taille correcte, ils n'étaient pas énormes non plus, mais ils étaient fermes et relevés et mes tétons étaient toujours d'un joli rose. Les anneaux de métal ressemblaient à ceux que Rule avait au sourcil et à la lèvre, mais la petite boule au milieu des miens était un globe bleu-vert. Ils étaient sexy et féminins et je trouvais cela très beau. J'ai pris les instructions de soins et j'ai remis mes vêtements. J'ai senti le petit morceau de moi qui était en suspens depuis des semaines retomber, j'ai souri à Cora et je l'ai prise dans mes bras.

– J'adore.

– Tu as intérêt. C'est supra-sexy.

Ayden a acquiescé en remettant son manteau.

– Je ne pensais pas que ça t'irait, mais je me trompais. Ils sont super féminins et sexy. Maintenant, je vois pourquoi tu voulais le faire.

Cora a haussé ses sourcils ultrablonds quand je lui ai fourré de l'argent dans les mains.

– Je sais que tu m'as dit que tu voulais le faire gratuitement, mais je veux te payer.

Elle a secoué la tête et a essayé de me le rendre mais j'ai refusé.

– Je considère qu'on est amies, maintenant, et je ne profite pas de mes amis, donc prends-le s'il te plaît.

Elle a froncé les sourcils et s'est déplacée pour ranger tout son matériel.

– Si tu voulais un tatouage et que Rule ou Nash proposait de te le faire gratos, tu les laisserais ?

– Rule oui, Nash non.

Elle a soupiré, vaincue.

– Bon, alors d'accord. Tu me diras ce que l'amoureux en pense, mais je crois qu'il ne pourra pas cacher son sourire satisfait. Je te jure, son humeur dépend entièrement de ce que vous faites dans votre lit.

J'ai sorti mes longs cheveux du col de mon manteau et j'ai essayé de ne pas faire de grimace car ce mouvement avait fait bouger mes nouveaux compagnons contre mon soutien-gorge et ce n'était pas très confortable.

– D'ailleurs, comment il est, ces derniers temps ?

Je voulais vraiment une réponse.

– Ça va, plus calme et peut-être moins bavard que d'habitude, mais ça va.

– D'accord, c'est bien, je suppose.

– Tu n'as pas l'air très sûre.

J'ai haussé les épaules, je ne savais pas comment l'expliquer.

– Rule n'a jamais été un mec très calme.

– Non, c'est vrai, mais peut-être que tu lui donnes une raison de l'être. Peut-être qu'il est heureux et qu'il a tout ce qu'il veut, donc il n'a plus de raisons d'être en colère et agressif tout le temps.

J'aurais été ravie si j'avais pensé qu'elle avait raison, mais je connaissais Rule et rien de tout cela ne me paraissait normal.

– Peut-être.

Elle m'a fait un autre câlin en prenant garde à ma poitrine et nous a fait sortir du salon.

– Ne te fais pas trop de nœuds au cerveau à cause de ça. Il n'y a rien de grave dans le fait d'être calme.

– Merci, Cora.

– Pas de problème, maintenant filez pour que je puisse nettoyer avant que les clients arrivent et que les gars viennent se préparer.

Ayden me regardait du coin de l'œil tandis que nous sortions dans le froid.

– Comment as-tu réussi à sortir sans tes chiens de garde, ce matin ? Rule fait une crise chaque fois que tu essaies d'aller te balader sans personne sur les talons.

– Je lui ai dit que j'avais rendez-vous chez le coiffeur, que tu venais avec moi et que tu ne me lâcherais pas des yeux. Aucun mec ne veut passer une heure chez le coiffeur, surtout pas un mec comme Rule.

Elle a haussé les sourcils alors que nous arrivions à hauteur de la voiture de location que je conduisais en ce moment.

– Donc on va vraiment aller se faire couper les cheveux ?

Comme je n'étais pas une menteuse et que je détestais être malhonnête avec Rule, j'avais effectivement pris rendez-vous pour nous deux.

– Oui, sauf que cette fois c'est moi qui t'invite et qu'on doit s'arrêter ailleurs avant.

– Où ça ?

J'ai pris l'avenue Colfax et je me suis dirigée vers l'autoroute qui menait à Brookside.

– Où est-ce qu'on va ?

Quand je m'étais levée ce matin et que Rule avait été aussi mièvrement poli et gentil, je savais que je devais accomplir deux choses ce jour-là. La première était faite ; et la seconde, je n'en étais pas vraiment sûre mais j'avais l'impression qu'elle serait peut-être encore plus douloureuse.

– Il faut juste que je passe voir un vieil ami vite fait.

– À Brookside ?

– Juste à côté, laisse-moi faire et je t'expliquerai.

J'ai conduit en silence à travers les montagnes jusqu'à ce que nous arrivions à un petit cimetière dans les environs d'Evergreen, en écoutant des chansons mélancoliques des *Dawes* qui collaient parfaitement à mon humeur. J'avais toujours trouvé assez ironique que Remy soit enterré aussi loin de la ville, sur un bout de terre aussi calme, alors qu'il était si bouillonnant et plein d'énergie et de vie. Je me suis garée sur le parking des visiteurs et j'ai sorti un bonnet et une paire de gants parce que je ne savais pas combien de temps j'allais rester, et il faisait encore plus froid ici, à une altitude plus élevée qu'en ville.

– Je te laisse les clefs, comme ça tu peux mettre le chauffage et allumer la radio si tu veux. Je ne sais pas pour combien de temps j'en ai.

Le regard ambré de Ayden était comme liquide, triste et compréhensif. Elle m'a fait un câlin d'un bras et m'a fait sortir.

– Ça ira. Prends autant de temps qu'il te faut. Tu pourras me payer un massage aux pierres chaudes si tu restes trop longtemps.

– Deal.

C'était pour cela que j'adorais cette fille.

Mes bottes crissaient dans la neige alors que je me dirigeais derrière le parking, où la pierre tombale se tenait, grise et stérile, une énième nuance de gris dans le paysage triste de l'hiver. Un bouquet de roses rouge vif était posé sur l'emplacement blanc et cela m'a fait sourire. Remy adorait le rouge, il adorait les choses vives qui attiraient l'œil, tout ce qui correspondait à sa personnalité. Sans me soucier du sol gelé et couvert de neige, je me suis agenouillée et ai passé mon doigt ganté sur son nom. Mes yeux se sont immédiatement remplis de larmes. J'ai déplacé ma main pour toucher le grand fer à cheval qui se trouvait sur la tombe car les deux fils Archer avaient insisté pour qu'il soit là. Tourné vers le haut, on disait qu'il gardait toute la chance à l'intérieur. Rome aimait bien ce symbole, et Rule aimait que ce soit une image qui les liait tous les deux pour l'éternité.

– Salut, beau gosse. Je suis désolée de ne pas être venue depuis si longtemps, mais il s'est passé des choses… intenses.

J'ai ri jaune.

– J'ai le sentiment que si tu étais là, tu serais mort de rire et tu nous regarderais tous d'un air affligé. Tu me manques tellement, et tous les jours, je me dis que tout serait tellement plus facile si je pouvais t'appeler, que tu trouverais un sens à tout ça pour tenir le coup. C'est un million de fois plus dur de faire ça sans toi.

Désormais je pleurais chaudement et je ne voyais plus la pierre très clairement. J'ai posé la paume de ma main sur son nom et je me suis concentrée sur ma respiration.

– Je couche avec ton frère, et si tu me prenais pour une idiote follement amoureuse avant, tu devrais voir maintenant. Je panique parce qu'il est trop gentil. Je sais, il n'y a que moi pour m'inquiéter parce que mon copain est trop gentil, mais on connaît Rule et je sais qu'il y a quelque chose qui cloche. Il ne veut pas m'en parler. Et d'ailleurs, tu as vu comme c'est bizarre d'appeler Rule mon copain ? Mon cœur se retourne chaque fois, et par moments j'ai même l'impression que tout mon monde est dans ses yeux. Et pourtant il m'enferme dehors, il se ferme et complique le simple fait de l'aimer. Si tu étais là, je te ferais lui sortir les vers du nez et il te dirait tout, parce qu'il te disait toujours tout.

J'ai soupiré et j'ai baissé la tête.

– J'aurais voulu que tu leur dises, à Rule et à Rome. J'aurais voulu que tu leur fasses assez confiance pour t'ouvrir à eux comme tu l'as fait avec moi. Ta mère a pété un câble parce que Rule refuse toujours d'être ta copie conforme, et du coup ta famille est en lambeaux. Peut-être que si tout le monde savait, si tu avais essayé de leur expliquer que tout le monde mérite d'être aimé, peu importe comment on vit sa vie, les choses seraient différentes. Ton père avance mais il essaie toujours d'empêcher Margot d'atterrir dans un asile de fous. Et Rome, le pauvre Rome n'est qu'une balle de ping-pong géante qui essaie de protéger tout le monde et de tout arranger, mais il n'a personne pour l'aider. Il a besoin que tu fasses le médiateur, comme tu le faisais toujours.

Mes genoux étaient gelés et l'eau avait traversé mon pantalon depuis longtemps. Je claquais des dents et j'avais vite compris que les très basses températures et les tétons percés ne faisaient pas vraiment bon ménage.

– J'ai un ex taré qui me suit et me harcèle ; ça me pourrit la vie. Mes parents sont persuadés que je devrais l'épouser et déménager à Cherry Hills. Rule le déteste et il y a de fortes chances que s'il continue, Rule l'assassine, ce qui ne fait qu'empirer des choses déjà très compliquées. J'ai dans l'idée que si tu avais été là, tu aurais vu la pourriture à travers le vernis de Gabe et je ne me serais jamais retrouvée dans cette situation. Ça me manque que tu ne sois plus là pour me protéger de moi-même. Ton frère ne pense qu'à me garder en sécurité et je crois sincèrement que c'est important pour lui. Mais il est tellement occupé à me protéger des autres, y compris de lui, que je crois qu'il ne voit pas que je peux être ma pire ennemie. Il n'arrête pas de parler du fait qu'il peut tout foutre en l'air entre nous et je n'ose pas lui dire qu'il ne pourra jamais assez merder pour que j'arrête de l'aimer. C'est fort probable que, comme tout le monde, il finisse par voir que ce que j'ai à offrir n'est pas si génial et que je veux plus que ce que je peux donner. C'est tellement tordu et compliqué que je suis déjà surprise qu'on en soit arrivés là.

J'ai rigolé un peu, d'un vrai rire cette fois, et un couple devant une tombe un peu plus loin m'a jeté un regard noir.

– J'étais bourrée le soir de mon anniversaire, et je me suis jetée sur lui. J'étais terrifiée du début à la fin, j'avais peur qu'il me dise non, qu'il croie profiter de la situation parce que j'étais saoule, mais ça s'est passé et j'ai carrément donné ma virginité à ton frère. Je ne sais pas pourquoi mais je suis sûre que tu aurais trouvé ça désopilant. Mais tu avais raison. J'attendais encore qu'il comprenne ce qu'il se passait et maintenant que c'est fait, laisse-moi te dire que ce qu'il se passe est génial et j'ai du mal à envisager l'avenir sans lui.

J'ai déposé un baiser sur mon gant en cuir raide et l'ai placé sur son nom.

– Tous les jours, Rem, tous les jours quelque chose me fait penser à toi, je pense à des choses que je voudrais te dire, j'ai envie de pleurer à cause de ce qu'il t'est arrivé. Tu me manques tous les jours et maintenant j'ai besoin de toi plus que jamais, j'essaie de prendre des décisions, j'essaie de prendre la direction qui te rendrait fier, qui te ferait sourire pour moi, mais c'est dur.

Je suis restée quelques minutes de plus, jusqu'à ce que les larmes ne soient plus que des traces glacées sur mes joues, puis je me suis relevée. J'ai posé ma main sur le dessus de la tombe et je lui ai dit un dernier au revoir en essayant de reprendre mes esprits. Quand je suis rentrée dans la voiture, Ayden avait pris possession de la radio et Lady Antebellum faisait sonner ses cordes. Elle a baissé le son au minimum tandis que je m'installais derrière le volant et que j'enlevais mes gants.

– Tout va bien ?

J'ai hoché la tête et ai mis mes mains glacées devant le chauffage, regrettant de ne pas en avoir un assez grand pour sécher mon jean.

– Ouais, c'est juste triste. Il me manque beaucoup. On se parlait tous les jours, parfois pendant des heures. Je me sens perdue sans lui. La majeure partie du temps, je me dis qu'il est le seul qui pourrait comprendre combien c'est difficile de comprendre Rule. Ils étaient très différents, mais tout au fond c'était les mêmes, des hommes bons avec un sens très fort de leur identité et de la fidélité.

– C'est évident qu'il comptait beaucoup pour toi, alors pourquoi vous n'avez pas fini ensemble, tous les deux ? On dirait que ça aurait été la combinaison gagnante.

J'ai souri tristement et j'ai redémarré la voiture.

– Parce que ce n'était pas ce que l'on ressentait l'un pour l'autre. Il savait que j'étais amoureuse de Rule. Parfois il m'y encourageait, parfois il faisait tout pour me dissuader, mais il savait, et en général il le respectait. Et Remy était amoureux de quelqu'un d'autre, de très différent de moi. Remy était le boute-en-train, il avait un million d'amis et tout le monde voulait tout le temps être avec lui, mais il était très pudique sur sa vie sentimentale. Rome et Rule enchaînaient les filles à un rythme franchement inquiétant, mais Remy cachait son jeu. Je crois qu'il laissait les gens croire qu'il se passait quelque chose entre nous parce que ça les empêchait de poser des questions auxquelles il ne voulait pas répondre. Il ne voulait pas être comparé à ses frères, et ses parents m'adoraient, donc c'était plus facile pour lui de jouer le jeu que de gérer les prises de tête.

– Ça ne me semble pas très juste pour toi. S'il savait que tu étais amoureuse de Rule depuis le début, pourquoi est-ce qu'il leur laissait croire que vous étiez en couple ?

Rule me posait sans cesse la même question, même s'il ne savait pas que j'étais amoureuse de lui depuis aussi longtemps. Je ne pouvais pas lui répondre, et je détestais ça. Ce n'était pas à moi de révéler les secrets de Remy.

– Il avait ses raisons. À l'époque je comprenais, j'imagine que je ne voyais pas combien ça pouvait être néfaste. Finalement, il m'a sauvé d'une vie au lycée qui aurait été malheureuse, et d'une famille qui me traite comme un meuble, alors cela ne me dérangeait pas le moins du monde de souffrir un peu pour lui. Tu l'aurais bien aimé, tout le monde l'aimait. Aussi colérique et difficile que puisse être Rule, Remy était tout l'opposé. Il était toujours affable, souriant et content. Il voulait seulement que je passe un bon moment, et que tous les autres aussi. Quand il a eu le bac, il devait aller en Californie parce qu'il avait eu une bourse d'études grâce au football américain. Il était bon, meilleur que bon, mais il l'a refusée car s'il se sentait obligé de jouer pour aller à l'école, cela lui retirait tout le plaisir du jeu. Rule a déménagé à Denver avec Nash, et Remy est parti avec eux. Les gars sont allés travailler au salon dès qu'ils ont eu leur diplôme, et Remy passait le temps en essayant de décider ce qu'il voulait faire. Finalement, il s'est fait repérer par une boîte d'événementiel de luxe qui faisait des fêtes chics et des soirées costard-cravate. Il avait trouvé son domaine et il n'a plus jamais parlé d'aller à la fac. Il gagnait pas mal d'argent, il adorait vivre en ville, il avait une super relation avec ses frères et sa famille. Il était en couple avec quelqu'un qui le faisait sourire et agir comme un petit gamin. Je venais d'emménager ici pour ma première année quand il est mort. C'était nul et ce n'était pas juste du tout ; tout se passait comme il le voulait, et on l'a enlevé à tout ça à cause d'un accident bête.

– C'est tragique.

J'entendais l'émotion dans sa voix.

– Oui.

J'ai confirmé car c'était tout ce que je pouvais faire. Quand nous sommes arrivées au salon de coiffure, nous étions toutes les deux plus que prêtes à nous remonter le moral et j'ai décidé qu'un massage aux pierres chaudes était de rigueur.

Nous nous sommes fait pomponner et nous nous sommes détendues. Peut-être un peu trop, car quand l'heure est venue de passer à mes cheveux, je lui ai demandé de passer la moitié de ma frange de châtain clair à presque noir. Il a fait la même chose au dessous de mes cheveux longs, cela faisait presque un effet damier. C'était tendance et affirmé, on ne pouvait pas le louper, et le noir de mes cheveux rendait le vert de mes yeux irisé. J'aimais vraiment beaucoup. Et je n'étais pas la seule puisque dès que nous sommes sorties, un groupe de filles de notre âge s'est arrêté pour me demander où je l'avais fait faire.

Ayden et moi sommes allées manger et avons décidé de prendre un cocktail dans un bar pas loin de l'appartement. J'ai jeté un œil à mon téléphone et j'ai vu un texto de Rule qui me demandait comment ça allait. J'ai froncé les sourcils et lui ai répondu en vitesse que tout allait bien. Je pensais qu'il exigerait de savoir où j'étais toute la journée, qu'il me demande ce que j'avais fait, mais il m'a juste répondu que tant mieux et m'a demandé à quelle heure il pouvait venir ce soir. Mon ventre s'est noué et j'ai senti quelque chose de terrible monter dans le fond de ma gorge. Il ne faisait qu'être prévenant, mais je détestais cela et je voulais que cela s'arrête. Je lui ai envoyé :

JE CROIS QUE J'AI UNE MIGRAINE QUI ARRIVE. AYDEN NE TRAVAILLE PAS CE SOIR ET JE PENSE QU'ON VA SE FAIRE UNE SOIRÉE FILLES À LA MAISON AVEC UN FILM BÊTE ET DU POP-CORN, DONC TU PEUX SORTIR AVEC TES POTES OU FAIRE CE QUE TU VEUX.

Je voulais qu'il me dise que c'était idiot. Qu'évidemment, il viendrait quand même, mais j'ai reçu :

D'ACCORD. TIENS-MOI AU COURANT S'IL TE FAUT QUELQUE CHOSE POUR TA TÊTE. GARDE LA PORTE FERMÉE. JE NE FAIS TOUJOURS PAS CONFIANCE À DAVENPORT.

Je voulais récupérer mon Rule. Je voulais qu'il s'énerve contre moi, je voulais qu'il retrouve le mauvais caractère qu'il trimballait normalement, mais il avait disparu. Tout ce que j'avais, c'était un acquiescement silencieux et une acceptation facile, des choses inconnues de mon Rule à moi. J'étais en colère sans savoir pourquoi ni comment y remédier, j'ai jeté mon téléphone dans mon sac et ai demandé une autre tournée.

– C'est quoi le problème, maintenant ?

– Rien.

– Allez, Shaw. Je suis avec toi depuis ce matin ; dis-moi ce qu'il se passe, les nichons, les cheveux et la visite glaciale du cimetière, il y a quelque chose derrière tout ça. Tu me fais parler quand je ne veux pas, alors balance.

J'ai soupiré d'un air découragé et j'ai tourné ma paille dans mon verre.

– J'ai dit à Rule de ne pas venir ce soir parce que j'avais une migraine.

– Et ce n'est pas vrai, je suppose.

– Non, et je ne veux pas vraiment qu'il reste chez lui. Je veux juste qu'il fasse ce qu'il fait d'habitude, qu'il pique une crise, qu'il soit colérique et autoritaire, qu'il me dise qu'il vient que ça me plaise ou non. Mais il répond juste « d'accord » comme si ce n'était pas grave, et je ne sais pas quoi en penser. Ce n'est pas comme s'il n'était jamais doux et gentil, mais ce n'est pas sa façon d'être par défaut. Il est compliqué et il a l'esprit de contradiction, mais ces derniers temps il ne fait que sourire et hocher la tête comme si j'avais toujours raison. Ça ne lui ressemble pas, et ça me fait bizarre.

– Tu peux peut-être essayer d'être contente que ton copain ait l'air super ?

J'ai essayé de sourire car je savais qu'elle plaisantait, mais je n'avais pas le cœur à ça.

– Ce n'est pas seulement quand on discute ou quand je lui demande de faire quelque chose, c'est aussi au lit. Normalement, c'est passion incontrôlable et orgasme après orgasme paralysant, mais ces temps-ci c'est beaucoup plus « Est-ce que je peux faire ci ? » et « Tu es d'accord si je fais ça ? » et « Comment tu te sens si je fais ça ? ». Ça n'a jamais été son genre de demander la permission, il prend ce qu'il veut et fait en sorte qu'à la fin tu le veuilles deux fois plus que lui. Ça commence à me faire peur parce que je ne sais pas comment lui en parler sans avoir l'air d'une tarée parano.

– Eh bien, il faut que tu lui en parles. Tu ne peux pas attendre qu'il fasse les choses de telle façon alors qu'il se comporte différemment, ou vous serez tous les deux déçus.

Je savais qu'elle avait raison mais ce n'est pas pour autant que j'avais la moindre idée de comment m'y prendre.

– Je ne sais pas ce qu'il s'est passé avec Gabe après qu'il a pourri ma voiture, mais c'est là que ça a commencé. Il a quitté l'appartement et quand il est revenu, ce n'était plus le même.

– Je connais quelques personnes qui allaient en cours quand c'est arrivé. Ils m'ont dit qu'ils ont pensé que Rule allait défoncer Gabe, mais il l'a lâché et un agent de sécurité les a séparés. Je ne sais pas ce qui aurait pu déclencher une réaction aussi bizarre chez lui.

– Je ne sais pas non plus mais ça ne me plaît pas du tout, et ça fait une raison de plus de maudire Gabe.

Je n'étais pas en grande forme, donc nous avons pris quelques cocktails de plus que prévu. Ayden a décidé que, comme nous étions bien parties, nous devrions passer à la soirée filles. Nous avons commandé des ailes de poulet au bar et sommes revenues à pied, car nous n'étions qu'à quatre rues de l'appartement. Nous sommes rentrées en titubant un peu et nous nous sommes écroulées sur le canapé. Nous avons regardé trois comédies romantiques à l'eau de rose à la suite, fait descendre le poulet avec une bouteille de vin, avons plongé dans la crème glacée et le pop-corn et avons ri comme des folles pour des choses qui n'étaient même pas drôles. Ce n'est qu'en me mettant au lit des heures plus tard que je me suis rendu compte que je n'avais pas appelé Rule, ou même envoyé un message pour lui dire ce que je faisais toute la soirée. Je crois que mon cœur s'est un peu fendu quand j'ai regardé l'écran de mon téléphone et qu'il n'affichait aucun appel manqué ni aucun message. Il n'avait même pas pris la peine de me dire bonne nuit ou de me dire que je lui manquais.

J'ai jeté le téléphone quelque part par terre, en faisant attention de ne pas l'envoyer contre le mur, cette fois, et je me suis réfugiée sous les couvertures. Je pensais que comme j'étais bien bourrée, je plongerais dans le sommeil en moins de deux, mais j'avais tort. J'ai tourné dans mon lit pendant plus de deux heures avant d'abandonner quand j'ai compris que je n'allais pas dormir si je ne changeais rien. J'avais passé tout le mois dernier contre le corps solide de Rule, et dormir dans un lit vide alors que je me sentais mal n'était pas aussi plaisant. J'ai poussé les couvertures et j'ai fouillé dans l'un des tiroirs de ma commode que Rule avait commencé à remplir quand il venait dormir. J'ai trouvé son tee-shirt préféré de *Defiance Ohio*, je me suis déshabillée et je l'ai enfilé. Il était usé, doux et il me faisait penser à lui, aussi, quand je suis retournée dans mon lit je suis enfin tombée dans un sommeil reposant, en sachant qu'il fallait que je me sorte de là avant de devenir folle ou de me transformer en pochtronne insomniaque.

Chapitre 15
RULE

— Eh, tu as une minute ?

J'ai levé les yeux du dessin de bateau de pirate old school sur lequel je travaillais quand la voix de mon frère, dans l'encadrement de la porte, m'a surpris. J'étais tellement concentré que je ne l'avais pas entendu entrer, en plus j'avais la tête ailleurs car, deux soirs de suite, Shaw avait trouvé une excuse à la con pour rester seule et cela commençait à m'énerver.

Je m'efforçais d'agir comme ce que je pensais être un bon petit ami. J'étais attentionné, attentif, je répondais à ses souhaits, je n'insistais jamais – donc en résumé je faisais la fiotte – et je la laissais prendre toutes les décisions. Ça ne me réussissait pas du tout, même au lit. Je voulais être le mec qui ne lui donnerait aucune raison de partir, qui la rendrait heureuse pour qu'elle n'ait pas à combattre mes sautes d'humeur et mes crises de folie. J'essayais, avec un succès limité, d'être un mec qu'elle voudrait garder, surtout avec Davenport le déséquilibré qui se baladait toujours dans le coin. Mais ma nouvelle attitude semblait provoquer le résultat inverse. J'avais passé les deux dernières nuits à tourner dans mon lit car j'étais habitué à sa forme douce près de moi. J'étais trop agacé pour simplement l'appeler et lui dire que je venais quand même parce que je savais que c'était ce que nous voulions tous les deux.

J'ai jeté mon crayon à la tête de Rome et lui ai fait signe pour lui dire d'entrer s'il voulait.

– Qu'est-ce qu'il y a ?

Il m'a lancé le crayon à son tour et s'est lourdement laissé tomber sur le lit. Il a étendu ses grandes jambes devant lui en les croisant et s'est penché en arrière, appuyé sur ses coudes, comme chez lui.

– Toujours pas de nouvelles de Shaw ?

J'ai ravalé un grognement car rien que d'y penser, cela me donnait envie de frapper.

– Elle dit qu'elle a trop de devoirs pour demain, elle veut rentrer directement chez elle après le boulot pour les faire.

– Ah…

– Qu'est-ce que ça veut dire ?

– Rien, juste… ah.

– Arrête, Rome, ton « ah » veut toujours dire quelque chose.

– Eh bien, c'est bizarre qu'elle ne soit pas venue depuis quelques jours. Vous vous êtes disputés et tu ne m'en as pas parlé ?

– Non.

– Tu es sûr ?

Je lui ai jeté un regard noir.

– Oui, je suis sûr qu'on ne s'est pas disputés. Tu es venu pour me harceler ou tu as vraiment quelque chose à me demander ?

– Tu essaies de changer de sujet ?

Après l'avoir gentiment insulté, j'ai tourné ma chaise.

– Si tu veux juste être chiant, sache qu'il faut que je finisse la pièce sur laquelle je bosse.

– J'ai eu ma décharge médicale aujourd'hui. Le toubib de Carson m'a appelé tout à l'heure. Ça veut dire que je décolle en début de semaine prochaine.

J'ai fait pivoter ma chaise. Il essayait d'avoir l'air cool mais je voyais la tension autour de sa bouche et dans ses yeux.

– Ton épaule va tenir le coup ?

– D'après eux, oui.

– Et toi ? Tu te sens capable de repartir ?

– Je crois que je n'ai pas vraiment le choix. Je partirais plus tranquille si je savais que tout se passait bien entre toi et Shaw et si elle n'avait pas un taré qui la poursuit. Et bien sûr si Maman avait accepté de se faire aider. Mais je suppose que les miracles, ça n'arrive que dans les films.

J'ai grogné et ai passé mes mains sur mes cheveux qui poussaient à vue d'œil. J'étais tenté de les raser pour retrouver une crête, mais dans mon esprit Shaw ne pouvait pas être avec un mec coiffé comme ça, donc je les gardais normaux et naturels, même si elle me disait régulièrement combien la crête lui manquait.

– Ça va pour Shaw et moi, ne t'inquiète pas pour ça. Et pour Maman, je ne peux pas faire grand-chose pour t'aider. Promets-moi que tu feras attention. On arrête de rouler sur des bombes.

– Ce n'était pas vraiment prévu la dernière fois ! Écoute, je vais le dire à Papa et Maman. Tu sais qu'ils vont vouloir faire quelque chose puisque personne ne sait quand je vais rentrer ni dans quel état.

– Rome, je ne peux pas réitérer l'expérience avec Maman.

– Je dirai à Papa d'organiser ça dans un restaurant ou quelque chose dans le genre. Je lui ferai comprendre que ça doit être une réunion de famille, ce qui veut dire que tu dois être là, et Shaw aussi. Je ne te demande pas, petit frère, je t'informe. Je vais retourner dans le désert pour je ne sais combien de temps, et je mérite d'avoir un bon souvenir en famille à emporter avec moi. Tout le monde peut ravaler sa fierté pour une soirée. Je le mérite.

– Tu as vu comme ça s'est bien passé la dernière fois, et je n'ai même pas fait de provocation.

Il a soupiré et s'est relevé.

– Fais ça pour moi, Rule, s'il te plaît.

Je ne voulais pas faire ça, sachant que c'était bizarre avec Shaw et que ma mère avait très clairement dit ce qu'elle pensait de moi, mais il y avait peu de choses que j'aurais pu refuser à mon frère. J'ai enchaîné beaucoup de grossièretés d'une voix éraillée en laissant ma tête tomber en arrière.

– Dis-moi où et quand. J'en parlerai à Shaw, mais tu n'as pas le droit de t'énerver et de repartir à la guerre en colère si Maman fait ce qu'elle a l'habitude de faire et pourrit tout.

– Je ne comprends pas pourquoi on ne peut pas être une foutue famille, pour une fois. Je n'ai pourtant pas l'impression que ce soit trop demander.

– Tu as raison, ce n'est pas trop demander et je ferai ce que je peux. D'accord ?

– Merci, frangin, tu n'es qu'à moitié aussi con que ce que les gens pensent.

– Ta gueule.

J'ai rigolé et je suis retourné à mon dessin.

– Juste pour dire, ça va me manquer de ne plus voir ta sale gueule de petit chef.

Il s'est avancé vers moi et a coincé ma tête sous son bras. Je me suis débattu en vain pour essayer de me libérer mais il était trop massif et m'a facilement maîtrisé.

– Ça va aussi me manquer, ta grande gueule et ton sale caractère. En revanche ces cheveux que tu gardes, c'est nul et ce n'est pas du tout toi, donc ça ne va pas me manquer.

Il m'a enfin lâché quand je lui ai mis un coup de poing dans les côtes. Il a enlevé son bras en grognant et j'ai poussé les mèches informes sur mon front.

– Tu as juste peur parce que si j'ai des cheveux « normaux », les gens vont se rendre compte que je suis beaucoup plus beau que toi.

Il a à nouveau foncé sur moi et nous nous sommes battus un peu comme quand nous étions petits, mais maintenant Rome était un géant qui pesait facilement vingt-cinq kilos de plus que moi, donc le combat n'était pas vraiment équitable. Mais le voir sortir en se tenant les côtes m'a donné une petite satisfaction.

J'ai sorti mon téléphone et j'ai fixé l'écran. Je ne savais pas comment formuler ce que j'avais à dire à Shaw, je détestais cela, m'inquiéter des mots que je devais choisir. J'avais tellement l'habitude de dire et faire ce que je voulais, que cette version diluée de moi-même me fatiguait. J'ai écrit un message rapidement :

Rome vient d'avoir sa décharge médicale. Alors il retourne dans le désert lundi.

Je me suis dit que comme elle travaillait, elle ne répondrait pas tout de suite. Ce n'était pas comme si nous étions embarqués dans de profondes conversations philosophiques, ces derniers temps.

Oh non ! Ça va ?

J'avais déjà perdu un frère, alors l'idée que celui qui me restait ait un travail qui le mettait constamment en danger ne me faisait pas du bien du tout, mais je ne pouvais rien y faire. Le sens du devoir de Rome était une partie de son identité, je respectais cela et je le respectais bien trop pour laisser mes sentiments contaminer le peu de temps que nous passions ensemble.

J'ai connu mieux mais il a l'air de bien le vivre, donc qu'est-ce qu'on peut y faire ?
Tu veux que je vienne après le travail ?
Je croyais que tu avais des devoirs à faire ?
Oui, mais si tu as besoin de moi, ça peut attendre.

Oui, j'avais besoin d'elle. Je voulais la tenir dans mes bras et la couvrir d'amour mais pas parce qu'elle avait pitié de moi, je voulais que ce soit parce qu'elle voulait être avec moi aussi. J'ai gardé les yeux sur le téléphone avec un regard mauvais à cause de la tournure compliquée que tout cela avait pris d'un jour à l'autre.

Nan, c'est bon, mais il veut faire un repas de famille avec tout le monde avant de partir. Il va demander à mon père d'organiser ça.

Comment ça va se passer avec Margot et toi ?

Pas seulement moi, tu viens aussi.

Je ne m'inquiète pas pour moi.

Rome a l'air de penser que comme il repart, elle se tiendra à carreau s'il lui demande, mais j'ai des doutes. Il croit que si on fait ça dans un lieu public, ça ira.

C'est tellement triste que vous ayez à vous soucier de ça.

Je ne suis pas le seul à avoir des problèmes de famille, Casper.

Non, c'est vrai.

Passe une bonne nuit.

Il y a eu un long blanc et je ne pensais pas qu'elle allait répondre, mais cinq minutes plus tard mon téléphone a bipé, nouveau message.

Tu me manques, Rule.

Je ne savais pas quoi lui dire car ce n'était pas moi qui m'éloignais, cette fois. J'ai verrouillé l'écran et ai continué à dessiner.

Le lendemain soir, c'était moi qui ne voulais pas passer de temps avec Shaw. J'avais décidé que c'était une excellente idée de sortir Rome pour qu'il tire un coup avant de repartir à l'étranger. J'ai réussi à finir allongé dans un verre de Crown, donc assez certain d'avoir lamentablement échoué et d'être le pire compagnon de drague de l'histoire. Rome et Nash m'ont laissé sur mon lit après m'avoir traîné jusqu'à l'appart. Ce n'est que bien après 11 heures, le lendemain matin, alors que j'essayais de me laver et d'avoir l'air à moitié humain pour aller travailler, que j'ai remarqué trois appels manqués et cinq messages non lus de la part de Shaw. Ils étaient tous des variations du même thème : où es-tu, que fais-tu, pourquoi tu ne réponds pas, tu veux que je vienne, tu vas venir ? Ils m'ont tous fait faire la grimace et lâcher des jurons. Je me sentais super coupable car si les choses n'avaient pas été aussi tendues entre nous, je l'aurais appelée avant de partir ou je lui aurais proposé de venir avec nous. Au lieu de ça, j'en avais profité pour être mon moi normal et ne faire aucun effort pour être parfait aux yeux de quiconque.

J'allais l'appeler pour lui expliquer quand Rome est sorti de la salle de bains du couloir en passant une serviette sur sa tête.

– Tu es vivant ?

– À peine. Il faut que j'appelle Shaw. Hier soir, j'étais trop bourré pour lui dire ce qu'il se passait.

Il m'a lancé un regard perçant.

– Je l'ai déjà appelée. Elle m'a envoyé un message hier parce qu'elle se demandait ce que tu faisais alors je lui ai dit que tu étais plein et incontrôlable. Elle a l'air triste. Pire que ça, elle a l'air triste à cause de toi.

J'ai grondé un peu et ai posé mes coudes sur le comptoir de la cuisine.

– Je sais mais je ne sais pas ce que j'ai fait de mal. J'ai failli tabasser son ex sur un parking mais je me suis rendu compte que si j'agissais comme un homme des cavernes j'allais la perdre, et que je ne serais plus là pour la protéger. Je fais attention à mes bonnes manières, et laisse-moi te dire, je n'imaginais pas combien ce serait compliqué ! Mais depuis, elle se comporte comme si je l'avais trompée ou que j'avais fait un truc horrible du genre.

– Rule, elle t'aimait avec tes mauvaises manières. Arrête d'essayer d'être quelqu'un que tu n'es pas et laisse-la t'aimer. Ce n'est pas dur. Papa a appelé et on mange à Ruth's Chris dans le centre-ville, à 18 heures. Je l'ai déjà dit à Shaw, donc à moins que tu veuilles ramper pour t'excuser, tu n'as pas besoin de l'appeler.

– Ils viennent ici ?

– Papa s'est dit que ça ferait du bien à Maman. Il a pensé que la sortir de Brookside enlèverait un peu du poids du passé.

– On verra bien.

– Rule…

Je me suis retourné pour le regarder et j'ai été frappé par la sincérité dans ses yeux.

– Merci de faire ça pour moi. Je sais que ce n'est pas facile pour toi.

– Je suis en train d'apprendre que le facile ne paie pas. Ce sont les choses qui te font bosser qui comptent vraiment.

– Tu es toujours un petit con qui ne tient pas l'alcool, mais en chemin tu es devenu un homme que je suis fier d'appeler mon frère.

Nous nous sommes fixés pendant un long moment et, je préférerais mourir que de l'avouer, mais les larmes me sont carrément montées aux yeux. Je me suis éclairci la voix et me suis écarté du comptoir.

– Merci, Rome, maintenant il faut que je voie si j'ai toujours une copine ou si j'ai assez bu hier soir pour finir célibataire.

Je pensais à ce qu'il m'avait dit en appelant Shaw et finalement atterrir directement sur sa messagerie. Il fallait juste que je la laisse m'aimer ; je ne savais pas trop comment faire mais je savais que ce que je faisais en ce moment ne fonctionnait pas. J'ai laissé un message rauque.

– Salut, c'est moi. Je suis nul et je suis désolé. J'aurais dû t'appeler. Je suis sûr que t'es inquiétée et si tu m'avais fait ça, je me serais tapé la tête contre les murs. Vraiment, je n'ai pas d'autre excuse que le fait que les choses soient un peu bizarres entre nous en ce moment et j'essaie de comprendre. Appelle-moi quand tu auras ce message, si tu veux. On se voit ce soir. Je suis vraiment désolé et je te promets d'arrêter de faire les choses différemment alors que ça marchait très bien avant.

Je ne savais pas quelle allait être sa réponse, tout ce que je savais était que j'avais merdé et j'espérais qu'il n'était pas trop tard pour me rattraper. J'ai fini de me préparer pour le travail sans avoir de ses nouvelles. J'ai passé mes deux premiers rendez-vous toujours sans réponse, et j'ai commencé à m'inquiéter. Je savais qu'elle était à la fac aujourd'hui, mais généralement cela ne l'empêchait pas de me contacter entre deux cours. J'étais tenté de l'appeler une seconde fois, mais j'avais peur de ma réaction si j'étais encore envoyé sur messagerie, sachant que je ne tenais déjà qu'à un fil. Je nettoyais après mon dernier rendez-vous de la journée quand j'ai enfin reçu un message d'elle :

On se verra au dîner.

C'était tout. Il n'y avait pas de « Je te pardonne », pas de « Oui, t'es naze, maintenant embrasse-moi », pas de « On fait tous des erreurs », pas de « Je suis tellement contente qu'on revienne à la normale », juste « On se verra au dîner ». Qu'est-ce que j'étais censé faire de ça ? Toutes ces histoires d'avoir une copine commençaient à me faire mal au crâne et je regrettais l'époque où nous nous détestions cordialement et ne passions qu'une heure ensemble toutes les semaines. C'était complètement faux, mais cela m'a fait me sentir un peu mieux tandis que je rentrais chez moi le dos voûté pour me changer et éviter à ma mère une crise cardiaque.

J'ai mis un Dickies gris et une chemise à carreaux avec des boutons pression nacrés et j'ai échangé ma ceinture à clous pour une noire toute simple. J'ai gardé mes bottes et ai vérifié qu'il y avait tout juste assez de gel dans mes cheveux pour qu'ils soient à moitié coiffés. Je ressemblais toujours à moi-même, mais un moi dont mon père ne se moquerait pas et dont ma mère ne se plaindrait pas. Je devais bien admettre que je voulais aussi montrer à Shaw que je pouvais faire propre quand l'occasion l'exigeait, mais j'étais si pertubé quand je pensais à elle que j'ai essayé de ne pas trop imaginer sa réaction lorsque nous nous verrions enfin.

Rome et moi avons grimpé dans le pick-up pour aller dîner. Sur la route du restaurant, j'ai bien vu dans son silence qu'il était stressé, et je ne pouvais pas lui en vouloir après le fiasco de notre dernière réunion de famille. À ce jour, Maman considérait toujours qu'elle n'avait aucune responsabilité dans notre schisme familial. Je n'étais pas sûr que se voir dans un lieu public, avec toute cette tension entre Shaw et moi, soit la clef du succès, mais j'étais décidé à offrir à Rome l'au revoir qu'il méritait, et à ne pas le laisser partir déçu ou avec trop de raisons de s'inquiéter pour ceux qu'il aime.

Nous nous sommes garés dans un parking plein à craquer et avons mis quelques dollars dans le parcmètre. En nous dirigeant vers le restaurant rempli de monde, nous avons vu Maman et Papa qui attendaient devant, avec Shaw. En la voyant, ma respiration s'est accélérée et quelque chose s'est retourné dans ma poitrine. Cela ne faisait que quelques jours, mais à cet instant j'ai eu l'impression que nous avions été séparés des années. Elle avait changé sa couleur de cheveux entre-temps, ils étaient maintenant sévèrement bicolores, et cela claquait avec sa peau blanche et ses yeux clairs. Nous nous approchions et son regard était fermé et ses joues rosies par le froid. J'ai vu que ma mère s'accrochait obstinément au bras de Shaw et elle n'a pas vraiment explosé de joie en nous voyant arriver. Rome s'est penché pour leur faire la bise à toutes les deux et a serré la main de Papa avant de se déplacer pour ouvrir la porte. J'ai opté pour un signe du menton et ai haussé un sourcil en regardant Shaw.

– Salut.

Les coins de sa bouche se sont retroussés et ma mère m'a tout bonnement ignoré.

– Salut. On rentre, je suis gelée.

Elle a laissé ma mère l'entraîner et une pointe de colère s'est glissée sous ma peau. Mais nous n'étions pas là pour moi donc j'ai essayé de l'étouffer tandis que mon père posait sa main sur ma nuque pour me secouer un peu. Son geste m'a donné l'impression d'avoir dix ans, ce qui était assez drôle maintenant que je faisais quinze centimètres de plus que lui.

– C'est une bonne chose pour nous tous, gamin. Sois patient et on va s'améliorer et redevenir un tout.

– C'est juste un dîner, Papa. Ne parlons pas trop vite.

– Eh bien, il faut apprendre à marcher avant de courir, fiston, et pour l'instant les Archer arrivent à peine à boitiller. Tout ce qu'on peut faire, c'est aller de l'avant.

Je ne savais pas quoi répondre, aussi j'ai fermé ma bouche et ai regardé la silhouette de Shaw alors qu'une serveuse guidait notre groupe vers une table au fond de la salle. Ma mère n'arrêtait pas de jacasser avec Shaw, elle hochait la tête ou marmonnait de temps en temps, mais ce qu'elle ne faisait pas du tout, c'était me regarder ou reconnaître ma présence. La colère était en train de passer de fumée à brûlure. Si cela ne changeait pas très vite, j'allais faire quelque chose que je regretterais plus tard. À table, je me suis retrouvé coincé entre mon frère et ma copine. L'un me regardait en guise d'avertissement, l'autre avait un regard voilé de tristesse et de reproche ; deux choses que je ne comprenais pas. J'étais prêt à tout envoyer balader pour avoir des réponses. Je n'en ai pas eu l'occasion car, dès que je me suis tourné vers Shaw, la serveuse est apparue et nous avons été occupés à commander les boissons. Ma mère, une fois de plus, a accaparé toute l'attention de Shaw.

Simplement pour tâter le terrain, j'ai posé ma main sur sa cuisse sous la table et je l'ai sentie se raidir sous mon toucher. J'ai attendu qu'elle bouge ou qu'elle pousse ma main mais elle ne s'est même pas arrêtée dans sa conversation avec ma mère. Il était évident qu'elles s'étaient manquées. J'ai ressenti de la culpabilité comme un coup de poignard, car Shaw avait interrompu une relation qu'elle appréciait visiblement à cause de sa loyauté et de ses sentiments pour moi. J'ai laissé mon père et mon frère me happer dans une conversation sur les Broncos et j'ai gardé un œil sur Shaw quand nous avons choisi nos plats. Elle n'a pas poussé ma main mais elle n'a pas non plus regardé une seule fois vers moi. Je ne savais pas quoi en déduire. En revanche, j'étais soulagé car tant que ma mère était concentrée sur elle, elle ne posait pas les yeux sur moi ; vu les circonstances, cela permettrait au dîner de se passer le plus calmement possible. Mon père a commandé une bouteille de champagne avec le dessert et avant qu'elle n'arrive, ma mère s'est éclipsée aux toilettes, donnant ainsi l'occasion à Shaw de se tourner vers moi. Mais ses lèvres étaient pincées et ses sourcils très clairs étaient froncés.

– Il faut qu'on parle.

Mes propres sourcils se sont haussés si vite qu'ils ont tiré sur les anneaux qui y étaient accrochés.

– Ce n'est pas évident à faire si tu ne réponds pas quand je t'appelle et que tu inventes des excuses pourries pour ne pas me voir.

Je l'ai vue tiquer et elle s'est penchée plus près, de sorte que nos têtes étaient presque collées. Elle a sifflé, assez bas pour que je sois le seul à l'entendre :

– Eh bien excuse-moi de ne pas savoir quoi te dire, sachant que la dernière fois qu'on ne s'est pas vus durant plusieurs jours, tu as foutu ta langue dans la gorge de la première venue. Je ne sais pas ce qu'il t'arrive mais j'ai l'impression que tu deviens un inconnu et je déteste ça.

Je lui ai lancé un regard noir et j'ai serré mes doigts sur sa jambe.

– Est-ce que tu me fais un minimum confiance ? Putain, Shaw, peut-être que j'essayais juste d'être un meilleur copain, un copain qui ne pète pas un câble pour des conneries toutes les trois minutes et qui ne finit pas en prison alors que ton ex taré rôde encore ? Peut-être que j'essayais de faire ce qu'il faut, pour changer. J'essayais d'être le genre de mec que tu mérites.

Elle a soufflé un gros soupir entre ses dents serrées et ses yeux émeraude se sont affûtés, d'une colère que j'ai été surpris de voir brûler aussi fort que la mienne.

– Peut-être que tu aurais dû me demander avant de décider de ce que je mérite, Rule. Peut-être que j'aimais que tu pètes des câbles pour des conneries. Peut-être qu'il me manque, le Rule qui était assez passionné par moi et ma sécurité pour risquer d'aller en prison à cause de mon ex psychopathe. Et je suis sûre et certaine que je ne t'ai jamais demandé d'être un meilleur copain. D'ailleurs, le petit copain que tu as été cette semaine n'a fait que me faire sentir perdue et triste.

Je crois que ni l'un ni l'autre ne nous étions rendu compte que nous avions élevé la voix et que nous avions maintenant un public captif. Ma mère, qui était revenue des toilettes, a fait un bruit étrange, comme un animal blessé, et elle a titubé sur ses talons pour attirer notre attention. Son regard allait de moi à Shaw avec des yeux énormes, et sa main était plaquée contre sa poitrine. Mon père semblait bien moins surpris, mais inquiet pour ma mère, comme d'habitude.

– Comment tu viens de l'appeler ?

Shaw a regardé ma mère, puis moi. Elle a soupiré et a répondu d'une petite voix, comme si elle avait peur que ce qu'elle allait dire détruise la femme en face d'elle.

– Rule et moi, on se voit depuis un peu plus d'un mois. Je lui ai dit d'arrêter de faire comme s'il devait être quelqu'un d'autre pour être un bon copain.

Elle s'est tournée pour me regarder et je voyais qu'elle menait une guerre intérieure. Elle a fini par prendre une grande inspiration et se retourner vers ma mère.

– Je suis amoureuse de lui depuis que j'ai quatorze ans, Margot.

Je me suis figé en entendant sa confession et l'intérieur de mon corps s'est intégralement transformé en gelée. Elle m'aime. Cette jeune femme gentille, merveilleuse, parfaite, m'aime, et depuis longtemps. Je ne savais pas quoi faire de cette information car ma mère essayait de retenir ses larmes, et pour la première fois de la soirée, elle a prêté attention à moi.

– Ça ne t'a pas suffi d'avoir pris la vie de Remy ? Il fallait aussi que tu lui prennes la fille qu'il aimait ?

Un silence choqué s'est abattu autour de la table, lourd comme une tonne de briques. Mon instinct me disait de quitter la table et de sortir du restaurant, mais je ne pouvais pas car Shaw avait serré sa main autour de la mienne sur sa cuisse. Mon père et Rome se sont tous les deux levés d'un coup, outrés.

– Margot !

– Maman !

Les deux voix se sont élevées et les autres clients du restaurant commençaient à nous regarder de plus en plus, mais j'étais trop estomaqué pour m'en soucier. J'ai entendu Shaw dire mon nom, j'ai senti mon frère poser sa main sur mon épaule, mais je n'étais plus là. En tout cas je n'étais plus là jusqu'à ce que Shaw se lève, mette ses doigts entre ses lèvres et émette un sifflement qui nous a tous fait tourner la tête vers elle, sous le choc. Elle a posé les mains sur la table et s'est penchée en avant pour parler directement à ma mère tout en nous regardant tous.

– Tout le monde se tait, dit-elle en montrant ma mère du doigt et en plissant les yeux. Écoute-moi Margot, et pour une fois il faut que tu entendes ce que j'ai à te dire. J'aimais Remy, je l'aime toujours, mais nous n'avons jamais été amoureux. Il savait ce que je ressentais pour Rule, parfois il m'encourageait et parfois il me dissuadait, mais en définitive il était d'accord sur le fait qu'on ne choisit pas forcément qui on aime.

Elle a pris une grande inspiration et j'ai regardé sa poitrine monter et retomber. Elle se débattait avec quelque chose, quelque chose de gros, à en juger par son visage rouge et ses poings serrés.

– Remy avait des secrets. Je sais que vous étiez proches, les gars, que vous vous aimiez et vous respectiez tous les trois, mais Remy était différent de vous deux et il ne savait simplement pas comment vous le dire. Il pensait que c'était peut-être mieux pour tout le monde de vous laisser croire que nous étions en couple. Dale et Margot étaient déjà très durs avec Rule alors qu'il ne faisait que se tatouer et se coiffer n'importe comment...

Elle s'est tournée pour être face à moi et j'ai vu qu'elle avait les larmes aux yeux et que son menton tremblait. Je voulais l'envelopper dans un câlin et tout arranger mais, même dans ma coquille de choc émotionnel, je savais que ses paroles allaient changer mon monde pour toujours.

– Je lui avais promis et je lui dois tellement. J'ai juré sur ma vie que je ne le dirais jamais à personne.

Son regard a glissé et s'est arrêté sur chacun de nous autour de la table.

– Mais il voudrait que cette famille aille bien et soit entière, plus qu'il ne voudrait que je garde son secret.

Elle a pris une grande inspiration.

– Remy était gay. Il était mon meilleur ami, ma famille de substitution, et il était homosexuel. Il avait une relation sérieuse avec un garçon qui s'appelle Orlando Fredrick, qu'il avait rencontré en dernière année de lycée. C'était la vraie raison pour laquelle il avait déménagé à Denver après le lycée, Lando va aussi à DU.

L'incrédulité, froide et étrangère, a remonté ma colonne vertébrale. Rome a balancé un chapelet d'insanités et ma mère s'est mise à chialer pour de bon. Shaw a tourné ses yeux tristes vers moi et je l'ai regardée comme si je la voyais pour la première fois.

– Pas possible. Il me l'aurait dit.

Elle a secoué la tête, et ses cheveux noirs et blancs glissaient sur ses épaules.

– Il voulait te le dire, mais il avait peur que tu ne comprennes pas sa volonté de garder ça secret. Il avait peur que tu le pousses à le dire à tout le monde. Il ne s'est jamais inquiété de ta réaction, mais il savait que ça aurait tué Margot.

– On était jumeaux, nom de Dieu. Il me l'aurait dit.

– Rule…

Je me suis éloigné de la table et je lui ai lancé un regard mauvais.

– C'est des conneries.

Rome s'est levé aussi et j'ai remarqué que son regard sur Shaw était dur également.

– Tu n'as pas besoin d'inventer des histoires sur les morts pour essayer d'arranger les choses pour Rule. C'est désespéré et ce n'est pas correct, Shaw.

Des larmes coulaient sur ses joues tandis que ses yeux faisaient des allers-retours entre nous. Elle a ouvert la bouche pour dire quelque chose mais mon père l'a coupée en tapant sa cuillère sur le côté de sa flûte de champagne.

– D'accord, tout le monde s'assoit et se tait.

Il a jeté un regard dur vers ma mère et lui a montré la chaise qu'elle avait quittée quelques instants plus tôt. Elle avait l'air prête à s'évanouir, et pas ravie d'être si près de Shaw. Je me suis rassis à contrecœur mais étonnamment, c'est Rome qui ne voulait pas bouger. Il est resté debout derrière le dossier de sa chaise jusqu'à ce que mon père lui fasse de gros yeux et le montre du doigt en disant :

– Pose ton cul sur la chaise, soldat.

Shaw pleurait à côté de moi et maintenant, au lieu de la consoler, tout ce que je voulais faire était partir le plus loin possible. Mon père s'est éclairci la voix et a croisé ses bras sur la table.

– Cela fait longtemps que les choses sont brisées dans cette famille. Il y a eu trop de malhonnêteté et de faux-semblants, et j'en ai marre de mettre tout ça sous le tapis pour que ma femme soit heureuse. Car au final, elle ne l'est pas, d'ailleurs personne ici ne l'est.

Il a passé une main sur son menton et paraissait soudain avoir cent ans.

– Margot, ne fais pas comme si tu ne savais pas que la façon dont tu traites Rule depuis des années est cruelle et injuste. J'ai perdu mon fils tout comme toi, et je ne te laisserai plus essayer de faire de son jumeau un étranger ou quelqu'un qui nous déteste. C'est un bon gars ; il travaille dur, il aime sa famille, et de toute évidence il a des qualités que celle que tu considères comme ta fille sait apprécier. Je ne veux plus le mettre à l'écart. On sait tous les deux que Shaw est amoureuse de lui depuis qu'elle est gamine, on a vu comme elle le regardait, comme elle le défendait, et ne crois pas que je n'ai pas vu que c'était pour ça que tu essayais sans cesse de la pousser dans les bras de Remy.

Il a lâché un soupir, puis il a regardé Rome et moi.

– Shaw ne vous ment pas, les garçons. C'est vrai que votre frère avait un autre mode de vie. Peut-être qu'il ne voulait pas que votre mère et moi soyons au courant, mais les ados ne savent pas mentir et il n'était pas vraiment aussi discret qu'il le pensait.

Il a glissé un regard en coin vers ma mère pendant que Rome et moi échangions des regards choqués.

– Margot a cru que c'était passager, c'est la principale raison pour laquelle elle était si contente d'accueillir Shaw chez nous et dans notre famille. Au départ elle était persuadée que tu allais le changer, lui faire aimer les filles ou, plus précisément, t'aimer toi, mais comme je le disais, c'était assez clair que tu t'intéressais à Rule. Ensuite on t'a adorée et on a vu combien tu manquais d'amour et combien tu pouvais en donner. On ne pouvait plus te laisser partir, bien que je n'aie jamais aimé que Remy laisse tout le monde croire qu'il y avait autre chose que de l'amitié entre vous.

J'ai grogné.

– Il me l'aurait dit.

J'ai tapé ma main sur la table et mon père m'a fixé avec un regard noir.

– Non, mon fils, il ne te l'aurait pas dit. Remy avait du mal avec ça, il avait du mal à accepter le regard des autres sur qui il était, et tu n'as jamais vécu ça. Tu as toujours assumé qui tu es, sans te soucier du qu'en dira-t-on.

J'ai regardé Shaw, puis la table. J'avais essayé de changer pour elle et cela avait été un échec cuisant. Je me suis relevé et j'ai laissé mes yeux s'arrêter sur ma mère.

– Je ne comprends pas pourquoi tu n'as jamais pu m'aimer comme je suis alors que tu étais visiblement capable de l'aimer malgré tout. Ça n'a pas de sens. Il faut que je sorte d'ici.

– Je viens avec toi.

Rome avait l'air aussi déchaîné que moi. J'ai baissé les yeux quand des mains douces se sont agrippées à mon avant-bras. J'ai sursauté et je crois que j'ai réellement vu son cœur se briser dans ses yeux.

– Rule...

Sa voix était un murmure rauque.

– Je suis désolée.

Elle m'a lâché et j'avais du mal à parler à cause de la boule dans ma gorge.

– Je comprends ce que tu voulais dire quand tu parlais des gens proches qui te font le plus de mal. Je t'appellerai.

Mais alors que Rome et moi sortions du restaurant, je n'étais pas sûr de le faire et je refusais d'imaginer à quel point cela faisait mal de la laisser comme cela.

Chapitre 16
SHAW

Cela faisait trois semaines, à un jour près, que je n'avais pas eu de contact avec Rule. Pas de message, pas d'appel, pas de mail, pas de pigeon voyageur, juste beaucoup de silence et de chagrin de mon côté. Rome n'avait pas répondu à mes appels ou même à mes messages dans lesquels je lui disais au revoir, et qu'il me manquerait. Il était parti pour le désert en colère contre moi, et si cela était dur, c'est bien la bataille quotidienne que je menais contre moi-même pour savoir si je devais appeler Rule qui m'anéantissait. Je voulais qu'il comprenne que cela n'avait jamais été à moi de révéler le secret de Remy, peu importait notre relation. Ayden répétait que cela allait retomber et qu'il reviendrait, alors que Margot et Dale croyaient dur comme fer qu'il ne nous reparlerait plus jamais. Nous étions tous les trois dans le même bateau, les gars ne voulaient pas leur parler et Margot avait pour ainsi dire fait une dépression nerveuse quand

Rome avait refusé qu'ils l'emmènent à Fort Carson pour son départ. Les deux frères y étaient allés ensemble et nous avaient abandonnés dans le froid.

J'avais mal mais j'étais aussi fatiguée que mon amour et mon affection ne soient jamais suffisants pour personne. J'avais aimé Rule plus fort et plus longtemps que n'importe qui dans ma vie, et cela n'était toujours pas assez pour qu'il voie au-delà de ce sentiment de trahison pour faire en sorte que cela fonctionne entre nous. J'étais toujours énervée qu'il ait cherché à être quelqu'un d'autre toute la semaine avant que je lâche la bombe, mais quand je pleurais toute seule dans mon lit le soir, je reconnaissais que cela partait d'une bonne intention – bien que peu judicieuse. Je me souvenais lui avoir dit de se méfier du mal que cela pourrait faire si nous essayions d'être ensemble et que cela ne fonctionnait pas. D'une certaine façon, même le trouver au lit à répétition avec toutes les pouffes de l'Ouest n'arrivait pas la cheville de ce silence radio.

Je faisais de mon mieux pour ne pas penser à ce qu'il faisait ou avec qui il était, mais chaque jour qui passait, j'étais un peu plus fataliste. Peu importait ce qu'il avait ressenti pour moi, cela n'avait pas été assez fort pour qu'il surpasse ses blocages. Cela me faisait affreusement mal de devoir renoncer à lui, mais il fallait que je passe à autre chose. Je devais m'efforcer d'avancer car même s'il me recontactait, il y avait de trop grands risques qu'il ait replongé dans ses vieilles habitudes, et c'était totalement impossible que je survive à cela. Alors au lieu de me languir, je me forçais à sourire tous les jours, j'avais repris mes anciens horaires au travail, me plongeant corps et âme dans mes études, et je passais autant de temps que possible avec Ayden et Cora. Avec Cora, je faisais bien attention de ne rien laisser paraître et elle faisait tout aussi attention de ne jamais parler de Rule ou de quoi que ce soit qui ait un rapport avec lui.

Dire que mes parents étaient contents que Rule ne fasse plus partie du paysage serait un euphémisme. Mon père était tellement heureux qu'il a pris ma BMW récemment repeinte et l'a échangée contre une Porsche Cayenne, car j'avais parlé de prendre un SUV pour la neige. J'ai essayé de refuser. Je n'avais pas besoin de pot-de-vin, mais la voiture était à mon nom et la BMW avait déjà disparu, donc je l'ai acceptée avec réticence. Ma mère était encore pire. Elle m'appelait tous les jours pour avoir des nouvelles. La femme qui n'avait jamais eu une minute pour moi était soudain passionnée par tout ce que je faisais et tous les gens que je voyais. Je crois qu'elle essayait subtilement de me faire comprendre que tant que je n'avais pas de mauvaises fréquentations, je finirais par gagner son approbation.

Ce qui était drôle, c'était que maintenant que Rule était parti, je ne ressentais plus le besoin qu'elle soit fière de moi. J'aurais accepté d'être répudiée et déshéritée un million de fois si cela avait permis qu'il me parle, qu'il ressente la moitié de ce que j'avais toujours ressenti pour lui. Je crois que mon manque d'intérêt inquiétait mes deux parents. Ils étaient habitués à me faire miroiter leur approbation comme s'ils me tendaient une carotte en or, et ils ne savaient plus quoi faire maintenant que je m'en fichais. Avoir ce pouvoir aurait dû être exaltant pour moi, mais je me sentais vide. J'aurais dû leur résister plus tôt. J'aurais dû sentir cela dès que Rule et moi avions commencé à nous fréquenter. J'avais gaspillé tellement de temps, et cela ne faisait qu'ajouter des regrets à ma tristesse.

– Merci, Lou.

Je lui ai adressé un sourire fatigué que je dégainais maintenant comme une pro, et je l'ai laissé me soulever dans un câlin de nounours alors qu'il me raccompagnait jusqu'à ma voiture après mon service. Je n'avais pas eu une seule nouvelle de la part de Gabe depuis des semaines, mais cela me faisait du bien de savoir que quelqu'un se souciait assez de moi pour s'assurer de ma sécurité, donc je ne refusais jamais quand Lou me proposait de me raccompagner. C'était une soirée bizarre pour moi, j'avais bossé car une autre fille était malade, donc Ayden n'était pas de service et j'étais toute seule. D'ailleurs, ma coloc semblait se remettre de ses émotions et passait la soirée avec un étudiant en physique très mignon, qui se trouvait être totalement différent du rockeur. Elle était déjà sortie avec lui deux fois cette semaine et je retrouvais la Ayden que je connaissais. J'étais contente pour elle, même si cela voulait dire que je passerais une nuit de plus à m'apitoyer sur mon sort. Après tout, personne n'a jamais dit que le chemin de la guérison était chouette.

Lou m'a reposée par terre et m'a fait un bisou sur le front.

– Il me manque, ton jeune homme, Shaw. C'était un petit con, mais un gars bien.

J'ai soupiré car j'avais déjà eu cette conversation plusieurs fois avec Lou.

– Je sais. Il me manque aussi.

– Prends soin de toi, petite.

– J'essaie, toujours.

Je ne vais pas mentir, ma nouvelle voiture déchirait. Elle ronronnait comme toutes les bonnes voitures de sport, mais naviguait sans souci sur la neige en centre-ville tandis que je traçais ma route vers l'appartement. J'ai écouté les *Avett Brothers* me murmurer des chansons tristes qui parlaient de cœurs brisés pendant tout le trajet. Il était minuit bien passé un soir de semaine, aussi n'y avait-il pas grand monde sur la route. Un chien a aboyé au loin, il faisait froid et sombre et j'ai eu un frisson. Je détestais cette partie de mon trajet. J'ai eu de la chance et ai trouvé une place juste devant l'immeuble et j'ai sprinté jusqu'à la porte, car mon uniforme n'était pas fait pour être porté à la fin de l'hiver à Denver. J'ai entendu l'habituel *clic* quand j'ai composé le code et je me suis dépêchée d'entrer.

J'ai soufflé sur mes mains et ai fouillé dans mon sac pour y chercher mes clefs. En général je les sortais et je les tenais prêtes à l'emploi, mais ces temps-ci j'étais trop distraite par tout ce bruit dans ma tête et le poids dans ma poitrine, et penser à ma sécurité était tombé quelque part en bas de ma liste de priorités. Je venais de mettre la clef dans la serrure et je m'apprêtais à ouvrir le verrou quand une voix grave a dit mon nom, dans mon dos. Pendant une fraction de seconde, j'ai été contente. Un profond soulagement m'a envahie car le seul mec qui pourrait m'attendre chez moi était Rule. Avant même que je puisse me retourner et le prendre dans mes bras, des mains dures m'ont attrapée par la nuque et ont poussé ma tête contre la porte.

J'ai poussé un petit cri sous le choc, une partie de mon cerveau signalait que je devrais être en train de crier à l'aide, mais la porte a été ouverte par un coup de poignet entouré d'une montre Tag Heuer que je ne connaissais que trop bien, et j'ai trébuché tandis que des mains rêches me poussaient à l'intérieur.

Mon sac a volé et j'étais abasourdie de voir Gabe devant moi. Il avait l'air aussi soigné et policé que toujours, mis à part que ses yeux étaient fous et que son visage portait un sourire de dément qui me terrifiait. Je ne pouvais pas bouger.

– Comment es-tu rentré ici ?

Je savais que ce n'était pas bon. Je n'étais pas en sécurité avec lui, je ne voulais pas être seule avec lui, mais l'appartement était tout petit et je ne pouvais m'enfuir nulle part. Ma bombe lacrymogène était dans mon sac, sur le sol, et le Taser que Rule m'avait acheté était dans la voiture, inutile. Je regrettais vraiment de ne pas avoir accepté que Rule laisse son pistolet ici, il me l'avait souvent demandé quand nous nous voyions.

Gabe a passé ses mains nerveuses dans ses cheveux bruns et m'a regardée comme un prédateur regarde sa proie.

– J'ai dit à ta mère qu'on était en voie de réconciliation et que je voulais te faire une surprise. Elle m'a donné le code. Je t'ai suivie après ton boulot. Comme le taré ne fait visiblement plus partie du tableau et que le singe militaire n'est plus là, je me suis dit que maintenant serait un bon moment pour qu'on se mette sur la même longueur d'onde.

Il était tellement froid, tellement détaché que je crois qu'il ne se rendait même pas compte qu'il venait de rentrer chez moi de force et que je tremblais de peur. J'ai croisé mes bras sur ma poitrine et ai essayé de bluffer pour faire disparaître ma terreur mais il a continué à me regarder comme s'il me disséquait mentalement.

– On n'est même pas sur la même fréquence, Gabe. Il faut que tu partes parce que, dans environ deux secondes, je vais me mettre à hurler de toutes mes forces.

Il a secoué la tête et a fait un « tsk tsk ».

– Eh bien tu vois, Shaw, tout est vraiment devenu pourri pour moi. Depuis que ton voyou de copain m'a fait passer pour une chochotte et que mon père a coupé toutes mes cartes de crédit à cause de ta petite blague avec l'ordonnance de protection, tout se casse la gueule. J'ai raté mon examen de théorie politique, ma fraternité veut me foutre dehors parce qu'apparemment ce n'est pas correct de laisser un mec qui a le QI d'un rat d'égout te faire passer pour un naze sur ton campus, mes parents sont furieux à cause de l'ordonnance de protection, et le stage que je voulais avoir dans le bled de ta mère est tombé à l'eau car elle n'a simplement pas eu le temps de s'en occuper. Donc tu vois, Shaw, depuis que tu as décidé d'être une pute égoïste et de tourner le dos à toutes les grandes choses qu'on aurait pu avoir, j'ai dû travailler deux fois plus pour avoir ce que je mérite.

Il était véritablement fou. J'essayais de m'éloigner lentement de lui car je savais que s'il s'approchait assez pour poser les mains sur moi, les choses passeraient de terrifiantes à une horreur inimaginable.

– Je suis désolée que tu aies du mal avec ce qu'il se passe, Gabe, mais tu n'aurais pas dû t'en prendre à ma voiture. Ça a été la goutte d'eau pour Rule. Je t'avais dit de me laisser tranquille, que sinon tu n'allais pas aimer ce qu'il allait faire.

J'ai crié, car apparemment parler de Rule n'était pas la meilleure chose à faire. Gabe a bougé plus vite que je ne l'en croyais capable. Il m'a couru après alors que je reculais pour garder le plus de distance possible entre nous. Malheureusement, il a réussi à me rattraper dans le salon et bien que je me sois débattue, il était trop grand et trop fort. Il m'a prise par la gorge et nous nous sommes battus jusqu'à tomber par terre. J'ai renversé une table d'appoint, ce qui a fait un énorme boucan et m'a valu une claque du revers de la main qui m'a ouvert la lèvre. Il était assis sur moi et tenait mes bras le long de mon corps, et il a passé sa main autour de ma gorge. Mes yeux étaient humides à cause des larmes de peur et des efforts que je faisais pour respirer. Je tirais sur ses mains qui serraient et je battais des jambes mais il s'est juste penché plus près et il a serré mon cou plus fort.

– Tu crois que ça m'intéresse, ce que pense le loser ? Tu crois que j'en ai quelque chose à foutre, de ce qu'il veut me faire ? Il n'est rien du tout. Je t'avais dit depuis le début qu'il ne resterait pas ; maintenant regarde-toi. Toute seule, et tu fais enfin ce que je veux. Je t'avais dit que j'aurais ce que je voulais. J'ai toujours ce que je veux.

Il fallait que je me débarrasse de Gabe. Il allait me tuer, me tuer pour de vrai. Ma vision commençait à se brouiller et mes poumons étaient en feu. Il était toujours assis sur moi et continuait à serrer tout en m'expliquant que nous allions nous remettre ensemble, que j'allais appeler ma mère et lui faire changer d'avis concernant son stage maintenant que nous étions un couple. Je bougeais la tête pour essayer de respirer, et j'ai réussi à passer mes mains entre nous pour enfoncer mes ongles d'un coup sec sous son biceps, ce qui l'a fait grimacer et l'a assez déstabilisé pour que je puisse ramper un peu et m'éloigner. Je me suis ouvert la main sur un bout de verre d'une lampe cassée alors que j'essayais de me relever, tout cela pour qu'une main cruelle tire mes cheveux et me remette à terre. J'ai grogné quand son poids s'est écroulé sur mon dos et j'ai dû cligner des yeux car un flot de sang coulait de ma tempe, qui avait cogné contre le pied de la table.

– Ayden va rentrer d'une minute à l'autre.

Ma voix était un faible filet à cause de la pression qu'il avait imposée à mon cou, mais cela ne changeait rien ; il m'a tirée pour me relever et m'a poussée pour que je sois pliée en deux sur le dossier du canapé. J'essayais désespérément de ne pas penser au peu de résistance que mon uniforme offrait pour le décourager, mais il s'est penché et sa tête était près de la mienne, il n'avait pas l'air gêné le moins du monde par le sang qui se répandait partout.

– Et alors ? Tu es ma copine, Shaw, tu m'appartiens. Si ta coloc rentre, tu lui diras juste que les choses ont dérapé pendant qu'on se réconciliait.

Il mettait tout son poids sur mon dos et il avait tordu ma main d'une façon que mon corps n'a pas supportée et un bruit ignoble nous a tous les deux fait sursauter quand mon épaule s'est déboîtée. J'ai hurlé de douleur et mon bras est devenu flasque.

La peur panique est montée très vite alors que je me débattais. Je savais qu'il fallait que je récupère mon sac pour prendre la bombe lacrymo, ou que j'arrive à la cuisine pour y trouver une arme à utiliser contre lui. Il a lâché mes mains maintenant que l'une des deux était totalement inutile, et il a posé la sienne sur ma nuque pour me garder penchée sur le canapé tandis que l'autre s'est mise à tirer sur le bas de mon uniforme. Il marmonnait des bouts de phrase et disait qu'il allait me faire comprendre qu'on était ensemble. Il divaguait sur notre mariage et l'union de nos deux familles. J'ai commencé à pleurer pour de bon car je ne savais pas comment l'empêcher d'abuser de moi. Par chance, des morceaux de la lampe que j'avais cassée avaient atterri près du canapé et un bout de verre était enfoncé dans un coussin. Alors que Gabe était occupé à tirer sur mes vêtements, j'ai utilisé ma bonne main pour le prendre. Je sentais que le short à volants que je portais sous l'uniforme commençait à se déchirer, et cela a suffi à me faire passer à l'acte. La seule chose que je pouvais atteindre dans cette position était la chair de sa cuisse, et je n'étais pas sûre d'avoir assez de force pour faire de vrais dégâts, mais j'ai enfoncé l'éclat de verre aussi fort que je le pouvais et je l'ai entendu jurer en faisant un vif mouvement en arrière. Je me suis écroulée à quatre pattes et j'ai crié comme si on m'égorgeait quand je suis retombée de tout mon poids sur mon bras blessé. J'ai rampé pendant qu'il essayait de sortir le morceau de verre de sa jambe et j'ai réussi à aller jusqu'à mon sac. Je me relevais à peine qu'il me fonçait dessus, mais j'avais sorti la bombe et l'avais tournée contre lui, et je lui ai mis une bonne dose en pleine face, ce qui l'a fait beugler comme un ours blessé. J'ai gardé la bombe serrée dans ma main valide et j'ai foncé hors de l'appartement. J'étais sûre de ressembler à une évadée d'un asile de fous, je pleurais convulsivement, j'avais du sang partout sur le visage, et j'arrivais à peine à parler à cause des blessures de ma gorge. J'ai foncé vers la porte sécurisée et je suis rentrée en plein dans Ayden qui arrivait. Je me suis effondrée et j'ai fondu en larmes, et elle m'a rattrapée.

Elle hurlait mon nom, voulait savoir ce qu'il s'était passé et je l'ai entendue appeler le SAMU, mais entre le choc et la douleur, je me suis évanouie. Je la regardais malgré le sang qui coulait sur mon visage et j'avais vaguement conscience de voir des gens sortir des autres appartements. C'était trop et tout est devenu noir. Quand j'ai enfin repris connaissance, j'étais attachée à un brancard et l'on me montait à l'arrière d'une ambulance. Les sirènes et les lumières me donnaient mal au crâne et un jeune urgentiste balançait un million de questions à Ayden, qui est montée tant bien que mal dans l'ambulance avec moi. Elle a tout de suite pris ma main et l'a serrée. J'ai remarqué qu'elle pleurait presque autant que moi tout à l'heure.

– Gabe ?

Ma gorge était en feu et c'était comme si je parlais à travers une forêt de lames de rasoir.

Ayden a essuyé ses larmes avec des mains tremblantes et j'ai eu un rictus quand l'urgentiste a tourné son flot de questions vers moi.

– Les flics l'ont embarqué. Son père est arrivé quand ils le faisaient monter dans la voiture de police.

Vu les circonstances, il ne pouvait pas vraiment nier qu'il était entré chez nous. Comment est-il entré malgré le code ?

J'ai grimacé quand l'urgentiste a palpé mon épaule. Il a tourné son regard compatissant vers moi.

– On va devoir la remettre en place. Elle est déboîtée et je pense que la coupure sur votre front est assez profonde, on va devoir la coller ou la recoudre. Désolé.

Je voulais lui dire que ce n'était pas grave car j'étais vivante et que Gabe n'avait pas réussi à atteindre son but, mais parler me faisait trop mal. Quand il m'a demandé si j'avais besoin d'un examen pour agression sexuelle, j'ai fait non de la tête et j'ai serré la main de Ayden qui recommençait à pleurer.

– Ma mère.

Mes mots étaient hachés, et pas seulement à cause de ma gorge.

– Elle lui a donné le code parce qu'il lui a dit qu'on se remettait ensemble.

Ayden s'est lâchée et a enchaîné des gros mots qui auraient rendu Rule fier et nous avons passé le reste du court trajet accrochées l'une à l'autre. Les deux heures suivantes ont été constituées d'un grand flou de docteurs et de policiers. Au bout d'une quinzaine de minutes, il était clair que je ne pourrais pas continuer la conversation avec mes cordes vocales aussi abîmées. J'ai dû me résoudre à tout écrire. Gabe était en garde à vue au moins pour cette nuit, et son père ne pouvait rien faire pour le sortir de là. L'inspecteur qui a pris ma déposition m'a dit qu'il y avait de grandes chances que sa famille paie la caution et qu'il sorte demain matin, mais qu'une ordonnance de protection obligatoire était mise en place et que son père ne pourrait rien y faire. Non pas que cela change quoi que ce soit, car ils me gardaient à l'hôpital toute la nuit pour voir l'étendue des dégâts à ma gorge.

Ma mère et Jack se sont pointés vers l'aube et mon père est venu aussi. J'ai dit à Ayden que je ne voulais pas les voir, ce qui a causé un scandale. Quand ma mère s'est mise à hurler que c'était sûrement un des voyous que j'avais rencontrés quand je sortais avec Rule, Ayden a complètement perdu son sang-froid et les a tous informés que si ma mère n'avait pas donné le code à Gabe, rien de tout cela ne serait arrivé. Cela a fait taire tout le monde. Mon père est rentré de force car il avait des connaissances dans l'hôpital et j'ai passé une bonne heure à l'ignorer et à lui jeter des regards noirs pendant qu'il s'excusait platement. Lorsqu'il a essayé de me faire un bisou sur la joue, j'ai tourné la tête en faisant en sorte qu'il voie le dégoût absolu dans mes yeux. L'obsession de Gabe s'expliquait en partie par tout ce que ces gens représentaient et je ne pouvais pas tolérer de les avoir près de moi en ce moment. Ils sont tous partis après qu'une infirmière a menacé d'appeler la sécurité s'ils n'arrêtaient pas de me déranger.

Ayden a tiré une chaise et a posé ses pieds sur le bord du lit, et nous avons toutes les deux plongé dans un sommeil agité toute la matinée. Je ne faisais que somnoler et me réveiller, quand j'avais besoin d'autres antidouleurs, car mon épaule recommençait à me faire mal. Ayden a disparu vers midi, ce qui n'était pas grave car j'ai eu droit à une deuxième tournée de docteurs et de policiers. Le père de Gabe avait pu le faire sortir en payant sa caution, mais il ne pouvait pas nier qu'il m'avait gravement blessée et la police pensait qu'il serait inculpé de tentative de meurtre. Ils m'ont fait répéter mon histoire encore et encore, et je ne me suis jamais éloignée des faits purs et simples. Gabe était malade, il avait besoin d'aide, mais plus que ça, il avait besoin d'être quelque part où il ne pourrait pas faire cela à quelqu'un d'autre. Se sentir autorisé à posséder une personne peu importe ce qu'elle ressent allait au-delà du déséquilibre mental.

Ayden est revenue avec du yaourt et des céréales, en affichant un air penaud.

– J'ai appelé Cora pour lui dire ce qu'il s'était passé. Je n'ai même pas pensé au fait qu'elle allait péter un câble au boulot.

Je me suis complètement immobilisée et j'ai tourné mes yeux écarquillés vers mon amie.

– Apparemment Rule a piqué une grosse crise quand il a entendu la nouvelle et, tu t'en doutes, il sera là dans cinq minutes. Désolée, je me suis dit que tu voudrais être prévenue. J'imagine que je peux demander au personnel de l'hôpital de l'empêcher d'entrer si tu veux, bien que j'aie le sentiment que l'arrêter serait une grosse corvée ; ça te ferait un ex de plus à envoyer en taule pour la nuit.

Je n'étais pas sûre de ce que cela me faisait qu'il vienne ici. D'un côté, tout ce que je voulais depuis un mois était le voir, qu'il reconnaisse mon existence, mais d'un autre côté, il n'aurait pas dû attendre un signal aussi violent et brutal pour que cela arrive. J'ai soupiré et j'ai hoché la tête, elle avait raison, de toute façon ; l'empêcher d'entrer serait une prise de tête dont je n'avais pas besoin.

– Ce n'est pas grave. Je peux gérer.

Ma voix était toujours éraillée et rocailleuse mais au moins, cela me faisait un peu moins mal de parler.

– Tu n'as pas l'air en capacité de gérer quoi que ce soit.

Elle n'avait pas tort. J'avais un bras en écharpe, une balafre de huit centimètres recollée et entourée d'un bandage blanc sur le front, assorti à celui sur ma main, ma lèvre était ouverte et recouverte de sang séché, j'avais un super cercle noir et bleu sur la peau blanche de mon cou, et pour couronner le tout j'arborais une très élégante paire de cocards après avoir été balancée tête la première contre la porte et le sol.

– Ça va aller. Il va voir que je vais bien et reprendre une activité normale, je suis sûre que c'est tout ce qu'il veut.

Elle m'a lancé un regard sceptique et a tapoté mes pieds sous la couverture de l'hôpital qui grattait.

– D'accord, si tu me jures que ça te va, je vais me dépêcher d'aller chercher un endroit qui vend du café qui n'a pas le goût de goudron, et je reviens.

Il n'y aurait plus un seul moment où j'irais vraiment bien, je pensais que quelqu'un qui avait vécu ce que j'avais enduré ces derniers mois ne le pouvait pas, mais je n'avais pas peur de Rule. Le fait de manquer de me faire violer m'avait donné une toute nouvelle perspective sur ce qui manquait à ma vie et sur ce que j'allais changer à partir de maintenant. J'avais envie de jouer avec mes cheveux, mais ils étaient collés par du sang séché et je ne sais quoi d'autre, et ce n'était pas comme si je pouvais arranger mon visage. Rule allait devoir affronter le spectacle de plein fouet et s'en accommoder.

J'étais au téléphone, je répondais aux messages de Cora et des copains de Rule pour leur dire que j'allais bien, quand la porte s'est ouverte et qu'il est entré. J'ai levé les yeux pour le regarder, et la colère que je voyais gravée sur son beau visage s'est transformée en horreur lorsqu'il m'a vue battue et couverte de bleus. J'ai vu sa poitrine monter et descendre alors qu'il prenait une inspiration audible. Nous nous sommes fixés en silence et j'ai remarqué distraitement que ses cheveux étaient encore normaux, même s'ils étaient décoiffés, et qu'ils avaient gardé leur couleur naturelle brun foncé. Je détestais car on aurait dit un inconnu. Ses yeux avaient l'air fous et trop grands pour son visage ; un blizzard violent remontait de leurs profondeurs glacées. Il jouait avec son piercing à la langue, comme il le faisait quand il était stressé, et je me suis rendu compte que si je ne disais rien, nous risquions de passer le reste de l'après-midi à nous regarder avec circonspection.

– Tu n'étais pas obligé de venir. Je vais bien, je suis juste un peu secouée.

Ses grandes mains se sont crispées sur le lit et j'ai regardé la tête du serpent se tordre à cause de son agacement.

– Je voulais voir moi-même que tu allais bien. Tu aurais pu m'appeler pour me dire que tu étais blessée.

– Sachant que tu ne m'as pas parlé depuis des semaines, ça ne semblait pas très logique de te tenir au courant.

Sa bouche s'est pincée.

– Tu as raison. J'aurais dû être là. Tu n'aurais pas dû être toute seule.

J'ai soupiré et j'ai serré la couverture dans mes mains.

– C'est vrai, tu aurais dû être là, mais pas parce que Gabe est fou, et pas parce que j'ai besoin de protection. Tu aurais dû être là parce que je compte pour toi autant que tu comptes pour moi, mais ce n'est pas le cas. Le seul fautif dans ce bordel, c'est Gabe, il est malade, et il y a des chances que même si je n'avais pas été seule, il aurait pété un plomb quand même. C'est la vie. Je ne tiens personne pour responsable à part lui, et de toute façon mon corps est déjà en voie de guérison, c'est mon cœur qui est toujours en compote.

– Shaw…

Il a essayé d'intervenir mais j'ai levé ma main valide et l'ai regardé droit dans les yeux.

– J'en ai marre que mon amour ne soit pas assez bien. Quand ça a commencé avec toi, je pensais que j'accepterais ce que tu voudrais bien me donner. Je pensais que je pourrais t'aimer assez pour nous deux puisque que je me noyais dans l'amour depuis si longtemps, mais maintenant je me rends compte que je mérite davantage.

J'ai retenu des larmes qui arrivaient sournoisement.

– Je mérite beaucoup parce que je suis prête à donner beaucoup. J'aurais traversé le noir avec toi, Rule. Ce que je ne ferai pas, c'est te regarder partir dès que quelque chose qui pourrait te blesser arrive. Je suis désolée de ne jamais t'avoir parlé de Remy, mais je t'ai dit des centaines de fois qu'on n'était pas ensemble. Tu en as eu la preuve irréfutable le soir de mon anniversaire. Tu devrais être énervé contre lui parce qu'il gardait son secret, pas contre moi. Tu avais raison depuis le début ; on ne se fait pas assez confiance pour que tout cela ait une chance de marcher. Je crois que je le voulais trop, et toi pas assez.

J'ai été surprise de voir que ses yeux étaient humides quand j'ai eu fini de parler. La seule fois que j'avais vu Rule pleurer était à l'enterrement de Remy. Il a tendu la main comme s'il allait la poser sur ma jambe mais l'a retirée avant de me toucher.

– Shaw… Et si je t'aimais ?

Sa voix dépassait de justesse le murmure.

– Quand je te vois comme ça, j'ai envie d'assassiner Davenport à mains nues, mais cela me fait mal de façon plus profonde aussi. Tu m'as manqué ces dernières semaines, mais j'étais aussi furieux contre toi. Les deux n'ont jamais réussi à s'annuler.

J'ai fait un petit mouvement de tête triste et j'ai laissé couler les larmes qui montaient dans mes yeux.

– Ça ne suffit pas. J'ai passé toute ma vie à répondre à des attentes impossibles, tu étais la seule chose que je voulais vraiment, et une fois que je t'ai eu, tu as pensé que tu devais entièrement changer qui tu es pour être avec moi. Je refuse d'imposer à quelqu'un les pressions que j'ai toujours détestées, même si je ne t'ai rien demandé précisément. Certaines parties de nous vont très bien ensemble, Rule, mais d'autres parties ne fonctionnent tout simplement pas. Tout ça…

J'ai désigné tout mon corps avec la main que je pouvais bouger.

– Tout ça, ça se remettra tout seul. Ça ira, et on reviendra à ce que l'on était avant, peu importe ce que c'était.

Je me suis assurée qu'il comprenait que je parlais de tout, de ma balafre à mon cœur brisé. Je me remettrais de lui, il n'y avait pas d'autre solution.

– Tu as toujours fait partie de ma vie, Shaw. On aurait dû être capables de faire en sorte que ça marche.

Je voulais hausser les épaules mais je n'en avais qu'une en état de marche donc ce n'était pas possible. J'ai essuyé mes larmes avec le dos de ma main et lui ai offert un sourire tremblotant.

– Il y a beaucoup de choses qui auraient peut-être dû se passer d'une certaine façon et se sont passées autrement. Je sais que beaucoup de gens pensaient que nous deux ensemble, ce n'était pas gagné, donc on devrait juste être contents de ce qu'on a eu.

– J'ai l'impression de te décevoir, de décevoir tout le monde, et pour une fois, je ne le supporte pas. Je ne sais pas comment me sortir de ce qu'il se passe là-haut.

Il a tapé un doigt sur sa tempe.

Je pleurais pour de vrai désormais, et cela me démangeait de lui dire que s'il pouvait juste m'aimer, apprendre à me laisser l'aimer comme il le méritait, comme je le voulais absolument, alors tout irait bien, mais ce n'était pas vrai. Nous devions croire en nous-mêmes, croire tous les deux que nous n'avions pas besoin d'être quelqu'un d'autre. Et cela n'allait pas arriver, alors j'ai fermé les yeux, et pour une fois ce fut moi qui me refermai sur moi-même.

– Certaines choses ne sont pas censées arriver. Je commence à fatiguer. Est-ce que tu peux appeler une infirmière en sortant ? Je crois que les antidouleurs ne font plus effet.

– Shaw, je suis vraiment désolé.

– Moi aussi, Rule, vraiment. Moi aussi.

J'avais passé toute une vie à être amoureuse de lui, et j'avais beau vouloir être forte et laisser tout cela derrière moi, oublier tout ce que j'avais ressenti pour lui allait être la chose la plus dure que j'aie jamais faite. Nous nous sommes regardés pendant une longue minute triste, puis il a tourné les talons et est parti. Quand Ayden est revenue dans la chambre, je pleurais, inconsolable, et elle a dû monter sur le lit pour me prendre dans ses bras. J'ai pleuré plus longtemps que jamais au cours de ma vie. Je n'avais jamais autant pleuré de toute ma vie. J'ai laissé ma meilleure amie me serrer dans ses bras alors que je m'effondrais. L'infirmière est entrée avec un antidouleur, mais quand elle a vu l'état dans lequel je me trouvais, elle a fait demi-tour et est revenue avec un sédatif.

J'ai passé une journée de plus à l'hôpital, et quand je suis sortie, j'ai réalisé que c'était impossible pour moi de retourner dans le vieil appartement alors que Gabe était libre de ses mouvements, ordonnance de protection ou pas. Par chance, Cora avait deux chambres vides dans la maison qu'elle louait dans le Washington Park car ses deux colocs s'étaient récemment fiancées et avaient emménagé ensemble. Ayden m'a déposée là-bas et est revenue quelques heures plus tard avec mes affaires pour un séjour prolongé. Elle m'a dit que les gérants de l'immeuble s'occupaient de nettoyer l'appartement mais elle ne se sentait pas bien quand elle était là-bas toute seule.

Il n'a pas fallu plus d'une semaine pour qu'elle demande à Cora si elle pouvait squatter l'autre chambre chez elle. Nos anciens propriétaires ont même accepté que nous cassions le bail sans rien payer à cause de ce qu'il m'était arrivé. Être avec les filles faisait des merveilles pour mon état mental et physique. Elles ne me laissaient jamais sombrer et il y avait toujours quelqu'un pour me rappeler que ce que je ressentais était temporaire. Elles refusaient aussi de me laisser paniquer concernant ma plainte contre Gabe.

Les choses avançaient vite et, plusieurs fois, il a semblé que son père allait utiliser toutes les ruses possibles pour que Gabe s'en sorte. Alex Carsten s'en était mêlé, et maintenant Gabe avait un bracelet électronique et était accusé non seulement de coups et blessures avec circonstances aggravantes, mais aussi d'effraction. Évidemment, les Davenport avaient le meilleur avocat de la ville dans leur poche, mais tout semblait indiquer que c'était gagné d'avance pour moi, donc j'essayais de rester optimiste.

Je refusais de parler à mes parents. En fait, je ne leur avais pas dit que j'avais déménagé et j'avais changé de numéro de téléphone quelques heures après être sortie de l'hôpital. Le fait était que je n'avais rien à leur dire, tout ce que j'avais dit à Rule valait pour eux aussi. Je méritais mieux et s'ils ne voulaient pas me donner l'amour que je leur témoignais, sans restrictions et sans exigences, je ne voulais pas d'eux dans ma vie. Je savais que ma mère se sentait responsable car elle avait donné le code d'entrée à Gabe mais, comme je l'avais dit à Rule, la seule personne à qui j'en voulais était Gabe lui-même. Pour moi, il était plus important qu'elle reconnaisse qu'elle n'aurait jamais dû insister alors que je lui disais que j'étais amoureuse de quelqu'un d'autre. S'ils n'arrivaient pas à trouver comment m'aimer et m'apprécier à ma juste valeur, je me débrouillerais sans eux.

Ayden et moi nous installions dans une nouvelle routine, et nous adorions toutes les deux Cora. C'était sympa de vivre dans une maison plutôt que dans un appartement, et chaque jour qui passait, il était un peu plus facile de respirer malgré la plaie dans mon cœur. Cela ne faisait que deux semaines, pourtant j'avais l'impression que nous étions séparés depuis toute une vie. Cette fois, il était beaucoup plus dur de faire semblant de tenir le coup. Peut-être parce que je savais que c'était vraiment la fin. Cette fois il n'y avait pas de faux sourire, je ne faisais pas semblant de surfer sur la vie. Je luttais, et j'avais du mal. Il me manquait. Je l'aimais. Je ne pouvais pas l'avoir et cela me tuait, d'une tout autre façon que lorsque je l'aimais de loin sans même qu'il le sache. Cora continuait à éviter de parler du travail et des gars, mais de temps en temps elle oubliait et laisser échapper quelque chose à propos de Rule, et chaque fois c'était comme un éclat de verre dans une plaie ouverte. Cela aurait dû me faire me sentir mieux de savoir qu'il semblait aller aussi mal que moi, mais ce n'était pas le cas. Nous méritions tous les deux d'être heureux, c'était juste nul que nous ne puissions pas y arriver ensemble.

On était en semaine, quelques jours avant la saint Patrick qui non seulement tombait un week-end cette année, mais se trouvait aussi être le jour de l'anniversaire de Rule. Ce soir-là, les filles avaient décidé que nous ne devions pas rester à la maison, mais sortir et nous amuser. Je ne voulais pas y aller, je veux dire, je ne voulais vraiment pas y aller, et pas seulement à cause de mon visage qui était encore amoché, mais parce que je ne me sentais pas encore capable d'être au milieu d'une foule. J'étais sûre que j'allais passer une soirée atroce, mais je les aimais, alors je les ai laissées me harceler jusqu'à ce que j'accepte de venir. À ma grande surprise, après quelques martinis dans un bar tranquille que Cora connaissait, je me suis détendue et j'ai commencé à passer un bon moment. Non, c'était même un moment fantastique dont j'avais absolument besoin. Le lendemain matin, c'était horrible de devoir se lever pour aller à la fac et j'ai été tentée de sécher, mais j'avais loupé tellement de cours à cause de l'agression que je ne pouvais pas me le permettre.

J'étais debout en face du miroir en train de me coiffer et j'essayais en vain de camoufler les restes jaunâtres de mon cocard lorsque j'ai eu une révélation surprenante. Aimer Rule n'avait jamais été facile, cela avait toujours été douloureux et la récompense avait mis des années à arriver, mais je n'avais jamais décidé qu'il n'en valait pas le coup. Pour moi, l'aimer n'avait jamais été un choix, c'était une chose que j'avais décrétée inévitable, tout comme j'avais décrété que le moment où je compterais pour lui n'arriverait jamais. Hier soir, j'étais tellement sûre que je ne m'amuserais pas, que sortir allait être horrible et triste, mais maintenant que c'était fait, cela valait le risque que j'avais pris. J'avais fait avec Rule ce que j'avais juré de ne jamais faire, j'étais partie car il n'y avait pas de certitude sur la fin, pas de happy end garanti pour nous.

J'ai posé mon fer à friser sur le lavabo et je me suis regardée dans le miroir. Toute ma tristesse et ma solitude se voyaient clairement dans le reflet qui me faisait face. Rule était la seule chose que j'avais toujours voulue et quand c'était devenu trop difficile de m'accrocher à lui, j'avais laissé tomber au lieu de me battre pour le garder. Ce n'était pas juste. Je méritais de l'amour mais je le méritais aussi lui, peu importe la forme que prenait son amour. Rule n'était pas un mec normal, il n'y aurait jamais de cœurs, de fleurs et de poèmes remplis de mots qui me feraient rougir. Ce qu'il y aurait toujours, ce serait des à-peu-près, des hauts et des bas et une passion qui nous consumerait. Quand à l'hôpital il m'avait demandé « et si… ? », ma réponse aurait dû être « si tu me le demandes, c'est que c'est déjà fait ». Je le savais, maintenant, je le voyais aussi clairement que je voyais mon visage dans le miroir : Rule m'aimait. Il ne savait simplement pas que cela s'appelait comme ça. Ni l'un ni l'autre n'avions de brillantes références desquelles nous inspirer en matière de relations saines et aimantes, mais à la seconde où il m'a dit qu'il voulait essayer, j'aurais dû savoir qu'il tombait amoureux de moi. Il n'avait jamais fait d'efforts pour personne d'autre.

On a frappé à la porte de la salle de bains et Ayden a passé sa tête dans l'entrebâillement de la porte.

– Il va falloir qu'on y aille. Tu es bientôt prête ?

Sachant que seul le côté droit de mes cheveux était bouclé, je crois que la réponse s'imposait d'elle-même. Je me suis tournée vers elle avec de grands yeux.

– Il faut qu'on aille acheter une robe après les cours.

Elle a ouvert un peu plus la porte et y a passé une hanche, puis a haussé un sourcil.

– Il y a une raison particulière à ça ?

– C'est l'anniversaire de Rule, ce week-end.

– Cora l'a peut-être évoqué.

– Il va forcément faire une grosse fête.

– Elle a peut-être vaguement parlé de ça aussi.

– Eh bien, il faut qu'on y aille.

– Pourquoi ? Je croyais que tu en avais fini avec tout ça, ou est-ce que ce sont les martinis d'hier soir qui parlent ?

J'ai secoué la tête et ai repris le fer à boucler.

– Il faut que je lui fasse un cadeau.

– Ah ouais ? Et s'il est avec quelqu'un ?

Je lui ai lancé un regard en coin. Cette possibilité ne m'avait même pas effleuré l'esprit.

– Est-ce que c'est probable ?

Elle a marmonné dans sa barbe et a poussé sa longue frange de son visage.

– Non. Cora dit que c'est un ermite depuis que vous vous êtes séparés, qu'il a très mauvais caractère et que tous ceux qui ne veulent pas être brûlés vifs s'écartent de son chemin. Qu'est-ce que tu as l'intention de lui offrir, déjà ?

– La seule chose qu'il veut, je crois.

Elle a ricané.

– Plus de bijoux pour son visage ?

J'ai ri un peu.

– Non… moi. Je crois que la seule chose qu'il veut, c'est moi. On était tous les deux trop abîmés pour nous en rendre compte.

Elle s'est frotté les mains.

– Bon, ben, ça devrait être intéressant... quoi qu'il se passe.

Intéressant était un mot bien trop faible, mais mon nouveau moi se concentrait sur l'auto-récompense et, somme toute, la récompense que je voulais était Rule. Je ne pouvais qu'espérer qu'il n'était pas descendu si loin dans le tunnel que je ne pourrais plus l'en sortir.

Chapitre 17
RULE

— Salut, mec, joyeux anniversaire.

J'ai passé un doigt sur le fer à cheval qui était sur sa tombe, et j'ai vidé l'émotion qui m'encombrait la gorge. Je ne venais pas ici assez souvent mais tous les ans, pour son anniversaire, je venais faire un tour pour que Remy sache que je pensais à lui. C'était dur de se rappeler qu'il n'aurait pas vingt-trois ans en même temps que moi, que je vieillissais et qu'il était figé dans le temps à vingt ans, sa vie coupée beaucoup trop vite.

– Je suis assez énervé contre toi en ce moment. Ma vie est sens dessus dessous et je n'arrive pas à me remettre debout. En plus toutes les conneries que je fais en général pour oublier la douleur et la confusion ne m'intéressent pas, cette fois. Je ne comprends pas pourquoi tu ne m'as pas parlé, pourquoi tu t'es servi de Shaw comme tu l'as fait, et je ne comprends vraiment pas pourquoi tu m'as laissé être un connard avec elle pendant des années alors que tu savais qu'elle avait des sentiments pour moi. Alors voilà un scoop, frangin, moi aussi j'ai des sentiments pour elle. Et maintenant c'est tellement le foutoir que je ne trouve aucun moyen de me rattraper. Tout le monde m'a toujours maudit parce que j'étais difficile, que j'avais mauvais caractère et que j'étais compliqué ; finalement, il se passait plus de choses sous ta carapace que Rome et moi ne l'aurions jamais imaginé, et pourtant tu étais quand même le préféré…

Pour la seconde fois en quelques semaines, j'ai senti des larmes me monter aux yeux.

– Shaw a gardé ton secret. Tout ce temps, même quand les choses étaient vraiment intenses entre nous, elle a gardé ton secret. Elle t'aime, mais elle m'aime aussi. Mais je ne savais pas quoi faire avec tout ça, alors je me suis mis en colère et je me suis fermé, ça l'a blessée et elle n'a pas voulu que je revienne alors que je ne voulais que ça. C'est nul, l'amour est nul, et j'ai l'impression que si tu avais été là, rien de tout cela ne serait arrivé, alors tu es nul aussi.

Il n'y avait pas de réponse, seulement le son de ma respiration rapide et du vent dans les arbres. Pour la première fois depuis longtemps, je me sentais vraiment seul et la perte de mon frère pesait lourdement sur mes épaules. Les six dernières semaines avaient été difficiles ; cette histoire avec Shaw m'avait laissé à cran et à vif. Ma réaction normale à cette submersion d'émotion était de boire jusqu'à ce que mon foie dise stop et de baiser n'importe quelle fille qui regardait dans ma direction. Mais là, je ne faisais aucune de ces choses : l'alcool ne suffisait pas à ce que mon cerveau arrête de me crier que j'aurais dû faire plus d'efforts, que j'aurais dû mieux gérer le choc et la colère, et l'idée d'être dans un lit avec une autre que Shaw gelait tout ce qui se trouvait sous ma ceinture.

Je travaillais en permanence, j'essayais de garder un œil sur Gabe grâce à Mark et Alex – j'étais déterminé à l'empêcher de s'approcher d'elle pour de bon, même si elle ne savait pas que je le faisais – et je passais beaucoup de temps avec les gars, à panser mes blessures. Même si Shaw n'avait pas aimé que j'essaie de changer et de m'améliorer pour elle, je crois que j'avais opéré quelques gros changements sur moi-même sans m'en rendre compte, et ce n'était pas une mauvaise chose. Je me permettais de tout ressentir, et même si les sentiments liés à ma rupture avec Shaw me brûlaient, au moins j'y travaillais et je ne les noyais pas dans de mauvaises habitudes.

J'allais lui dire au revoir quand des bruits de pas sur la fine neige craquante qui recouvrait encore le sol m'ont fait lever la tête. J'ai senti mes yeux se plisser et mes lèvres se pincer lorsque j'ai reconnu la silhouette qui s'avançait vers moi. Tous mes réflexes me disaient de partir vite avant qu'elle ne gâche ma journée, mais je suis resté immobile car elle me regardait droit dans les yeux et pour une fois, je ne voyais pas de mépris ni de haine dans son regard.

– Maman.

– Joyeux anniversaire, Rule.

Je me suis raclé la gorge car je n'avais aucune idée de ce que je pouvais lui dire. J'ai posé mon poing sur le dessus de la pierre tombale pour saluer mon frère en silence.

– Je vais y aller pour que tu aies un peu de temps avec lui. Je suis sûr que c'est une journée difficile pour toi.

J'ai failli tomber par terre quand elle a tendu la main pour la poser sur mon avant-bras. Ma mère ne m'avait pas touché volontairement depuis des années et cela a suffi à ce que je reste bouche bée.

– C'est dur pour nous tous, mais ce n'est pour ça que je suis là. En fait, j'ai appelé à ton travail pour savoir si on pouvait déjeuner ensemble pour ton anniversaire. Je me suis dit que tu ne répondrais pas si j'appelais sur ton portable, donc j'ai demandé à ton colocataire où je pourrais te trouver et il m'a dit de venir ici. Je suppose que si je n'avais pas passé autant de temps à te rejeter ces dernières années, j'aurais pu deviner ça toute seule.

J'ai reculé d'un pas, certain que ma mère s'était fait enlever par des extraterrestres et que cette créature devant moi n'existait pas. Ce qui sortait de sa bouche était presque trop, je ne pouvais pas l'entendre.

– Où est Papa ?

– À la maison. Il essaie de joindre ton frère et après tout ce qu'il s'est passé, il fallait que ce soit moi qui vienne vers toi. Est-ce que je peux t'inviter à déjeuner ou à prendre un café ?

Je ne voulais pas y aller. Je ne lui faisais pas confiance, je ne connaissais pas ses motivations, mais c'était mon anniversaire et nous étions devant la tombe de mon frère, donc refuser ne me semblait pas envisageable, ou je finirais par m'en vouloir.

– Un café, ça me va.

Elle m'a fait un sourire triste, je veux dire vraiment, vraiment triste, et pour la première fois j'ai réalisé que ma mère avait aussi disparu dans un tunnel sombre, que c'était peut-être une chose que j'avais héritée d'elle. Nous sommes retournés sur le parking en silence et je l'ai suivie jusqu'à Brookside même si tout ce que je voulais était poursuivre jusqu'à Denver. Nous nous sommes arrêtés au Starbucks où j'allais toujours, et je l'ai laissée me commander un café pendant que je m'installais dans un coin un peu isolé et dépliais mes jambes. Je voyais qu'elle était stressée, aussi ai-je essayé de me détendre et d'être moins sur la défensive.

– J'ai parlé avec un spécialiste. Ton père a trouvé quelqu'un ici à Brookside qui s'occupe du deuil et des problèmes familiaux. Je crois que ça m'a vraiment m'aidée.

J'ai cligné des yeux.

– C'est nouveau.

Elle a fait un sourire penaud et j'ai aperçu la femme qui m'avait élevé avant que notre relation ne soit tachée par la tragédie.

– Après ce qu'il s'est passé au restaurant, ton père avait atteint ses limites. Je pouvais aller me faire aider ou regarder l'homme avec qui j'étais mariée depuis trente-six ans s'en aller. Dale a toujours été la seule constante dans ma vie. Je ne m'en sortirais pas sans lui, et il a fallu en arriver là pour que je me rende compte de ce que j'avais fait à ma famille.

Je ne pouvais que la regarder, éberlué. Je ne savais pas quoi dire ni quoi faire, donc j'ai continué à siroter mon café en la regardant.

– Tu m'as demandé comment je pouvais aimer Remy sachant qu'il était différent alors que cela a toujours été compliqué avec toi, et je veux t'expliquer des choses. Ce n'est pas une excuse car notre relation n'a jamais été facile, nous n'avons jamais été aussi proches que je l'ai été avec ton frère, et ça a commencé dès votre naissance. Vous êtes arrivés en avance, ce qui est assez fréquent avec les jumeaux, seulement toi, tu es sorti fort et en pleine santé en hurlant à tue-tête ; Remy n'a pas eu autant de chance. Il avait le cordon autour du cou et est arrivé par le siège. Ça a été beaucoup de travail et d'efforts pour qu'il s'en sorte et je crois que, dès le début, je me suis plus concentrée sur lui que sur toi, ce qui fait de moi une mère horrible mais ça ne veut pas dire que je ne vous aimais pas tous les deux. Remy tétait et tu préférais le biberon ; quand vous avez commencé à marcher, Remy s'accrochait à mes doigts pour trotter dans la maison, toi tu te levais en t'appuyant sur Rome et tu partais tout seul. Ton frère a toujours eu besoin de moi, il a toujours voulu être avec moi et toi, eh bien tu étais comme maintenant : indépendant, sauvage et déterminé à tracer ton chemin comme un incendie. Et je t'ai laissé faire. Ton père et moi t'avons tous les deux laissé t'échapper.

J'avais du mal à respirer mais j'étais tellement concentré sur ce qu'elle disait que cela ne semblait pas important.

– Quand Remy a ramené Shaw à la maison, j'étais tellement contente. Il n'avait jamais montré d'intérêt pour aucune autre fille, alors que ton père voyait une fille se glisser par ta fenêtre au moins une fois par semaine, et il commençait à avoir des doutes. J'étais convaincue qu'il attendait la bonne et Shaw avait tout ce qu'il fallait : elle était adorable, bien élevée, venait d'une bonne famille. Je n'ai jamais pensé qu'elle serait trop cassée par sa propre famille pour être avec quelqu'un d'aussi doux et gentil que Remy. En fait, elle avait besoin de quelqu'un de fort, quelqu'un qui n'aurait pas peur de ce qui la tourmentait à longueur de journée donc évidemment elle t'a choisi, elle t'aime depuis toujours. Je le voyais, ton père le voyait et malgré ça, on a laissé Remy se servir d'elle et faire croire à tout le monde qu'ils étaient ensemble car c'était plus facile que d'affronter la vérité.

Elle a arrêté de jouer avec son gobelet et a croisé mon regard stupéfait. Il y avait des larmes dans ses yeux, ce qui n'avait rien de nouveau, mais pour une fois ces larmes semblaient venir d'un vrai regret, et pas de colère et de reproches envers moi.

– La nuit de l'accident, Remy m'a appelée. Je savais qu'il allait te chercher et je lui ai dit de ne pas y aller, que tu étais un grand garçon et que tu pourrais rentrer tout seul. Il s'est mis très en colère, il m'a dit qu'il fallait que je me débarrasse de ce blocage qui m'empêchait de t'accepter, de t'aimer aussi complètement et ouvertement que lui. Je me suis énervée aussi et je lui ai dit qu'il était mal placé pour me donner des leçons sur ma relation avec toi puisque lui-même vivait dans le mensonge. Nous avons eu une grosse dispute, c'était moche et je l'ai menacé. Je lui ai dit que je vous révélerais, à Rome et à toi, qui il était vraiment et il a paniqué. Il a raccroché et est parti te chercher. Ce sont les derniers mots que j'ai dits à mon bébé…

Elle pleurait sans retenue désormais, et je ne pouvais rien faire d'autre que rester assis là et assimiler tout ce qu'elle venait de me dire.

– J'ai dit que ça aurait dû être toi, j'ai transféré toute ma peine et ma responsabilité sur tes épaules parce que j'étais trop faible pour assumer mon rôle dans ce qu'il était arrivé à Remy. De nous tous, c'est toi le plus fort, c'est toi qui as le mieux géré et c'était plus facile de t'en vouloir que de te regarder et de voir ce que j'avais fait. Tu ne m'as jamais aimée comme Remy et plus je te repoussais, plus c'était facile d'éviter la culpabilité. Je suis désolée d'avoir fait ça, tu ne l'as jamais mérité. J'avais l'impression de t'avoir déjà perdu donc l'idée de te perdre n'était pas aussi insupportable que pour Rome, mais je comprends maintenant que tu n'as jamais été perdu ; je t'avais poussé le plus fort et le plus loin possible, et ce n'est pas sain ni acceptable.

Nous sommes restés assis en silence tandis que j'essayais d'intégrer tout cela. Je ne pouvais tout simplement pas accepter ses excuses, trop de temps avait passé et trop de paroles et d'actes blessants avaient été échangés. Mais je pouvais reconnaître que nous sommes tous humains et que nous faisons des erreurs inconscientes avec les gens que nous aimons, et essayer d'avancer vers une solution en partant de là.

– Ça fait beaucoup de choses d'un coup, Maman, et je ne sais pas ce que tu attends de moi après m'avoir dit tout ça.

Elle a essuyé ses joues avec le dos de sa main et m'a adressé un sourire triste.

– Je n'attends rien. Mais je veux que tu saches que ton père et moi sommes décidés à rassembler cette famille, Shaw comprise. Je sais que tu es en colère qu'elle ne t'ait pas dit pour Remy mais j'ai aussi vu comment vous vous regardiez. J'ai vu comment tu étais avec elle, Rule, et je sais que tu n'as jamais été comme ça avec personne d'autre. Elle a toujours pensé que tu méritais d'être aimé et que tu en avais besoin même quand tu faisais de ton mieux pour convaincre le reste du monde du contraire. Je crois que tu devrais penser à ça avant de décider de la quitter pour de bon.

Est-ce que ma mère, qui avait passé les trois dernières années à tout faire pour me faire comprendre que j'étais un déchet de l'humanité, essayait de me donner des conseils sur mon couple ? Est-ce qu'elle me disait sérieusement de recommencer avec Shaw ?

– En fait, c'est elle qui m'a quitté. Elle m'a dit qu'essayer ne suffisait pas, qu'elle avait besoin de savoir que je l'aimais avec certitude et je ne pouvais pas faire ça. Je ne sais pas si nous sommes vraiment bons l'un pour l'autre.

Ma mère a avancé son bras sur la table et a pris ma main, posée près du gobelet. J'ai failli tomber de ma chaise.

– Elle a besoin de ta force et tu as besoin qu'elle t'apprenne à aimer. Elle vient d'une famille horrible, Rule. Elle a besoin de quelqu'un qui peut rester à ses côtés le temps qu'elle s'occupe de ça et tu as besoin de quelqu'un qui n'a pas peur de toi, quelqu'un qui peut aimer toutes les parties de toi sans te demander de les changer. Elle le fait depuis des années, même si tu ne le savais pas. Elle a été loyale envers ton frère, elle a gardé son secret même si ça a créé des problèmes entre vous, et elle te sera loyale aussi.

Nous sommes restés assis sans rien dire tandis que je tentait de digérer ses mots. Je ne savais pas quoi dire, mais je savais que ce n'était pas pareil quand Shaw ne faisait pas partie de ma vie. Ces dernières semaines avaient été vides. Elle ne me manquait pas seulement au lit. Elle me manquait le matin quand je prenais mon petit déjeuner, cela me manquait de ne pas avoir de ses nouvelles dans l'après-midi, de ne pas lui envoyer des messages coquins qui la faisaient rougir, qu'elle ne vienne pas au salon pour manger le soir et rester faire ses devoirs. Elle me manquait tout simplement, et rien n'était aussi bien que quand elle était là.

– Je dois dire que c'est l'un des anniversaires les plus surprenants que j'aie vécus.

– Tu mérites un peu de paix, et il faut que j'assume le rôle que j'ai joué dans le fait que tu aies du mal à reconnaître un amour vrai et sincère quand il est sous ton nez.

– Il faut que j'y aille.

Je me suis éloigné de la table et je l'ai regardée. Je lui étais reconnaissant de ne pas avoir essayé de se lever et de me prendre dans ses bras, car j'étais loin d'être prêt pour ça, mais quand elle m'a offert un petit sourire, je n'ai pas hésité à le lui rendre.

– Merci, Maman.

– Tu mérites des choses géniales, Rule, y compris une famille heureuse et entière.

– Une chose à la fois, Maman.

Je sortais du café quand j'ai failli écraser la brune qui me regardait la dernière fois que j'étais venu. J'ai attrapé ses bras pour l'empêcher de tomber et je l'ai lâchée pour passer. Ce que je devais faire et qui je devais rejoindre était soudain si clair, la lumière au bout du tunnel. Je savais que si je pouvais réparer, je ne plongerais plus dans le noir.

– Pardon.

J'allais la contourner mais elle m'en a empêché et s'est remise en plein sur mon passage. Je l'ai regardée en fronçant les sourcils tandis qu'elle battait ses longs cils.

– Pas de copine, cette fois, c'est dommage, hein ?

J'ai reculé car c'était ce qui m'attendait dehors : des filles qui me dragueraient, qui voudraient coucher avec moi même en sachant que j'étais avec quelqu'un. Cela ne me suffisait plus. Je méritais mieux.

– En fait, je vais la chercher, là.

La brune a essayé de faire une jolie moue qui n'eut aucun effet sur moi.

– Je n'aurais jamais cru que Shaw et toi finiriez ensemble. Elle est frigide depuis le lycée et je croyais qu'elle était amoureuse de ton frère. Ça ne te fait pas bizarre de servir de remplaçant ?

En temps normal, ce genre de chose m'aurait fait voir rouge, m'aurait fait exploser la tête, mais maintenant c'était différent ; cette fille n'était rien, son opinion était insignifiante et son erreur risible. Je ne laisserais plus n'importe qui, même une inconnue ignorante, se servir de Remy comme d'une arme contre moi.

– Je dois y aller. La prochaine fois je ferai bien attention de t'éviter si je te vois venir.

Elle a eu un petit cri outré mais je m'en fichais, j'étais trop occupé à la dépasser et à envoyer un message à Cora pour savoir si Shaw était toujours chez elle. Je n'étais pas sûr d'avoir une réponse, car les filles s'étaient liées d'amitié et qu'elle tenait à ce que je reste loin de Shaw. Mais, peut-être parce que c'était mon anniversaire, elle m'a répondu que Shaw et Ayden avaient toutes les deux travaillé aujourd'hui et qu'elles devraient donc être à la maison. J'aurais préféré dire ce que j'avais à dire à Shaw en tête à tête, sachant que Ayden n'était pas ma plus grande fan en ce moment. En revanche, j'étais prêt à la soulever et à l'ôter de mon chemin si elle m'empêchait de voir ma meuf.

Le temps que je rentre en ville, l'après-midi touchait à sa fin. J'étais content d'avoir pris ma journée, vu le nombre de révélations inattendues et bouleversantes que j'avais vécues. J'étais censé rejoindre les gars pour dîner puis faire une petite fête au Cerberus. Le groupe de Jet donnait un concert et tous mes amis et quelques-uns de mes clients réguliers devaient passer prendre un verre. C'était nul que Rome soit déjà parti, mais surtout cela n'aurait rien d'une fête tant que je n'aurais pas vu Shaw.

Quand je suis arrivé chez Cora, mes nerfs ont commencé à me jouer des tours. Si c'était ma dernière chance de faire en sorte que cela marche, si elle m'envoyait encore balader, je ne savais pas comment je réagirais. Il y avait de fortes chances que Shaw me brise le cœur. C'était important et cela me faisait peur car je ne savais même pas que j'avais un cœur à briser avant qu'elle soit là. Je me suis garé près d'un SUV Porsche flambant neuf et j'ai été soulagé de voir que la Jeep d'Ayden n'était pas là. J'entendais de la musique qui venait de la maison. Elle écoutait *The Heartless Bastards* et cela m'a fait rire quand j'ai appuyé sur la sonnette. J'ai dû attendre cinq bonnes minutes avant d'entendre la musique baisser et de voir les stores bouger à la fenêtre. J'étais fier d'elle car elle n'avait pas ouvert sans regarder qui venait de sonner, mais mes nerfs se sont encore plus affolés car elle n'a pas ouvert la porte tout de suite.

Quand la porte s'est enfin ouverte, j'ai arrêté de respirer et oublié tout ce que je voulais dire. De toute évidence, elle comptait sortir. Elle portait une robe noire très moulante et très courte qui rendait le vert de ses yeux électrique et le blond pâle de ses cheveux rayonnant autour de sa tête comme un halo. Je l'avais visiblement interrompue car elle était pieds nus et pas encore maquillée, mais ses cheveux étaient bouclés dans une coiffure élaborée. Elle avait l'air si parfaite que cela faisait mal aux yeux. L'idée qu'elle puisse avoir un rencard a écrasé toute la volonté que j'avais réussi à rassembler et m'a fait claquer des dents.

– Salut.

Ce n'était pas éloquent ni romantique, mais j'avais du mal à réfléchir et cela n'avait pas l'air de la déranger. Elle a frissonné dans sa robe quasi inexistante et a fait un pas en arrière pour s'éloigner de la porte.

– Entre. Il fait froid dehors.

Je l'ai suivie à l'intérieur et j'ai été soulagé de voir qu'elle allait vers la cuisine pour me sortir une bière. Cela me donnerait quelque chose à faire de mes mains et une minute pour mettre mes idées au clair.

– Ce n'est pas vraiment un cadeau, mais c'est tout ce que je peux faire dans l'urgence. Joyeux anniversaire, Rule.

– Merci, tu, euh… tu allais sortir ?

J'ai laissé mon regard gourmand courir du haut de sa tête rayonnante jusqu'au bout de ses pieds aux orteils vernis de rouge ; elle était quasi guérie et ressemblait à tout ce que j'avais toujours voulu, avec quelques bleus et quelques bosses en plus pour me rappeler que j'avais failli la perdre pour de bon.

– Tu es très jolie.

Elle a eu un sourire satisfait et a enroulé une mèche de cheveux autour de son doigt.

– Je me préparais pour sortir plus tard.

– Ah d'accord, je ne vais pas te retenir trop longtemps, alors. Je voulais juste te parler vite fait.

Elle s'est appuyée contre le comptoir de la cuisine tandis que je m'asseyais à table.

– Ayden avait oublié qu'elle devait faire quelque chose pour son cours de chimie minérale. Elle en a pour quelques heures et Cora ne finit qu'à sept heures. On va dîner toutes les trois.

J'étais tellement heureux de savoir qu'elle n'allait pas voir un autre mec que j'ai lâché un gros soupir, ce qui lui a fait hausser un sourcil.

– De quoi est-ce que tu voulais me parler, Rule ? C'est sympa de te voir, mais je dois dire que je suis assez surprise.

Je voulais lui dire que j'avais besoin d'elle, que je n'étais plus le même sans elle, qu'elle était tout mon monde, mais ce qui est sorti de ma bouche était :

– J'ai bu un café avec ma mère aujourd'hui.

J'ai vu ses yeux s'écarquiller.

– Waouh. Ce n'est pas rien.

– Elle m'a retrouvé devant la tombe de Remy que j'étais en train d'engueuler tout en lui disant combien il me manquait. J'y vais tous les ans, pour notre anniversaire. Tu savais que mon père avait menacé de quitter ma mère si elle ne se faisait pas aider ?

Elle a mordu sa lèvre inférieure et j'ai dû concentrer tous mes efforts pour ne pas lui sauter dessus et remplacer ses dents par les miennes.

– Je ne savais pas que Dale lui avait dit ça, mais je savais que c'était assez grave. Ils ont l'habitude que tu t'éloignes, mais cela a vraiment fait des dégâts quand Rome a refusé qu'ils l'accompagnent avant de repartir. Je suis contente que ça aide. Vous êtes une famille, vous avez besoin les uns des autres.

– C'est ça le truc, Shaw, je ne pensais pas ça avant d'être avec toi. Je n'aurais jamais cru que j'aurais besoin de quelqu'un ou de quelque chose avant que tu n'entres dans ma tête et que tu commences à détruire les murs que j'avais construits autour de mes sentiments.

Nous nous sommes fixés dans un silence tendu. Jusqu'à ce qu'elle souffle doucement et dise :

– Je ne m'en excuserai pas. Ce n'est pas grave de ressentir des choses, ce n'est pas horrible de se soucier des gens.

Je l'ai regardée attentivement. Je n'arrivais pas à savoir ce qu'elle ressentait, et cela rendait les choses encore plus effrayantes.

– Non, ce n'est pas une mauvaise chose, mais ça me fout la trouille. Je n'avais rien à perdre avant, et te perdre a failli me détruire.

Elle a pris une inspiration rapide et j'ai vu une myriade d'émotions passer dans ses yeux et sur son visage.

– Ça m'a détruite aussi.

J'ai passé mes mains dans mes cheveux et j'ai croisé son regard pour essayer de lui faire voir tout ce que je ressentais. Je n'étais pas bon pour exprimer ce genre d'émotions, et cela me frustrait.

– Je veux que tu saches qu'il n'y a eu personne d'autre que toi, Shaw. Je tourne en rond et je suis tellement sur les nerfs qu'il ne pourrait jamais y avoir personne d'autre. Tu me manques. Je sais que tu veux des déclarations d'amour éternel, je sais que ça ne suffit pas d'essayer et qu'il faut que je le fasse vraiment, mais je te veux. J'ai besoin de toi et surtout, je sais que tu as besoin de moi aussi. Pas d'une version de moi diluée et synthétique, mais de la version lourde, dure à gérer sur laquelle tu peux t'appuyer parce que je suis fort, Shaw. Je ne laisserai personne, surtout pas ta famille, dévaloriser toutes les merveilleuses choses que tu as à offrir.

Je me suis levé et j'ai marché jusqu'à elle. Elle avait des yeux énormes et je voyais sa poitrine se soulever et retomber à cause de sa respiration rapide. Elle n'avait toujours rien dit, donc j'ai sorti le stylo qui était dans ma poche et j'ai ouvert ma main à plat.

– Je ne suis pas Jet, donc je ne peux pas t'écrire une chanson pour te faire comprendre combien tu es importante pour moi. Je ne suis pas Nash, je ne peux pas trouver un immeuble et te peindre une fresque pour te faire voir que pour moi, tout commence et tout s'arrête avec toi.

Elle a placé sa main sur la mienne et n'a pas détourné les yeux quand je me suis penché pour faire un croquis au stylo-bille sur sa peau très pâle.

– Je suis tatoueur, je serai probablement toujours tatoueur et je ne sais pas comment ça colle avec ton avenir ou l'avenir que tu avais prévu après la fac, et franchement je m'en fiche. C'est ce que je peux t'offrir, Shaw, et tout comme tu m'as laissé être ton premier, je te laisse être à moi.

J'avais recouvert toute la paume de sa main d'un Sacré-Cœur très détaillé, assorti à celui que j'avais tatoué au milieu de mon torse. Il y avait des flammes qui dansaient derrière, une couronne d'épines au-dessus, quelques roses en dessous, et sur une bannière, au milieu, j'avais écrit mon nom.

– Voici mon cœur, Shaw. Il est entre tes mains et je te promets que tu es la première et la dernière personne à le toucher. Il faut que tu y fasses attention parce qu'il est beaucoup plus fragile que je ne le pensais, et si tu essaies de me le rendre, je ne le reprendrai pas. Je n'en sais pas assez sur l'amour pour être sûr que c'est ce qu'il y a entre nous mais je sais que pour moi, c'est toi, et ce sera toujours toi à partir de maintenant. Je peux seulement te promettre de faire attention et de ne plus te repousser. La vie sans toi est possible, mais si j'ai le choix, je veux la vivre avec toi à mes côtés et je te dis que je ne fuirai pas le travail que j'ai à faire pour que cela arrive. Shaw, je n'ai plus peur de nous.

Quand j'ai eu fini, j'étais essoufflé mais j'avais l'impression de m'être délesté d'un poids énorme car, même si elle me rejetait, au moins elle savait ce que je ressentais. J'ai lâché sa main et elle a refermé les doigts autour du dessin qui en couvrait la paume. Quand j'ai levé les yeux vers les siens, j'ai été un peu surpris de voir des larmes briller dans leurs abysses d'émeraude. Elle a posé la main sur laquelle je n'avais pas dessiné sur le côté de mon visage et a passé son pouce sur mes lèvres, en s'arrêtant sur mon piercing. Sa bouche s'est relevée d'un côté et juste comme ça, j'ai su que tout irait bien.

– J'allais m'inviter à ta fête d'anniversaire, ce soir.

Nous étions proches mais toujours séparés de quelques centimètres. Je ne pouvais pas la lâcher des yeux. Elle a ouvert son autre main et l'a posée sur mon torse au-dessus du cœur correspondant à celui que je venais de lui offrir.

– C'était là que j'allais sortir.

– J'aurais été content de te voir.

Elle a souri un peu plus.

– L'autre jour, j'ai décidé que je devais arrêter de contrôler les choses avant même qu'elles se déroulent. Tu t'es fermé, Rule, mais seulement parce que je t'ai laissé m'enfermer dehors. Je m'inquiétais tellement de ce que tu faisais, de ce qu'il se passerait, que je t'ai laissé fermer la porte, et quand tu as voulu la rouvrir, j'avais tellement peur du mal que ça me faisait d'être avec toi que je ne voulais pas que ça arrive encore. Ce n'était pas juste, ni pour toi ni pour moi. Je n'ai plus peur non plus de faire des efforts, ni de nous. Je promets de ne plus te laisser m'éloigner. J'ai besoin de toi, Rule, et tu es la seule chose que j'aie jamais voulue. J'aurais dû m'accrocher à toi parce que tu as raison, il faut que je fasse attention à ça.

Elle a tapé contre les battements sous ma peau avec la main où était le cœur.

– C'est précieux et c'est le plus beau cadeau que je pouvais imaginer.

Je l'ai serrée fort dans mes bras et je l'ai soulevée du sol. Je voulais l'embrasser, je voulais lui faire toutes les choses qui m'avaient manqué depuis des semaines, je voulais lui faire oublier les mains cruelles de Davenport et imprimer sur son corps tout ce que je ressentais pour elle, mais juste quand j'allais poser ma bouche sur la sienne, elle s'est reculée et a secoué la tête.

– Si tu commences, il est impossible que tu ailles à ton dîner et à ta fête ce soir !

Elle avait raison mais je m'en foutais. Je l'avais, elle, et c'était le seul cadeau que je voulais. Cela devait se voir sur mon visage car elle a posé sur ma bouche un baiser ennuyeux avec les lèvres fermées et s'est tortillée pour que je la lâche.

– Je t'aime, Rule, vraiment. Il y a quelque chose que je veux t'offrir pour ton anniversaire, mais ça devra attendre plus tard, quand on sera seuls et qu'on ne courra pas le risque qu'Ayden ou Cora arrivent à l'improviste, alors va t'amuser avec les gars. On se verra ensuite au bar et on pourra fêter ça en privé.

J'ai fait la moue. Oui, j'ai boudé comme un petit gamin à qui l'on refuse son jouet préféré, ce qui était un peu le cas. Nous avions été séparés trop longtemps. J'avais besoin de la toucher, besoin de poser mes mains sur elle, mais elle ne coopérait pas du tout.

– Allez, Shaw, juste un bisou. C'est mon anniversaire et tu m'as tellement manqué.

J'avais l'air pleurnichard et pas cool du tout mais je voyais qu'elle allait céder car elle s'est glissée un peu plus près de moi, mais le moment a été gâché par le bruit de la serrure de la porte d'entrée. Ayden est arrivée dans toute la gloire de ses longues jambes et ses cheveux courts. Elle a jeté un regard vers Shaw et moi et a fait un grand sourire.

– Alléluia ! Il était temps que vous vous rendiez compte que vous êtes faits l'un pour l'autre, imbéciles !

Shaw a rigolé et a secoué la tête. Elle m'a donné un autre bref baiser et s'est éloignée.

– Ce soir. Je te promets que ça vaut le coup de patienter.

J'ai accepté, non sans protester. Je voulais toujours la toucher, mais elle ne se laisserait clairement pas convaincre. Je devais admettre qu'elle avait éveillé ma curiosité sur le cadeau qu'elle me réservait en privé. Je suis rentré à la maison et j'ai pris une douche, bien glacée, et je me suis préparé pour la soirée. Je n'avais pas l'intention de trop boire, ne voulant pas que l'alcool refrène mes retrouvailles avec ma meuf. Je n'avais jamais cru à l'idée qu'être amoureux rendait le sexe meilleur, mais c'était vrai.

Les gars m'ont emmené au Buckhorn Exchange pour que nous puissions mâcher des pièces de gibier géantes et jouer aux hommes des cavernes. Maintenant que les choses étaient revenues à la normale avec Shaw, je me sentais plus léger et plus heureux que je ne l'avais été depuis des mois, et cela se voyait. Ils se sont tous foutus de ma gueule à cause de ma mauvaise humeur et de mon degré avancé de « connardise » de ces dernières semaines, mais je voyais qu'ils étaient tous soulagés et contents. Le dîner était chouette, mais j'étais prêt à continuer la soirée pour pouvoir ensuite ramener Shaw à la maison pour une séance de sexe de réconciliation, et ainsi faire de cette soirée le meilleur anniversaire de tous les temps.

Le bar était rempli de gens qui me souhaitaient un joyeux anniversaire. Même l'oncle Phil avait fait le déplacement. J'acceptais des tapes dans le dos et des câlins tout en cherchant une certaine tête blonde dans la foule. Cela demandait une bonne maîtrise d'éviter tous les shots que l'on me tendait, mais je m'en suis sorti. J'avais aperçu un éclat noir et blanc près de la scène. Shaw était tout devant avec Ayden et Cora et cela m'a agacé au plus haut point de voir que Jet était déjà à leur table pour draguer la belle brune. J'ai ignoré tous ceux qui criaient mon nom et m'appelaient pour avoir mon attention, j'ai soulevé ma copine, même si elle portait de très hauts talons, et j'ai scellé ma bouche sur la sienne. Je me foutais qu'elle marmonne une protestation surprise, je voulais un baiser et c'était mon anniversaire.

Elle s'est tortillée un peu jusqu'à arriver à mettre ses mains dans mes cheveux et j'ai passé ma langue sur la sienne, qui s'abandonnait. Elle a émis un petit gémissement et j'ai placé une main sur son cul en me pressant contre elle aussi fort que possible, avant d'entendre le rugissement des sifflements et des applaudissements autour de nous. J'ai levé la tête, ce qui nous a laissés tous les deux essoufflés et haletants, et j'ai été félicité par une standing ovation de tout le bar. Shaw et moi avons échangé un regard choqué et nous avons explosé de rire en même temps. Je me suis incliné en avant et elle a fait une révérence, ce qui a fait rire tout le monde. Elle s'est recollée contre moi pour me donner un autre baiser qui a réduit mon cerveau en bouillie. L'addition de quelques bières, de ses lèvres douces et de sa robe ridiculement courte m'a donné envie de quitter ma propre soirée. Nous sommes restés assez longtemps pour voir Jet me chanter joyeux anniversaire sur scène et pour que je recommande à Nash de se faire discret quand il rentrerait à la maison. J'ai pris les cadeaux que l'on m'avait offerts et j'ai fait sortir Shaw du bar bien avant minuit.

Nous nous tenions la main sur le trajet, dans le pick-up, et discutions de ce que nous avions fait tout ce temps où nous ne nous étions pas vus. J'étais content d'apprendre qu'elle gérait la situation avec Gabe de façon professionnelle et rationnelle. Elle était géniale et j'étais vraiment chanceux de l'avoir.

Quand je l'ai fait rentrer dans l'appartement, j'étais prêt à la tirer dans la chambre et lui faire ce que je voulais, mais elle a enlevé ses talons sexy et a marché jusqu'à la cuisine pour nous sortir à boire. J'étais excité et impatient mais je ne voulais pas trop la pousser, aussi je l'ai suivie sur le canapé et ai pris la bière qu'elle me tendait. Elle s'est assise face à moi et a tendu le bras pour passer la main dans mes cheveux. C'était pas mal mais il y avait beaucoup d'autres endroits où j'aurais aimé sentir ses mains, alors je lui ai demandé :

– Pourquoi est-ce que tu joues tout le temps avec mes cheveux ?

– Parce que tu changes tellement souvent de coiffure qu'ils sont toujours différents. C'est la première fois que je les vois au naturel et je n'arrive pas à croire qu'ils sont si doux.

– Je croyais que tu aimais bien la crête ?

– Oui. Je les aime, peu importe la coiffure, mais quand ils sont normaux comme ça, ça te donne l'air plus accessible.

Elle avait l'air stressée, et je trouvais cela bizarre. C'était un domaine dans lequel nous n'avions jamais eu de problème, du coup, je ne savais pas quoi faire pour la mettre à l'aise. J'ai trinqué avec elle et lui ai fait un sourire en coin.

– Joyeux anniversaire à moi.

Elle m'a rendu mon sourire et a bougé si bien que ses cheveux ont glissé vers l'avant.

– Bon, il faut que je te dise quelque chose avant que tu aies ton cadeau.

Elle avait pris un ton assez sérieux, aussi mon esprit a immédiatement pensé au pire : Gabe lui avait fait plus de mal qu'elle ne l'avait dit et elle n'était pas encore prête pour une telle intimité, elle ne voulait pas vraiment être en couple avec moi, elle déménageait au Pérou. Il a fallu que je mobilise chaque gramme de retenue que j'avais pour ne pas paniquer et gâcher les progrès que nous avions accomplis aujourd'hui.

– D'accord, balance tout.

– C'est un peu gênant.

– Shaw, je vais mourir, là. Parle-moi.

Elle a posé sa bière et s'est glissée un peu plus près de moi sur le canapé, ce qui a relevé le bas de sa robe sur ses cuisses blanches d'une façon très alléchante. Si elle ne crachait pas vite le morceau, j'allais la porter jusqu'au lit quand même et on pourrait reparler de tout ça demain matin. Elle a posé ses mains de chaque côté de mon visage et l'a baissé pour que nos regards se plantent l'un dans l'autre.

– Toute cette histoire d'être gentil et d'essayer d'être quelqu'un d'autre pour que ce soit plus facile d'être ensemble, ça s'est appliqué aussi au lit, non ?

J'ai senti mes sourcils se lever et j'ai tiré sur sa toute petite taille jusqu'à ce qu'elle soit à cheval sur mes genoux.

– Qu'est-ce que tu essaies de dire, Casper ? Crache le morceau.

Elle a fait une grimace et j'ai vu sa peau se réchauffer avec une jolie couleur rosée.

– Le Rule gentil, le Rule qui va avec cette coupe de cheveux est ennuyeux au lit, je ne l'aime pas. Je veux récupérer le Rule normal et tout ce qui va avec. Ça fait un moment, donc je voulais juste être sûre qu'on était d'accord.

J'ai éclaté d'un grand rire et l'ai serrée contre moi en remontant mes mains sous le tissu de sa robe pour me saisir de ses fesses à croquer.

– Je n'arrive pas à décider si je devrais être excité ou insulté.

Elle s'est penchée en avant et nos lèvres se touchaient presque.

– Je te veux, juste toi.

J'ai grogné en réponse et j'ai décidé qu'il n'était plus l'heure de bavarder. Elle a couiné de surprise quand je me suis levé en la tenant toujours dans mes bras. Elle a bougé ses jambes pour les enrouler autour de ma taille et a passé ses bras doucement autour de mon cou.

– La remise de cadeau peut se faire dans la chambre, j'imagine.

Elle n'a pas répondu mais a commencé à embrasser tout le côté de mon cou. Cela a fait tonner le sang dans mes veines et je n'étais pas sûr de tenir jusqu'au lit quand ses petites dents pointues se sont refermées sur mon oreille et qu'elle a commencé à murmurer toutes les choses cochonnes que j'avais envie d'entendre. J'ai fermé la porte avec le talon de ma botte et je l'ai embrassée jusqu'à ce que nous soyons allongés sur la couette noire sur mon lit. Ses jambes se sont écartées et je me suis retrouvé au seul endroit où je voulais être désormais. J'ai passé un doigt dans sa toute petite culotte et la lui ai enlevée. Si j'avais su qu'elle portait aussi peu de choses sous sa robe courte, je n'aurais pas tenu la moitié de la soirée. Nous avons tous les deux grogné lorsque nos peaux se sont touchées, quand elle a pris le dos de mon tee-shirt et l'a tiré au-dessus de ma tête. Nous avions encore assez de vêtements pour que je puisse l'embrasser et me frotter contre elle dans une friction délicieuse, nous mettant tous les deux tellement sur les nerfs que nous étions haletants et tendus l'un contre l'autre de la manière la plus agréable qui soit. J'étais content qu'elle ne veuille pas que je sois doux et tendre, car cela faisait trop longtemps et j'avais l'impression que ma tête allait exploser sous la pression. J'ai fait un son guttural de protestation quand elle a manœuvré pour se libérer et m'a poussé sur le dos. Savoir qu'elle était nue sous sa robe me démangeait les mains, je voulais les poser sur tout ce qui était humide, mais elle avait autre chose en tête.

Elle s'occupait de la boucle de ma ceinture et tout en me disant d'enlever mes bottes, mais apparemment je mettais trop de temps à m'exécuter car elle s'est occupée de tout cela et, en deux secondes, j'étais étalé sous elle en tenue d'Adam. Elle m'a tourné le dos et m'a demandé de l'aider pour défaire la fermeture de sa robe, qui allait de ses omoplates au bas de sa colonne vertébrale. Je lui ai obéi avec plaisir, surtout quand le tissu noir qui recouvrait sa peau satinée est tombé par terre autour de ses chevilles. J'ai passé mon doigt sur la ligne prononcée de sa colonne vertébrale et j'ai été satisfait de voir que mon passage lui donnait la chair de poule. Elle m'a regardé par-dessus son épaule et j'ai senti mon cœur se retourner à cause de la malice dans ses yeux.

– Bon, en fait, j'ai ton cadeau depuis un bon moment, avant que l'on commence à avoir des problèmes. Je me dis que ça tombe bien, parce que maintenant ils ont cicatrisé et tu peux les toucher.

Elle a soulevé tous ses longs cheveux d'une main et s'est tournée pour me faire face, son bras cachait sa poitrine. Elle est remontée sur le lit et s'est mise à cheval sur ma taille, ce qui était agréable à regarder et a fait remonter mon érection droite comme un piquet. Elle a laissé tomber son bras et j'ai écarquillé les yeux. J'étais quasi sûr que je bavais, car Shaw était déjà la plus belle femme du monde à mes yeux, mais Shaw avec des piercings aux tétons, toute nue au-dessus de moi, c'était assez pour causer un court-circuit dans mon cerveau et que tout le sang qu'il me restait descende tout droit entre mes jambes.

– Oh, putain, c'est super sexy.

Son petit rire s'est transformé en gémissement quand j'ai fait le tour du métal froid avec mon doigt.

– C'est ma pierre porte-bonheur.

La pierre au centre de l'anneau était une belle aigue-marine brillante, jolie et délicate, tout comme elle.

Elle a sifflé entre ses dents quand j'ai tiré doucement sur l'anneau et j'ai vu ses yeux se fermer à moitié, d'un désir pur. Je savais mieux que personne combien les piercings intimes pouvaient améliorer une expérience sexuelle et je me ferais un devoir de montrer à Shaw tout ce que j'avais appris. Elle s'est baissée pour m'embrasser.

– Joyeux anniversaire, Rule, je t'offre moi, pour l'instant et pour toujours, et même si tu veux me rendre, je ne m'en irai pas.

Je nous ai retournés et je l'ai embrassée comme si c'était la fin du monde, je l'ai embrassée comme si c'était la dernière fois, je l'ai embrassée comme, eh bien, comme si je l'aimais et que je ne la laisserais jamais partir. Les glissements de langue et la pression de mon piercing à la lèvre laissaient sur elle une empreinte, celle du manque. Nos morsures laissaient des traces de dents qui indiquaient que nous nous appartenions, la pression des ongles sur la peau tendre nous faisait respirer vite et au moment où j'ai mis ma main entre ses jambes et ma bouche sur ces beaux bijoux qui décoraient ses encore plus beaux tétons, nous étions emmêlés tous les deux dans un besoin de nous agripper et de nous toucher, tout sauf tendrement. J'ai senti ses ongles percer ma peau au-dessus de mes fesses tandis que je la rendais folle avec mes mains et ma bouche, mais j'étais loin d'en avoir fini. Nous avions été séparés trop longtemps, et les semaines précédentes, j'avais tellement essayé d'être quelqu'un d'autre que le sexe avait été un peu bâclé. Je voulais effacer tout cela. Ma femme avait d'autres idées.

– Rule…

Une de ses mains tirait mes cheveux tandis que l'autre partait à la recherche de ma queue qui palpitait compulsivement entre nos deux ventres.

– Bien que j'apprécie les préliminaires et le fait que le gentil Rule ait visiblement disparu, si tu ne me baises pas dans les deux secondes qui viennent, je vais me mettre à hurler. Ça fait trop longtemps.

Ses yeux étaient brillants et vifs et même si j'aurais aimé la combler au moins une fois avant de relâcher sur elle toute ma frustration sexuelle accumulée, elle n'avait pas l'air de me laisser le choix. J'ai grogné car ses doigts se sont enroulés autour de ma bite et ont glissé contre la peau tendue par les barbells et mon érection envahissante. Et je l'ai laissée me guider vers la maison. Nous nous sommes tous les deux figés au moment du contact initial. La perfection absolue de nous deux ensemble comme ça était dure à assimiler et nous avons pris une minute pour nous en remettre. Elle a levé ses hanches et je suis rentré tout entier, et nous avons tous les deux lâché un juron différent. Ce n'était pas lent et doux, plutôt sauvage et frénétique, mais c'était génial et tellement chaud que j'ai cru que nous allions nous brûler. Le métal dans ses tétons fermes me faisait geindre à chaque fois qu'il frôlait mon torse, et je sentais chaque fois que la boule au-dessus de mon gland touchait son clitoris car son corps s'arquait et sa respiration se faisait hachée et irrégulière. C'était le genre de relation que je ne pouvais avoir qu'avec elle, et quand je l'ai sentie s'abandonner autour de moi, j'ai réalisé que je ne savais peut-être pas ce que l'amour était de mon côté, mais je le reconnaissais si clairement dans ses yeux lorsqu'elle me regardait ainsi que je ne pouvais pas m'empêcher de penser qu'elle voyait la même chose quand je la regardais. J'ai accéléré le rythme, je l'ai sentie passer ses mains dans mon dos et s'accrocher à mon cul puis éclater.

Elle a tourné la tête et m'a embrassé sur la tempe.

– Je t'aime.

J'ai enfoui mon visage dans la courbe de son cou et j'ai aspiré sa peau entre mes dents.

– Je vais t'aimer, Shaw.

Le coin de ses yeux s'est plissé.

– C'est déjà fait.

Je n'avais rien à dire car j'ai pensé qu'elle avait sûrement raison. Cette fille et moi avions passé trop de temps à essayer d'être trop de choses pour trop de gens et pour trop de mauvaises raisons. Maintenant, c'était notre responsabilité d'être nous-mêmes l'un pour l'autre et de nous aimer pour toutes les bonnes raisons. Alors qu'elle se lovait contre moi et passait sa jambe sur ma taille, j'ai su que, d'une certaine façon, c'était ce qui aurait dû se passer depuis toujours et que peut-être, c'était un cadeau que je pouvais partager avec Remy car j'étais heureux, Shaw était heureuse et, définitivement, c'était tout ce qu'il aurait voulu pour nous.

ÉPILOGUE
Environ huit mois plus tard

– Reste sagement allongée et arrête de gigoter, sinon j'arrête.

– Mais ça fait mal.

– Tu dis ça chaque fois. On l'a fait assez souvent pour que tu saches à quoi t'attendre. J'ai presque fini alors arrête de te plaindre.

– Tu pourrais y aller plus doucement.

– Tu n'aimes pas quand j'y vais doucement. Sérieux, Casper, tu es la pire cliente de tous les temps et c'est bien dommage parce que toute cette peau blanche prend l'encre comme dans un rêve.

J'ai lancé un regard en coin à Rowdy alors qu'il jetait encore un œil par-dessus le muret, puis je lui ai lancé un regard de tueur.

– Si tu n'arrêtes pas d'essayer de mater le cul de ma copine, tu vas devoir trouver une nouvelle carrière parce que je vais te péter tous les doigts.

Elle a rigolé et a tourné la tête, posée sur ses bras croisés sur la table où elle était allongée devant moi.

La pièce sur laquelle je travaillais pour elle recouvrait tout son flanc droit, de son aisselle jusqu'à la belle courbe où sa fesse rencontrait sa cuisse. Elle était énorme, très graphique et suivait la forme de sa cage thoracique délicate. J'avais encore trois heures d'ombres et de couleurs à rajouter, mais comme la « toile » habitait presque chez moi, je n'avais pas à m'inquiéter de trouver un moment pour le finir.

Rowdy m'a fait un doigt d'honneur mais m'a aussi souri, de bonne foi. Mes amis adoraient Shaw, ils aimaient le fait qu'elle calme mon côté taré et fasse de moi un mec plus facile à vivre et à fréquenter. Cela faisait près d'un an et si je n'étais toujours pas la personne la plus facile à supporter, je faisais des progrès pour être au moins un être humain plus tolérable.

– Cela pourrait bien être la plus belle pièce que je t'ai vu faire. Tu vas la mettre dans ton portfolio quand tu l'auras finie ?

Le dessin était une faucheuse très détaillée et très colorée, inspirée du Día de Muertos mexicain. Le visage de la femme était beau et tragique, et elle tenait dans ses mains une réplique exacte du cœur que j'avais dessiné dans la paume de Shaw il y a des mois. Shaw avait insisté pour avoir deux choses dans le dessin : elle voulait que le Sacré-Cœur y soit représenté et elle voulait qu'il ressemble à la faucheuse que j'avais sur le flanc. Je n'aurais jamais cru que Shaw s'intéresserait à la modification corporelle autant que moi, mais alors que cela faisait seulement un mois que nous étions officiellement en couple, elle m'avait demandé de lui dessiner plein de petits flocons en bleu, gris et blanc. Quand je lui ai demandé pourquoi, elle m'a dit que mes yeux lui faisaient penser à l'hiver et qu'elle voulait quelque chose qui lui ferait penser à moi et qu'elle pourrait garder sur elle, alors maintenant elle avait une tempête de neige qui démarrait derrière son oreille gauche, passait dans sa nuque et s'arrêtait en bas de son épaule droite. C'était l'un des endroits de son corps que je préférais caresser avec ma langue, et j'aimais non seulement qu'elle ait fait quelque chose qui lui fasse penser à moi, mais aussi que ce soit moi qui le lui aie tatoué. Quelques mois plus tard, elle avait voulu que je lui dessine un fer à cheval avec le nom de Remy dedans, donc elle portait aussi un tatouage en mémoire de mon frère qui me faisait du bien chaque fois que je le voyais apparaître, quand elle me serrait dans ses bras ou que nous nous tenions la main. La pièce sur laquelle je travaillais aujourd'hui était cent fois plus grande et plus détaillée que les deux autres. Elle contenait un message et je devais admettre que je l'adorais, j'adorais le dessin, j'adorais qu'elle me fasse assez confiance pour la modifier définitivement, et j'adorais être celui qui le verrait tous les jours quand elle se coucherait auprès de moi.

J'ai passé sur sa hanche le papier que j'utilisais pour essuyer l'excès d'encre et le sang. Je lui ai mis une petite tape sur les fesses et j'ai enlevé mes gants en les faisant claquer.

– Ça dépend de Shaw. Si elle veut, je le mettrai, sinon ce n'est pas grave.

J'ai plié et déplié mes doigts tandis qu'elle se relevait pour que je lui mette de la gelée à tatouage et du plastique, qu'elle ne dégouline pas de sang et d'encre avant que je la ramène à la maison. J'ai plié la main qui portait son nom sur mes phalanges et j'ai frôlé sa joue en lui volant un baiser. En tant que tatoueur professionnel, je connaissais les superstitions et les mises en garde : ne jamais se tatouer le nom d'une amoureuse nulle part, mais je m'en foutais. J'aimais baisser les yeux et voir son nom, j'aimais voir que quand mes mains étaient l'une à côté de l'autre, nos noms étaient côte à côte pour toujours dans ma peau. J'avais aussi demandé à Nash de me faire une réplique exacte de Casper l'apprenti fantôme derrière mon oreille gauche. C'était un peu nunuche mais elle trouvait cela mignon, et la façon dont elle me l'avait montré m'avait fait garder le sourire pendant des jours, alors on s'en foutait.

– C'est magnifique. Merci, mon amour.

– Toi aussi, tu es magnifique.

Je l'ai encore embrassée lorsqu'elle est descendue de la table en faisant attention à rester couverte et elle est allée se rhabiller dans la salle de bains. Elle a passé un doigt sur le côté de mon crâne que j'avais rasé. La crête était de retour de temps en temps et elle ne mentait pas, elle se fichait toujours de ma coiffure. Tant qu'elle pouvait mettre ses mains dedans ou dessus, elle se fichait de la coupe ou de la couleur que je choisissais.

Rowdy a secoué la tête et m'a jeté un regard acerbe.

– Tu as vraiment une chance de connard, Archer.

J'ai rigolé et j'ai commencé à nettoyer mon poste.

– Je sais bien.

Les choses n'étaient pas toujours parfaites. Nous étions toujours deux personnes très différentes, sur deux voies très différentes, mais nous arrivions toujours à prendre le temps de régler les choses. Le procès contre Davenport avait été difficile et j'avais détesté la voir revivre tout cela. Il y avait trop de pression pour qu'il ait vraiment la condamnation qu'il méritait, mais elle est restée forte. Quand ses parents l'avaient poussée à retirer sa plainte et à laisser le père de Davenport s'occuper de lui, elle n'avait pas faibli et fait ce qu'il fallait. Gabe avait été puni, mais pas aussi durement que nous l'aurions tous voulu. Ses parents étaient loin de soutenir notre relation mais une fois qu'ils ont eu intégré que Shaw et moi étions une formule tout compris, sans laquelle ils ne pourraient plus avoir de contact avec elle, ils se sont un peu calmés. Personnellement, je pense que c'est la culpabilité de l'agression et le fait qu'ils ont été globalement des parents de merde qui les a poussés à continuer de payer ses frais de scolarité et à m'accepter tant bien que mal. Je m'en fichais car j'étais là pour la protéger. Peu importait la raison, tant qu'ils se tenaient bien, tout se passerait bien, ou plutôt pas trop mal.

Les choses s'étaient arrangées avec mes parents, ce n'était pas parfait, mais c'était mieux. Ma mère et moi nous étions mis d'accord, nous n'aurions jamais la même relation que celle qu'elle avait eue avec Remy, mais au moins nous pouvions discuter, maintenant. Je l'avais même accompagnée à un ou deux rendez-vous avec son psy et je comprenais mieux comment elle fonctionnait. À ma grande surprise, nous nous ressemblions beaucoup plus que ce que j'aurais imaginé. Shaw et moi mettions un point d'honneur à y retourner tous les dimanches pour le brunch, mais maintenant je participais vraiment et c'était l'un de mes moments préférés dans la semaine. Malheureusement, c'était désormais Rome qui était devenu le frère Archer difficile. Il refusait toujours de parler à Maman et Papa, et il ne s'était ouvert à Shaw que lorsque je lui avais fait comprendre que s'il ne le faisait pas, j'allais lui taper dessus quand il rentrerait. Les choses étaient agitées de ce coté-là. Il se sentait trompé et trahi, mais je croyais en lui. Si j'avais pu retrouver la lumière, alors mon frère, qui était déjà un bien meilleur homme que moi, finirait bien par y arriver.

Shaw est sortie de la salle de bains en remontant ses cheveux en une queue-de-cheval désordonnée. Cora s'est retournée derrière son bureau pour lui jeter un regard noir.

– Je n'arrive pas à croire que tu me quittes pour ce petit con. Tu vas trop me manquer.

– Ahhh… Tu vas me manquer aussi, meuf, mais je ne suis jamais là et j'en ai vraiment marre d'avoir mes affaires à deux endroits différents.

Shaw emménageait avec Nash et moi ce week-end. Nous avions repoussé l'échéance même si elle était là cinq ou six nuits par semaine, car je ne voulais pas que cela dérange Nash. C'était mon meilleur ami qui lui avait finalement dit, au petit déjeuner, que si elle acceptait de cuisiner la plupart du temps, elle pouvait emménager quand elle voulait. Nous étions tous les deux soulagés car j'aimais bien notre appartement, il était super bien situé pour mon travail et je ne voulais vraiment pas déménager ni demander à Nash de partir. Nous nous entendions très bien tous les trois, et Nash sortait souvent le soir donc nous ne nous tapions pas sur les nerfs. Les filles étaient tristes que Shaw s'en aille et je savais que Ayden et Cora allaient beaucoup lui manquer, mais elles se voyaient souvent et avaient décrété que le jeudi soir serait une soirée filles. De ce fait, je n'avais pas peur qu'elle regrette sa décision.

Cora a retroussé le nez comme une fée clochette énervée.

– C'est juste que je déteste l'idée d'avoir à vivre avec un inconnu. Ayden et toi étiez les meilleures colocs du monde et après ce qu'il t'est arrivé, je ne vais pas faire confiance à n'importe qui dans la rue et lui demander de venir vivre chez moi.

Shaw s'est assise dans la chaise que j'avais quittée pour nettoyer, et j'ai caché mon sourire quand elle a sournoisement passé le bout de ses doigts sur l'intérieur de ma cuisse. Nash a levé les yeux de la chouette sur laquelle il travaillait et son regard sautait de Rowdy à moi.

– Jet va bientôt revenir de tournée, non ?

– Ouais. Et ?

Artifice avait sérieusement explosé. Ils s'étaient fait une place au Metalfest et avaient demandé au groupe de Jet, Enmity, de faire leur première partie. Il était parti depuis plus de six mois et pendant qu'il était sur la route, la fille qu'il voyait s'était trouvé un ex-tôlard, donc il était à la rue. Nous nous disions tous qu'il squatterait chez Rowdy ou chez un autre mec du groupe.

– Tu peux lui louer la chambre.

Nash a prononcé la phrase comme si c'était parfaitement logique.

– Il s'entend bien avec Ayden et de toute façon il est toujours en tournée ou ailleurs. Je suis sûr que ça collerait bien.

Shaw et moi avons échangé un regard et un haussement de sourcils. Jet s'entendait bien avec Ayden, d'ailleurs ils avaient développé une relation en dehors du groupe, ce qui nous faisait souvent nous demander à quel point la fille de la campagne et le métalleux s'étaient rapprochés. Ils étaient proches, mais tellement éloignés que c'était dur de comprendre quel sujet de discussion ils pouvaient bien trouver. Si l'on me demandait mon avis, faire emménager Jet et la belle brune allait soit créer des ennuis, soit être une super bonne idée, selon le point de vue. Je me suis éclairci la voix et j'ai pris la main de Shaw.

– Mon grand frère va revenir dans quelques mois, aussi. Il lui faudra un endroit où crécher le temps de savoir ce qu'il fait. Ça peut être une autre option à envisager.

Cora a hoché la tête et est retournée à ce qu'elle était en train de faire sur l'ordinateur.

– Prête pour rentrer à la maison ?

J'adorais lui demander cela. J'adorais aussi le fait qu'elle sache que j'adorais lui demander cela. Elle m'a souri et s'est mise sur la pointe des pieds avec précaution pour me faire un petit bisou. Je savais que son flanc devait lui faire mal. Se faire piquer pendant quatre heures, c'était long, et en général elle restait assise immobile comme une championne, de marbre. J'allais la mettre sous une douche chaude et la faire se sentir beaucoup mieux.

– Ouaip.

Nous sommes sortis du salon main dans la main et nous sommes dirigés vers l'immeuble victorien. Elle aimait bien passer son pouce sur son nom sur mes doigts, et cela ne manquait jamais de me faire sourire.

– Est-ce que tu veux me mettre dans ton portfolio, Rule ?

Je ne m'attendais pas à cette question, alors je lui ai lancé un regard surpris.

– Pourquoi est-ce que tu me demandes ça ?

Elle a haussé les épaules.

– Je ne sais pas. Tu y mets toutes tes plus grosses pièces, je ne vois pas pourquoi tu ne voudrais pas mettre celle-là.

J'ai passé mon bras autour de son cou et l'ai tirée vers moi pour embrasser le dessus de sa tête.

– Parce que les autres, c'est du travail. Je les fais sur des gens puis ils sortent dans le vaste monde où, avec un peu de chance, ils sont appréciés et admirés par d'autres gens. Tout ce que je fais pour toi, tout ce qui est entre nous n'est pas du travail et c'est pour que nous, nous l'appréciions. Quand je travaille sur toi, je le fais en sachant que ce que je fais sera avec nous pour toujours. Comme je disais, si tu veux que je le mette dans le portfolio je serai heureux de le faire, mais sinon je serai heureux d'être le seul à pouvoir admirer mon ouvrage tous les jours.

Elle m'a fixé quelques secondes sans rien dire puis a explosé de rire.

– Tu fais les compliments les plus tordus au monde mais c'était joli et tu as absolument raison. La seule personne à qui je veux vraiment le montrer, c'est toi.

J'ai grogné et tiré un peu sur ses cheveux.

– Le truc couvre la moitié de ta fesse. Y a intérêt à ce que je sois le seul à le voir, Casper.

Ses yeux verts brillaient d'une façon que j'étais le seul à pouvoir provoquer.

– Je t'aime, Rule Archer.

Chaque fois qu'elle le disait, c'était plus facile pour moi de lui dire que je l'aimais en retour, et c'était tout. Je n'avais pas à le remettre en question, pas à m'inquiéter, pas à tomber dans le tunnel d'obscurité car ce que Shaw ressentait pour moi, je le lui rendais et je savais que c'était assez. Je n'avais pas besoin d'essayer, je le faisais tout simplement et chaque jour qui passait, je le faisais mieux que la veille.

– Alors, au fait, de Jet ou Rome qui ira vivre avec Cora et Ayd ?

Elle s'est lovée contre moi tandis que nous approchions de l'appartement.

– J'ai hâte de voir comment ça va se passer.

J'ai ricané.

– C'est ce que tout le monde disait pour nous.

– Et regarde le spectacle qu'on leur a offert.

– C'est vrai, et les opposés ne font pas que s'attirer, ils peuvent tout brûler sur leur passage.

– Je ne te le fais pas dire.

Quoi qu'il arrive, j'étais sûr d'une chose. Si un de mes gars était assez chanceux pour trouver une fille avec qui il se sentait comme je me sentais avec Shaw, je ferais tout mon possible pour qu'ils restent ensemble. Un amour comme ça, ça ne se loupe pas, même pour ceux d'entre nous qui n'avaient pas réalisé qu'il existait. Regardez-moi ça, voilà que je suis optimiste !

Remy serait tellement fier.

Si cette histoire avait une bande son,
voilà à quoi elle ressemblerait :

The Civil Wars, *Falling*
Social Distortion, *Outlaw*
Twisted Sister, *We're Not Gonna Take It*
Garth Brooks, *I Got Friends In Low Places*
Black Rebel Motorcycle Club, *Ain't No Easy Way*
Bad Religion, *American Jesus*
Gaslight Anthem, *Film Noir*
Drive By Truckers, *Decoration Day*
Straylight Run, *Big Shot*
The Black Angels, *Better Off Alone*
Lucero, *I Kissed The Bottle*
The Bloody Hollies, *Raised By Wolves*
Against Me!, *Borne On The FM Heart Wave*
Dawes, *If I Wanted Someone*
Lady Antebellum, *Need You Now*
Defiance Ohio, *Anxious And Worrying*
The Avett Brothers, *I Would Be Sad*
Heartless Bastards, *Only For You*

À PROPOS DE L'AUTEUR

Premièrement, je suis une fille… Oui, je sais, moi non plus je ne pensais pas devoir le préciser, mais après avoir reçu quelques mails curieux ces derniers temps, j'ai pensé que ça ne coûtait rien de vous le dire. Jay est le diminutif de Jennifer.

Je vis dans le Colorado, c'est un bel endroit et on y trouve toutes sortes de personnes intéressantes de qui s'inspirer. J'adore les tatouages et les modifications corporelles. J'adore aussi lire, tous genres confondus ; bien sûr, avec un beau garçon tatoué, c'est encore mieux. Ma vie a changé cette année, et un matin, je me suis levée et j'ai décidé que j'allais enfin finir l'une des millions d'histoires avec lesquelles je jouais. J'adore écrire, et cela faisait longtemps que je me demandais ce que j'allais faire de ma vie. Alors sachez que vous, lecteurs, êtes une partie précieuse de ma nouvelle vie et j'espère que vous avez aimé cette histoire.